사실은 잔인하고 불친절한

세계의 요정들

THE WORLD TREASURY OF
FAIRY TALES AND FOLKLORE

사실은 잔인하고 불친절한

세계의 요정들

어른이 되어서 다시 읽는 동화책

윌리엄 그레이, 조애나 길러, 로즈 윌리엄슨 엮음
파우스토 비앙키, 린제이 존스 그림 | 주정자 옮김

오렌지연필

World Treasury of Fairy Tales and Folklore

First published in 2018 by The Bright Press, an imprint of The Quarto Group.

This Korean edition published by arrangement with The Quarto Group
through Yu Ri Jang Literary Agency.

들어가는 말

INTRODUCTION

민속과 동화에는 문화의 속성을 정의하는 힘이 있다. 사람들의 소원, 두려움, 꿈이 담긴 민속과 동화에는 인생 경험이 저장되는 보관소와 같은 기능이 있다. 그리고 설화와 동화 이전의 이야기에는 선사 시대의 역사가 들어 있다.

사람들은 이야기가 글로 기록되기 전에는 소리 내어 읽어 줄 수밖에 없었다. 상상의 이야기를 글로 기록할 종이가 만들어지기 전까지 수세대에 걸쳐 전해 주기 위해 '이야기'에 공을 들였다. 오늘날 우리가 아주 잘 아는 이야기 중 작가를 알 수 없는 것이 많다. 민속과 동화는 늘 그런 것처럼 공공의 재산이 된다. 설사 이름을 알 수 있는 작가들의 이야기라도 집단적 상상력의 일부가 포함될 수밖에 없다.

사람들은 시대적으로 중요한 것들을 대변하기 위해 이야기를 들려주고 변형하고 해체하고 다시 엮어 낸다. 이런 식으로 이야기는 발전해 나아가는 우리 문화사의 일부가 되었다. 이야기에는 사람들의 새로운 취향에 맞게 끊임없이 변화하는 순응력과 늘 익숙함을 유지하는 특성이 있다. 이런 특성 덕분에 오늘날까지 설화와 동화가 지속될 수 있었다.

이 책에는 설화와 동화가 수록되었다. 그런데 이 둘을 구분하기는 무척 어렵다. 설화는 구전이고 동화는 문헌으로 전해진 민속에서 유래되었다고 주장하는 학자들도 있다. 하지만 여러 시대 동안 설화는 구전과 문헌을 넘나들었다. 설화는 평범한 사람들의 이야기로, 동화는 설화의 하부 유형으로 묘사할 때도 있다. 설화에 경이로운 요소가 포함되면 동화가 된다. 어쨌든 설화와 동화가 끊임없이 대화를 진행하는 중인 것은 틀림없는 사실이다. 이 책에는 두 가지가 모두 포함되었다.

그렇다면 동화는 어디에서 시작되었을까? 대답하기 쉽지 않은 질문이다. 현재 동화나 설화의 기원과 모티프(예술 작품을 표현하는 동기가 된 작가의 중심 사상)와 플롯을 숙고하려는 특정 질문이 제기되고 있다.

일부 설화나 동화는 고대 그리스·로마 신화와 유사해 보인다. 중세 시대의 로맨스와 유럽의 발라드(자유로운 형식의 짧은 서사시)를 반영하는 이야기도 있다. 이런 이야기 중 대부분은 지금 우리가 잘 아는 바와 같이 16세기 이탈리아에서 최초로 기록된 동화가 되었다. 이 같은 특정 도시의 르네상스 문화 때문에 우리가 '동화'라고 생각하는 이야기가 지어졌다고 주장하는 학자들도 있다. 또한 이들은 동화 장르가 도시생활의 주된 양상인 부와 신분의 급속한 변화를 반영하는 신속한 운명의 변화에 초점을 맞추었다고도 주장했다. 그런데 마법 수단으로 누군가의 형체를 바꾸는 이야기의 기원을 훨씬 오래전, 그러니까 글로 기록되기 전 시대에서 찾아야 한다고 주장하는 학자들도 있다. 이는 이야기와 현실이 훨씬 많이 얽혔다고 여겨지는 그 시대를 동화나 설화의 기원이라고 생각하는 것이다. 이런 생각은 이야기가 동화로 변화된 것이 실재하는 의식 절차와 전통 민속의 실행에 기반을 두었다고 암시하는 것이나 다름없다. 그러므로 현재 우리가 위로를 받고 기분을 전환하기 위해 읽는 설화와 동화가 한때는 거친 야수와 야생의 인간이 공존하는 법을 학습하는 진지한 공부였던 셈이다.

이런 생각이 무척이나 흥미로운 만큼 동화의 기원을 찾는 질문에는 해답이 있을 수 없다. 서아프리카의 작가 디아베테가 묘사한 대로 구전 이야기는 기록을 남기지 않고 '이야기를 나르는 사람의 호흡'으로만 존재하기 때문이다.

동화가 시작된 곳이면 어디서든, 사람들의 과거를 얼마나 기록하든, 동화에는 사람들의 바람과 가치가 새겨져 있다. 그리고 그것을 통해 그것이 만들어진 시기와 작가, 이야기꾼, 수집가의 역할을 이해할 수 있다.

어쨌든 우리는 지금 유럽 곳곳에서 동화가 문헌으로 기록되었다는 것을 알게 되었다. 동화로 불리게 된 이야기를 최초로 기록한 곳은 16세기 이탈리아, 구체적으로 말하자면 베니스와 나폴리다. 지오바니 프란체스코 스트라파롤라와 잠바티스타 바실레라는 두 작가는 교역이 이뤄지고 이야기를 주고받는 부산한 이곳에서 영감을 받아 이탈리아의 옛날이야기를 조각조각 수집하여 명작 문학을 저술했다.

동화의 발전은 17세기 프랑스에서 계속되었다. 영향력 있는 귀족 부인들이 살롱에 모여 옛날이야기를 바꿔 말하는 모임이 있었는데, 이들은 옛날이야기를 활용해서 프랑스 궁정의 부패를 재치 있게 살짝 비평했다. 이들 중에 마리-카트린 도느와가 '요정 이야기(동화)'라는 용어를 만들어냈다. 비록 동화 장르 중에는 실제로 요정이 전혀 등장하지 않는 이야기도 꽤 많은 편이지만 말이다. 프랑스에서 동화가 지속적인 인기를 끈 데는 작가 샤를 페로의 공로가 크다고 말할 수 있다. 그리고 약 100년 후, 야콥과 빌헬름 그림이라는 두 언어학자가 독일의 이야기를 수집하기로 결정하면서 동화에 대한 새로운 관심이 확 생겼다.

이탈리아의 동화집에 처음으로 등장했던 이야기 중 대다수가 전 세계에서 크게 다른 모양으로 등장한 것을 알 수 있다. 예를 들어 스코틀랜드에서는 평범한 난쟁이가 나오는 대신 백설 공주가 드래곤들을 길들이고, 멕시코에서는 식인귀를 길들이는 내용이 나온다. 수천 편의 버전이 있는 신데렐라는 러시아, 아시아, 아프리카, 아메리카 대륙에서 유사한 이야기가 발견되었다.

각국의 이야기는 그것이 전해진 시기와 장소에 따라 극적으로 변경된다. 개별적인 이야기꾼은 말할 것도 없고, 각각의 시대와 장소는 지속적으로 진화하는 이야기 속에 개성을 부여한다. 이야기를 각색할 때 어린이들을 염두에 둔 그림 형제와 샤를 페로는 어린 독자들을 위해 내용을 수정했다.

하지만 성인 독자들을 대상으로 저술된 초기 이야기는 성적이고 폭력적인 내용이 들어 있어 아동 도서에서 제외되었다. 예를 들어 이 책에 실린 라푼젤은 운명을 순종적으로 받아들이지 않고 동물들이 오그르를 제압하도록 마술을 부렸다. 〈잠자는 숲속의 미녀〉의 초기 판본은 오늘날 우리가 아는 잠자리에서 읽어 주는 옛날이야기보다 내용이 훨씬 어두운 편이다. 부모와 아이가 잠자리에서 대화를 나누기에 적당한 것이 동화라는 우리의 생각을 고려해 볼 때, 이런 초기 이야기는 특히 사람을 불안하게 만드는 경향이 있었다. 하지만 이런 이형(異形) 때문에 동화가 우리 삶의 변화와 공포, 복잡성의 정수라는 사실을 다시금 깨닫게 된다.

이 책은 5부로 나뉘었다. 16세기와 17세기 이야기가 실린 1부에는 설화와 동화 장르의 초기 이야기가 담겼는데, 현재 우리가 동화로 여기는 문체를 규정하기 시작한 것이다. 이탈리아의 동화는 친숙한 편이지만, 더 대중적인 판본을 중시하는 기대를 깰 만한 세부 사항도 실렸다.

18세기 이야기가 실린 2부에는 동화나 경이로운 이야기가 인기를 한창 끌 때 번역했거나 작가가 직접 저술한 이야기가 담겼다. 샤를 페로 같은 작가들의 뒤를 이어 유럽에는 이야기를 집어삼킬 듯이 탐독하는 분위기가 생겼다. 다른 나라의 이국적인 이야기가 실린 ≪천일야화≫는 마력과 현실성을 요구하는 독자들의 요구를 충족시켜 줄 만했다.

19세기 설화집이 실린 3부에는 이 시대에 학자들이 열광했던 설화 열풍이 드러난다. 이 섹션은 미래 세대를 위해 지역적이고 민족적인 민속 문화의 지표로서 설화를 보존하려고 했던 수집가들이 저술한 이야기를 공개한 것이다.

19세기의 문학적 설화 혹은 동화가 실린 4부는 설화 수집과 함께 발생한 동화 저작의 추세를 대변했다. 설화 수집가들에게 영감을 받은 한스 크리스티안 안데르센과 오스카 와일드 같은 작가들이 자신의 이야기를 직접 저술하기 시작했다. 그림 형제와 조셉 제이콥스의 동화집(혹은 설화집)이 꽂힌 책장 옆에 이들의 책이 꽂혔다.

마지막으로 20세기 설화집이 실린 5부는 어떤 면에서 보면 설화 수집가들이 다른 사람들에게 들었던 이야기가 그대로 유지된 형태를 띤다. 이들 설화 중 대다수는 인도에서 미국에 이르기까지 유럽 이외의 지역에서 기원했다. 지구촌 구석구석의 이야기를 듣고 싶어 하는 일부 설화 수집가와 독자의 바람을 증명한 것이다.

숭고한 것에서부터 우스꽝스럽고 황당한 것, 익살스럽고 비극적인 것에 이르기까지 갖가지 이야기가 실린 이 책은 동화와 설화 장르의 다양성을 기념한 것이다. 설화와 동화는 믿기 어려운 초자연적인 것을 탐색하는 일에 대한 환상적인 경이감을 자아낸다. 그와 동시에 단조로운 일상생활에 존재하는 마법을 묵상하거나 기념하기도 한다. 설화와 동화를 통해 우리의 이야기가 우리의 삶이고, 우리의 이야기 속에는 우리의 인생이 절대적으로 포함돼 있다는 사실이 드러난다.

CONTENTS

16-17세기 이야기

18세기 이야기

19세기 설화 모음

19세기 문학 동화

20세기 민간설화 모음집

16-17세기 이야기

문헌 동화는 16세기와 17세기에 이탈리아와 프랑스에서 시작되었다.
오늘날까지 여전히 인기가 있는 옛날이야기는 비교적 덜 알려진 이탈리아 작가 지오바니 프란체스코 스트라파롤라와 잠바티스타 바실레가 처음 글로 기록한 것이다. 두 작가는 이야기에 등장하는 인물들이 함께 모여서 서로의 이야기를 주고받는 서사 기법을 활용했다. 이들의 이야기에는 요정들과 오그르(사람을 잡아먹는 식인 거인으로, 오우거 혹은 오거라고 부른다)들과 마법이 들어 있다. 다시 말해 이 이야기들이 바로 동화다.
17세기 말에 동화가 인기를 끌기 시작했는데 프랑스 작가 샤를 페로가 직접 출간한 동화집으로 서구 문화권에서 동화의 위상을 획득할 수 있었다.

코스탄티노 포르투나토

COSTANTINO FORTUNATO

지오바니 프란체스코 스트라파롤라

옛날 옛적 보헤미아에 정말 찢어지게 가난한 소리아나 아주머니가 살았다. 아주머니에게는 두솔리노, 테시포네, 코스탄티노 포르투나토라는 세 아들이 있었다. 소리아나 아주머니가 가진 것 중 값나가는 건 딱 세 가지뿐이었다. 빵을 만들 때 쓰는 반죽통과 페이스트리를 준비할 때 쓰는 도마와 고양이 한 마리만 그나마 쓸 만했다. 오랫동안 막중한 짐을 지고 산 아주머니는 이제 죽음이 찾아오는 걸 알았다. 그래서 맏아들 두솔리노에게는 반죽통을, 둘째 테시포네에게는 페이스트리 도마를, 막내 코스탄티노에게는 고양이를 남긴다는 유언장을 작성했다.

아주머니가 돌아가신 후, 이웃 사람들은 필요할 때마다 형제들에게서 반죽통이나 페이스트리 도마를 빌려 갔다. 이웃들은 세 아들이 무척 가난하다는 것을 알고 있었기에 물건을 빌리는 대가로 빵을 주었다. 두솔리노와 테시포네는 둘이서만 음식을 먹고 코스탄티노에게는 하나도 남겨 주지 않았다. 코스탄티노가 형들에게 음식을 나눠 달라고 하면 형들은 고양이에게 가라고 했다. 코스탄티노가 원하는 것을 고양이가 갖게 해 줄 것이라며 말이다. 두 형 때문에 가여운 코스탄티노와 고양이는 몹시 괴로웠다.

그런데 알고 보니 코스탄티노의 고양이는 고양이로 위장한 요정이었다. 고양이는 코스탄티노가 너무 불쌍했다. 그리고 코스탄티노를 함부로 대하는 두 형에게 몹시 화가 나서 어느 날 이런 이야기를 꺼냈다.

"코스탄티노, 기죽지 마세요. 제가 당신을 돌봐 드릴게요. 우리 둘이 먹을 식량을 충분히 마련할게요."

고양이는 바로 집을 떠나 들판으로 갔다. 그러고는 잠이 든 척 들판에 누워 있다가 어리숙한 어린 토끼가 가까이 다가오자 바로 붙잡아서 죽였다. 이제 고양이는 죽인 토끼를 들고 왕이 사는 궁전으로 갔다. 고양이는 궁전 주변에 서 있던 신하들에게 왕을 만나게 해 달라고 청했다. 왕은 자신을 꼭 만나고 싶어 하는 고양이가 있다는 말에 고양이를 데려오라고 했다. 왕이 고양이에게 용건을 물었다. 고양이는 자신의 주인인 코스탄티노가 왕에게 토끼를 선물로 보냈다며 받아 달라고 간청했다. 왕은 토끼를 기쁘게 받으며 코스탄티노가 누구냐고 물었다. 고양이는 누구보다 선량하고

용모가 뛰어난 청년이라고 대답했다. 왕은 고양이에게 가장 좋은 고기와 마실 것을 대령하라고 신하들에게 명했다. 고양이는 음식을 실컷 먹고 마신 다음, 토끼를 담아 왔던 자루에 남은 음식을 아무도 보지 못하게 요령껏 가득 담았다. 코스탄티노에게 갖다주기 위해서였다.

즐거워하며 음식을 먹는 코스탄티노에게 두 형은 나눠 달라고 부탁했다. 하지만 코스탄티노는 형들의 행동을 그대로 되풀이했다. 한 점도 나눠주지 않은 것이다. 코스탄티노의 행운에 형들은 질투가 솟구쳐 괴로웠다.

그런데 코스탄티노는 원래 용모가 뛰어난 청년이었지만 가난과 곤경을 겪으면서 얼굴이 울퉁불퉁해지고 반점이 많아졌다. 어느 날 고양이가 코스탄티노를 강가로 데려가서 몸을 씻기고는 자신의 혀로 머리부터 발끝까지 정성껏 핥아 주며 잘 보살폈다. 그러자 며칠 만에 코스탄티노의 얼굴에 생긴 반점이 깨끗이 나았다.

고양이는 다시 한 번 선물을 마련해 궁전으로 가져갔고 먹고 남은 음식을 코스탄티노에게 갖다주었다. 시간이 지나자 고양이는 궁전을 오가는 일이 귀찮게 여겨졌다. 게다가 왕의 신하들이 짜증을 낼까 봐 겁이 났다.

"주인님, 이제 제가 말한 대로만 하시면 주인님은 곧 부자가 될 거예요."

"그게 무슨 소리야?"

코스탄티노가 물었다.

"저를 따라오세요. 주인님은 굳이 아무것도 하지 마세요. 저에게 주인님을 꼭 부자로 만들어 줄 묘책이 있으니까요."

고양이와 코스탄티노는 궁전과 가까운 강둑 위로 갔다. 고양이는 주인

주인님, 저를 따라오세요. 주인님은 굳이 아무것도 하지 마세요.

저에게 주인님을 꼭 부자로 만들어 줄 묘책이 있으니까요.

에게 옷을 홀딱 벗고 강물로 뛰어들라고 했다. 고양이가 아주 크게 소리쳤다.

“살려 주세요, 살려 주세요! 나리들, 어서요. 우리 주인님 코스탄티노가 물에 빠졌습니다!”

왕은 고양이가 외치는 소리를 듣고 코스탄티노가 보냈던 선물들을 곰곰이 생각했다. 왕은 신하 몇 명을 보내 코스탄티노를 구하게 했다. 멋진 의복을 입은 신하들이 코스탄티노를 구해 내 옷을 입히고 왕에게로 데려왔다. 왕은 그를 무척 환대하며 어쩌다 물에 빠졌냐고 물었다. 코스탄티노는 마음이 불안해서 대답을 하지 못한 채 우물거렸다. 그때 늘 그의 편을 들어주는 고양이가 대신 나섰다.

“임금님, 우리 주인이 임금님께 선물로 드리기 위해 보석을 어마어마하게 갖고 간다는 소식을 도둑놈 몇이 들었답니다. 그놈들이 우리 주인을 기다렸다가 보물을 다 빼앗았습니다. 그리고 우리 주인을 강물에 빠뜨려 죽이려고 했지만, 여기 이 나리들 덕분에 간신히 목숨을 건지셨지요.”

그러자 왕은 코스탄티노를 후하게 대접하라고 명했다. 왕은 건장하고 잘생긴 코스탄티노를 부자로 여겨 딸인 엘리자테의 남편으로 삼겠노라 마음먹었다. 그는 바로 딸에게 지참금으로 금과 보석과 호화로운 의복을 내주었다.

결혼 예식이 끝나고 축제도 끝날 무렵 왕은 금을 싣고 갈 노새 열 마리와 가장 좋은 의복을 싣고 갈 노새 다섯 마리와 신랑의 집까지 신부를 데리고 갈 수행단을 준비하라고 명했다. 극진한 대접을 받은 데다 값진 물건

까지 실어 준 것을 알게 된 코스탄티노는 신부를 데리고 어디로 가야 할지 몰라서 몹시 당황했다. 그래서 고양이에게 조언을 부탁했다.

"이런 일로 마음 쓰지 마세요. 주인님, 모든 준비는 제가 다 하겠습니다."

고양이가 대답했다. 안심한 코스탄티노가 공주 일행과 즐겁게 말을 타고 길을 떠났다. 고양이는 일행보다 먼저 말을 타고 급히 앞서 나갔다. 일행보다 훨씬 앞서 가던 고양이는 우연히 만난 기마병에게 말했다.

"아, 가여운 분들, 지금 여기서 뭘 하십니까? 어서 빨리 도망가세요. 건장한 체격의 사내들이 무장한 채로 지금 오고 있다고요. 당신들을 공격하려는 게 분명해요. 보세요, 그들이 아주 가까이 다가오고 있잖아요. 히잉 하며 다가오는 말들의 울음소리를 좀 들어 보세요."

그러자 기마병들은 두려움에 떨며 고양이에게 물었다.

"그럼 우리가 어떻게 해야겠니?"

고양이는 바로 대답했다.

"여러분은 제 말씀대로만 하시면 돼요. 지금 다가오는 자들이 여러분에게 누구냐고 물으면, 코스탄티노 경을 섬긴다고 담대하게 말해야 합니다. 그러면 아무도 여러분을 해치지 않을 겁니다."

고양이는 기마병들을 떠나 더 멀리 갔다. 이번에는 우연히 엄청난 무리의 양 떼와 소 떼를 마주쳤다. 고양이는 양치기와 소몰이꾼에게도 아까와 똑같은 이야기와 똑같은 충고를 해 주었다. 그리고 더 멀리 길을 가면서 만나는 사람마다 같은 이야기를 반복했다.

공주의 행차를 모시고 가던 사람들이 기마병들과 마주치자, 누구를 섬기냐고 물었다. 그리고 양치기와 소몰이꾼에게 이 양 떼와 소 떼의 주인이 누구냐고 물었다. 그들 모두 코스탄티노 경을 모신다고 대답했다.

공주 수행원들이 이번엔 신랑에게 물었다.

"코스탄티노 경, 이제 우리가 경의 영지 안으로 들어가는 건가요?"

코스탄티노는 옳다는 의미로 고개를 끄덕였다. 그는 다른 모든 질문에도 고개를 끄덕였다. 그래서 공주 수행원들은 모두 그를 아주 엄청난 부자라고 판단했다. 한편 말을 타고 가던 고양이는 꽤 괜찮아 보이는 위풍당당한 성 하나를 발견했다. 성을 지키는 경비병들은 몸이 비실비실하고 몹시 허약해 보였다. 고양이는 경비병들에게 말을 걸었다.

"여러분, 지금 무얼 하십니까? 이제 곧 여러분에게 닥칠 파멸을 정말 모르십니까?"

"파멸이라니, 무슨 말이냐?"

경비병들이 물었다.

"한 시간 안에 이곳으로 엄청난 무리의 군사가 쳐들어올 거예요. 그들은 여러분을 갈기갈기 찢어 놓을 것입니다. 히잉 하며 우는 말들의 울음소리가 들리지 않나요? 뿌옇게 퍼지는 저 먼지 좀 보세요! 죽고 싶지 않다면 제 말을 들으세요. 그러면 여러분은 모든 위험에서 벗어날 거예요. 누구든 여러분에게 이 성의 주인이 누구냐고 묻는 사람이 있으면 코스탄티노 포르투나토 경이라고 대답하세요."

공주 수행원들이 성에 도착해 묻자 경비병들은 고양이가 지시한 대로 대답했다. 이 성의 주인이 코스탄티노 포르투나토라고 대답한 것이다. 코스탄티노 일행은 모두 성안으로 들어가서 떳떳하게 머물렀다.

사실 이 성의 주인은 귀족 발렌티노였다. 매우 용감한 군인인 발렌티노는 결혼식을 막 치른 아내를 데려오기 위해 바로 며칠 전 성을 떠났었다. 그런데 신부가 사는 곳에 도착하기도 전에 길에서 사고를 당해 즉사하고 말았다. 그 덕분에 코스탄티노 포르투나토는 발렌티노의 성을 얻을 수 있었다.

얼마 후 보헤미아의 왕 모란도가 세상을 떴다. 백성들은 왕의 딸이자 왕국의 직계 계승자인 엘리자테와 결혼한 코스탄티노 포르투나토를 만장일치로 왕으로 추대했다. 이런 방법으로 코스탄티노는 아주 가난한 청년에서 이제 막강한 왕이 되었다. 그리고 아내 엘리자테와 함께 오래 살다가 자손들에게 왕국을 물려주었다.

Notes on the Story

Costantino Fortunato

이탈리아 작가 지오바니 프란체스코 스트라파롤라(1480-1557)는 카라바조의 동화 수집가로서 후일 급성장하는 인쇄 산업의 중심지 베니스(베네치아)에 정착했다. 작가의 성 '스트라파롤라'는 '말쟁이'라는 의미의 별명이었을 가능성이 크다. 스트라파롤라는 동화를 문학 형식으로 만든 기원자로 불린다. 샤를 페로와 그림 형제의 동화집에 스트라파롤라의 여러 이야기와 그의 계승자인 이탈리아 출신의 잠바티스타 바실레가 등장한다.

⌛

스트라파롤라의 ≪유쾌한 밤≫ 모음집은 지오바니 보카치오의 14세기 문학인 ≪데카메론≫을 서사 형식으로 본뜬 것으로, 75가지 이야기가 실려 있다. 데카메론은 베니스 근처 무라노 섬에서 13차례 열린 저녁 파티에 참가한 사람들이 털어놓은 외설부터 기상천외한 이야기까지를 기록한 작품이다. ≪유쾌한 밤≫ 모음집에는, 유럽 최초의 이야기 형식의 작품 <코스탄티노 포르투나토>처럼 유명한 동화를 최초로 기록한 것으로 알려진 몇몇 이야기를 비롯해 민간 설화와 동화가 수록되었다. 코스탄티노 포르투나토는 바실레의 <갈리우소>와 페로의 <장화를 신은 고양이>로 다시 등장했다.

돼지 왕

THE PIG KING

지오바니 프란체스코 스트라파롤라

앙글리아의 왕 갈레오또는 엄청나게 부유했다. 그의 아내 에르실리아는 헝가리의 왕 마티아스의 딸로, 당시 모든 여자를 압도할 만큼 미모와 덕이 출중했다. 더욱이 갈레오또는 현명한 왕이어서 나라를 다스리는 것으로 왕에 대해 불평하는 사람이 아무도 없었다. 하지만 왕과 왕비는 결혼한 지 몇 년이 지나도 자식이 없어서 괴로웠다.

어느 날 정원을 거닐던 왕비는 갑자기 몸이 노곤해졌다. 그녀는 인근에 깔린 새파란 잔디 위에 앉았다. 몹시 피곤했는지 왕비는 파란 나뭇잎 사이로 들리는 새들의 달콤한 노랫소리에 마음이 진정되자 그만 잠이 들고 말았다.

왕비가 자고 있는 사이, 계급 높은 요정 세 명이 우연히 이곳을 지나갔다. 잠이 든 왕비를 본 요정들은 그 자리에 선 채, 아름다운 왕비를 위해 보호 주문을 만들기로 했다. 첫째 요정이 소리쳤다.

“어떤 남자도 왕비를 해치지 않기를 기원할게. 그리고 다음번에 왕비가 남편과 잠자리를 하면 아이를 갖게 될 거야. 태어난 왕자는 이 세상 누구와도 겨룰 수 없을 정도로 미모가 출중할 거야.”

이번에는 둘째 요정이 선언했다.

“누구도 왕비를 해치지 않기를 기원할게. 그리고 왕비가 출산할 왕자는 이 세상 누구보다 성품이 훌륭할 거야.”

이제 말썽꾸러기 세 번째 요정이 주문을 걸었다.

“왕비가 어떤 여자보다 현명하기를 기원할게. 하지만 그녀가 잉태할 아들은 돼지 피부를 갖고 태어날 거야. 게다가 돼지처럼 행동할 거야. 왕자는 여자와 결혼을 세 번 할 때까지 계속 돼지의 모습으로 지내야 해.”

주문을 마친 세 요정이 날아가자마자 잠에서 깨어난 왕비는 즉시 몸을 일으키고는 직접 꺾은 꽃을 갖고 궁으로 돌아갔다. 며칠이 지나지 않아 왕비는 자신이 임신한 것을 알았다. 출산 날이 되어 아들을 낳았는데, 이게 웬일인가! 아들의 팔다리가 돼지의 다리였던 것이다. 남다른 아들에 대한 소문이 왕과 왕비의 귀에까지 들리자, 이들은 몹시 슬펐다. 왕비가 얼마나 착하고 현명한지 마음속에 새기며 살던 왕은 돼지를 낳은 왕비의 부끄러움을 덜어 주고 싶어 아이를 바다에 빠뜨려 죽일까 하는 생각을 자주 했다. 하지만 자신의 혈육이기에 그런 잔인한 계획을 실행하지는 못했다. 연민과 고민 끝에 왕은 아들을 짐승이 아닌 이성적인 존재로 기르고 가르쳐야겠다고 마음먹었다.

왕비는 아기 돼지가 작은 코와 발을 자신의 무릎에 올리면

자연스럽게 생기는 애정에 가슴이 뭉클해졌다.

극진한 보살핌을 받고 자라는 동안 아기 돼지는 왕비를 자주 찾았다. 왕비는 아기 돼지가 작은 코와 발을 자신의 무릎에 올리면 자연스럽게 생기는 애정에 가슴이 뭉클해져 손으로 아기 돼지의 꺼칠꺼칠한 등을 어루만졌다. 그리고 아기 돼지에게 뽀뽀했다. 그러면 아기 돼지는 꼬리를 살랑살랑 흔드는 몸짓으로 자신이 어머니의 애정을 알고 있음을 드러냈다.

아기 돼지는 제법 자라서 사람처럼 말하고 도시를 걸어 다녔다. 하지만 진흙이나 배설물이 보이면 마치 돼지처럼 그 속에서 뒹굴어 온몸을 오물투성이로 만들곤 했다. 아기 돼지는 그 몸으로 왕과 왕비에게 다가가 아름다운 의복에 몸을 비벼서 옷을 더럽게 만들었다. 왕과 왕비는 아기 돼지가 친아들이었기에 그저 참아 냈다.

어느 날 평소처럼 온몸에 흙과 배설물을 묻히고 돌아온 돼지 왕자가 어머니의 멋진 의복 위에 몸을 누인 채로 꿀꿀거리며 얘기했다.

"어머니, 저 혼인하고 싶어요."

"그런 어리석은 말은 하지 마라. 어떤 아가씨가 너를 남편으로 받아주겠니? 어떤 귀족이나 기사가 더럽고 냄새 나는 너에게 딸을 주겠니?"

하지만 돼지 왕자는 아내가 필요하다며 계속 고집을 부리며 꿀꿀댔다.

왕비는 이 문제를 어떻게 해결해야 할지 몰라서 왕에게 의견을 물었다.

"우리 아들이 결혼하고 싶어서 안달이 났어요. 하지만 이런 아이를 남편으로 맞이할 사람을 어디서 찾겠어요?"

돼지 왕자는 매일 어머니에게 같은 요구를 했다.

"전 아내가 꼭 필요해요. 어머니, 오늘 제가 본 아가씨를 아내로 맞게 해 주지 않으면 가만히 있지 않겠어요. 이 아가씨 때문에 전 무척 행복해요."

이 처녀는 몹시 가난한 여인의 딸이었다. 여인에게는 세 딸이 있었는데 하나같이 무척 아름다웠다. 왕비는 가난한 여인과 첫째 딸을 불렀다.

"착한 어머니, 당신은 가난한 데다 자식들 때문에 짐이 많군요. 내가 지금 하는 말을 좋게 여기면 당신은 부자가 될 거예요. 나에게는 지금 보다시피 돼지처럼 생긴 아들이 있어요. 우리 아들을 당신의 첫째 딸과 결혼시키고 싶어요. 우리 아들을 보지 마세요. 왕과 나를 생각하세요. 왕과 내가 죽으면 당신 딸은 이 왕국을 통째로 물려받을 것입니다."

왕비의 말에 어린 아가씨는 마음이 몹시 불안하고 부끄러워서 얼굴이 빨개졌다. 그리고 무슨 일이 있어도 왕비의 제안을 따르지 않겠다고 얘기했다. 하지만 가난한 어머니가 딸에게 간곡히 애원하자 마침내 딸도 마음을 바꾸었다.

돼지 왕자가 여느 때처럼 온몸에 흙을 묻히고 집으로 돌아오자 왕비가 말했다.

"우리 아들, 우리가 너를 위해 네가 바라던 아내를 찾았어."

첫째 딸은 왕실에 걸맞은 화려한 의복을 차려입고 돼지 왕자 앞으로 나왔다. 돼지 왕자는 무척이나 아름답고 사랑스러운 신부를 보고 흥에 겨운 나머지 온몸에 더러운 오물을 묻힌 채로 신부에게 달려들어 발과 입술을 비비며 사랑을 표시하려고 애썼다. 하지만 신부는 돼지 왕자가 아름다운 드레스를 망치자 그를 옆으로 밀쳐 버렸다. 그러자 돼지 왕자가 신부에게 물었다.

"왜 날 이렇게 밀어내는 거요? 내가 당신을 위해 이런 의복을 만들어 주지 않았소?"

그러자 신부가 업신여기듯 대답했다.

"아뇨, 당신이든 왕국 전체의 어떤 돼지이든 옷을 만들 순 없죠."

잠자리에 들 시간이 되자 어린 신부는 혼잣말을 했다.

"저 역겨운 짐승을 어떻게 할까? 오늘 밤, 그가 잠이 들면 죽여 버려야지."

돼지 왕자는 멀리 있지 않았기에 신부의 말을 들었지만 아무 내색도 하지 않았다. 둘은 침실로 들어갔다. 돼지 왕자는 늘 하던 대로 냄새를 풍기는 더러운 몸 그대로 침대 속으로 들어갔다. 더러운 돼지 왕자의 주둥이와 발 때문에 화려한 침대가 더러워졌다. 돼지 왕자는 신부 옆에 누웠다가 신부가 잠이 들자 날카로운 발굽으로 내리쳤다. 깨어나지 못한 신부는 당연히 돼지 왕자를 죽일 수 없었다.

다음 날 아침, 왕비는 며느리를 보러 갔다가 죽은 며느리를 발견하고 큰 슬픔에 빠졌다. 도시를 돌아다니다 돌아온 돼지 왕자는 왕비가 몹시 비난하자, 아내가 먼저 자기를 죽이려고 했다며 벌컥 화를 내고는 분한 기색으로 물러났다.

하지만 얼마 지나지 않아 돼지 왕자는 또다시 왕비에게 죽은 신부의 동생 중 한 명과 다시 결혼하게 해 달라고 애원했다. 왕비는 그의 간청을 들어주지 않았다. 하지만 돼지 왕자는 고집을 꺾지 않고 끈질기게 간청하더니, 신부를 구해 주지 않으면 왕국의 모든 것을 엉망으로 만들겠다고 위협했다. 왕비는 왕에게로 가서 모든 이야기를 전했다. 그러자 왕은 팔자 사나운 자식이 더 이상 나쁜 짓을 하기 전에 죽이는 편이 현명할 것 같다고 대답했다. 하지만 왕비는 엄마로서 아들을 몹시 사랑했고 애정이 남달랐기에 그를 죽인다는 생각을 차마 할 수 없었다. 왕비는 또다시 가난한 여인과 둘째 딸을 왕궁으로 불렀다. 그리고 여인과 오랫동안 대화를 나누며 둘째 딸을 며느리로 달라고 간청했다. 마침내 둘째 딸도 돼지 왕자를 남편으로 맞이하겠다고 동의했다. 하지만 그녀의 운명도 언니보다 좋지 않아서 신랑은 그녀를 살해하고 급히 궁 밖으로 도망쳤다.

돼지 왕자는 늘 그런 것처럼 아무도 다가올 수 없을 정도로 심하게 지저분하고 나쁜 냄새를 풍기며 돌아왔다. 왕과 왕비는 돼지 왕자가 저지른 죄를 심하게 나무랐다. 하지만 돼지 왕자는 자기가 신부를 죽이지 않았더라면 신부가 자기를 죽였을 것이라며 큰 소리로 당당하게 떠들었다.

돼지 왕자는 얼마 지나지 않아 어머니에게 죽은 신부들의 막냇동생과 결혼시켜 달라고 또다시 간청했다. 신부들의 막냇동생은 언니들보다 훨씬 아름다웠다. 그의 요청은 끈질기게 무시되었지만 돼지 왕자는 그전보다 훨씬 막무가내였다. 결국 그 여인을 자신의 아내로 삼아주지 않으면 어머니를 죽이겠다며 잔인하고 살기등등한 말로 위협했다.

왕비는 이상한 말을 듣자 부끄럽고 마음이 몹시 상하고 정신이 나갈 것만 같았다. 하지만 다른 모든 생각은 제쳐 놓고 가난한 여인과 셋째 딸을 불렀다. 셋째 딸의 이름은 멜디나였다.

"멜디나, 우리 아가. 네가 돼지 왕자를 남편으로 받아들여 준다면 내가 몹시 기쁠 거야. 돼지 왕자를 보지 말고, 그의 아버지와 나를 보렴. 네가 사려 깊게 그를 참아 준다면 넌 이 세상에서 가장 행복한 여자가 될 거야."

멜디나는 오히려 고맙다는 듯이 얼굴에 미소를 보였다. 그녀는 왕비의 제안을 기꺼이 따를 것이며, 자신을 며느리로 택해 주어 황송하다고 대답했다. 셋째 딸은 강력한 군왕의 며느리가 되라는 왕비의 제안을 커다란 행운으로 여겼다. 왕비는 겸손하고 사근사근한 아가씨의 대답을 듣자 몹시 기뻐서 흐르는 눈물을 멈출 수가 없었다. 하지만 멜디나에게 언니들과 같은 일이 일어날까 봐 늘 두려웠다.

새 신부는 호화로운 의복을 차려입고 보석으로 치장한 채 신랑을 기다렸다. 때마침 어느 때보다 지저분하게 온몸에 오물을 묻힌 돼지 왕자가 방 안으로 들어왔다. 새 신부는 화려한 드레스를 펼치며 자기 옆에 누우라고 돼지 왕자에게 청했다. 왕비는 새 신부에게 돼지 왕자를 밀쳐 내라고 얘기했지만 신부는 그러지 않았다.

"제가 기억하는 세 가지 금언이 있습니다. 첫째는 찾을 수 없는 걸 찾는 것은 시간을 낭비하는 어리석은 짓이라는 금언이지요. 둘째는 일리 있고 사리에 맞는 것을 제외하고, 들을 수 없는 것은 믿지 말아야 한다는 금언입니다. 마지막으로 일단 귀하고 소중한 보물을 손에 넣으면 그것을 귀중하게 여기고 단단히 붙잡아야 한다는 금언입니다."

신부가 말을 마치자 깨어 있던 돼지 왕자가 벌떡 일어나더니 신부에게 입을 맞추고 꼭 끌어안았다. 이제 침대에 들어갈 시간이 되어 신부는 먼저 침대 속으로 들어가서 신랑을 기다렸다. 신랑이 침대로 올라오자 신부는 침대보를 들더니 자기 옆에 누우라고 말하며 베개를 신랑의 머리 밑에 대어 주었다. 그리고 신랑이 추위를 타지 않게 이불을 살그머니 덮어 주고 커튼을 쳐 주었다. 아침이 되자 자리에서 일어난 돼지 왕자는 습관처럼 풀밭을 돌아다니러 나갔다. 바로 뒤이어 왕비가 방으로 들어왔다. 신부가 언니들과 같은 운명을 맞이했을 것이라고 생각했던 왕비는 기쁘고 만족한 표정으로 누워 있는 멜디나를 보고, 마침내 아들이 제 취향에 맞는 배우자를 찾았다고 하나님의 은총에 감사했다.

얼마 후, 돼지 왕자는 아내와 기쁘게 대화를 나누던 중 말했다.

"사랑하는 우리 아내, 멜디나. 당신이 비밀을 지키겠다고 약속해 준다면 당신에게 내 비밀 하나를 털어놓고 싶소. 당신은 무척 신중하고 현명한 사람임을 이제 알았소. 그리고 나를 진심으로 사랑한다는 것도. 그래서 난 내 비밀을 당신에게 들려주고 싶어요."

"당신이 원하신다면 제게 안심하고 털어놓으세요. 당신이 허락하지 않는 한 어느 누구에게도 비밀을 폭로하지 않겠다고 약속할게요."

멜디나가 대답했다.

아내의 신중하고 충실한 성격을 확신한 돼지 왕자는 바로 더럽고 냄새나는 돼지가죽을 몸에서 떨어내더니 몸을 일으켜 잘생기고 균형 잡힌 몸매를 가진 젊은 청년의 모습을 드러냈다. 그리고 사랑하는 아내와 몸을 꽉 붙인 채로 잠이 들었다. 돼지 왕자는 아직은 불행에서 벗어날 완벽한 때가 되지 않았기에 아내에게 이 사실을 절대 말하지 말라고 신신당부했다. 돼지 왕자는 더러운 돼지가죽을 다시 몸에 쓰고 침대에서 일어났다.

멜디나가 돼지 대신 잘생기고 씩씩한 젊은 왕자를 신랑으로 맞이했다는 사실을 알고 얼마나 기뻤을지 독자들도 충분히 짐작할 수 있을 것이다. 얼마 후, 아이를 임신한 신부는 출산 날이 되어 잘생긴 남자아이를 낳았다. 왕과 왕비는 막 태어난 아기가 짐승이 아닌 사람의 모습이어서 몹시 기뻐했다.

하지만 멜디나는 신랑의 특이하고 막중한 비밀을 간직하느라 마음이 심히 괴로워서 어느 날 시어머니를 찾아갔다.

“자애로운 왕비님, 제가 처음 왕비님의 아들과 결혼할 때는 짐승과 결혼한다고 생각했지요. 그런데 이제 보니 당신은 제게 세상에서 가장 잘생기고 가장 귀하고 가장 씩씩한 청년을 남편으로 주었습니다. 그는 제 방에 들어오면 더러운 가죽을 벗어서 바닥에 두고 아주 잘생긴 청년으로 변합니다. 이렇게 놀라운 일을 눈으로 보지 않으면 믿을 사람이 아무도 없겠지요.”

왕비는 며느리가 농담을 했다고 생각했다. 하지만 멜디나는 자신의 말이 진실이라고 고집했다. 왕비가 자신의 눈으로 직접 보고 싶다고 요구하자 멜디나가 대답했다.

“오늘 밤 제 방으로 오세요. 우리가 먼저 잠이 들고 방문이 열릴 거예요. 그럼 제 말씀이 사실이라는 것을 알게 될 거예요."

그날 밤 모두 잠자리에 들고 약속한 시간이 되자, 왕비는 왕과 함께 횃불을 밝혀서 아들의 방으로 갔다. 방으로 들어간 왕비는 방구석에 놓인 돼지가죽과 멜디나의 품속에 누워 있는 잘생긴 청년을 발견했다. 왕과 왕비는 몹시 기뻤다. 왕은 아무도 방을 나가지 못하게 한 후 돼지가죽을 잘근잘근 썰어 버리라고 명했다. 왕과 왕비는 아들의 회복된 모습을 보고 몹시 기쁜 나머지 거의 죽을 것만 같았다.

갈레오또 왕은 자신이 멋진 아들과 잘생긴 손자를 두었다는 생각에 왕관과 왕의 옷을 벗어 버렸다. 그리고 성대한 의식을 베풀어 아들을 왕위에 앉혔다. 돼지 왕자는 이제 돼지 왕이 되었다. 젊은 왕은 모든 백성을 만족시키며 나라를 다스렸다. 그리고 사랑하는 아내 멜디나와 함께 오래도록 행복하게 살았다.

Notes on the Story

THE PIG KING

<돼지 왕>의 주제인 끔찍한 동물 신랑은 민간 설화에서 흔히 볼 수 있다. 이런 주제는 고대 세계에도 있었다. 가장 유명한 '큐피드와 프시케' 이야기, 2세기 고대 로마의 소설인 아플레이우스의 <황금 당나귀(이 이야기는 C.S. 루이스의 소설 ≪우리가 얼굴을 찾을 때까지≫를 비롯해 많이 구전되었다)>가 있다. 다른 버전에 속하는 <미녀와 야수>도 있다. 돼지는 문화적으로 혐오스럽고 사나운 존재로 인식된다. 따라서 끔직한 동물 신랑으로 삼기에 완벽하다.

돼지(혹은 고슴도치)가 등장하는 유사한 이야기로 마리-카트린 도느와의 <멧돼지 왕자>와 그림 형제의 <한스, 나의 고슴도치>가 있다. <돼지 왕>은 중매결혼을 강요당하는 젊은 여자의 곤경을 분명히 다루었다. 이 이야기에서 어머니는 돈과 사회적 지위 때문에 더럽고 잔인한 돼지와 결혼하라고 세 딸에게 강권한다. 막내딸의 순종은 이런 이야기의 익숙한 주제요 캐릭터이다. 순종적인 여자에게는 보답이 돌아가고 거역하는 여자에게는 벌을 내린다는 식이다.

파슬리

PARSLEY

잠바티스타 바실레

옛날 옛적에 파스카도찌아라는 임산부가 살았다. 어느 날 임산부는 오그르의 정원을 빤히 들여다보다가 꽤 좋은 파슬리가 심겨 있는 것을 발견했다. 여인은 그 파슬리를 꼭 갖고 싶어서 정신을 잃을 지경이었다. 오그르가 집을 비우자 여인은 자신을 억제하지 못하고 파슬리 한 줌을 쏙 뽑았다. 잠시 후 집으로 돌아온 오그르는 스프를 만들려다가 누군가가 파슬리를 훔쳐 갔음을 알아챘다.

"재수 옴 붙었네. 손가락이 길쭉한 불한당을 꼭 잡아서 후회하게 만들어야겠어. 내가 꼭 혼을 내 줘야지. 제 접시의 음식만 먹고 다른 사람의 음식은 집적거리지 말아야 한다는 것을 가르쳐야겠어."

가난한 여인은 그 후로도 오그르의 정원을 들락날락했고 그러던 어느 날 오그르와 마주치고 말았다. 오그르가 소리쳤다.

"드디어 잡았네. 도둑년, 불한당 같으니라고! 말해 봐, 뻔뻔하게도 내 텃밭에 맘대로 들어와서 내 식물을 훔쳐 가다니, 이걸 갚기는 할 거야? 반드시 반성하게 만들어 주지!"

불쌍한 파스카도찌아는 무시무시한 공포에 질린 채 이런저런 변명을 늘어놓았다. 식탐이나 배가 몹시 고파서 그런 것이 아니라 악마에 홀려서 이런 잘못을 저질렀다고 했다. 아기가 얼굴에 파슬리를 붙이고 태어날 것이 몹시 두려워서 그랬다는 것이다.

"장황한 이야기는 필요 없어. 그만 실없는 소린 듣기 싫다고. 빚을 졌으면 갚아야지. 아이를 내게 준다고 약속해. 남자아이든 여자아이든 뭐가 되었든 말이야."

불쌍한 여인은 위험에서 벗어나려는 마음에 한 손을 다른 한 손에 대고 꼭 약속을 지키겠다고 맹세했다. 오그르는 여인을 풀어 주었다. 여인은 여자아이를 낳았다. 아기가 너무 예뻐서 바라보기만 해도 기분이 정말 좋았다. 여인은 아기의 이름을 파슬리로 지었다. 여인은 아이가 일곱 살이 되자 학교에 보냈다. 아이는 길을 걸어 다닐 때마다 오그르를 만났는데 오그르는 아이에게 매번 이런 이야기를 했다.

"네 어머니에게 약속을 잊지 말라고 전해."

오그르가 어찌나 자주 이런 말을 하던지 불쌍한 아이 엄마는 그만 인내심을 잃고 말았다. 매일 똑같은 불평을 듣는데 질려서 어느 날 파슬리에게 이렇게 얘기하고 말았다.

"평소처럼 나이 든 아주머니를 만났는데 그 아주머니가 가증스러운 약속 이야기를 또 하면 이렇게 말해. '그럼 가져가세요.'"

꿈에도 나쁜 일은 생각해 본 적이 없는 파슬리는 또다시 오그르를 만나서 똑같은 이야기를 듣자, 어머니가 말해 준 대로 천진난만하게 대답했다. 그러자 오그르는 바로 아이의 머리카락을 움켜잡고 태양의 말들도 들어갈 수 없는 숲으로 데려갔다. 오그르는 가여운 아이를 탑 속에 집어넣었다. 오그르가 자기만의 기술로 하늘 높이 솟게 만든, 문이나 사다리도 없는 탑이었다. 선원들이 배의 돛대를 오르내릴 때처럼 오그르는 무척이나 기다란 파슬리의 머리카락을 타고 탑에 딸린 자그마한 창문으로 드나들었다.

오그르가 탑을 떠난 어느 날, 파슬리는 작은 창문 밖으로 얼굴을 내놓고 기다란 머리카락을 햇볕 아래 늘어뜨렸다. 한 왕자가 이곳을 지나가다가 모든 사람을 불러모을 만큼 아름다운 황금빛 땋은 머리를 보게 되었다. 출렁이는 황금빛 물결 앞에 선 왕자가 깜짝 놀라서 위를 쳐다보자 모든 사람의 마음을 사로잡을 만한 미인의 얼굴이 보였다. 그는 단번에 지독한 사랑에 빠져 버렸다. 왕자가 미인을 보며 한숨을 크게 내쉬자 여자도 남자에게 호감을 표시했다. 그녀는 자신이 처한 곤경을 털어놓더니 살려달라고 애원했다. 하지만 오그르 중에 자기와 전혀 상관이 없는 일인데도 일일이 캐고 다니고, 매사에 간섭하고, 비밀을 엿듣는 것을 좋아하는 험담꾼이 있었다. 이 오그르는 파슬리를 가둔 사악한 오그르에게 파슬리가 어떤 청년과 얘기하는 것을 봤으며, 그녀가 의심스러우니 잘 지켜보라고

그녀는 자신이 처한 곤경을 털어놓더니

살려 달라고 애원했다.

속닥였다. 사악한 오그르는 험담꾼 오그르에게 알려 주어서 고맙다고 했다. 그리고 주변 길을 확실히 틀어막을 것이라면서 파슬리는 결코 달아날 수 없다고 했다. 파슬리가 부엌 서까래 속에 있는 오배자 세 개를 손안에 쥐지 않는 한 절대 도망칠 수 없도록 자기가 주문을 걸어 놨다고 했다.

두 오그르가 이런 이야기를 하는 동안 험담꾼 오그르를 의심하던 파슬리는 이들의 이야기를 모두 듣게 되었다. 이제 새까만 밤이 찾아오자 약속대로 왕자가 찾아왔다. 파슬리가 머리카락을 늘어뜨리자 왕자가 양손으로 붙잡고 소리쳤다.

"당겨요."

왕자를 끌어올린 파슬리는 우선 그를 서까래 위로 올려서 오배자를 찾게 했다. 파슬리는 오그르의 마법에 걸린 적이 있기에 그 효과를 잘 알고 있었다. 밧줄로 사다리를 만들어서 함께 땅바닥으로 내려온 두 사람은 도시로 달아날 생각이었다.

마침 이들이 밖으로 나온 것을 보게 된 험담꾼 오그르가 "이봐요!" 하고 크게 소리치며 소동을 피우자 사악한 오그르가 잠에서 깼다. 파슬리가 밖으로 달아나는 것을 본 사악한 오그르는 두 사람을 쫓아갔다. 두 사람은 고삐 풀린 말보다 더 빨리 쫓아오는 사악한 오그르를 보고 자신들은 이제 죽었다는 생각에 체념했다. 하지만 그 순간 오배자를 떠올린 파슬리가 급히 오배자 하나를 땅바닥에 던졌다. 이런, 갑자기 어디선가 코르시카 불도그 한 마리가 불쑥 튀어나왔다. 끔찍한 짐승 같으니! 불도그는 사악한 오그르를 한입에 먹어 치우려는 듯 입을 쫙 벌리고 컹컹 짖으며 달려들었다. 하지만 그 어느 때보다 더 교활하게 독기를 품은 늙고 사악한 오그르가 손을 주머니에 넣더니 빵 한 조각을 꺼내서 불도그에게 주었다. 불도그는 바로 꼬리를 내리고 화를 눌렀다.

사악한 오그르가 달아나는 두 사람을 또다시 쫓아왔다. 따라붙는 오그르를 향해 파슬리는 두 번째 오배자를 땅바닥에 던졌다. 그러자 사나운 사자 한 마리가 불쑥 튀어나왔다. 사자는 꼬리로 땅바닥을 후려치고 갈기를 휘날리더니 턱을 쫙 벌리며 오그르를 산산조각 낼 기세로 잽싸게 돌아섰다. 오그르는 풀밭 한가운데서 풀을 뜯던 나귀의 가죽을 쭉 벗겨서 사자에게 달려갔다. 오그르를 진짜 나귀로 생각한 사자는 깜짝 놀라서 최대한 빨리 달아났다.

두 번째 장애물을 뛰어넘은 사악한 오그르는 다시 가여운 연인들을 추격했다. 달그락달그락 달려오는 오그르의 발소리를 들은 데다 공중에 피어오르는 먼지 구름을 본 연인들은 오그르가 또다시 쫓아오는 것을 알았다. 하지만 오그르는 사자가 쫓아올까 봐 너무나 두려워서 나귀의 가죽을 벗을 수 없었다. 파슬리가 세 번째 오배자를 던지자 늑대 한 마리가 튀어나왔다. 늑대는 오그르가 다른 속임수를 쓸 새도 없이 꼭 나귀처럼 보이는 오그르를 꿀꺽 집어삼켰다. 파슬리와 왕자는 위험에서 벗어나 한가롭고 침착하게 왕자의 왕국으로 갔다. 왕자의 아버지는 이들의 결혼을 선뜻 허락했다. 폭풍 같은 운

명을 모두 겪은 두 사람은 다음과 같은 사실을 깨달았다.

항구에서 한 시간을 보내 두려움이 사라진 선원은
백 년간의 폭풍을 잊게 마련이다.

Notes on the Story

PARSLEY

나폴리에서 태어난 잠바티스타 바실레(1575-1632)는 군인이자 왕의 신하, 시인, 동화 수집가로 활동했다. 그는 한동안 베니스에서 살았지만 고향으로 돌아가서 다양한 시집을 출간했다. 지금은 ≪이야기 속의 이야기≫ 혹은 ≪어린이들을 위한 여흥≫이라는 나폴리의 동화집 작가로 유명하다. 또한 ≪펜타메론≫이라는 나폴리 동화집이 1634년과 1636년에 두 권으로 출간되었다. 그의 누이가 유작으로 출간한 것이다.

⧗

바실레 특유의 현란한 문체로 저술한 이야기들은 모두 독특한 나폴리 사투리가 특징이다. 그림 형제는 바실레의 동화집을 무척 높이 평가했는데 페로와 다른 프랑스 작가들이 그의 작품을 이용했다는 주장이 있다.

⧗

바실레의 동화는 <신데렐라>와 <잠자는 숲속의 공주>, <라푼젤>을 포함해 일부는 현존하는 가장 오래된 이형 작품에 속한다. 라푼젤의 여주인공은 나중에 나온 다른 판본의 여주인공들보다 더 거침이 없는 편이다.

해와 달과 탈리아

SUN, MOON, AND TALIA

잠바티스타 바실레

옛날 옛적에 훌륭한 영주가 살았다. 영주는 딸이 태어나자 탈리아라는 이름을 지어 주고, 여러 예언자와 현자를 불러서 딸의 운명을 알려 달라고 청했다. 이들은 신중한 논의 끝에 아마 줄기 하나로 엄청난 재앙이 시작될 것이라는 결론을 내렸다. 그러자 왕은 위험을 피하기 위해 아마나 대마 혹 그와 비슷한 것이라면 어떤 것이라도 집 안으로 들이지 말라는 명령을 내렸다.

어느 날 창문가에 서 있던 장성한 탈리아가 실을 잣는 할머니를 발견했다. 탈리아는 지금까지 실패나 물렛가락을 한 번도 본 적이 없었기에 무척 신기해했다. 호기심이 너무 컸던 탈리아는 할머니를 위층으로 올라가게 하고는 손으로 실패를 잡고 실을 뽑아내기 시작했다. 그런데 불행히도 아마 줄기 하나가 손톱 밑으로 파고들었다. 죽은 듯이 바닥으로 풀썩 쓰러지는 탈리아의 눈에 급히 아래층으로 절뚝거리며 내려가는 할머니가 보였다.

불행한 아버지는 탈리아에게 닥친 재앙에 서글프게 울더니 그녀를 지방의 한 저택으로 데려가서 양단 덮개로 가린 벨벳 시트 위에 두었다. 그는 탈리아를 가둔 집 안의 방문을 모두 잠그고 머릿속에서 모든 기억을 몰아내기 위해 불행이 일어났던 장소를 영원히 찾지 않았다.

어느 날 어떤 왕이 사냥을 나왔는데 매 한 마리가 자리에서 달아나더니 탈리아가 잠든 저택의 창문으로 날아들었다. 왕은 아무리 불러도 매가 돌아오지 않자 수행원들에게 저택의 문을 두드리게 했다. 하지만 한참 동안 문을 두드려도 기척이 없었다. 왕은 저택 안을 살펴보기 위해 사다리를 가져오라고 했다. 사다리를 타고 올라간 왕은 저택 안을 모두 살폈지만 사람이 없어서 깜짝 놀랐다. 이윽고 탈리아가 누워 있는 방으로 들어온 왕은 그녀의 잠을 깨우기 위해 큰 소리를 냈다. 하지만 왕이 아무리 큰 소리로 불러도 탈리아는 여전히 잠에서 깨어나지 않았다. 왕은 두 팔로 번쩍 들더니 침대로 데려가서 그녀와 잠을 잤다. 왕은 그녀를 침대에 그대로 둔 채 본인의 왕국으로 돌아갔다. 자기 나라에서 처리할 업무가 많았기에 한동안 이번 일을 잊고 지냈다.

아홉 달 후 탈리아는 아름다운 두 아이를 낳았다. 하나는 아들, 다른 하나는 딸이었다. 아이들 속에는 진귀한 보물이 보이는 것 같았다. 탈리아의 저택에서 세 사람의 시중을 들던 두 요정은 아이들을 어머니의 젖가슴에 붙여 주었다. 하지만 아이들은 배가 고팠기에 탈리아의 손가락을 빨아

왕은 아름다운 두 아이와 함께 있는 탈리아를 발견하고

몹시 놀라 넋을 잃을 지경이었다.

댔다. 그런데 어찌나 심하게 빨았는지 탈리아의 손가락 속에 박혀 있던 아마 조각이 쑥 튀어나왔다. 그러자 탈리아는 깊은 잠에서 깨어났다. 그녀는 옆에 놓인 보석처럼 소중한 아이들을 보더니 마음으로 이해하고 자신의 목숨보다 사랑했다. 하지만 어쩌다 혼자서 저택에 두 아이들과 함께 있게 되었는지, 누가 음식과 음료를 갖다주었는지 정말 궁금했다.

얼마 후 탈리아가 생각난 왕은 그녀를 보러 갈 기회를 잡기 위해 사냥에 나섰다. 왕은 잠에서 깨어나 아름다운 두 아이와 함께 있는 탈리아를 발견하고 몹시 놀라 넋을 잃을 지경이었다. 이제 왕은 탈리아에게 자신의 신분을 밝히고 두 사람이 쌓은 깊은 정분을 얘기하며 며칠 동안 저택에 머물렀다. 왕은 저택을 떠나면서 다시 돌아와 탈리아를 데려갈 것이라고 약속했다.

본인의 나라로 돌아온 왕은 이제 날마다 탈리아와 아이들의 이름을 계속 되뇌었다. 입안에 음식을 물고서 탈리아와 해와 달(왕이 직접 아이들에게 붙여 준 이름이었다)을 계속 읊을 정도였다. 심지어 잠자리에 들 때도 이들의 이름을 외는 것을 멈추지 않았다.

한편 왕의 아내는 왕이 사냥을 나서면 오랫동안 돌아오지 않자 의심이 날로 커졌다. 게다가 왕이 계속 탈리아와 해와 달을 부르자 몹시 화가 나서 왕의 비서관을 불렀다.

"자넨 내 친구잖아. 그런데 나랑 왕 사이에서 껴서 이러지도 저러지도 못하고 무척 난처한 입장이겠지. 우리 남편이 사랑에 빠진 사람이 누군지 말해. 그럼 내가 자네를 부자로 만들어 줄게. 만약 나한테 사실을 숨기면 자넨 후회하게 될 거야."

왕의 비서관은 한편으로는 두려운 마음이 드는 데다 또 한편으로는 탐욕에 눈이 멀어, 명예와 정당성과 충성심을 버리고 왕비에게 모든 사실을 털어놓았다. 그러자 왕비는 곧 탈리아에게 비서관을 보내서 왕이 아이들을 보고 싶어 한다는 전갈을 보냈다. 탈리아는 무척 기쁜 마음으로 아이들을 아버지에게 보냈다. 하지만 왕비는 남편을 벌하고 싶었기에 요리사에게 아이들을 죽여서 꼴도 보기 싫은 남편이 먹을 수 있게 여러 방법으로 요리하라고 명령했다.

요리사는 마음이 따뜻한 사람이라서 황금빛 사과 같은 가여운 아이들을 몹시 불쌍히 여겼다. 그는 아내에게 아이들을 맡기며 잘 숨기라고 말했다. 그리고 작은 염소 두 마리를 백 가지 방법으로 요리했다.

왕이 들어오자 왕비는 요리를 내놓으라고 잽싸게 명령했다. 왕은 몹시 기뻐하며 음식을 먹더니 이렇게 소리쳤다.

"정말 맛있는 요리군! 오, 아주 훌륭해! 우리 할아버지의 영혼을 갈아 만든 것 같네."

왕비는 왕이 음식을 먹는 동안 계속 같은 말을 반복했다.

"어서 드세요. 당신은 지금 당신 몫을 드시는 거예요."

처음에 왕은 왕비가 하는 말을 신경쓰지 않았지만 계속 같은 말을 듣다 보니 거슬렸다.

"나도 내가 뭘 먹는지 잘 알고 있소. 당신은 이 집에 가져온 게 하나도 없잖아."

한편 왕비는 자신이 저지른 일로도 분이 풀리지 않아서 다시 왕의 비서관을 불렀다. 그리고 왕이 탈리아를 보고 싶어 하는 것처럼 꾸며서 데려오라고 했다. 왕의 호출을 받은 탈리아는 가장 사랑하는 사람을 보고 싶은 마음에 즉시 길을 나섰다.

탈리아가 오자 왕비는 독사처럼 독이 가득한 네로의 얼굴로 이렇게 얘기했다.

"잘 왔네, 참견쟁이 아줌마! 그래, 넌 내 머리를 빙빙 돌게 만든 나쁜 년이야. 지옥에 잘 왔어. 지금까지 너 때문에 입은 피해를 모두 갚아 주겠어."

탈리아는, 왕비의 남편이 자신이 사는 곳을 침범한 것은 자신이 잠이 들었을 때라고 해명하려고 했다. 하지만 왕비는 그녀의 말을 한마디도 들으려고 하지 않았다. 뜰 안에 커다란 불을 피우고, 그 불꽃 속에 탈리아를 던지라고 신하들에게 명령했다. 가여운 탈리아는 무릎을 꿇고는 죽기 전에 최소한 옷을 벗을 시간을 달라고 애걸했다. 왕비는 탈리아의 드레스를 갖고 싶었기에 이렇게 말했다.

"옷 벗는 걸 허락한다."

탈리아는 엄청난 슬픔에 울부짖으며 옷을 하나씩 벗었다. 망토와 드레스와 재킷을 벗은 다음 페티코트를 벗으려는 순간 신하들이 다가와 그녀를 붙잡고 끌고 갔다.

그 순간 뜰에 도착한 왕은 상황을 알아차리고 모든 진실을 알아야겠다고 요구했다. 왕은 또한 아이들에 대해 물었다. 자신의 아내가 아이들을 살해하라고 명령했다는 사실을 안 왕은 기분이 몹시 나빠진 채 체념하며 중얼거렸다.

“아, 그렇다면 나는 귀여운 어린 것들을 죽인 늑대로구나. 변절한 마녀 같은 것, 이렇게 사악한 짓을 저지르다니. 썩 꺼져라. 널 사막에 처넣겠다!”

왕은 탈리아를 죽이려고 왕비가 피웠던 불 속으로 그녀를 던졌다. 그리고 사악하고 잔인한, 이 모든 짓을 주동한 비서관도 함께 불 속으로 던졌다.

왕은 요리사가 아이들을 죽인 줄 알고 그에게도 같은 벌을 주려고 했다. 그러자 요리사가 왕의 발밑에 몸을 던지며 읍소했다.

“전하, 전하를 도와드린 제가 석탄이 펄펄 끓는 용광로 속으로 던져질 줄은 몰랐습니다. 용광로 속에서 재가 되어 왕비의 재와 섞일 줄 몰랐습니다. 무슨 엄청난 보답을 바라고 전하의 자식들을 죽이려고 했던 저 사악한 마녀의 뜻을 거스르고 아이들을 구해 이 자리로 데려온 것이 아닙니다.”

왕은 이 말을 듣자 그저 꿈을 꾸는 것만 같았다. 자신이 직접 들은 말을 믿을 수가 없었다. 왕은 요리사에게 말했다.

“네가 아이들을 살려 주었다는 말이 사실이라면 나는 불구덩이 속에서 너를 살리고 이 세상에서 가장 행복한 사람이 되기에 충분한 보상을 내리겠다.”

왕이 이런 얘기를 하고 있을 때, 요리사의 아내가 해와 달을 왕의 앞으로 데려왔다. 왕은 빙글빙글 원을 돌며 한 사람씩 입맞춤을 해 주었다. 그리고 요리사에게 큰 상을 내리고 그를 시종으로, 탈리아는 아내로 삼았다. 탈리아는 남편과 아이들과 함께 오래도록 행복하게 살았다.

복이 있는 사람들은 잠자리에 들 때,
더없는 행복이 그들의 머리 위에 비처럼 쏟아질 것이다.

Notes on the Story

SUN, MOON, AND TALIA

잠바티스타 바실레의 원작 <해와 달과 탈리아>는 1697년에 출간된 샤를 페로의 유명한 작품 <잠자는 숲속의 미녀>의 원본일 가능성이 크다. 2부로 구성된 이야기인데, 잠자는 숲속의 미녀처럼 여주인공이 물레에 손가락을 찔리면서 죽음 같은 수면에 빠진다. 그리고 여주인공과 왕의 아이들을 살해해서 요리하고 음식으로 내놓기를 바라는 질투심 강한 아내나 사악한 새어머니가 등장한다.

바실레의 작품에서 여주인공은 마법에 걸린 수면 상태에서 인근을 지나가던 왕의 방문으로 임신을 하게 된다. 여주인공은 쌍둥이를 낳고 요정들의 보살핌을 받으며 외딴집에서 아이들과 함께 산다. 요정들은 이들의 생존을 보장하기 위해 음식과 음료를 제공한다.

그림 형제는 ≪그림 동화집(원제목: 그림 형제에 의해 수집된 아이들과 가정의 민화)≫에서 상당히 다른 이야기를 출판했다. 이에 관하여서는 <들장미> 편을 참고하면 된다.

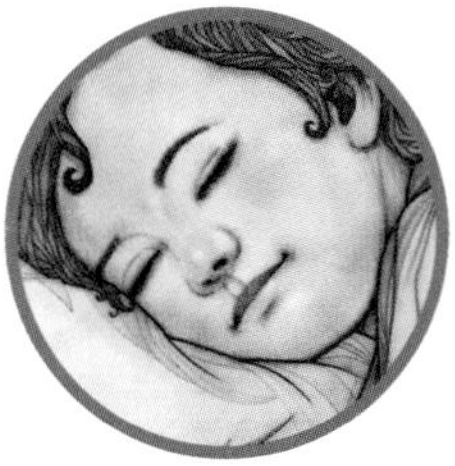

체네렌톨라

CENERENTOLA

잠바티스타 바실레

옛날 옛적에 홀아비 귀족이 살았다. 그에게는 딸 하나가 있었는데 너무 소중해서 그의 눈에는 딸만 보였다. 홀아비 귀족은 딸을 돌봐 줄 가정교사를 두었다. 가정교사는 딸에게 사슬세공과 뜨개질, 포인트 레이스를 가르쳐 주었다. 아버지는 딸에게 말로 다 할 수 없는 애정으로 대했지만 딸은 무척 외로웠기에 가정교사에게 매번 이런 말을 했다.

“당신은 정말 친절하고 사랑이 많으세요. 그런 당신이 제 어머니라면 얼마나 좋을까요.”

귀족의 딸이 이런 말을 너무 많이 하는 바람에 머리가 이상해진 가정교사는 마침내 이렇게 대답했다.

“네가 부족한 내 머리에서 나온 조언을 잘 따르겠다면 네 어머니가 되어 줄게. 그럼 넌 내 눈에 넣어도 아프지 않을 소중한 사람이 될 거야.”

가정교사가 더 말하려는 순간 귀족의 딸인 제졸라가 끼어들었다.

“말을 끊어서 죄송해요. 당신은 제가 잘되기를 바라는 사람이라는 걸 난 알아요. 그러니 이야기는 그만하세요. 그저 방법만 알려 주세요. 당신이 써 주는 대로 읽어 볼게요.”

“자, 그럼 귀를 활짝 열고 잘 들어. 그럼 넌 밀가루만큼 하얀 빵을 먹게 될 거야. 넌 네 아버지가 너를 기쁘게 해 줄 수만 있다면 가짜 돈이라도 만들 사람이라는 걸 잘 알 거야. 그러니 아버지가 널 어루만질 때마다 나와 결혼해서 날 귀족부인으로 만들어 달라고 애원해야 해. 네 행운을 신께 감사하렴! 넌 내 인생의 주인이 될 거야!”

제졸라는 가정교사가 조언해 준 대로 다 따를 때까지 매 순간이 천년처럼 느껴졌다. 제졸라는 어머니의 죽음을 애도한 후 아버지의 기분을 살피기 시작했다. 그리고 아버지에게 가정교사와 결혼해 달라고 애원했다. 홀아비 귀족은 딸의 말을 처음에는 그저 농담으로 받아들였다. 하지만 아무리 터무니없는 얘기라도 제졸라가 계속 반복하자 아버지는 딸의 간청에 넘어갔다. 귀족은 딸의 가정교사와 결혼하면서 성대한 연회를 베풀었다. 젊은 사람들이 춤을 추는 동안 제졸라는 집 안의 창문가에 서 있었다. 그때 비둘기 한 마리가 날아들더니 벽에 걸터앉으며 이런 말을 했다.

“무엇이든 필요한 게 있으면 사르데냐 섬에 사는 요정들의 비둘기에게 요청하세요. 그럼 원하는 것을 바로 얻게 될 거예요.”

그런데 새어머니가 제졸라를 넘치도록 사랑한 기간은 대엿새뿐이었다. 이 기간 동안은 제졸라를 식탁의 가장 좋은 자리에 앉히고, 가장 좋은 음식을 주고, 가장 좋은 의복을 입혔다. 하지만 이내 자신이 받은 혜택을 모두 잊어버리고 친자식 여섯 명을 집으로 데려왔다. 사실 가정교사는 딸이 주렁주렁 딸린 과부라는 말을 아무에게도 하지 않았었다. 이제 그녀는 남편에게 친딸들에 대한 칭찬만 늘어놓았다. 귀족은 의붓딸들만 좋아하고 친딸에 대한 생각은 가슴에서 완전히 잊고 말았다.

제졸라의 상황은 날이 갈수록 더 나빠졌다. 궁궐 같은 방에서 부엌으로 쫓겨나는 신세가 되었다. 침대 캐노피는 부엌 화로로, 비단과 금으로 만든 멋진 의복은 행주로, 지휘봉은 쇠꼬챙이로 바뀌었다. 처한 상황만 바뀐 것이 아니었다. 제졸라라는 이름이 체네렌톨라로 바뀌어서 이제 그 이름으로 불렸다.

어느 날 볼일 때문에 사르데냐로 가야 했던 귀족은 의붓딸 여섯 명을 불렀다. 자신이 돌아오는 길에 구해 줄 테니 무엇을 갖고 싶은지 의붓딸들에게 일일이 물었다. 한 의붓딸은 화려한 드레스를, 다른 의붓딸은 머리 장식을, 또 다른 의붓딸은 얼굴에 바를 볼연지를, 다른 딸들은 장난감과 장신구 등 이런저런 것들을 요구했다. 귀족은 마지막으로 친딸을 불러 조롱하는 말투로 물었다.

"얘야, 갖고 싶은 게 있니?"

"아무것도 없어요, 아버지. 그래도 아버지가 물으신다면 요정들의 나라에서 뭘 좀 갖다주시면 좋겠어요. 혹시 제 부탁을 잊어버리시면 아버지는 앞이나 뒤로 움직일 수 없을지도 몰라요. 그럼 제가 말씀 드린 것을 잊지 마세요. 그게 있으면 아버지는 순조롭게 빠져나올 수 있을 거예요."

이제 귀족은 길을 떠나 사르데냐 섬에서 볼일을 마친 후 의붓딸들이 부탁했던 것들을 모두 구했다. 하지만 그의 머릿속에는 가여운 제졸라에 대한 생각이 전혀 들지 않았다. 그는 집으로 돌아갈 배에 탔지만 어찌 된 일인지 배는 항구를 떠나지 못했다. 마치 바다칠성장어에 막힌 것처럼 꼼짝달싹하지 못했다. 낙심하고 기진맥진해진 배의 선장은 바닥에 누워 잠에 빠졌다. 그러자 꿈속에서 요정이 나타나 이런 이야기를 했다.

"배가 항구를 벗어나지 못하는 이유를 아나요? 그건 바로 다른 사람과의 약속은 모두 기억하면서 친딸과의 약속을 어긴 귀족이 당신의 배에 탔기 때문입니다."

잠에서 깬 선장은 귀족에게 다가가 꿈 이야기를 했다. 딸과의 약속을 저버렸다는 말에 부끄럽고 혼란스러워진 귀족은 요정들의 동굴로 향했다. 요정들에게 딸을 칭찬하는 말을 하고 나서 딸에게 줄 것들을 부탁했다. 그러자 동굴에서 아름다운 아가씨 한 명이 앞으로 나오더니 친절하게도 귀족의 딸이 자신을 기억해 줘서 고맙다는 인사를 했다. 또한 딸에게 잘 지내라는 말을 전해 달라고 했다. 그리고 귀족에게 야자나무와 괭이, 금으로 된 작은 양동이와 비단 헝겊을 주면서 괭이로는 괭이질을 하고 금 양동이로는 야자나무에 물을 주라고 설명했다.

선물을 받고 무척 당황한 귀족은 요정들의 동굴을 떠나 자기 나라로 돌아왔다. 그리고 의붓딸들이 원했던 것들을 모두 주고 친딸에게는 요정이 준 선물을 건넸다. 제졸라는 정말 기뻐서 넋이 나갈 것만 같았다. 예쁜 화분에 야자나무를 심고 괭이로 흙을 파고 아침과 저녁마다 비단 헝겊으로 잎사귀를 닦아 주었다. 며칠이 지나자 야자나무는 성인 여자만큼 키가 자라더니 요정 한 명이 툭 튀어나왔다. 요정은 제졸라에게 무얼 원하는지 물었다. 제졸라는 의붓자매들 몰래 가끔 집을 나가고 싶다고 했다. 요정은 이렇게 대답했다.

"그런 걸 바랄 때마다 이 화분 앞으로 와서 이렇게 말하세요."

'작은 내 야자나무야, 내 황금 나무야.
난 황금 괭이로 너를 괭이질하고,
황금 양동이로 너에게 물을 주고,
비단 헝겊으로 너를 닦아 주었지.
이제 네 옷을 벗어서 내게 입혀 줘.'

그리고 옷을 벗고 싶을 때는 마지막 말을 바꿔서 하라고 했다.

"내 옷을 벗겨서 네가 입으렴."

어느 날 나라에 연회가 시작되자 새어머니의 딸들은 멋진 드레스를 차려입고 나타났다. 온갖 리본과 꽃과 슬리퍼와 구두가 보였다. 향긋한 냄새와 종소리와 장미와 꽃다발이 가득한 연회였다. 제졸라는 바로 야자나무 화분 앞으로 갔다. 요정이 가르쳐 준 대로 주문을 외우자마자 제졸라는 여왕처럼 멋진 드레스를 차려입게 되었다. 말을 타고 있는 제졸라의 곁은

요정은 제졸라에게 무얼 원하는지 물었다.

제졸라는 의붓자매들 몰래 가끔 집을 나가고 싶다고 했다.

제일 좋은 옷을 입은 열두 명의 기사가 호위했다. 이제 제졸라가 무도회장으로 들어가자 의붓자매들은 처음 보는 미인을 시샘했다.

자리에 있던 젊은 왕도 제졸라를 본 순간 무척 놀라더니 그녀에게 빠져들었다. 믿을 만한 젊은 하인에게 아름다운 이 아가씨가 누구이고, 사는 곳은 어딘지 알아보라고 명했다. 왕의 하인은 그녀의 행적을 따라갔다. 하지만 제졸라는 하인이 쫓아오는 것을 알아채고 땅바닥에 금화를 던지는 묘책을 썼다. 야자나무 요정이 제졸라에게 이런 경우 쓰라고 준 동전이었다. 등을 밝히고 가던 하인은 땅에 떨어진 금화를 줍느라 바쁜 나머지 제졸라가 타고 가는 말을 따라가는 일을 잊고 말았다. 못된 의붓자매들이 도착하기 전에 무사히 집으로 온 제졸라는 야자나무 요정이 말한 대로 주문을 외우고 옷을 갈아입었다. 의붓자매들은 제졸라의 애를 태우고 샘나게 하려고 연회장에서 본 좋은 것들을 모두 들먹였다. 제졸라를 놓친 하인 때문에 몹시 화가 난 왕은 다음번에는 아름다운 그 아가씨가 어디에 사는 누구인지 꼭 알아내라고 경고했다.

곧 또 다른 연회가 열렸다. 제졸라의 의붓자매들은 이번에도 그녀만 부엌 화롯가에 남겨 두고 모두 연회장에 갔다. 혼자 남은 가여운 제졸라는 바로 야자나무 앞으로 가서 주문을 외웠다. 그러자 처녀 여러 명이 나타났다. 한 처녀는 거울을, 다른 처녀는 장미 향수 한 병을, 또 다른 처녀는 머리를 곱슬거리게 해 줄 도구를, 또한 각각의 처녀들이 빗과 핀, 드레스, 망토, 고리단추를 들고 있었다. 처녀들은 제졸라를 태양보다 찬란하게 꾸민 다음 백마 여섯 마리가 끄는 마차 안으로 들어가게 했다. 제복을 입은

하인과 시동들이 마차를 호위했다. 제졸라가 무도회장으로 들어선 순간 의붓자매들은 깜짝 놀라고 젊은 왕은 사랑에 푹 빠졌다.

제졸라가 집으로 돌아가는데 왕의 하인이 다시 따라왔다. 하지만 이번에도 제졸라는 잊지 않고 진주 한 줌과 다른 보석을 떨어뜨렸다. 하인은 땅에 떨어진 귀중한 보석을 줍기 위해 자리에 머물렀다. 그 덕분에 그녀는 무사히 자리를 빠져나와 이전처럼 멋진 드레스를 벗었다.

한편 하인은 느릿느릿 왕에게로 갔다. 왕이 소리쳤다.

"우리 조상들의 영혼을 걸고 말하건대 또다시 이전처럼 그녀가 누구인지 알아내지 못하면 매질을 당할 줄 알거라. 네 턱에 난 수염만큼 두드려 패 주겠다."

다음 연회가 열리는 날 의붓자매들이 집 밖으로 나간 후, 제졸라는 야자나무 앞으로 가서 다시 한 번 주문을 외웠다. 그러자 제졸라는 바로 화려한 드레스를 입고 황금마차에 올랐다. 그녀를 에워싼 하인이 하도 많아서 마치 여왕처럼 보였다. 의붓자매들은 또다시 질투심에 사로잡혔다. 제졸라가 무도회장을 떠날 때 왕의 하인이 마차가 있는 곳으로 다가왔다. 자신을 바짝 따라붙는 하인을 본 제졸라가 소리쳤다.

"마부님, 어서 빨리 마차를 모세요."

마부가 아주 빠른 속도로 마차를 모는 바람에 제졸라는 세상에서 가장 예쁜 구두 한 짝을 잃어버렸다. 마차를 따라가지 못한 하인은 나는 새처럼 구두를 주워 왕에게 가져가서 모든 상황을 얘기했다.

왕은 한 손으로 구두를 들고서 중얼거렸다.

"기초가 이렇게 아름다우니 본체는 얼마나 아름다울까?"

그는 바로 나라의 모든 여자가 연회에 참석해야 한다는 발표를 내렸다. 연회에는 파이와 페이스트리, 스튜, 라구(고기와 야채에 갖은 양념을 해서 끓인 음식), 마카로니, 당과 등 가장 좋은 음식이 나왔다. 군대를 모두 먹일 만큼 양이 어마어마했다. 그러자 귀족과 평민, 부자와 가난뱅이, 미녀와 추녀 등 모든 여자가 연회장에 모였다. 왕은 그 아가씨를 찾기 위해 손님 한 명 한 명에게 주운 구두를 신겼다. 하지만 어떤 여자의 발도 아가씨의 구두에 맞지 않았다. 그러자 제졸라의 아버지가 앞으로 나서더니 딸 하나를 집에 두고 왔다고 고백했다.

"하지만 그 아인 늘 화롯가에 있습니다. 워낙 볼품없는 숙맥이라 이런 자리에서 먹고 마실 주제가 못 됩니다."

그가 이런 변명을 댔다. 하지만 왕은 이렇게 얘기했다.

"그 아가씨를 명단의 제일 위에 두어라. 제일 먼저 구두를 신겨야겠다."

그래서 연회장의 손님들은 모두 자리를 떴다가 바로 다음 날 다시 모였다. 이번에는 못된 의붓자매들도 제졸라와 함께 왔다. 젊은 왕은 그녀를 본 순간 잃어버린 구두의 주인이라는 느낌이 들었지만 아무 말도 하지 않

았다. 연회가 시작되고 구두를 신겨 보는 시간이 왔다. 과연 구두를 제졸라의 발에 갖다 대자 딱 맞았다. 마치 자석에 쇠가 들러붙는 것처럼. 이런 상황을 지켜보던 왕은 그녀에게 달려가 두 팔로 끌어안았다. 그리고 왕실의 캐노피 아래 앉힌 다음 머리에 왕관을 씌워 주었다. 그러자 모든 사람이 제졸라에게 고개를 숙이며 마치 왕비처럼 경의를 표했다.

사악한 의붓자매들은 이 광경을 보고 분한 마음에 앙심을 품었다. 자기들이 끔찍이도 싫어하는 제졸라를 쳐다볼 만한 인내심도 없었기에 발끝으로 살금살금 나가서 집으로 돌아가더니 어머니에게 자기도 모르게 이렇게 고백했다.

그 남자는 최고를 거부하는 미친 사람이에요.

Notes on the Story

CENERENTOLA

바실레의 <체네렌톨라>는 유명한 동화 <신데렐라>의 변형 작품이다. 가장 오래된 신데렐라로 <예셴>이라는 9세기 무렵의 중국 동화가 있다. <체네렌톨라>에서 여주인공의 이름은 제졸라이지만 별명인 '체네렌톨라'나 '재투성이 소녀'는 페로의 <상드리옹>과 그림 형제의 <아셴푸텔> 같은 유명 작품에 영감을 주었다. 이 중에서 가장 유명한 페로의 작품이 1950년 디즈니의 영화 제작에 기반이 되었다. 신데렐라에는 요정 대모 같은 마법 도우미가 주로 나온다. 바실레는 제졸라에게 요정들의 비둘기와 대추야자나무를 주었다. 이와 유사한 다른 이야기에는 신데렐라의 어머니의 무덤가에 피어난 마법의 개암나무와 붉은 송아지나 물고기가 등장한다.

⌛

'그 남자는 최고를 거부하는 미친 사람이에요'는 바실레의 교훈을 의미하는 구절로, 마법에 걸린 제졸라의 운명이 원래부터 정해진 것임을 암시한다. 사람이 살면서 '멋진 일'이 생기려면 대부모와 신의 은총이 중요하다고 이야기의 말미에서 강조했던 페로의 주장과는 상당히 다르다.

아름다운 골디락스

FAIR GOLDILOCKS

마리-카트린 도느와

옛날 옛적에 이 세상 누구보다도 아름다운 딸 하나를 데리고 사는 왕이 살았다. 눈부시게 아름다워서 사람들은 그녀를 골디락스 공주라고 불렀다. 공주의 머리카락이 황금보다 곱고, 믿을 수 없을 정도의 금색인 데다 발끝까지 내려오는 곱슬머리여서 그랬다. 구불구불한 머리카락, 화관으로 장식한 머리, 다이아몬드와 진주로 수놓은 드레스 덕분에 그녀를 본 사람은 누구라도 사랑에 빠질 수밖에 없었다.

마침 이웃 나라에 아직 결혼을 하지 않은 젊은 왕이 살았다. 무척 부유하고 잘생긴 왕은 골디락스 공주에 대한 명성을 듣고는 얼굴도 보기 전에 그녀를 생각하느라 먹거나 마실 수도 없을 만큼 깊은 사랑에 빠져 버렸다. 젊은 왕은 그녀에게 청혼하기 위해 대사를 보내기로 결정했다. 그는 대사에게 이런 경우를 대비해 마련해 둔 매우 화려한 마차와 100마리 이상의

공주는 대사에게

왕의 말은 고맙지만 그와 결혼하고 싶은 마음은 없다고 얘기했다.

말과 하인들을 붙여 주었다. 그는 대사에게 공주를 잘 데려오라는 임무를 맡겼다.

두 사람은 다른 말은 한마디도 없이 맡은 임무에 대한 이야기만 주고받았다. 대사는 궁궐에서 왕에게 작별 인사를 고하고 자리를 떴다. 왕은 골디락스의 동의를 받을 것이라고 생각했기에 그녀를 위한 아름다운 드레스와 장식품을 준비했다.

신하들이 공주의 행차를 준비하는 동안 대사는 공주의 궁전으로 가서 왕의 뜻을 전했다. 하지만 그날 기분이 좋지 않았거나 아니면 왕의 선물이 마음에 들지 않아서인지 공주는 대사에게 왕의 말은 고맙지만 그와 결혼하고 싶은 마음은 없다고 얘기했다.

공주를 데리고 고국으로 갈 수 없기에 궁전을 떠나는 대사는 낙담이 클 수밖에 없었다. 공주는 교육을 잘 받고 자란 데다 여자는 남자에게 선물을 받으면 안 된다는 것을 잘 알고 있었기에 왕이 보내온 선물 대부분을 대사에게 돌려주었다. 골디락스 공주는 아름다운 다이아몬드 등을 받지 않았지만 왕의 마음을 상하게 하고 싶지는 않았기에 잉글랜드의 핀 몇 가지는 받아 주었다.

대사는 그 어느 때보다 초조하게 기다리는 왕에게로 돌아갔다. 궁 안의 모든 사람이 아름다운 골디락스가 대사와 함께 오지 않아서 무척 실망했다. 사람들이 어린아이처럼 우는 왕을 달래 주어도 아무 소용이 없었다. 그때 마침 궁전에 잘생긴 청년 한 명이 있었다. 온 왕국을 통틀어 그만큼 잘생긴 남자는 한 명도 없었다. 매력 있고 재치 있는 이 청년의 이름은 애버넌트였다. 왕이 그를 좋아해서 그는 자신감이 넘쳤다. 그를 질투하는 사람들만 빼면 모두 애버넌트를 좋아했다.

애버넌트는 대사가 아무런 소득도 없이 돌아왔다는 사람들의 이야기를 듣고 저도 모르게 이렇게 중얼거렸다.

“왕이 나를 골디락스 공주에게로 보내셨다면 내가 꼭 그녀를 모시고 왔을 텐데.”

그러자 이간질하는 사람들이 급히 왕에게로 가서 이렇게 얘기했다.

“폐하, 애버넌트의 말을 어떻게 생각하십니까? 만약 왕께서 자신을 골디락스 공주에게 보내셨다면 반드시 공주를 데려왔을 것이라는 이야기 말입니다. 이렇게 경망스런 이야기를 하다니요? 그자는 자신이 폐하보다 더 잘생긴 줄 알고 있습니다. 그래서 공주님이 자신과 사랑에 빠져서 어디라도 자기를 따라올 것이라고 생각하는 모양입니다.”

왕은 이제 자제심을 모두 잃을 정도로 몹시 화를 냈다.

“하! 하! 이 버릇없는 원숭이가 나의 불운을 비웃어! 그놈은 자신이 나보다 더 대단한 줄 아는군. 어서 가서 그자를 처넣어라. 그자가 굶어 죽을 때까지 놔두어라.”

왕의 경비병들은 애버넌트를 데리러 갔다. 애버넌트는 영문도 모른 채 감옥에 갇혀 온갖 형벌을 받았다. 불쌍한 애버넌트에게 잠자리는 지푸라기를 높이 쌓은 것이 전부였다. 그는 탑의 바닥으로 흐르는 작은 개울만 없었더라면 벌써 죽었을 것이다. 개울물을 조금씩 마시며 굶주림으로 바싹 타 버린 입술을 겨우 적셨다.

어느 날 절망에 빠진 애버넌트가 한숨을 쉬며 중얼거렸다.

“도대체 무엇 때문에 왕이 나를 이렇게 벌하시는 걸까? 나보다 더 충직한 백성은 없을 텐데. 난 그분께 아무런 잘못도 하지 않았는데.”

그때 왕이 탑을 지나가고 있었다.

왕은 그토록 좋아하던 애버넌트의 목소리가 들리자 자리에 멈춰 섰다. 왕과 함께 있던 사람들은 그를 미워하는 자들이기에 이렇게 얘기했다.

“폐하께서 왜 이런 일로 시간을 버리십니까? 그자가 악당이라는 것을 모르십니까?”

하지만 왕은 이렇게 대꾸했다.

“나 좀 내버려 둬. 이야기를 듣고 싶어.”

애버넌트의 탄식을 듣던 왕의 눈에 눈물이 가득 고였다. 왕은 탑의 문을 열고 그를 불렀다.

몹시 괴로워하던 애버넌트가 앞으로 나오더니 왕의 무릎에 자신을 던지며 왕의 발에 입을 맞추었다.

“제가 무슨 잘못을 저질렀기에 저를 이토록 잔인하게 대하십니까?”

“넌 나와 나의 대사를 비웃었다. 내가 너를 골디락스 공주에게 보냈더라면 네가 공주를 데려왔을 것이라고 했잖아.”

왕이 대답했다.

"그 말은 사실입니다, 폐하. 전 공주님이 폐하의 좋은 자질을 확실히 깨닫게 할 수 있습니다. 전 공주님이 폐하의 청혼을 거부하지 않았을 것이라고 확신합니다. 다시 말해 전 폐하를 기분 나쁘게 할 말은 한 마디도 하지 않았습니다."

왕은 결국 애버넌트의 말이 옳다는 생각이 들었다. 자신이 제일 좋아하는 애버넌트를 모함하다 못해 제거하려고 했던 사람들을 경멸의 눈빛으로 쳐다보더니, 그를 괴롭힌 모든 일을 깊이 뉘우쳤다.

왕은 애버넌트에게 근사한 저녁 식사로 융숭하게 대접한 후 따로 개인 공간으로 불러서 이야기를 꺼냈다.

"애버넌트, 난 아름다운 골디락스를 여전히 사랑한다네. 하지만 그녀의 승낙을 얻으려면 어떻게 해야 할지 도무지 모르겠어. 자네가 차질 없이 일을 잘 성사시킬 수만 있다면 자네를 보내고 싶어."

애버넌트는 무슨 일이든 왕에게 복종할 준비가 되었다고 대답했다. 그리고 바로 다음 날 떠나겠다고 덧붙였다.

"아, 그럼 자네를 위해 아주 멋진 수행원들을 준비하고 싶네."

왕이 얘기했다.

"그런 것은 필요 없습니다. 저에게 필요한 것은 좋은 말 한 필과 폐하께서 써 주실 편지뿐입니다."

애버넌트가 대답했다. 왕은 그를 안아 주었다. 바로 출발하려는 그의 열의에 무척 기뻐했다.

애버넌트가 임무를 수행하러 가기 위해 왕과 친구들의 곁을 떠난 날은 월요일이었다. 그는 아주 조촐하고 조용하게 출발했다. 그는 다른 것은 아무것도 생각하지 않았다. 오로지 골디락스가 왕과 결혼하도록 설득하기 위해 활용해야 할 수단만 곰곰이 생각했다. 그의 주머니에는 수첩이 들어 있었다. 말하는 데 도움 될 만한 좋은 생각이 떠오르면 바로 말에서 내려 나무 밑에 앉아 머릿속 생각이 사라지기 전에 수첩에 글을 썼다.

동틀 녘에 길을 떠난 어느 날 아침이었다. 그가 넓은 들판을 지나는데 멋진 생각이 떠올랐다. 말에서 내린 그는 목초지 옆을 흐르는 작은 시냇가의 강둑 위에 피어난 버드나무와 미루나무를 등지고 섰다. 머릿속의 생각을 다 기록한 후 주위를 둘러보니, 풍경이 어찌나 아름다운지 몹시 기뻤다. 그런데 풀밭 위에 커다란 황금색 잉어가 눈에 띄었다. 숨을 헐떡이던 황금색 잉어는 이제 마지막 숨을 몰아쉬고 있었다. 작은 파리 몇 마리를 잡으려고 물 밖으로 멀리 뛰어오르는 바람에 이 풀밭으로 떨어졌는지, 금방이라도 죽을 것처럼 누워 있었다. 애버넌트는 잉어가 불쌍했다. 오늘은 물고기만 먹을 수 있는 금식 날이어서 이 잉어를 밥으로 먹을 수 있었다. 하지만 그는 개울 속으로 잉어를 살며시 넣어 주었다. 황금색 잉어는 차가운 물에 닿자, 바로 기운을 회복했다. 잉어는 개울 밑바닥까지 들어갔다가 다시 표면으로 명랑하게 올라오더니 얘기했다.

"애버넌트님, 저에게 이런 호의를 베풀어 주셔서 정말 고마워요. 언젠가 당신을 위해 도움이 되어 드릴게요."

잉어는 좋은 징조가 될 만한 이야기를 몇 마디 한 후 다시 물속으로 첨

벙 뛰어들었다. 애버넌트는 이렇게 지적이고 예의 바른 잉어를 만나서 깜짝 놀랐다.

또 다른 어느 날 애버넌트는 계속 길을 가다가 큰 곤경에 처한 까마귀 한 마리를 만났다. 커다란 독수리가 불쌍한 까마귀를 쫓고 있었다. 애버넌트가 까마귀의 곤경을 불쌍하게 보지 않았더라면, 원래 까마귀를 게걸스럽게 작아먹는 이 독수리는 마치 렌즈콩을 삼키려는 것처럼 자신의 제물을 잡아먹었을 것이었다.

"이런, 저 독수리가 이 까마귀를 잡아먹을 권리가 어디 있을까?"

애버넌트는 늘 갖고 다니는 활과 화살로 독수리를 제대로 겨냥했다. 쩍! 그는 화살로 독수리의 몸을 맞춰서 제대로 관통시켰다. 죽은 독수리는 땅으로 떨어졌다. 까마귀는 몹시 기뻐하며 나무에 걸터앉더니 얘기했다.

"애버넌트님. 저처럼 보잘것없는 까마귀를 구해 주시다니 당신은 정말 마음이 넓은 분이군요. 이 은혜를 잊지 않겠습니다. 언젠가 당신을 위해 무슨 일이든 하겠습니다."

애버넌트는 감사를 표현하는 까마귀에 깜짝 놀라며 다시 길을 떠났다. 커다란 숲으로 들어서는 순간이었다. 아직 날이 밝기 전이라 길을 간신히 구분할 수 있었다. 그 순간 어디선가 자포자기한 올빼미의 울음소리가 들렸다.

"이런, 곤경에 처한 올빼미가 있네. 그물에 걸린 게 틀림없어."

사방을 이리저리 둘러보던 그의 눈에 커다란 그물이 보였다. 새 사냥꾼들이 작은 새들을 잡으려 밤 사이 펼쳐 놓은 그물이었다.

"참, 인간들이란 서로를 괴롭힐 작정만 하지. 아니면 자기들에게 아무 해도 끼치지 않거나 아무에게도 피해를 주지 않는 불쌍한 동물들을 못살게 굴 뿐이고."

애버넌트는 칼을 꺼내 그물 가닥을 툭 잘라 냈다. 그 바람에 갇혀 있던 올빼미가 튀어나와 땅에 앉더니 바로 입을 열었다.

"애버넌트님, 당신에게 진 빚이 어느 정도인지 알리기 위해 여러 말을 할 필요는 없겠지요. 설명할 필요가 없으니까요. 당신의 도움이 없었더라면 새 사냥꾼들이 와서 저를 잡았을 거예요. 그리고 전 죽었을 것입니다. 정말 고맙습니다. 언젠가 이 은혜를 꼭 갚겠습니다."

애버넌트의 여정에 이런 모험이 세 차례나 일어났다. 그는 어서 목적지에 도달하고 싶은 마음이 간절했기에 아름다운 골디락스 공주의 궁전으로 가는 길을 더 이상 어정거리지 않았다. 이곳은 보이는 것마다 모든 것이 경이로웠다. 다이아몬드가 마치 돌처럼 쌓여 있었다. 멋진 드레스와 은과 당과 등 보이는 모든 것이 놀라웠다. 그래서 애버넌트는 만약 골디락스 공주가 이 모든 것을 놔두고 자신을 따라온다면, 자신의 주인인 왕은 무척 복이 많은 사람이라는 생각이 들었다. 그는 이제 양단으로 만든 더블릿(14~17세기에 남자들이 입던 꼭 끼는 짧은 상의)을 입고, 분홍 깃털과 하얀 깃털을 머리에 꼽았다. 옷을 제대로 갖춰입은 다음 머리카락에 파우더를 뿌리고 얼굴을 씻었다. 목에는 수를 놓은 스카프를 두르고 작은 양동이 하나를 들었다. 양동이 안에는 볼로뉴를 지날 때 데리고 다녔던 작고 귀여운 강아지 한 마리가 들어 있었다. 그는 누가 보아도 참 잘생기고 멋있어서 모든 움직임이 참 우아하게 보였다. 그가 궁전 대문 앞에서 자신을 소개하자 경비병들은 그에게 경의를 표하며 겸손하게 맞았다. 바로 골디락스 공주에게 가장 가까운 이웃 나라의 왕이 보낸 대사가 도착했다는 말을 전했다.

골디락스 공주는 애버넌트라는 이름을 듣자 이런 말을 했다.

"그 이름 참 듣기 좋네. 분명 잘생기고, 모두들 좋아할 것 같은 사람이라는 느낌이 들어."

"맞습니다, 마마. 저희가 다락에서 공주님의 아마를 정리하는 동안 그 사람을 보았습니다. 창문 아래 서 있는 그 남자를 보느라 아무것도 할 수 없었지요."

모든 시녀가 한목소리로 얘기했다.

"참, 심심풀이로 딱이네. 남자를 뚫어지게 보면서 혼자 만족하다니! 그럼 난 이제 가장 좋은 파란 자수 새틴 드레스를 입어 볼까. 내 금발머리는 웨이브를 넣어야 해. 신선한 꽃으로 화관을 만들고 굽이 높은 구두와 부채도 갖다줘. 그리고 내 방과 왕좌를 깨끗이 치워. 그 사람이 어디를 가든 내가 진짜로 아름다운 골디락스라는 사실을 말하고 다니면 좋겠어."

시녀들은 공주를 여왕처럼 단장하기 위해 모두 분주히 움직였다. 하지만 너무 서두르는 바람에 서로 몸을 부딪히느라 일이 느려졌다. 마침내 공주는 자신의 모습에 부족한 부분이 없는지 확인하기 위해 커다란 거울이 죽 달린 통로를 지나쳐서 왕좌에 올랐다. 금과 상아와 흑단으로 만든 왕좌에서 향유 향이 났다. 공주는 시녀들에게 악기를 가져와서 다른 사람들의 신경을 거슬리지 않을 정도로 조용히 노래를 부르라고 했다.

알현실로 안내된 애버넌트는 눈앞의 광경에 감탄한 나머지 넋을 잃어서 말문이 막힐 지경이었다. 그래도 용기를 내서 준비했던 말을 훌륭하게 마쳤다. 그리고 공주를 모시지 못한 채 고국으로 돌아가야 한다면 크게 실망할 것이라고 애원했다.

"점잖은 애버넌트, 당신이 방금 내게 말해 준 모든 이유가 참 훌륭하네요. 그리고 나도 어느 누구도 아닌 당신을 위해 기꺼이 그렇게 해 드리고 싶어요. 하지만 꼭 알아 둬야 할 일이 있습니다. 한 달 전 나는 시녀들과 함께 배를 타고 강으로 갔어요. 시녀들이 내게 식사를 차려 주는 동안, 장갑을 벗는데 그만 손가락에서 반지가 쏙 빠지더니 안타깝게도 강물 속으로 빠졌답니다. 내게는 왕국보다 더 귀한 반지랍니다. 그래서 그 반지를 잃는 바람에 내가 얼마나 슬펐을지 판단은 당신에게 맡길게요. 난 그 반지를 다시 찾아올 대사가 나타날 때까지 어떤 청혼도 받아들이지 않겠다고 혼자 맹세했어요. 그러니 내 앞에 뭘 갖고 왔는지 생각해 보세요. 당신이 보름 밤낮으로 내게 얘기해도 내 마음을 바꾸도록 설득할 순 없을 거예요."

애버넌트는 공주의 말을 듣고 너무나 당황했다. 공주에게 큰절을 올리며 제발 어린 강아지와 작은 양동이와 자수 스카프를 받아 달라고 애원했다. 하지만 그녀는 아무 선물도 받고 싶지 않다며 자신이 방금 한 말을 잘 생각해 보라고 요구했다.

자신의 거처로 돌아온 애버넌트는 식사도 거르고 침대로 갔다. 그러자 어린 강아지 카브리올도 아무것도 먹지 않더니 그의 옆으로 와서 누웠다. 애버넌트는 그날 밤 내내 한숨을 내쉬더니 중얼거렸다.

"한 달 전에 큰 강물에 떨어진 반지를 도대체 어떻게 찾겠어? 찾겠다는 시도 자체가 어리석지. 그 공주는 자신이 내 말을 따르는 게 불가능하다는 말을 했을 뿐이야."

그는 무척 괴로워하며 또다시 한숨을 내쉬었다.

그가 말하는 동안 듣기만 하던 카브리올이 이야기를 꺼냈다.

"사랑하는 우리 주인님, 운이 없다고 낙심하지 마세요. 당신은 정말 착한 분이라 불행해질 수 없어요. 날이 밝자마자 우리 둘이 강가로 가요."

애버넌트는 손을 뻗어 강아지를 쓰다듬었지만 아무 말도 하지 않았다. 이윽고 비탄에 빠진 채로 잠이 들었다.

날이 밝자 잠에서 깬 카브리올이 바로 촐싹거리며 뛰어다녔다.

"주인님, 어서 옷을 입고 밖으로 나가요."

애버넌트는 아무런 반대 없이 자리에서 일어나 옷을 갈아입은 다음 정원으로 내려갔다. 그리고 자신도 모르게 강가로 향했다. 모자를 푹 눌러쓰고 팔짱을 낀 채로 강가를 돌아다녔다. 그런데 갑자기 어디선가 자신을 부르는 목소리가 들렸다.

"애버넌트님, 애버넌트님."

주위를 돌아보았지만 아무도 보이지 않아서 꿈을 꾸는 줄 알았다. 그가 계속 강가를 걷는데 또다시 목소리가 들렸다.

"애버넌트님, 애버넌트님."

"날 부르는 사람이 누구요?"

애버넌트가 물었다.

몸집이 매우 작은 카브리올이 강물 속을 빤히 들여다보더니 대답했다.

"제 눈에 보이는 게 황금 잉어라면 믿을 수 없겠죠?"

그러자 커다란 잉어가 나타나더니 애버넌트에게 얘기했다.

"당신은 풀밭에서 제 목숨을 구해 주셨죠. 당신이 아니었다면 전 그 자리를 벗어날 수 없었을 거예요. 그래서 언젠가 은혜를 갚겠다고 했지요. 애버넌트님, 아름다운 골디락스의 반지가 여기 있습니다."

애버넌트는 몸을 숙여 황금 잉어의 목구멍에 걸린 반지를 꺼내며 계속 고맙다고 했다.

그는 집으로 돌아가는 대신 어린 카브리올과 함께 골디락스 공주의 궁전으로 갔다. 강가로 주인을 데려갔던 카브리올은 무척 기뻐했다. 골디락스 공주는 애버넌트가 보고 싶어 한다는 말을 듣더니 이렇게 얘기했다.

"아, 불쌍한 사람! 내게 작별 인사를 하러 오는 거겠지. 내가 바라는 것이 불가능한 것인 줄 알고, 본국으로 돌아가면 자기 주인에게 가서 그렇게 얘기하겠지."

궁전에 도착한 애버넌트는 반지를 공주에게 전하며 말했다.

"공주님, 당신의 명령을 충실히 이행했습니다. 이제 저의 주인인 왕을 남편으로 기꺼이 받아 주시겠죠?"

공주는 잃어버렸던 바로 그 반지를 보고 깜짝 놀랐다. 어찌나 놀랐는지 꿈을 꾸는 줄만 알았다.

"애버넌트. 당신은 요정이 정말 좋아하는 분이 틀림없어요. 정말 불가능한 일을 해내신 걸 보면……."

"마마, 전 요정은 모릅니다. 다만 공주님의 부탁을 들어드리고 싶었던 것뿐입니다."

"당신의 뜻이 정 그렇다면 한 가지 부탁을 더 들어주세요. 그렇지 않으면 결혼은 할 수 없어요. 이곳에서 그리 멀지 않은 곳에 갈리프론이라는 왕자가 살고 있습니다. 그자가 저와 결혼하고 싶다는 생각이 들었나 봅니다. 내가 그자의 청혼을 거절하면 우리 왕국을 파괴해 버린다는 무시무시한 협박을 했지요. 하지만 내가 어찌 그자의 청혼을 받아들일 수 있을까요? 생각해 보세요! 그자는 높은 탑보다 키가 큰 거인입니다. 그자는 사람을 잡아먹는 걸 원숭이가 밤 먹듯이 생각하는 놈입니다. 그자는 돌아다닐 때 권총 대신 쓸 생각으로 대포를 주머니에 넣고 다니지요. 목소리는 어찌나 우렁찬지 가까이 있는 사람들이 귀가 먹을 지경이랍니다. 난 결혼할 마음이 없다고 양해를 구했습니다. 그런데 그자는 계속 나를 못살게 굴면서 내 백성들을 죽이고 있지요. 그러니 무엇보다 먼저 당신은 그자와 싸워야 합니다. 그리고 그자의 머리를 내게 갖다주세요."

애버넌트는 공주의 제안을 듣고 정말 깜짝 놀랐다. 그는 잠시 동안 곰곰이 생각한 후 이렇게 대답했다.

"마마. 그럼 제가 갈리프론에 맞서 싸우겠습니다. 제가 질 게 분명한 싸움이지만 용사답게 죽을 것입니다."

골디락스 공주도 깜짝 놀라서 이런 모험을 감행하려는 그를 말리기 위해 온갖 이야기를 했다. 하지만 그는 마음을 바꾸지 않았다. 그는 갑옷과 필요한 모든 것을 챙기기 위해 자리를 물러났다. 필요한 모든 것을 챙기자 어린 카브리올을 양동이에 집어넣고, 훌륭한 말에 오른 다음 갈리프론의 나라로 향했다. 그는 길을 가는 중에 만난 사람들에게 거인 왕자에 대한 이야기를 물었다. 사람들은 모두 그자가 진짜 악마라고, 그자 곁에 가려는 사람은 아무도 없다고 대답했다. 애버넌트는 이런 이야기를 들을수록 점점 더 겁이 났다.

하지만 카브리올은 그를 달랬다.

"주인님, 주인님이 그자와 싸우는 동안 제가 그자의 다리를 물어뜯을 게요. 그럼 그놈은 저를 쫓으려고 머리를 숙일 겁니다. 그때 그놈을 죽이세요."

애버넌트는 어린 강아지가 도움이 될 것 같지는 않았지만 용기를 칭찬해 주었다.

애버넌트는 이윽고 갈리프론의 성 인근에 도착했다. 그자가 먹어 치운 뼈다귀와 갈가리 찢어 버린 사람들의 시체가 주변 길에 쫙 깔려 있었다. 기다린 지 얼마 되지 않아 숲 사이로 걸어오는 갈리프론이 애버넌트의 눈에 들어왔다. 갈리프론의 머리는 가장 커다란 나무들보다 더 높았다. 그가 끔찍한 목소리로 부르는 노랫소리가 들렸다.

허어, 내게 점심을 갖다줘.

아작아작 씹을 수 있는 통통한 갓난아기가 좋아.
수가 적으면 안 돼, 몸이 가늘어도 안 돼.
나는야 식욕이 왕성해.
너희는 배를 채울 수 없어.
나도 배를 채울 수 없어.

애버넌트도 바로 같은 공간에서 노래를 부르기 시작했다.

여기 서 있는 애버넌트를 보라.
한 손에 창을 들고 있는
익살맞은 저항꾼이야.
그가 비록 거인은 아니지만
익살맞은 저항꾼이야.
그는 너의 이빨을 갈기갈기 뜯어낼 거야.

몹시 급하게 노랫말을 지어내느라 라임이 아주 정확하지는 않았지만 그렇게 겁이 나는 상황에서 이 정도면 놀라웠다. 갈리프론이 이 노랫말을 듣고 사방을 둘러보니, 한 손에 창을 들고 있는 애버넌트가 보였다. 애버넌트는 갈리프론의 화를 돋우려고 계속 그의 이름을 불렀다. 갈리프론은 무거운 쇠막대를 들고서 냅다 그에게로 달려들었다. 바로 그때 까마귀 한 마리가 거인의 머리 꼭대기에 걸터앉더니 그의 두 눈으로 돌진해서 부리로 쪼아댔다. 이 까마귀가 없었더라면 애버넌트는 한방에 쓰러졌을 것이다. 거인의 얼굴에 피가 흘러내렸다. 그는 마치 미친 사람처럼 사방으로 손을 휘둘렀다. 애버넌트는 거인의 가격을 슬금슬금 피하고는 온 힘을 다해 들고 있던 창을 거인에게 던졌다. 계속 공격을 반복하며 거인에게 심각한 부상을 입혔다. 이제 피를 많이 흘린 거인은 바닥에 쓰러졌다. 그러자 애버넌트는 거인의 머리를 잘라 냈다. 나무에 걸터앉아 있던 까마귀가 애버넌트의 행운을 보고 몹시 기분이 좋아져서 이렇게 얘기했다.

"나를 쫓아오던 독수리를 죽인 당신의 은혜를 잊지 않았습니다. 제가 진 빚은 갚겠다고 했죠. 오늘 그 빚을 갚은 것 같네요."

"이제 제가 빚을 졌군요, 까마귀 선생. 내가 선생의 종으로 남고 싶네요."

애버넌트가 대답했다. 그리고 갈리프론의 머리를 말 위에 올리고 길을 떠났다.

애버넌트가 마을에 도착하자 모든 사람이 그를 따라오며 소리쳤다.

"용감한 애버넌트를 보세요! 몬스터 사냥꾼입니다!"

엄청난 소란이 일자 골디락스 공주는 사람들이 애버넌트가 죽었다는 소식을 들려주려는 줄 알고 몸을 부들부들 떨었다. 그녀는 무슨 일이 있었는지 차마 묻지 못했다. 그런데 애버넌트가 거인의 머리를 들고 나타났다. 공주는 더 이상 두려워할 이유가 없었지만 여전히 공포에 떨었다.

"마마, 공주님의 적이 죽었습니다. 이제 더 이상 우리 왕의 청을 거절할 수 없겠지요."

애버넌트가 얘기했다.

"아니요, 난 거절할 거예요. 어둠의 동굴에서 물을 갖고 오지 않으면 당신네 왕의 청을 거절할 거예요. 여기에서 그리 멀지 않은 곳에 둘레가 육 마일(약 9.6킬로미터)쯤 되는 깊은 동굴이 하나 있어요. 눈과 입으로 불을 내뿜는 드래곤 두 마리가 동굴 입구를 막고 있어요. 일단 동굴 속으로 내려가면 두꺼비와 독사가 가득한 커다란 구덩이가 나올 거예요. 구덩이 바닥에 작은 동굴이 있어요. 그 동굴에 예뻐지고 젊어지는 샘이 흐른답니다. 누구든지 그 물로 씻으면 기적이 일어나죠. 만약 이미 아름다운 사람이 그 물로 씻으면 늘 아름다울 거예요. 그리고 못생긴 사람이 그 물로 씻으면 점점 예뻐집니다. 또한 젊은 사람은 절대 늙지 않아요. 이미 나이 든 사람이라면 점점 젊어지지요. 무슨 말인지 알겠죠? 애버넌트, 이 물이 없으면 난 우리 왕국을 떠나지 않을 거예요."

"마마, 공주님은 이미 무척 아름다워서 그 물이 소용없습니다. 하지만 저는 복이 지지리도 없는 대사지요. 당신이 제 목숨을 바라니까요. 어쨌든 당신이 원하는 것을 찾으러 가겠습니다. 제가 돌아올 가능성은 전혀 없겠지만요."

아름다운 골디락스가 마음을 바꾸지 않았기에 애버넌트는 어린 강아지 카브리올을 데리고 예뻐지는 샘물을 찾아 어둠의 동굴로 향했다. 하지만 거기로 가는 도중에 그를 만난 사람들은 이렇게 잘생긴 청년이 겁도 없이 죽으러 가다니 정말 불쌍하다고 했다.

"저 남자는 혼자서 어둠의 동굴로 간대. 왜 공주는 저렇게 말도 안 되는 일을 시키는 걸까?"

애버넌트는 한 마디 말도 없이 계속 갔지만 마음은 서글펐다.

애버넌트는 산꼭대기 근처에서 잠시 쉬려고 자리에 앉고, 말은 풀을 뜯게 놔두었다. 카브리올은 파리 몇 마리를 쫓아다녔다. 그는 어둠의 동굴이 얼마 남지 않았다는 것을 알았기에 그곳이 시야에 들어오는지 둘러보았다. 처음에는 흉물스러운 바윗덩어리가 보였다. 잉크처럼 새까만 바위 사이로 짙은 연기가 피어올랐다. 잠시 후, 용들이 입과 눈에서 불을 뿜었다. 누리끼리한 초록색이 감도는 몸뚱이에 커다란 발톱과 구불구불 수백 번은 휘어진 기다란 꼬리를 달고 있었다. 이 모든 것을 본 카브리올은 너무 겁이 나서 어디로 숨어야 할지 알 수 없었다.

죽음을 직감한 애버넌트는 한 손에는 창을 들고, 다른 손은 골디락스 공주가 예뻐지는 샘물을 담아 오라고 맡긴 작은 유리병을 든 채 아래로 내려갔다. 그는 어린 강아지 카브리올에게 이렇게 얘기했다.

"내 운명은 이제 끝났어! 드래곤들이 지키는 저 동굴의 샘물을 절대 갖고 올 수 없을 거야. 내가 죽으면 이 병에 내 피를 가득 담아 줘. 그리고 공주에게 갖다줘. 자기가 보낸 심부름 때문에 내가 죽었다는 걸 알아야 하니까. 그런 다음 우리 왕에게로 가서 나의 불행한 운명에 대해 얘기해."

애버넌트가 이런 말을 하는데 그를 부르는 목소리가 들렸다.

"애버넌트님, 애버넌트님!"

"나를 부르는 사람은 누구요?"

새 사냥꾼이 쳐 놓은 그물에 걸린 나를 당신이 풀어 주셨죠.

그래서 언젠가 신세를 꼭 갚겠다고 약속했었죠.

그가 물었다.

그때 늙은 나무의 움푹 파진 곳에 있는 올빼미 한 마리가 보였다. 올빼미가 그에게 말을 걸었다.

“새 사냥꾼이 쳐 놓은 그물에 걸린 나를 당신이 풀어 주셨죠. 그 덕분에 목숨을 구했습니다. 그래서 언젠가 신세를 꼭 갚겠다고 약속했었죠. 지금 약속을 지킬 때가 되었습니다. 자, 들고 있는 유리병을 주세요. 어둠의 동굴 속 길을 제가 샅샅이 알고 있어요. 당신 대신 제가 예뻐지는 샘물을 갖다드릴게요.”

애버넌트에게는 참 좋은 소식이었다. 그는 올빼미에게 급히 유리병을 건넸다. 올빼미는 아무런 방해도 받지 않고 동굴 속으로 들어갔다. 15분도 지나지 않아 올빼미가 코르크 마개로 잘 막은 유리병을 갖고 돌아왔다. 애버넌트는 몹시 기뻐하며 진심으로 올빼미에게 고맙다고 했다. 그리고 언덕을 넘어 기쁜 마음으로 다시 마을로 갔다.

그는 곧장 궁전으로 가서 아름다운 골디락스 공주에게 유리병을 주었다. 골디락스 공주는 이제 더 이상 아무 요구도 하지 않았다. 그리고 애버넌트에게 감사를 표한 다음 출발에 필요한 모든 것을 준비하라고 명령한 후 그와 함께 길을 나섰다. 골디락스 공주에게 애버넌트가 매력적으로 보였는지 가끔 이런 말을 했다.

“그대만 좋다면 내가 그대를 왕으로 만들어 드릴게요. 그럼 당신은 절대 우리 왕국을 떠날 필요가 없어요.”

하지만 애버넌트는 이렇게 대답했다.

"제가 비록 당신을 저 태양보다 멋지다고 생각하지만 무슨 일이 있어도, 나의 주인님께 잘못을 저지를 순 없습니다."

이윽고 두 사람은 왕의 수도에 도착했다. 골디락스 공주가 오는 것을 알고 있는 왕은 세상에서 가장 좋은 선물들을 갖고 그녀를 맞이하러 나왔다. 왕과 공주의 결혼식에 참석한 사람들은 모두 크게 기뻐했다. 하지만 아름다운 골디락스는 애버넌트를 사랑하는 마음이 있었기에 기분이 좋지 않았다. 그를 볼 때면 그에 대한 칭찬이 늘 입에 걸렸다.

"애버넌트가 아니었다면 여기로 오지 않았을 거예요. 그는 저를 위해 불가능한 재주를 부렸지요. 당신은 그 사람에게 큰 빚을 졌어요. 애버넌트가 제게 예뻐지는 샘물을 갖다주었거든요. 그래서 전 결코 늙지도 않고 늘 아름다울 거예요."

애버넌트를 시기하는 사람들은 왕비의 말을 듣고 왕에게 속닥였다.

"왕께선 질투심도 없나요. 그럴 만한 이유는 충분합니다. 왕비는 지금 애버넌트에게 푹 빠져서 먹지도 못하고 마실 수도 없습니다. 왕비님은 오직 그자 얘기만 하고 있습니다. 왕께서 다른 사람을 보냈다면 그 정도를 해낼 사람이 없는 것처럼, 오직 그자에게 빚을 졌다는 얘기뿐이지요."

"네 말이 맞다. 그놈을 탑에 가두고 양발과 손에 족쇄를 채워라."

왕이 명령했다. 예전에 문구멍으로 검은 빵을 던져 주던 간수가 이제는 흙으로 빚은 그릇에 물을 담아 주었다. 하지만 이번에는 어린 강아지 칼브리오가 그와 함께 있어 마음을 달래 주고, 바깥소식을 들려주었다.

골디락스는 애버넌트에게 일어난 좋지 않은 소식을 듣고 왕의 발밑에 몸을 던지고 슬프게 흐느끼면서 제발 애버넌트를 풀어 주라고 부탁했다. 하지만 골디락스가 애원할수록 왕은 그녀가 애버넌트를 사랑한다는 생각이 들어 더 크게 화를 냈다. 왕의 화가 누그러들지 않자 골디락스도 그 문제에 대해 더 이상 얘기하지 않았지만 마음이 몹시 슬펐다.

다음 사건은 골디락스 왕비가 자신을 충분히 잘생겼다고 생각하지 않는 것으로 여긴 왕 때문에 일어났다. 왕은 골디락스 왕비가 자신을 사랑할지도 모른다는 생각에 예뻐지는 샘물로 얼굴을 씻고 싶은 바람이 무척 컸다. 원래 예뻐지는 샘물을 담은 유리병은 왕비의 방 안에 있는 선반 구석에 놓여 있었다. 왕비가 유리병을 자주 확인하기 위해 선반에 둔 것이었는데 하녀 한 명이 빗자루로 거미를 죽이려다 실수로 유리병을 떨어뜨렸었다. 그 바람에 예뻐지는 샘물이 든 유리병은 산산조각나고 샘물은 다 쏟아지고 말았다. 하녀는 물이 쏟아진 흔적을 급히 치웠지만 어찌할 바를 모르고 무척 당황했다. 그러다 왕의 전용실에서 보았던 예뻐지는 샘물병과 비슷한 병이 떠올랐다. 그 병에는 예뻐지는 샘물처럼 맑은 물이 가득 있었다. 하녀는 어느 누구에게 단 한 마디 말도 없이 그 병을 간신이 구해서 왕비의 방 안 선반에 올려 두었다. 그런데 왕의 전용실에 있던 유리병의 물은 원래 죄를 저지른 귀족들이나 지주를 죽이려는 용도의 독약이었다. 죄인의 목을 베거나 교살하는 대신 죄인이 이 물로 얼굴을 씻으면 잠이 들어서 결코 깨어날 수 없는 약이었다. 그

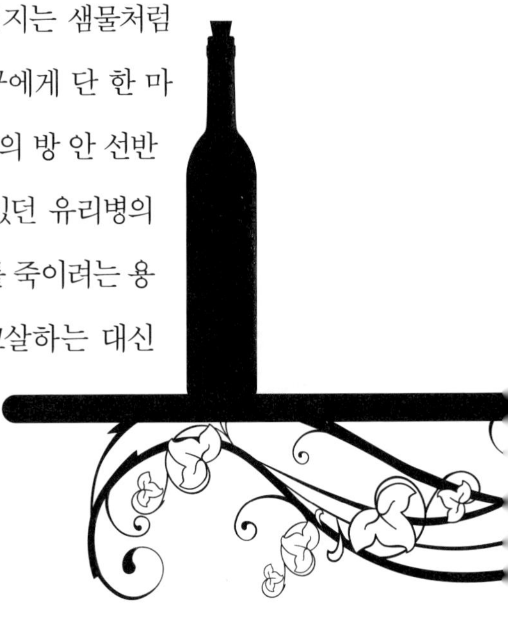

런데 어느 날 저녁 왕이 이 병의 내용물로 얼굴을 씻었는데 곧 잠에 들었다가 깨어나지 못했다.

어린 강아지 카브리올은 제일 먼저 이 일을 알고 곧장 애버넌트에게로 갔다. 그리고 골디락스에게 가서 가여운 죄수를 잊지 말라고 애원하겠다고 말했다. 카브리올은 왕의 죽음 때문에 엄청난 혼란이 일어나서 많은 사람이 모여든 궁전을 조용히 빠져나왔다.

"마마, 가여운 애버넌트님을 절대 잊지 마세요."

카브리올이 골디락스 왕비에게 애원했다. 그녀는 자신 때문에 애버넌트가 겪은 엄청난 고초와 엄청난 신의가 생각났다. 다른 사람에게는 한 마디도 없이 애버넌트가 갇힌 탑으로 급히 가서 그의 손과 발의 족쇄를 직접 풀어 주었다. 그리고 그의 머리에 황금 왕관을 씌우고 어깨에 왕복을 둘러 주더니 이렇게 말했다.

"자, 사랑하는 애버넌트. 이제 내가 당신을 왕으로, 나의 남편으로 삼겠어요."

애버넌트는 감사의 눈물을 쏟으며 골디락스의 발 앞에 몸을 던졌다. 모든 사람이 그가 왕이 되는 것을 기뻐했다. 세상 어디에도 없는 결혼 피로연이 열렸다. 골디락스와 훌륭한 애버넌트는 평화롭고 행복한 결혼생활을 오래오래 누렸다.

Notes on the Story

FAIR GOLDILOCKS

‘요정 이야기(동화)’라는 용어는 마리-카트린 도느와(1650/51-1705)가 1697/98년에 여러 권으로 출판한 동화집 ≪요정 이야기≫에서 만들어 낸 말이다. 그녀는 다작하는 작가이자 17세기 가장 유명한 살롱 작가 중 한 명으로 가정의 응접실에서 모임을 갖던 부유한 프랑스 귀족이었다. 이곳에서 전통 설화가 개화된 오락물로 다시 만들어지고 억압적인 프랑스 사회에 대한 비판이 은밀하게 자주 이뤄졌다.

⌛

도느와가 화려한 문체로 저술한 <아름다운 골디락스>(유명한 <골디락스와 곰 세 마리>와는 전혀 다른 이야기다)는 용감한 주인공이 동물들을 도와주고 다시 도움을 받는 ‘감사를 아는 동물’ 이야기의 전형이다. 최근 연구로 이 이야기가 유럽에서 발견된 가장 오래된 동화 중 하나임이 밝혀졌다. 동물을 대하는 젊은 청년의 친절과 그 후로 이어지는 동물들의 충성심 덕분에 변덕스럽고 은혜를 모르는 배은망덕한 왕의 잔인함이 더욱 부각되는 이야기다.

빨간 모자 소녀

LITTLE RED RIDING HOOD

샤를 페로

옛날 옛적 어느 마을에 무척 예쁜 여자아이가 살았다. 아이의 어머니는 아이를 끔찍이 사랑했다. 할머니는 그보다 더 아이를 예뻐해서 아이에게 작은 빨간 모자를 만들어 주었다. 빨간 모자 때문에 아이는 훨씬 눈에 띄었다. 어딜 가든 빨간 모자를 쓰고 다녀서 사람들은 아이를 빨간 모자라고 불렀다. 어느 날 방금 빵을 구운 어머니가 아이를 불렀다.

“할머니에게 가서 어떤지 보고 와. 할머니가 아프시다는 말을 들었거든. 빵과 작은 단지에 든 버터를 갖다드리렴.”

빨간 모자는 바로 집을 나와 다른 마을에 사는 할머니의 집으로 향했다. 숲을 지나던 빨간 모자는 오빠 같은 늑대를 만났다. 늑대는 빨간 모자를 꼭 잡아먹고 싶었지만 숲속에 나무꾼이 몇 명 있어서 그럴 수 없었다. 늑대는 아이에게 어디로 가는 길이냐고 물었다. 불쌍한 아이는 늑대의 말을 듣는 것이 얼마나 위험한지도 모르고 이렇게 대답했다.

"전 우리 할머니를 보러 가는 길이에요. 엄마가 할머니에게 갖다드리라고 하신 빵과 버터 단지를 갖고 말이에요."

"할머니가 먼 곳에 사시니?"

늑대가 물었다.

"네, 바로 저쪽에 방앗간이 보이죠. 그 방앗간 너머에 있어요. 그 마을 첫 번째 집이에요."

빨간 모자 소녀가 대답했다.

"음, 그래. 나도 그리로 가서 할머니를 만나야겠다. 난 이쪽 길로 갈 테니 넌 저쪽 길로 가거라. 누가 먼저 도착하는지 한번 보자."

늑대는 온 힘을 다해서 지름길로 갔지만 어린 여자아이는 원래 가던 먼 길로 계속 갔다. 아이는 견과를 줍거나 나비를 쫓거나 야생화로 꽃다발을 만들며 혼자서 재미있게 길을 갔다.

늑대는 머지않아 빨간 모자의 할머니 댁에 도착했다. 그는 똑똑똑 문을 두드렸다.

"누구세요?"

할머니가 물었다.

"할머니의 어린 손녀딸, 빨간 모자예요."

늑대가 역겨운 목소리로 대답했다.

"엄마가 선물로 보낸 빵과 버터 단지를 가져왔어요."

몸이 아파 침대에 누워 있던 점잖은 할머니가 소리쳤다.

"못을 잡아당기면 걸쇠가 빠질 거야."

늑대가 걸쇠를 당기자 현관문이 활짝 열렸다. 사흘 동안 아무것도 먹지 못한 늑대는 바로 가여운 할머니를 덮쳐서 순식간에 잡아먹었다. 늑대는 현관문을 잠그고 할머니의 침대 속에 누워 빨간 모자를 기다렸다.

잠시 후 빨간 모자가 도착하더니 문을 똑똑똑 두드렸다.

"누구세요?"

늑대의 걸걸한 목소리를 들은 빨간 모자는 처음에는 깜짝 놀랐지만 할머니가 몹시 심한 감기에 걸려서 그렇다고 생각하고 이렇게 대답했다.

"할머니의 손녀딸 빨간 모자예요. 엄마가 보낸 빵과 버터 단지를 가져왔어요."

늑대는 목소리를 은근하게 바꾸며 아이에게 소리쳤다.

"못을 잡아당기면 걸쇠가 쭉 빠질 거야."

빨간 모자가 못을 잡아당기자 현관문이 활짝 열렸다. 빨간 모자가 집 안으로 들어오는 것을 지켜보던 늑대는 침대 속에 몸을 숨기며 침대보를 덮었다.

"빵과 버터 단지는 빵 저장통에 두어라. 그리고 침대로 오거라."

빨간 모자는 옷을 벗고 침대 위로 올라갔는데 잠옷을 입고 있는 할머니를 보고 깜짝 놀랐다.

"할머니, 왜 이렇게 팔이 길어요?"

빨간 모자가 소리쳤다.

"널 더 꼭 안으려고 그렇지, 우리 아가!"

"할머니, 왜 이렇게 다리가 길어요?"

"너랑 같이 더 잘 뛰려고 그렇지, 우리 아가!"

"할머니, 왜 이렇게 귀가 커요?"

"네 얘기를 더 잘 들으려고 그렇지, 우리 아가!"

"할머니, 왜 이렇게 눈이 커요?"

"널 더 잘 보려고 그렇지, 우리 아가!"

"할머니, 왜 이렇게 이가 커요?"

"널 더 잘 먹으려고 그렇지!"

이 말과 동시에 사악한 늑대는 빨간 모자에게 달려들더니 게걸스럽게 먹어 치웠다.

교훈

어린 소녀들아, 해 줄 말이 있단다,
가던 길을 절대 멈추지 마라.
낯선 사람을 절대 믿지 마라,
어떤 일이 생길지 아무도 모르는 법이란다.
네가 예쁠수록 현명해야 해,
늑대들은 겉모습을 위장한 채 숨어 있지.
잘생긴 늑대, 친절한 늑대,

유쾌한 늑대, 매력 있는 늑대 들은 아무것도 아니란다.

그때나 지금이나 진실은 간단한 것,

달콤한 혀에는 날카로운 이빨이 숨어 있지.

Notes on the Story

LITTLE RED RIDING HOOD

도느와와 동시대인이자 프랑스 시민의 종복인 샤를 페로(1628-1703)는 어린이와 성인에 맞게 소박한 글로 출간한 동화집으로 큰 명성을 얻었다. 가장 유명한 동화집 ≪교훈이 담긴 옛날이야기≫에서 그는 동시대 프랑스의 사회·문화적 이슈를 탐색하기 위해 이야기를 다시 썼다.

<빨간 모자 소녀>는 동화를 아주 매혹적으로 변신시킨 사례에 해당한다. 샤를 페로가 겸손과 수줍음을 미덕으로 극찬한 반면 그림 형제는 순종이라는 정조 관념에 초점을 맞추었다. 샤를 페로는 초기 프랑스 버전 <할머니>에서 늑대 인간과 사소한 마찰을 빚던 소녀가 기지를 발휘하고 빨래하는 아주머니의 도움을 받아 늑대 인간을 따돌리는 이야기를 썼다. 로알드 달의 시 <빨간 모자와 늑대>, 영국 소설가 안젤라 카터의 <피가 가득한 방> 같은 현대적 작품은 다면적인 사회의 복잡한 역사적 특징을 찬양한 것이다.

요정들

THE FAIRIES

샤를 페로

옛날 옛적에 두 딸을 데리고 사는 과부 한 명이 있었다. 첫딸은 성격과 외모가 어머니와 무척 닮아서 어머니로 오해를 받을 때가 많았다. 같이 살 수 있는 사람이 아무도 없을 정도로 엄마와 딸이 모두 무례하고 오만했다.

그런데 작은딸은 아버지를 닮아서 성격이 온화하고 다정했다. 게다가 그 누구보다 얼굴이 예뻤다. 딸들의 어머니는 당연히 자기를 쏙 빼닮은 큰딸만 예뻐하고 작은딸은 몹시 싫어했다. 어머니는 작은딸을 부엌에서 살게 하고 아침부터 밤까지 일만 시켰다.

가여운 작은딸의 고된 일과 중 하나로 하루에 두 번 멀리 떨어진 샘으로 가서 커다란 단지에 물을 담아 오는 일이 있었다. 어느 날 작은딸이 샘가에 있는데 나이 든 여자가 다가와 물 좀 달라고 부탁했다.

"그럼요, 당연히 드릴게요. 아주머니."

예쁜 작은딸이 대답했다. 그녀는 단지를 헹군 후 샘에서 가장 깨끗한 부분의 물을 길러 노파에게 건넸다. 노파가 물을 편안하게 마실 수 있도록 단지의 입구를 기울여 주었다.

그런데 알고 보니 노파는 요정이었다. 착한 작은딸의 심성이 어느 정도인지 알아보려고 마을의 노파로 변장한 것이었다.

"넌 참 예쁘구나."

요정이 말을 꺼냈다.

"게다가 참 공손하네. 그래서 너에게 선물 하나를 주고 싶어. 이건 네가 요긴하게 쓸 수 있는 거야. 이제부터 네가 말을 할 때마다 네 입에서 꽃이나 귀한 보석이 떨어질 거야."

물을 다 마신 노파가 이렇게 이야기를 마쳤다.

집에 도착한 작은딸은 늦게 왔다고 어머니에게 심한 꾸지람을 들었다.

"어머니, 죄송해요. 이렇게 늦게 와서……."

가여운 작은딸이 대답했다. 그녀가 입을 열어 말을 시작하자마자 입에서 장미 세 송이와 진주 세 알과 다이아몬드 세 개가 빠져나왔다.

"이게 뭐지?"

어머니가 소리쳤다.

"내가 지금 네 입에서 떨어지는 진주와 다이아몬드를 본 거야? 도대체 무슨 일이니, 우리 작은딸?"

이게 뭐지?

내가 지금 네 입에서 떨어지는 진주와 다이아몬드를 본 거야?

어머니가 작은딸을 이렇게 다정하게 부른 것은 처음이었다.

가여운 작은딸은 아까 일어났던 일을 간단하게 말했다. 그러는 중에도 다이아몬드가 사방으로 떨어졌다.

“정말 그렇다면 우리 애를 거기로 보내야지. 얘야, 이리 오렴. 네 동생이 말할 때마다 입에서 뭐가 나오는지 좀 봐라! 너도 얘처럼 하고 싶지 않니? 넌 그냥 샘으로 가서 물을 길으면 돼. 그럼 불쌍한 여자가 나타나서 너에게 물을 달라고 할 거야. 그럼 좀 친절하게 주면 돼.”

어머니가 얘기했다.

“오, 싫어요! 어머닌 날 샘으로 보낼 순 없어요.”

버릇없는 큰딸이 대답했다.

“넌 그냥 거기로 가면 돼. 당장 가.”

큰딸은 잔뜩 뚱한 얼굴을 한 채 집에서 가장 좋은 은으로 만든 커다란 병을 들고 나갔다. 큰딸이 샘에 도착하자마자 부인 한 명이 보였다. 아주 멋지게 차려입은 부인이 숲에서 나와 큰딸 쪽으로 오더니 물을 좀 달라고 부탁했다. 사실은 작은딸에게 나타났던 요정이 큰딸의 못된 성격이 어느

정도인지 보려고 공주처럼 차려입고 나타난 것이었다.

"내가 지금 당신한테 물이나 주려고 여기까지 온 줄 알아요?"

막돼먹은 큰딸이 퉁명스럽게 얘기했다.

"내가 부인한테 물을 주려고 특별히 은병을 가져온 줄로 아는군요! 내 생각은 이래요. 물을 마시고 싶으면 직접 갖다 마셔요."

"넌 참 예의가 없구나."

이렇게 말하는 요정의 얼굴에 화난 기색은 없었다.

"그럼, 예의 없는 너에 대한 앙갚음으로 난, 네가 말을 할 때마다 뱀이나 두꺼비가 네 입에서 떨어지라고 선언할게."

어머니는 집으로 돌아온 큰딸을 보자마자 소리쳤다.

"아이고, 우리 딸!"

"네, 어머니?"

버릇없는 딸도 대답했다. 그녀가 말을 꺼내자마자 독사와 두꺼비가 입에서 튀어나왔다.

"이게 웬일이야!"

어머니가 소리쳤다.

"내가 지금 뭘 본 거야? 얘 동생 때문에 이런 일이 생겼어. 얠 잡아서 대가를 치르게 해야지!"

어머니는 가여운 작은딸을 매질하려고 달려갔지만 작은딸은 이미 가까운 숲으로 도망치고 없었다. 그때 사냥을 나왔다가 집으로 돌아가

던 왕의 아들이 작은딸을 만났다. 왕자는 작은딸의 미모를 알아보고 여기서 혼자 뭘 하고 있는지, 왜 울고 있는지 물었다.

"아아, 선생님."

작은딸이 외쳤다.

"저희 어머니가 집에서 절 쫓아냈어요."

작은딸이 말을 시작하자 그녀의 입에서 진주와 다이아몬드가 네다섯 개 떨어졌다. 왕자가 어떻게 이런 일이 일어나는지 알려 달라고 부탁하자 작은딸은 사건의 전말을 모두 얘기했다.

왕의 아들은 그녀에게 푹 빠졌다. 그녀에게 부여된 이런 재능은 어떤 아가씨라도 자신에게 줄 수 있는 지참금보다 훨씬 값지다고 곰곰이 생각했다. 왕자는 작은딸을 아버지인 왕의 궁전으로 데려가서 결혼식을 올렸다.

큰딸은 너무 혐오스러워진 바람에 어머니도 그녀를 집밖으로 쫓아낼 수밖에 없는 지경이 되었다. 비참한 큰딸은 자신을 받아 줄 사람을 어디에서도 찾을 수 없어 결국 숲의 한구석에 누워 있다 죽음을 맞이했다.

교훈

다이아몬드와 루비는
어느 정도 효과를 발휘할 수 있지.
하지만 세상의 그 어떤 보석보다 값진 것은
바로 온화한 한마디야.

또 다른 교훈

물론 내키지 않을 때가 있어,

친절하게 구는 건 참 어려우니까.

아무리 믿기 힘들지라도

친절한 행동은 보답을 받게 마련이지.

Notes on the Story

THE FAIRIES

'다이아몬드와 두꺼비'라는 제목으로도 알려진 이 이야기 속의 정숙하고 고결한 자매와 행실이 형편없는 자매는 전 세계적으로 널리 퍼진 이형 작품 속에 등장한다. 이야기 속 젊은 여성은 가정을 꾸리는 수완으로 자신의 미덕을 확인받고 증명하는 것을 통과의례로 여겼다. 좀 더 여성주의 관점의 이야기에서 여주인공은 자신을 억압하는 어머니나 새어머니로 상징되는 여성 권한보다 더 깊이 있고 더 강력한 이미지를 발견한다.

⌛

샤를 페로는 다른 많은 이야기에서 그런 것처럼 이 이야기에서도 독자들에게 도움을 주기 위해 두 가지 교훈을 제시했다. 페로의 교훈적인 시 구절에 대해서는 많은 논의가 있었다. 어떤 이들은 도덕적인 시 구절을 페로의 융통성 없는 엄격한 가치관으로 해석한 반면, 안젤라 카터를 비롯해 다른 이들은 도덕적인 시 구절을 유머로 해석했다. 현재는 반어적인 해설로 받아들여지고 있다. 이야기 속에서 페로가 프랑스 사회의 도덕성과 정중함을 비꼬는 투로 언급했기 때문이다.

18세기 이야기

18세기 프랑스에서 동화에 대한 광분이 일어났다.

19세기는 열정적으로 설화를 수집하던 시기였다.

두 세기 중 18세기가 동화와 설화가 중대한 발전을 이룬 시기로 생각된다.

이국적인 이야기 ≪천일야화≫를 최초로 유럽에 전파한

앙투안 갈랑과 보트만 부인의 작품 속에 반영된 것처럼

프랑스에서 마법 이야기를 멋지게 각색하는 것에 대한 열정이 지속되었다.

18세기 말 유럽 전역에 폭발한 낭만주의 운동 때문에

이 시기에 낭만주의 문학인 동화가 시작되었다는 견해가 일반적이다.

19세기까지 쭉 발달한 동화는 현재까지 판타지 문학에 결정적인 영향을 미치고 있다.

알라딘과 요술 램프

ALADDIN AND THE WONDERFUL LAMP

앙투안 갈랑

옛날 옛적에 가난한 양복장이가 살았다. 그에게는 알라딘이라는 아들 하나가 있었다. 경솔한 성격에 게으른 알라딘은 자기처럼 게으른 남자아이들과 하루 종일 길에서 놀기만 하고 다른 것은 그 무엇도 하지 않았다. 이 때문에 몹시 슬퍼하던 아버지가 숨을 거두었다. 어머니가 눈물과 기도로 호소해도 알라딘은 행실을 고치지 않았다. 여느 때처럼 거리에서 놀고 있던 어느 날 알라딘에게 낯선 사람이 나타나더니 나이를 물었다. 그리고 양복장이 무수타파의 아들이냐고 물었다.

"네, 맞아요. 하지만 아버지는 오래전에 돌아가셨어요."

알라딘이 대답했다.

아주 유명한 아프리카의 마법사라는 낯선 사람은 이 말을 듣더니 알라딘을 껴안고 입을 맞추며 이야기를 꺼냈다.

"난 네 삼촌이야. 형님을 많이 닮은 걸 보고 널 알아봤단다. 어머니에게 가서 내가 왔다고 전해라."

알라딘은 집으로 달려가서 어머니에게 새로 찾은 삼촌 얘기를 했다.

"맞아, 얘야. 네 아버지에게 형제가 있어. 하지만 난 오래전에 죽을 줄 알았는데……."

어쨌든 알라딘의 어머니는 저녁을 준비하고는 알라딘에게 삼촌을 모셔 오라고 했다. 포도주와 과일을 잔뜩 싣고 온 삼촌은 곧 무수타파가 늘 앉던 자리에 바로 엎어지더니 입을 맞추었다. 삼촌은 알라딘의 어머니에게 이전에 한 번도 만나지 못한 것은 이곳을 떠난 지 40년이 넘었기 때문이라며 놀라지 말라고 했다. 그리고 알라딘 쪽으로 몸을 돌리더니 장사를 도와달라고 했다. 하지만 알라딘은 고개를 가로저었다. 그 모습을 본 어머니는 눈물을 글썽였다. 알라딘이 게으르고 장사를 배울 마음이 없음을 알아챈 삼촌은 함께 물건을 사러 가서 상품을 채우는 것을 도와달라고 했다.

다음 날 삼촌은 알라딘에게 근사한 옷 한 벌을 사 주고 도시 이곳저곳을 데리고 다니며 관광을 시켜 주었다. 밤이 다 되어 알라딘의 어머니에게

데려다주자, 어머니는 아들의 멋진 모습을 보고 기쁨을 감추지 못했다.

다음 날 마법사는 성문에서 멀리 떨어진 아름다운 정원으로 알라딘을 데려갔다. 두 사람은 분수 옆에 앉았다. 마법사가 허리춤에서 빵을 꺼내 알라딘에게 나눠 주었다. 두 사람은 산에 도착할 때까지 계속 걸었다. 알라딘은 너무 피곤한 나머지 돌아가고 싶다고 애원했지만, 마법사는 재미있는 이야기를 들려주며 그를 구슬렸다.

마침내 두 사람은 산이 좁은 계곡으로 나뉘는 곳에 이르렀다.

"이제 다 왔다. 아주 멋진 걸 보여 줄 테니, 불을 지피게 넌 나뭇가지만 좀 주워 오거라."

나뭇가지에 불이 붙자, 마법사는 가지고 있던 가루를 불 속에 던지며 마법의 주문을 외웠다. 그러자 땅이 살짝 흔들리며 갈라지더니 두 사람 앞에 납작한 돌덩어리가 드러났다. 들어올릴 수 있도록 가운데 부분에 놋쇠 고리가 달린 돌덩어리였다. 그 순간 알라딘이 도망가려고 했지만 마법사가 그를 붙잡아 한 대 쳐서 때려눕혔다.

"저한테 왜 이러세요, 삼촌?"

알라딘이 애처롭게 물었다. 그러자 마법사가 좀 더 부드럽게 얘기했다.

"겁낼 거 없어. 그저 내 말만 들으면 돼. 이 돌 밑에는 보물이 있단다. 그건 네가 가져도 돼. 그건 오로지 너만 손댈 수 있어. 그러니 넌 반드시 내가 말하는 대로만 하면 돼."

'보물'이라는 말을 듣자 알라딘은 두려움을 떨치고 마법사의 말대로 돌판의 놋쇠 고리를 꽉 쥐면서 아버지와 할아버지의 이름을 읊었다. 돌판은 아주 쉽게 열렸다. 그 밑으로 계단이 몇 개 보였다.

"아래로 내려가."

마법사가 말했다.

"계단 밑에 열려 있는 문이 보일 거야. 그 문으로 들어가면 커다란 복도가 세 개 나타날 거다. 옷자락을 끌어올리고 복도를 통과해라. 가는 동안 아무것도 만지지 말고. 무엇이든 만지면 넌 곧 죽는다. 복도 세 곳을 통과하면 끝내주는 과일나무가 있는 정원이 나타날 거야. 그 정원 안으로 쏙 들어가면 테라스가 보일 거고. 그 안에 불이 켜진 램프가 있을 거야. 그 테라스 안으로 네 몸이 들어갈 틈새가 있는지 찾아보거라. 램프 안의 오일은 쏟아 버리고 램프만 내게 갖고 와."

마법사는 손가락에 끼고 있던 반지를 빼서 알라딘에게 주더니 시킨 대로 잘하라고 얘기했다.

알라딘은 마법사가 말한 대로 모든 것을 찾아냈다. 과일 몇 개를 따고 램프를 들고 동굴 입구까지 갔다. 마법사가 몹시 다급하게 소리쳤다.

"어서 내게 램프를 줘."

하지만 알라딘은 먼저 자신을 동굴 밖으로 꺼내줘야만 램프를 주겠다며 마법사의 말을 듣지 않았다. 결국 마법사는 벌컥 화를 내더니 불꽃에 가루를 뿌리며 뭐라고 얘기했다. 그러자 열렸던 돌판이 다시 제자리로 돌아갔다.

마법사는 영영 중국을 떠나 버렸다. 이것만 봐도 마법사가 알라딘의 삼촌이 아니라는 것을 쉽게 알 수 있었다. 그는 자기가 갖고 있던 책에서 요

저에게 뭘 바라시나요?

저는 반지의 노예입니다. 무슨 일이든 당신이 시키는 대로 하겠습니다.

술 램프를 가지면 이 세상에서 가장 막강한 사람이 될 수 있다는 이야기를 읽은 교활한 마법사였다. 마법사는 요술 램프의 위치는 알았지만 오직 다른 사람의 손으로만 구할 수 있었다. 순전히 요술 램프를 얻기 위해 바보 같은 알라딘을 선택한 것이어서 요술 램프만 구하면 알라딘을 죽일 작정이었다.

알라딘은 이틀 동안 어두운 동굴 속에서 울면서 한탄했다. 결국 두 손을 맞잡고 기도를 하다가 손가락에 낀 반지를 비비게 되었다. 마법사가 알라딘에게 준 반지였다. 갑자기 아주 거대하고 무시무시하게 생긴 정령 하나가 불쑥 튀어나오더니 이렇게 얘기했다.

“저에게 뭘 바라시나요? 저는 반지의 노예입니다. 무슨 일이든 당신이 시키는 대로 하겠습니다.”

알라딘은 겁도 없이 대답했다.

“여기서 나가게 해 줘!”

그러자 곧 땅이 열리고 밖으로 나온 자신의 모습이 보였다. 알라딘은 두 눈이 빛에 적응하는 순간 집에 도착했지만 문지방에서 기절하고 말았다. 제정신으로 돌아온 알라딘은 마법사와 있었던 일을 어머니에게 털어놓고 램프와 지하 정원에서 딴 과일을 보여 주었다. 과일은 알고 보니 몹시 귀한 보석이었다. 알라딘은 어머니에게 먹을 것을 달라고 부탁했다.

“아! 얘야.”

어머니가 이야기를 꺼냈다.

“집 안에 아무것도 없단다. 내가 뽑아낸 무명실이 조금 있으니 갖고 가서 팔아 올게."

알라딘은 램프를 팔 것이니 무명실은 갖고 있으라고 했다. 그런데 램프가 너무 더러웠다. 어머니는 램프를 닦으면 가격을 더 높게 받을 것 같아서 닦기 시작했는데 갑자기 흉측하게 생긴 요정 지니가 나타나서 무엇을 갖고 싶은지 물었다. 어머니가 기절하는 바람에 알라딘이 램프를 낚아채서 대담하게 얘기했다.

"먹을 것을 가져와."

램프의 요정 지니는 기름진 고기를 담은 은그릇 하나와 은식기 열둘, 은잔 두 개, 포도주 두 병을 갖고 돌아왔다. 의식을 찾은 알라딘의 어머니가 물었다.

"이런 진수성찬이 어디서 나왔니?"

"묻지 말고 드시기만 하세요."

알라딘이 대답했다.

두 사람은 아침 식사를 점심때까지 먹었다. 이제 알라딘은 어머니에게 램프에 대한 이야기를 꺼냈다. 어머니는 알라딘에게 램프를 팔라고, 그런 악령과 관계를 끊어야 한다고 애원했다.

"싫어요. 우리에게 기회가 왔어요. 램프의 장점을 알았어요. 우린 램프를 쓸 거예요. 반지도요. 이 반지는 내 손에 늘 끼고 다닐 거예요."

램프의 요정이 갖다준 음식을 먹고 난 후 알라딘은 은식기 하나를 팔더니 결국 다 팔아 버렸다. 알라딘은 램프의 요정 지니를 의지했다. 요정은 은식기를 또 갖다주었다. 알라딘과 어머니는 이런 식으로 몇 년 동안 살았다.

어느 날 알라딘은 술탄이 내린 명령을 들었다. 술탄의 딸인 공주가 목욕을 하는 동안 모든 사람이 집 안에 머물며 덧문을 닫아야 한다는 명령이었다. 알라딘은 공주의 얼굴을 꼭 보고 싶은 욕망에 사로잡혔지만 공주는 늘 베일로 얼굴을 가리고 다녀서 쉽지 않은 일이었다. 알라딘은 목욕실 문 뒤로 숨어서 틈새로 엿보았다. 목욕실로 들어가며 베일을 걷는 공주가 보였다. 알라딘은 너무나 아름다운 공주의 얼굴을 보는 순간 사랑에 빠졌다. 그가 완전히 달라진 모습으로 돌아오자 어머니는 몹시 당황했다.

그는 공주를 몹시 사랑한다, 공주 없이는 도저히 살 수 없다, 공주의 아버지에게 공주와 결혼하게 해 달라고 부탁할 작정이라고 얘기했다. 그의 말에 어머니는 웃음을 터뜨렸다. 하지만 알라딘은 술탄에게로 가서 자신의 요구를 전달해 달라고 어머니를 설득했다.

어머니는 마법의 정원에서 딴 마법의 과일을 식탁보에 싸서 왕의 환심을 얻을 목적으로 갖고 갔다. 나라의 수상과 고위 관료들이 막 궁전 현관으로 들어서는데 알라딘의 어머니가 들어오더니 술탄 앞에 섰다. 하지만 술탄은 알라딘의 어머니를 무시했다. 그래도 어머니는 일주일 동안 매일 같은 자리에 섰다.

엿새째 되는 날 관리들의 회의가 끝나자, 술탄이 수상에게 이야기를 꺼냈다.

"식탁보에 뭔가를 싸서 매일 알현실로 들어오는 여자가 내 눈에 보이더군. 다음번에 그 여자를 부르게. 뭘 바라는지 알아야겠어."

다음 날, 수상이 신호를 보내자 알라딘의 어머니가 왕좌 앞으로 다가가 왕이 말을 걸 때까지 무릎을 꿇고 기다렸다.

"일어서라, 선한 여인이여. 바라는 게 뭔지 말해보게."

그녀가 잠시 머뭇거리자 술탄은 수상을 제외한 다른 사람들을 내보냈다. 술탄은 알라딘의 어머니가 무슨 말을 하든 용서하겠다고 미리 약속하며 마음 편하게 얘기하라고 명했다. 그러자 알라딘의 어머니는 아들이 공주 때문에 지독한 사랑에 빠졌다는 이야기를 꺼냈다.

"저는 아들에게 공주님을 잊으라고 간절히 부탁했습니다. 하지만 허사였죠. 아들은 제게 폐하께로 가서 공주님과의 결혼을 부탁하라고 했습니다. 만약 제가 가지 않으면 극단적인 행동을 하겠다고 위협했지요. 이제 제가 폐하께 간절히 부탁 드립니다. 저뿐만 아니라 제 아들 알라딘도 부디 용서해 주세요."

술탄은 알라딘의 어머니가 식탁보에 싸 온 것이 무엇인지 다정하게 물었다. 어머니는 곧 식탁보를 펼치더니 마법의 과일을 술탄에게 올렸다.

깜짝 놀란 술탄은 수상 쪽으로 몸을 돌리며 물었다.

"자네 같으면 뭐라고 하겠나? 우리 공주를 저 정도 가치로 치는 자에게 주면 안 되겠지?"

수상은 자기 친아들의 아내로 공주를 생각하고 있었기에 술탄에게 3개월만 공주님의 결혼을 미뤄 달라고 부탁했다. 그 정도 말미를 얻으면 자기 아들이 더 좋은 선물을 준비할 수 있으리라는 생각이 들어서였다. 술탄은 수상의 청을 받아들였다. 그리고 알라딘의 어머니에게 알라딘과 공주의 결혼을 승낙하지만 3개월 동안 자기 앞에 나타나지 말라고 얘기했다.

알라딘은 거의 3개월 동안 끈기 있게 기다렸다. 그로부터 2개월이 흐른 어느 날, 기름을 사기 위해 도시로 갔던 어머니는 몹시 즐거워하는 많은 사람을 보았다. 어머니는 사람들에게 왜 그렇게 기뻐하는지 물었다.

"아직 모르세요? 오늘 밤 수상의 아들이 술탄의 딸과 결혼한대요."

누군가가 대답했다.

알라딘의 어머니는 헐떡이며 달려와서 알라딘에게 이 사실을 알렸다. 알라딘은 처음에는 무척 놀랐지만 곧 램프를 생각해 냈다. 그가 램프를 문지르자 요정 지니가 나타나서 물었다.

"무얼 원하십니까?"

알라딘이 대답했다.

"너도 알다시피 술탄이 나와의 약속을 어겼다. 수상의 아들이 공주님을 얻게 될 거야. 오늘 밤 네가 신랑과 신부를 여기로 데려와라. 이것이 내 명령이다."

"분부대로 하겠습니다. 주인님."

램프의 요정 지니가 대답했다.

알라딘은 바로 자기 방으로 갔다. 과연 한밤중이 되자 램프의 요정 지니가 수상의 아들과 공주를 실은 침대를 갖고 왔다.

"새신랑은 추운 밖으로 데리고 나갔다가 새벽에 데려오거라."

알라딘이 명령하자 램프의 요정 지니는 곧 수상의 아들을 침대 밖으로 데리고 나갔다. 이제 알라딘과 신부만 남았다.

"아무것도 두려워하지 마세요."

알라딘이 이야기를 시작했다.

"당신은 이제 내 아내요. 부당한 당신 아버지가 내게 그렇게 약속했지. 당신에게는 아무런 해도 끼치지 않겠소."

너무 놀란 나머지 말문이 막힌 공주는 평생 동안 가장 비참한 밤을 보냈지만 알라딘은 공주 옆에 누워서 달게 잤다. 이제 약속한 시간이 되자 램프의 요정 지니가 부들부들 떨고 있는 신랑을 데려와서 제자리에 눕힌 후 침대를 도로 궁전으로 갖다 놓았다.

잠시 후 딸에게 아침 인사를 하려고 술탄이 찾아왔다. 기분이 나빴던 수상의 아들은 벌떡 일어나더니 모습을 감추었다. 입을 꾹 다문 공주는 매우 슬퍼 보였다.

술탄은 공주의 어머니를 공주에게 보내 이야기를 시켰다.

"얘야, 도대체 왜 아버지에게 말을 하지 않니? 무슨 일이 있었니?"

공주는 한숨을 푹 내쉬며 결국 어머니에게 지난밤 자신과 신랑이 누워 있던 침대가 어떻게 낯선 집으로 갔으며, 그 집에서 무슨 일이 있었는지를 털어놓았다. 하지만 공주의 어머니는 공주의 말을 전혀 믿지 않았다. 그저 헛된 꿈이라고 여겼다.

하지만 그날 밤에도 똑같은 일이 일어났다. 다음 날 아침 공주가 입을 열지 않자, 술탄은 공주의 목을 베겠다고 위협했다. 그러자 공주는 모든 일을 털어놓으며 수상의 아들에게 확인해 보라고 말했다. 술탄은 수상에게 아들의 일을 물어보라고 했다. 진실을 맹세한 수상의 아들은 공주를 몹시 사랑하지만 그토록 무시무시한 밤을 다시 보내느니 공주와 떨어지고 싶다고 덧붙였다. 신랑의 소원은 받아들여졌다. 이제 더 이상의 잔치는 끝이었다.

3개월 후 알라딘은 술탄의 약속을 떠올리게 하려고 어머니를 궁으로 보냈다. 알라딘의 어머니는 전과 같은 자리에 섰다. 알라딘을 까맣게 잊고 있던 술탄은 바로 알라딘을 떠올리고 그의 어머니를 맞았다. 하지만 가난한 그녀를 보자 술탄은 약속을 지키고 싶은 마음이 살짝 사라져서 수상에게 조언을 구했다. 수상은 공주에게 어떤 남자도 도저히 해낼 수 없는 높은 가치를 붙이라고 얘기했다.

그러자 술탄은 알라딘의 어머니에게 이렇게 얘기했다.

"선한 여인이여, 술탄은 자신의 약속을 기억하는 법이오. 당연히 나도 내가 한 약속은 기억하고 있소. 하지만 자네 아들이 먼저 내게 금 장신구가 가득 넘치는 대야 마흔 개를 보내야 하지. 그리고 화려하게 차려입은 흑인 노예 마흔 명과 백인 노예 마흔 명이 이 대야를 갖고 와야 하오. 자네 아들에게 내가 대답을 기다린다고 전하시오."

알라딘의 어머니는 정중히 인사한 후 모든 게 끝났다고 생각하며 집으로 돌아갔다.

알라딘의 어머니는 술탄의 이야기를 전하며 이렇게 덧붙였다.

"술탄이 네 대답을 기다리려면 한참 걸리겠더라."

"어머니가 생각하는 것처럼 그렇게 오래 걸리지 않을걸요. 어머니, 전 공주를 위해서라면 그보다 훨씬 더한 것도 할 생각이에요."

알라딘이 램프의 요정 지니를 불러내자 순식간에 노예 80명이 도착해서 작은 집과 정원이 넘쳐났다.

알라딘은 노예들에게 자신의 어머니를 따라 둘씩 짝을 지어 궁전으로 가게 했다. 몹시 화려하게 차려입은 노예들이 번쩍번쩍한 보석을 허리띠에 달고 갔다. 화려한 노예들과 그들이 머리에 이고 가는 대야 속 금 장신구를 보려고 사람들이 몰려들었다.

궁전으로 들어간 노예들은 술탄 앞에서 무릎을 꿇은 다음, 팔짱을 낀 채로 왕좌 주위로 반원을 그리며 섰다. 이제 알라딘의 어머니가 노예들을 술탄에게 바쳤다.

술탄은 바로 이야기를 꺼냈다.

"선한 여인이여, 잘 돌아왔네. 이제 아들에게 가서 내가 팔을 활짝 벌리고 기다린다 전하게."

알라딘의 어머니는 바로 알라딘에게 가서 지체하지 말라고 전했다. 하지만 알라딘은 먼저 램프의 요정 지니를 불렀다.

"나는 향기 나는 목욕을 하고 싶네. 화려하게 수를 놓은 의복과 술탄의 말보다 훨씬 좋은 말과 나를 시중들 하인 스무 명이 필요해. 그리고 우리 어머니를 기다릴 노예 여섯 명도 있어야 해. 노예들은 화려한 옷을 입고 있어야 하지. 마지막으로 가방 열 개 속에 넣을 금화 만 개가 필요해."

알라딘이 명령했다.

알라딘은 말이 떨어지기가 무섭게 말에 오르더니 거리를 지나갔다. 노예들은 길을 가면서 금화를 뿌렸다. 어린 시절 알라딘과 함께 놀던 사람들은 너무나 훤칠해진 그를 알아보지 못했다.

술탄은 알라딘을 보고 바로 왕좌에서 일어나 안아 주었다. 그리고 바로 그날 공주와 알라딘의 결혼식을 진행하기 위해 연회장으로 데려갔다.

하지만 알라딘은 술탄의 계획에 반대 의견을 내놓았다.

"전 공주에게 딱 맞는 궁전을 지어 줄 것입니다."

말을 마친 알라딘은 자리를 떴다.

알라딘은 집에 도착하자마자 램프의 요정 지니를 불렀다.

"가장 좋은 대리석으로 궁전을 지어 줘. 벽옥과 마노, 다른 귀한 보석도 넣어 줘. 궁전 한가운데에 돔이 달린 커다란 홀을 만들어. 금과 은으로 된 벽을 네 개 세워야 해. 벽마다 격자무늬 창을 여섯 개씩 달되 다이아몬드와 루비로 치장하고. 단, 한 개는 그냥 빈 채로 놔둬. 궁전에는 마구간과 말, 말 사육사, 노예 들이 있어야 해. 어서 가서 살펴봐."

알라딘이 지시한 궁전은 다음 날 완성되었다. 요술 램프의 요정 지니가 알라딘을 궁전으로 데려가서 그의 지시대로 충실히 수행된 것을 보여 주었다. 심지어 알라딘의 궁전에서 술탄의 궁전으로 가는 길에 벨벳 카펫까지 깔아 두었다.

알라딘의 어머니는 세심하게 옷을 차려입고 전용 노예들과 함께 궁전으로 걸어갔다. 그동안 알라딘은 말을 타고 어머니를 따라갔다. 술탄이 이들을 맞이하기 위해 나팔과 심벌즈 연주자들을 보내 준 덕분에 사방에 음악과 환호성이 울려 퍼졌다. 공주는 알라딘의 어머니를 모셔 가 절을 하고 극진히 대접했다.

이제 밤이 되자 공주는 아버지에게 작별 인사를 건네고 알라딘의 어머니와 나란히 카펫을 밟고 알라딘의 궁전으로 갔다. 그 뒤를 100여 명의 노예가 따라왔다. 공주는 자신을 맞이하기 위해 달려 나온 알라딘을 본 순간 그에게 빠져 버렸다.

"공주, 내 배짱 때문에 기분이 상했다면 당신의 미모 때문에 그런 것이니 용서해 주오."

알라딘이 이야기를 꺼냈다.

공주는 알라딘을 보고 나니 이 문제는 아버지의 뜻을 기꺼이 따르는 것이 낫겠다고 대답했다. 결혼식이 거행된 후, 알라딘은 공주를 연회가 시작된 홀로 데려갔다. 공주는 알라딘과 저녁을 먹고 자정까지 춤을 추었다.

다음 날 알라딘은 술탄을 궁전으로 초대했다. 술탄은 루비와 다이아몬드와 에메랄드가 달린 24개의 창문이 딸린 홀로 들어서자 감탄의 소리를 냈다.

"정말 놀라운걸! 나를 깜짝 놀라게 한 유일한 물건이야. 그런데 창문 하나를 그냥 빈 채로 놔둔 건 우연인가?"

"아닙니다, 폐하. 일부러 그랬습니다."

알라딘이 대답했다.

"폐하께서 이 궁전을 마무리해 주시면 좋겠습니다."

술탄은 알라딘의 뜻을 기쁘게 받아들이고 도시에서 가장 솜씨가 좋은 보석 세공인들을 불렀다. 술탄은 이들에게 완성되지 않은 창문을 보여 주며 다른 창문과 어울리게 장식하라고 명했다.

"폐하, 저희는 그만큼의 보석을 구할 수가 없습니다."

보석 세공인들의 대변인이 얘기했다.

술탄이 본인 소유의 보석을 내놓아서 보석 세공인들은 곧 작업을 시작했다. 하지만 한 달이 다 되었는데 작업은 반도 마무리되지 않았다. 알라딘은 이들의 작업이 헛수고로 돌아가자 작업을 중지시키고 보석은 술탄에게 돌려보냈다. 그리고 램프의 요정 지니가 알라딘이 시키는 대로 창문을 마무리했다. 보석을 되돌려받고 당황한 술탄은 알라딘을 찾아갔다. 알라딘은 술탄에게 완성된 창문을 보여 주었다. 술탄은 알라딘을 끌어안았다. 이를 질투하던 수상은 이 일이 마법으로 된 것이라고 넌지시 알렸다.

알라딘은 온화한 태도로 사람들의 마음을 얻었다. 또한 술탄이 거느린 군대의 대장이 되어 몇몇 전투에서 승리를 거두었지만 예전처럼 겸손하고 공손한 태도를 유지하며 몇 년 동안 평온하게 만족하며 살았다.

그런데 머나먼 아프리카에서 살던 마법사가 어느 날 알라딘을 떠올렸다. 그는 마법으로 알라딘이 동굴 속에서 비참하게 죽는 대신 공주와 결혼해서 아주 영화롭고 부유하게 살고 있다는 사실을 알아냈다. 가난한 양복장이의 아들이 이렇게 살 수 있는 것은 오직 램프 덕택이라는 것을 잘 아는 마법사는 알라딘을 파멸시킬 작정으로 밤낮으로 이동해서 중국의 수도로 갔다. 그는 마을을 지나던 중 사람들이 어디서나 얘기하는 신기한 궁전에 대해 들었다.

"제가 몰라서 그러는데 지금 당신이 얘기하는 궁전이 어떤 것인가요?"

마법사가 물었다.

"귀족 알라딘의 궁전에 대해 한 번도 못 들어봤다고요? 이 세상에서 가장 놀라운 궁전인데. 혹시 보고 싶다면 제가 직접 데려다드리죠."

누군가가 대답했다.

마법사는 이렇게 대답한 사람에게 감사 인사를 전하며 알라딘의 궁전을 보러 갔다. 마법사는 이 궁전이 요술 램프의 요정 지니가 만든 것이라는 사실을 알고 화가 나서 반쯤 미칠 것만 같았다. 그는 요술 램프를 손에 넣고 다시 알라딘을 지독한 가난뱅이로 만들겠노라 마음먹었다.

알라딘은 불행히도 여드레 동안 사냥을 나가고 없어서 마법사는 계획을 실행할 시간이 많았다. 마법사는 우선 구리로 만든 램프를 10여 개 사서 바구니에 넣은 다음 알라딘의 궁전 앞으로 가서 이렇게 소리쳤다.

"헌 램프를 새 램프로!"

마법사의 뒤로 조롱하는 사람들이 따라다녔다.

창문 24개가 달린 홀 안에 앉아 있던 공주는 무슨 일로 밖이 소란스러운지 알아보라고 하녀를 보냈다. 하녀는 깔깔대며 돌아오는 바람에 공주에게 꾸지람을 들었다.

“마마, 어떤 늙은 멍청이가 헌 램프를 새 램프로 바꿔 준다는데 어찌 웃음을 참을 수 있겠어요?”

하녀가 대답했다.

이 말을 들은 다른 하녀가 끼어들었다.

“저 처마돌림 위에 낡은 램프가 하나 있네요. 그 사람에게 바꿔 달라면 되겠는데요.”

사실 이것은 요술 램프로 알라딘이 사냥을 나가느라 갖고 갈 수 없어 처마돌림 위에 얹어 두고 간 것이었다. 요술 램프의 가치를 모르는 공주는 하녀에게 갖고 가서 새것으로 바꿔 오라고 시켰다.

하녀는 마법사에게 가서 얘기했다.

“이걸 받고 새 램프를 제게 주세요.”

사람들의 야유를 받던 마법사는 요술 램프를 바로 잡아채더니 하녀가 갖고 싶은 대로 가져가라고 했다. 사람들의 조롱에도 아랑곳하지 않던 마법사는 램프를 바꿔 준다는 소리를 그만두고 성문 밖으로 나가 외딴 곳으로 갔다. 해 질 녘까지 그곳에 머물던 마법사는 요술 램프를 꺼내서 문질렀다. 그러자 요술 램프의 요정 지니가 나타났다. 마법사는 지니에게 알라딘의 궁전과 공주를 아프리카의 외진 곳으로 데려가라는 명령을 내렸다.

다음 날, 창문 밖으로 알라딘의 궁전을 바라보려던 술탄은 두 눈을 비볐다. 궁전이 사라진 것이었다. 술탄은 수상을 불러서 알라딘의 궁전에 무슨 일이 생겼는지 물었다. 궁전을 찾아보던 수상도 깜짝 놀랄 수밖에 없었다. 수상은 마법 때문에 이런 일이 생긴 것이라고 다시 얘기했다. 이번에는 술탄도 그의 말을 믿고, 알라딘을 사슬에 매어 잡아 오기 위해 말 탄 사람 30명을 보냈다. 말에 오른 남자들은 말을 타고 집으로 돌아오던 알라딘을 만났다. 그들은 알라딘을 묶은 다음 두 발로 걸어서 자기들과 함께 가게 했다. 하지만 알라딘을 무척 좋아하던 사람들이 그가 다치지 않았는지 확인하기 위해 무기를 갖고 뒤를 따라왔다. 알라딘은 술탄의 앞으로 끌려왔다. 그러자 술탄은 망나니에게 알라딘의 목을 베라고 명령했다. 망나니가 알라딘의 무릎을 꿇리고 두 눈을 가린 다음 언월도(초승달 모양으로 생긴 큰 칼)를 번쩍 들었다.

바로 그 순간 궁전 뜰 안으로 몰려드는 많은 사람이 수상의 눈에 보였다. 이들은 알라딘을 구출하려고 벽을 기어오르며 망나니에게 동작을 멈추라고 소리쳤다. 궁중에 모인 사람들이 하도 위협적으로 보여서 술탄은 사람들에게 항복하고 알라딘을 풀어 주라고 명령할 수밖에 없었다. 그리고 술탄은 사람들이 보는 앞에서 알라딘을 용서했다.

알라딘은 자신이 무슨 잘못을 저질렀는지 알고 싶다고 애원했다.

"이런 몹쓸 놈!"

술탄이 알라딘을 불렀다.

"이리 오거라!"

그리고 알라딘에게 창문 너머로 그의 궁전이 있던 자리를 보여 주었다.

알라딘은 너무 놀라서 한 마디 말도 하지 못했다.

"궁전과 내 딸은 어디 있는 게야?"

술탄이 따졌다.

"내 딸을 반드시 찾아와라! 그렇지 않으면 네 놈 모가지를 벨 것이다!"

알라딘은 공주를 찾아오려면 40일은 걸린다고 애걸했다. 만약 공주를 찾지 못하면 기꺼이 술탄의 뜻에 따라 목숨을 바치겠다고 약속했다. 술탄은 알라딘의 애원을 받아들였다. 알라딘은 술탄의 곁을 떠났다. 그는 사흘 동안 마치 미친 사람처럼 배회하며 모든 사람에게 자기의 궁전이 어떻게 되었는지 물었다. 하지만 사람들은 그를 비웃으며 동정할 뿐이었다. 그는 강둑으로 갔다. 강물에 몸을 던지기 전에 기도를 드리려고 무릎을 꿇었다. 그러다 손에 늘 끼고 다니던 반지를 문지르게 되었다.

동굴 속에서 보았던 반지의 요정이 나타나더니 소원을 물었다.

"내 목숨을 구해 줘, 그리고 내 궁전을 되돌려 줘."

알라딘이 소원을 말했다.

"그건 제 힘으로 할 수 없는 일입니다. 전 단지 반지의 노예일 뿐입니다. 램프의 노예에게 부탁해야 합니다."

반지의 요정이 대답했다.

"그렇기는 하지만 날 그 궁전으로 데려다줄 수는 있지? 날 사랑하는 아내의 창문 아래로 보내 줘."

알라딘이 말하자마자 바로 공주가 머무는 방 창문 아래로 갔다. 알라딘은 몹시 피곤했기에 곧장 잠에 빠져들었다.

그는 새들의 노랫소리에 잠에서 깨어났는데 마음이 한결 가벼웠다. 요술 램프를 잃어버리는 바람에 이 모든 불행이 일어났다는 것을 확실히 알았고 누가 자신의 램프를 훔쳤는지 곰곰이 생각했다.

마법사 때문에 아프리카로 온 공주는 그날 아침 다른 때보다 일찍 일어났다. 공주는 하루에 한 번은 억지로 마법사를 만나야 했다. 하지만 공주가 마법사를 하도 매몰차게 대하는 바람에 그도 감히 공주와 함께 살자고 하지는 못했다. 공주가 옷을 갈아입는데, 하녀 한 명이 밖을 내다보다가 알라딘을 발견했다. 공주는 바로 달려가서 창문을 열었다. 이런 소란 때문에 알라딘은 위를 보게 되었다. 공주는 알라딘에게 자기 쪽으로 오라고 소리쳤다. 둘은 재회의 기쁨을 만끽했다.

알라딘은 공주에게 입을 맞춘 후 이야기를 꺼냈다.

"날 용서해 주오, 공주. 우리가 어떤 이야기든 하기 전에, 신의 이름을 걸고 순전히 당신과 나를 위해 듣고 꼭 싶은 말이 있소. 내가 사냥을 나가면서 스물네 개짜리 창문이 달린 홀 안의 처마돌림 위에 올려 둔 낡은 램프가 어떻게 되었는지 꼭 말해 주오."

"아! 전 그것 때문에 이렇게 슬픈 일이 일어났는지는 전혀 몰랐어요."

공주는 램프를 바꾼 이야기를 해 주었다.

"아, 이제 알겠소."

알라딘이 소리쳤다.

"아프리카인 마법사 때문에 이런 일이 생겼군! 그 램프는 어디 있소?"

"그자는 자기 몸에 갖고 다녀요!"

공주가 이야기를 이었다.

"그자가 조끼에서 램프를 꺼내서 제게 보여 주었거든요. 그자는 제가 당신의 신뢰를 저버리고 결혼생활을 끝내길 바라죠. 당신은 우리 아버지의 명령으로 목이 베였다고 했어요. 그자는 늘 당신을 나쁘게 얘기했어요. 전 눈물만 흘릴 뿐이었죠. 하지만 제가 계속 고집을 부리면 그자가 이제 폭력을 쓸 것 같아요."

알라딘은 공주를 위로한 후 잠시 공주 곁을 떠났다. 그리고 마을에서 처음 만난 사람의 옷으로 갈아입은 후 어떤 가루를 사서 공주에게 돌아왔다. 공주는 쪽문을 열어서 알라딘을 맞았다.

"당신은 가장 아름다운 드레스를 입어요. 그리고 웃는 얼굴로 마법사를 맞이해서 당신이 나를 잊은 것처럼 그자가 믿게 만들어요. 그자를 초대해 함께 저녁을 먹으며 그자의 나라에서 나는 와인을 맛보고 싶다고 말해요. 나머지 이야기는 그자가 와인을 가지러 간 사이에 해 줄게요."

공주는 알라딘의 이야기를 주의 깊게 들었다. 알라딘이 자리를 비우자, 공주는 중국을 떠난 후 처음으로 자신을 화사하게 치장했다. 우선 거들을 입고 다이아몬드로 머리를 장식했다. 거울을 보니 그 어느 때보다 아름다웠다. 공주가 마법사를 맞으며 그가 정말 놀랄 만한 이야기를 꺼냈다.

"이제 전 알라딘이 죽었다고 생각하려고요. 제가 아무리 눈물을 흘려도 그이가 살아 돌아올 수는 없지요. 이제 더 이상 슬퍼하지 않을 작정이에요. 그래서 같이 저녁을 먹으려고 당신을 초대했어요. 그런데 중국산 와인은 이제 좀 질렸어요. 아프리카의 와인을 맛보고 싶어요."

마법사가 바로 지하 저장고로 간 사이 공주는 알라딘이 준 가루를 자신의 잔에 부었다. 마법사가 돌아오자 공주는 아프리카의 와인으로 자신의 건강을 빌어 달라고 부탁했다. 그리고 마법사와 화해하는 의미로 자신의 잔과 그의 잔을 바꾸자고 말했다.

마법사는 와인을 마시기 전에 공주의 미모를 칭송하는 이야기를 꺼냈다. 그러자 공주가 그의 말을 잘랐다.

"제가 먼저 마실게요. 당신도 먼저 마신 다음에 얘기하세요."

공주는 잔을 입술에 갖다 댄 채로 가만히 있었다. 그사이 마법사는 와인을 밑바닥까지 비우고 쓰러지더니 목숨을 잃고 말았다.

공주는 바로 알라딘에게 문을 열어 주고는 두 팔로 그의 목을 꼭 끌어안았다. 하지만 알라딘은 공주를 밀며 할 일이 남았으니 끌어안은 것을 풀어 달라고 했다. 그는 바로 죽은 마법사에게로 가서 조끼 속에서 요술 램프를 꺼냈다. 그는 요정 지니에게 궁전과 궁전 안의 모든 것을 중국으로 되돌려 놓으라고 명했다. 이 일이 다 마무리된 후, 공주는 자기 방으로 돌아왔는데도 거의 놀라지 않았다. 그리고 다시 집으로 돌아왔다는 생각도 거의 들지 않았다.

밀실에 앉아서 잃어버린 딸을 애도하고 있던 술탄은 우연히 눈을 들었다가 전과 마찬가지로 그 자리에 있는 알라딘의 궁전을 보고 저도 모르게 두 눈을 비볐다. 알라딘은 공주와 함께 24개짜리 창문이 달린 홀 안에서 술탄을 맞았다. 알라딘은 그동안의 일을 모두 얘기한 후 술탄이 믿을 수 있게 죽은 마법사의 시체를 보여 주었다. 10일간의 잔치가 선포되었다. 이제는 알라딘이 남은 인생을 평온하게 살 수 있을 것처럼 보였다. 하지만 그렇게 쉬운 일이 아니었다.

아프리카의 마법사에게 동생이 한 명 있었다. 동생은 마법사보다 더 사악하고 더 간교했다. 마법사의 동생은 죽은 형의 복수를 위해 중국으로 갔다. 그는 이용가치가 있을 성스러운 여인 파티마를 찾아갔다. 마법사의 동생은 파티마의 수도실로 가서 단검으로 그녀의 가슴을 콱 찌르더니 자리에서 일어나 말을 듣지 않으면 죽이겠다고 협박하며 자기가 시키는 대로 하라고 명령했다. 그는 파티마의 옷으로 갈아입고 얼굴은 파티마처럼 화장하고 베일로 가린 다음 그녀가 아무 말도 할 수 없도록 살해했다. 그러고는 알라딘의 궁전으로 향했다. 사람들은 모두 그가 성스러운 여인 파티마인 줄 알고 그의 주위로 모여들더니 그의 손에 입을 맞추며 축복을 기원했다.

마법사의 동생이 알라딘의 궁전에 도착하자 주변에 소란이 일었다. 공주는 하녀에게 밖에서 무슨 일이 있는지 알아보라고 했다. 하녀는 성스러운 여인이 아픈 사람들을 만지며 질병을 치료하고 있다고 얘기했다. 그러자 오랫동안 파티마를 만나 보고 싶었던 공주는 파티마를 궁으로 초대했다. 공주를 만난 마법사의 동생은 그녀의 건강과 번영을 비는 기도를 해 주었다. 공주는 마법사의 동생 곁에 나란히 앉더니 늘 자기 곁에 머물러 달라고 부탁했다. 바로 그것을 노렸던 가짜 파티마는 공주의 말에 수긍했지만 발각될 것이 두려워 한사코 베일을 벗지 않았다. 공주는 이제 가짜 파티마에게 창문 24개가 달린 홀을 보여 주며 그의 의견을 물었다.

"정말 아름답군요. 그런데 제가 보기에 딱 하나가 부족하네요."

가짜 파티마가 대답했다.

"그게 무엇이지요?"

공주가 물었다.

"대괴조(아라비아의 전설 속 새)의 알 하나만 이 돔 지붕의 한가운데에 딱 걸어두면 세상에서 가장 멋지겠네요."

가짜 파티마가 대답했다.

이 말을 들은 공주는 오직 대괴조의 알만 생각했다. 사냥을 나갔던 알라딘이 돌아와 보니 공주의 기분이 몹시 언짢아 보였다. 알라딘이 공주에게 뭐가 잘못되었는지 물었다. 그러자 공주는 홀의 반구형 지붕에 걸려 있어야 할 대괴조의 알이 없어서 좋은 기분을 망쳤다고 털어놓았다.

"그게 문제라면 당신 기분은 곧 좋아질 거요."

알라딘이 공주를 달래 주었다.

그가 공주의 곁을 떠나 요술 램프를 문지르자 요정 지니가 나타났다. 알라딘이 요정 지니에게 대괴조의 알을 갖다달라고 하자 지니는 홀이 흔들릴 만큼 몹시 큰 소리로 악을 쓰며 얘기했다.

"이런 몹쓸 놈!"

요정 지니가 소리쳤다.

"난 당신을 위해 모든 것을 해 줬어. 그런데 뭐가 부족해서 내 주인을 데려와서 이 지붕 한가운데에 걸겠다는 거지? 당신과 당신 마누라와 당신 궁전은 잿더미가 될 때까지 태워야 마땅해. 하지만 이번 요청은 당신이 한 게 아니라 당신이 죽인 아프리카 마법사의 동생이 했지. 지금 그자는 성스러운 여인을 죽이고 그 여인으로 변장해서 이 궁전에 있어. 당신 마누라의 머릿속에 그런 바람을 집어넣은 게 바로 그자라고. 당신, 몸 조심해. 그자가 당신을 죽일 작정이거든."

이렇게 말하며 요정 지니는 사라졌다.

알라딘은 공주에게로 돌아가서 머리가 아프다며 자신의 머리에 성스러운 여인 파티마의 손을 대 주면 좋겠다고 부탁했다. 하지만 마법사의 동생이 가까이 다가오자 알라딘은 단검을 꽉 잡고 그의 심장까지 푹 찔렀다.

"지금 뭐 하는 거예요? 당신이 성스러운 여인을 죽였잖아요!"

공주가 소리쳤다.

"아니오, 그렇지 않아. 사악한 마법사를 죽였소."

알라딘은 공주가 어떻게 속았는지 다 얘기했다.

이후로 알라딘과 공주는 평화롭게 살았다. 알라딘은 술탄이 죽은 후 자리를 물려받고 오랫동안 나라를 통치했다. 알라딘 이후로 오랫동안 왕이 배출되었다.

Notes on the Story

ALADDIN AND THE WONDERFUL LAMP

이 이야기는 ≪천일야화≫ 원본에는 실리지 않았지만 아이러니하게도 유럽의 번역가 앙투안 갈랑(1646-1715)이 추가한 ≪천일야화≫ 속 이야기 중에서 가장 유명하다. 프랑스의 동양학자인 갈랑은 1709년 시리아의 수도승에게 '알라딘'에 대한 이야기를 들었다. 갈랑은 알라딘을 다시 고쳐 쓴 다음, 최초로 서양어로 번역한 자신의 ≪천일야화≫ 속에 포함시켰다. 갈랑의 ≪천일야화≫는 1704년부터 1717년까지 여러 권으로 출판되었다. 아랍어 원고로 된 <알라딘>도 발견되었는데, 이 작품은 가짜로 판명되었고 갈랑의 작품이 여러 번역본 중 최초의 것으로 밝혀졌다(갈랑은 ≪천일야화≫에 설화나 동화만큼 흥미진진한 역사를 많이 실었다).

⌛

도느와와 페로의 영향을 받은 갈랑은 프랑스에 동화 열풍이 정점을 찍을 때, ≪천일야화≫를 출판했다. ≪천일야화≫는 마치 빛처럼 빠른 속도로 유럽에 퍼져서 호평을 받았다. ≪천일야화≫만큼 큰 반향을 일으킨 <알라딘>도 소책자와 문학, 인쇄물, 극장을 통해 전파되어 세상에서 가장 인기 있는 옛날이야기 중 하나가 되었다.

미녀와 야수

BEAUTY AND THE BEAST

잔 마리 르 프랭스 드 보몽

옛날에 아들 셋과 딸 셋을 둔 아주 부유한 상인이 있었다. 그는 사리에 매우 밝은 사람이라 자식들의 교육에 돈을 아끼지 않고 온갖 스승을 붙여 주었다. 그의 딸들은 무척 아름다웠는데 그중에서 특히 막내딸이 가장 예뻤다. 막내가 어릴 때 사람들은 모두 그 미모를 칭송하며 '어린 미녀'라고 불렀다. 막내는 자라서도 여전히 '미녀'라는 이름으로 불렸다. 그래서 언니들은 막내를 몹시 질투했다. 막내는 언니들보다 얼굴만 예쁜 것이 아니라 심성도 훨씬 착했다. 더구나 첫째와 둘째는 부자라는 이유로 무척 오만했다. 두 사람은 터무니없이 오만한 태도를 보이며 다른 상인들의 딸들과 교류하지 않았다. 그뿐만 아니라 수준이 높은 사람들 하고만 어울렸다. 매일 재미있는 모임과 무도회, 연극, 콘서트에 다니던 그들은 대부분의 시간을 좋은 책을 읽는 데 할애하는 동생을 비웃었다.

이들이 엄청난 재산을 갖고 있는 것으로 주변 사람들이 알고 있을 때는 명망 있는 몇몇 상인이 결혼하고 싶다고 손을 내민 적이 있었다. 하지만 첫째와 둘째는 공작이나 최소한 백작은 돼야 만날 수 있다며 청혼한 상인들을 뿌리쳤다. 미녀는 청혼해 준 사람들에게 매우 감사하지만 아직은 너무 어려서 결혼할 수 없고, 아버지 곁에서 몇 년 더 머물고 싶다고 공손하게 얘기했다.

그런데 갑자기 상인이 전 재산을 잃는 바람에 도시에서 멀리 떨어진 작은 시골집만 한 채 남았다. 아버지는 눈물을 글썽이며 자식들에게 이런 사실을 말하고, 작은 시골집으로 가서 생계를 꾸려야 한다고 얘기했다. 첫째와 둘째는 결코 도시를 떠날 수 없다, 사랑하는 사람들이 있다, 이들은 재산이 없는 자신들과 결혼해 줄 거라고 대답했다. 하지만 이는 두 딸의 착각이었다. 딸들의 연인들은 이들이 가난하다고 깔보더니 관계를 정리하고 말았다. 사람들은 자만심 때문에 두 딸이 사랑을 받지 못했다고 얘기했다.

"걔네들은 동정 받을 자격도 없어. 걔네들의 콧대가 꺾이는 걸 보게 되다니 정말 기쁜걸. 이제 시골로 가서 소젖이나 짜고 농사나 신경쓰면 태도가 달라지겠지. 하지만 미녀는 정말 걱정돼. 그 아인 정말 매력 덩어리야. 성격도 세심하고, 불쌍한 사람들에게 얼마나 다정하게 얘기하는데. 성격이 참 사근사근하고 친절해."

그런데 알고 보니 미녀와 결혼하려는 신사가 몇 명 있었다. 이들은 미녀가 땡전 한 푼 없다는 것을 알았지만 개의치 않았다. 하지만 미녀는 불행해진 아버지를 떠날 수 없고 아버지를 따라 시골로 가서 위로하며 보살필 작정이라고 얘기했다. 가여운 미녀도 처음에는 아버지가 무일푼이 되자 몹시 슬펐다.

"하지만 내가 아무리 울어도 상황이 더 좋아지진 않아. 난 돈이 하나도 없어도 스스로 행복해질 수 있어."

미녀는 혼잣말을 하며 기운을 냈다.

미녀와 가족은 시골로 갔다. 상인과 세 아들은 농사일에 전념했다. 미녀도 새벽 네 시에 일어나 급히 집을 치우고 식구들이 먹을 아침을 준비했다. 처음에는 미녀도 하인처럼 일해 본 적이 없어서 이렇게 일찍 일어나서 일하는 것이 무척 힘들었지만 채 두 달도 되지 않아 힘이 더 세지고 전보다 훨씬 튼튼해졌다.

미녀는 일을 마친 후에는 책을 읽거나 하프시코드(현을 뜯어 소리를 내는 피아노 비슷한 악기)를 연주하거나 베틀을 짜면서 노래를 불렀다. 하지만 두 언니는 남는 시간을 어떻게 써야 할지 전혀 몰랐다. 열 시에 일어나서 하루 종일 아무것도 하지 않으면서 어슬렁어슬렁 돌아다니며 잃어버린 고운 옷과 지인 들을 생각하며 한탄했다.

"우리 동생 좀 봐. 이렇게 불행한 상황에서도 만족하다니, 천한 바보 같으니라고."

하지만 착한 상인은 두 딸과 생각이 확실히 달랐다. 미녀의 사고방식과 품성이 두 언니보다 훨씬 뛰어나다는 것을 잘 알고 있었다. 착한 상인은 미녀의 겸손함과 근면성, 인내심을 칭찬했다. 두 언니는 미녀에게 집안일을 모두 떠넘겼을 뿐만 아니라 매 순간 미녀를 무시했다.

착한 상인이 이렇게 은퇴생활을 한 지 1년 정도 되었을 때, 상인에게 편지 한 통이 왔다. 상인에게 소유권이 있는 물건을 실은 배가 무사히 도착했다는 내용이었다. 이 소식을 들은 두 언니는 시골 생활이 미치도록 싫었기에 도시로 돌아갈 수 있다는 희망을 품고 바로 우쭐해졌다. 이들은 아버지가 출발할 준비를 마치자 새 드레스와 모자, 반지, 온갖 하찮은 것들을 사 달라고 애원했다. 하지만 미녀는 아무것도 부탁하지 않았다. 아버지가 받게 될 돈을 모두 써도 언니들이 원하는 걸 전부 사려면 부족할 것 같다고 생각했기 때문이다.

"넌 뭘 갖고 싶니, 미녀야?"

아버지가 물었다.

"아버진 다정하게도 늘 저를 생각하시는군요. 제게 장미꽃 한 송이만 갖다주세요. 이 근방에는 하나도 없는 걸 보면 귀한 것 같아요."

미녀가 대답했다. 장미꽃이 꼭 좋아서가 아니었다. 귀한 것이라고 덧붙여야만 두드러져 보이려고 장미를 원한 것이라고 자기를 험담할 언니들의 행동을 예상해서였다. 또한 언니들을 비난하는 모양새를 보이지 않으려고 그렇게 말한 것이었다.

착한 상인은 길을 떠났다. 그런데 배가 도착한 곳으로 가자 사람들이 상인의 물건을 두고 재판을 걸었다. 상인은 엄청난 고통을 겪었고 허사로 돌아갔다. 결국 그는 빈털터리로 돌아왔다.

집에서 30마일(약 48킬로미터) 정도 떨어진 곳까지 오자 상인은 다시 자식들을 만날 생각을 하니 몹시 기뻤다. 하지만 커다란 숲길을 지나던 상인은 길을 잃고 말았다. 비와 눈이 몹시 내리는 데다 바람도 꽤 심하게 불어서 그는 말에서 두 번이나 떨어졌다. 밤이 찾아오자 엄청난 추위와 굶주림으로 죽을 것만 같았다. 주변에서 들리는 늑대 울음소리를 듣자니 늑대들에게 잡아먹힐 것만 같았다. 그런데 갑자기 멀리 있는 나무들 사이로 불빛 한 점이 보였다. 앞으로 더 가서 보니 그것은 위에서 아래까지 불빛이 환하게 비치는 궁전처럼 호화로운 대저택이었다. 상인은 저택을 발견한 것에 대해 하나님께 감사를 표하고 급히 그곳으로 갔다. 하지만 놀랍게도 저택 주변에는 아무도 없었다. 그의 뒤를 따라오던 말은 문이 열려 있는 커다란 마구간에서 건초와 귀리를 발견했다. 배가 고파 죽을 지경인 불쌍한 말은 실컷 먹기 시작했다. 상인은 말을 구유에 묶은 다음 집 쪽으로 향했다. 하지만 집 안에도 아무도 없었다. 커다란 홀 안으로 들어가자 따뜻한 불과 잘 차린 식탁이 보였다. 하지만 식탁보가 덮여 있었다. 그는 비와 눈 때문에 몸이 꽤 젖었기에 바로 불가로 가서 몸을 말렸다.

"이 집의 주인이나 하인들이 날 좀 봐줘야 할 텐데. 조금 있으면 누구든 나타나겠지."

상인이 혼잣말을 했다.

그는 한참 기다렸다. 시계가 열한 시를 알렸지만 아무도 나타나지 않았다. 그는 몹시 배가 고팠기에 더 이상 기다릴 수 없어서 닭고기 하나를 집어서 두 입 만에 해치웠다. 그동안 계속 몸이 부들부들 떨렸다. 이제 와인을 몇 잔 마시자 용기가 생긴 그는 홀 밖으로 나와 훌륭한 가구가 딸린 방 몇 곳을 지나다녔다. 그는 최고로 좋은 침대가 딸린 방 안으로 들어갔다. 몹시 피곤한 데다 자정이 넘은 시각이어서 그는 문을 닫고 침대로 들어가는 게 가장 좋겠다는 결론을 내렸다.

상인은 다음 날 아침 열 시가 넘어서 눈을 떴다. 자리에서 일어나던 그는 몹시 더러워진 자기 옷 대신에 멋진 옷 한 벌이 놓인 것을 보고 깜짝 놀랐다.

"이 성은 요정의 것이 분명해. 곤경에 처한 나를 측은해했겠지."

그가 창문 너머를 보자 눈 대신 가장 아름다운 수목이 보였다. 지금까지 본 것 중에 가장 아름다운 꽃들이 이리저리 섞여 있었다. 그는 바로 어젯밤 저녁을 먹었던 커다란 홀로 돌아갔다. 작은 식탁에 차려진 초콜릿 한 잔이 보였다.

"고맙습니다. 착한 요정 마님."

상인이 외쳤다.

"제게 아침까지 주시다니 정말 배려가 깊으시네요. 당신이 베풀어 주신 호의에 진심으로 감사드립니다."

착한 상인은 초콜릿을 쭉 마신 후, 말을 돌보러 갔다. 장미나무를 지나치는데 미녀의 부탁이 생각났다. 그래서 장미꽃 가지를 꺾는 순간 엄청난 소리가 들렸다. 그리고 무시무시하게 생긴 야수가 그에게로 다가왔다. 그는 곧 기절할 것만 같았다.

"넌 정말 은혜를 모르는구나!"

넌 정말 은혜를 모르는구나! 난 네 목숨을 구해 주려고 내 성에 받아 주었어.

그런데 넌 그 보답으로 내 장미를 훔쳤어.

야수가 무시무시한 목소리로 이야기를 시작했다.

“난 네 목숨을 구해 주려고 내 성에 받아 주었어. 그런데 넌 그 보답으로 내 장미를 훔쳤어. 내가 이 세상에서 그 어떤 것보다 소중하게 여기는 장미를. 넌 그 대가로 죽어야 해. 네게 딱 십오 분을 주겠다. 네가 기도할 시간이지.”

상인은 바로 무릎을 꿇더니 두 손을 위로 올리며 말했다.

“주인님, 이렇게 애원합니다. 제발 절 용서하세요. 사실은 딸아이 중 하나를 위해 장미꽃 한 송이를 꺾은 것입니다. 절대 마음 상하게 할 생각은 없었습니다. 딸아이가 제게 장미꽃 하나를 갖다달라고 했거든요.”

“내 이름은 주인님이 아니라 야수다. 나는 아첨을 싫어해. 난 생각나는 대로 말하는 사람들이 좋아. 그러니 아첨 떠는 말로 내 마음을 움직일 수 있다고 생각하지 마. 그런데 네게 딸들이 있다고? 그 딸들 중 한 명이 기꺼이 내게로 와서 너 대신 고통을 받겠다고 한다면 너를 용서해 주겠다. 이제 더 이상 할 말은 없다. 네 볼일을 보러 가라. 만약 네 딸들이 네 대신 죽기를 거부한다면 네가 석 달 안에 돌아와야 한다.”

상인은 흉측하게 생긴 야수 때문에 자기 딸들을 희생시킬 생각은 전혀 없었지만 자신이 받을 벌을 이렇게 유예시키면 한 번 더 자식들을 볼 수 있다는 생각이 들어서 다시 돌아오겠다고 맹세했다. 야수는 상인이 원하는 때 출발해도 좋다고 얘기했다.

“그런데, 빈손으로 집에 갈 수는 없겠지. 어젯밤 네가 누웠던 방으로 돌아가면 커다란 빈 궤짝이 있을 거야. 네가 제일 좋아하는 것으로 가득 채워라. 내가 그 궤짝을 네 집으로 보내 줄 테니."

야수는 말을 마치고 자리에서 물러났다.

"그래, 내가 죽더라도 가여운 우리 아이들에게 뭐든 줄 수 있다면 위로는 되겠네."

착한 상인이 혼잣말을 했다.

그가 침실로 돌아갔더니 정말 금화가 상당이 많이 쌓여 있었다. 야수가 아까 얘기했던 커다란 궤짝에 꽉꽉 채우고 뚜껑을 잠갔다. 그리고 자기가 타고 왔던 말을 마구간 밖으로 끌어내서 여기로 들어올 때 좋아했던 것만큼 슬퍼하며 대저택을 떠났다. 상인의 말은 스스로 숲속의 여러 길 중 한 곳을 택했다. 몇 시간을 달리자 상인의 집에 도착했다. 자식들이 그의 주위로 몰려들었다. 상인은 아이들의 포옹을 기쁘게 받아 주는 대신 아이들을 빤히 쳐다보더니 손안에 있던 장미꽃을 들며 갑자기 눈물을 터뜨렸다.

"여기 있다. 미녀야. 이 장미를 받으렴. 하지만 이 장미 때문에 불행한 애비가 얼마나 큰 대가를 치렀는지 넌 전혀 모를 게야."

이제 상인은 죽음을 초래할 만한 모험을 들려주었다. 그러자 두 딸이 갑자기 한탄스럽고 격렬한 반응을 보이며 전혀 울지 않는 미녀에게 온갖 심술궂은 이야기를 퍼부었다.

"저 쪼그만 악마 좀 봐. 교만한 것이 우리처럼 좋은 옷을 바라지 않았어. 하지만 사실은 우리랑 달라 보이고 싶었던 거지. 이제 쟤 때문에 불쌍한 우리 아버지만 죽게 생겼어. 눈물 한 방울도 흘리지 않는 것 좀 봐."

두 언니가 떠들었다.

"제가 왜 울어야 하죠?"

미녀가 말했다.

"그럴 필요는 전혀 없어요. 우리 아버진 저 때문에 고통당할 일은 없을 거예요. 그 괴물이 딸 중에 한 명을 받아 준다고 했으니 제가 그자의 격분을 받아 주면 되겠죠. 제 목숨으로 아버질 살릴 수 있다고 생각하면 정말 좋아요. 게다가 아버지에 대한 제 사랑을 증명할 수 있지요."

"안 돼. 그렇게 할 순 없어. 우리가 그 괴물을 찾으러 갈 거야. 그자를 죽일 거야, 아니 최소한 시도는 해 봐야지."

세 오빠가 미녀의 얘기를 반박했다.

"그런 건 상상도 하지 말거라, 우리 아들."

이번에는 상인이 나섰다.

"야수는 힘이 엄청나단다. 너희가 그자를 이길 거라곤 바라지도 않는다. 난 미녀의 착하고 너그러운 마음만으로도 몹시 기쁘단다. 하지만 그건 안 될 말이야. 난 이제 늙었어. 살날이 얼마 남지 않았지. 기껏해야 몇 년 일찍 가는 거야. 내가 단 하나 아쉬운 게 있다면 사랑하는 너희들이야."

"아버지, 절 두고 그 성으로 가실 순 없어요. 아버지를 따라가려는 절 막을 수 없어요."

다른 사람들이 아무리 말을 해도 소용이 없었다. 미녀는 계속 그 멋진 성으로 가겠다고 고집했다. 미녀의 착한 마음과 사근사근한 성격 때문에 그동안 샘이 많이 났던 언니들은 미녀의 말에 몹시 기뻤다.

상인은 딸을 잃을 생각을 하니 마음이 몹시 괴로워서 금화가 든 궤짝에 대해서는 깜박 잊고 있었다. 그런데 잠자리에 들려고 누운 순간 방문을 닫자마자 정말 깜짝 놀랍게도 그 궤짝이 그의 침대 옆에 놓여 있었다. 하지만 상인은 자식들에게 이 말을 하지 않겠다고 마음먹었다. 다시 부자가 되면 자식들이 도시로 돌아가고 싶어 할 텐데 그는 아직 시골을 떠날 생각이 없었다. 하지만 믿음이 가는 미녀에게는 이 사실을 털어놓았다. 미녀는 아버지가 안 계실 때 두 신사가 와서 언니들에게 청혼했다는 이야기를 전했다. 미녀는 아버지에게 언니들의 결혼을 허락해 달라고, 언니들에게 재산을 주라고 애원했다. 미녀는 마음이 너무 착해서 언니들을 사랑하고, 언니들의 모든 악행을 진심으로 용서해 주었다. 하지만 사악한 언니들은 동생과 헤어질 때 양파로 두 눈을 비비셔 억지로 눈물이 나오게 했다. 반면 오빠들은 진심으로 미녀를 걱정했다. 미녀만 가족과 헤어질 때 한 방울도 눈물을 흘리지 않았다. 그녀는 가족들의 불편한 마음을 덜어 주고 싶었다.

미녀와 아버지를 태운 말은 야수의 성으로 곧장 달렸다. 밤이 되어 도착하니 성의 불이 모두 켜져 있었다. 말은 스스로 마구간으로 가고 착한 상인과 딸은 커다란 홀 안으로 들어갔다. 홀에는 진수성찬이 차려진 식탁과 식탁보 두 장이 보였다. 두 사람이 저녁을 먹는데 엄청난 소리가 들렸다. 야수가 오고 있다고 생각한 상인은 눈물을 뚝뚝 흘리며 가여운 자식에게 작별 인사를 건넸다.

미녀는 무시무시한 야수의 모습을 보고 깜짝 놀랐지만 최대한의 용기를 끌어모았다. 야수가 미녀에게 자진해서 왔냐고 묻자 미녀는 몸을 부들부들 떨면서 "그-럼-요" 하고 대답했다.

"당신은 정말 마음이 곱군. 당신한테 정말 큰 빚을 졌어. 착한 상인, 당신은 내일 아침 길을 떠나시오. 그리고 이곳으로 돌아올 생각은 하지도 마시오. 내일 봐요, 미녀."

"내일 봐요, 야수."

미녀가 대답하자 야수는 자리를 떠났다.

"오, 우리 딸."

상인이 미녀를 껴안으며 얘기했다.

"정말 놀라서 죽는 줄 알았다. 내 말 들어라. 넌 돌아가는 게 좋아. 내가 여기 있을게."

"아니요, 아버지."

미녀는 결연한 어조로 대답했다.

"내일 아침 떠날 사람은 아버지예요. 신의 섭리를 지키고 보호하는 건 저에게 맡기세요."

두 사람은 잠자리에 들었다. 밤새도록 눈을 감지 말아야 한다고 생각했지만 자리에 눕자마자 바로 잠에 빠졌다. 그리고 미녀는 멋진 부인이 나오는 꿈을 꾸었다. 부인은 미녀에게 이런 이야기를 했다.

"미녀야, 네 착한 심성이 내 마음에 드는구나. 아버지를 구하기 위해 네 목숨을 포기하는 이런 너의 선한 행동은 꼭 보답을 받게 될 거야."

미녀는 눈을 뜨자 아버지에게 꿈 이야기를 했다. 비록 아버지를 살짝 진정시킬 수는 있었지만 사랑하는 자식을 떠나는 착한 상인의 슬픈 울음소리를 멈출 수는 없었다.

아버지가 떠나자, 미녀는 커다란 홀에 앉아서 아버지처럼 울었다. 하지만 그녀는 결단력이 엄청난 여자답게 살날이 얼마 남지 않은 시간을 불편하게 보내지 않겠다고 신에게 맹세했다. 사실 미녀는 그날 밤 야수가 자신을 잡아먹을 것이라고 굳게 믿고 있었다.

어쨌든 미녀는 그때까지는 주위를 둘러보고, 감탄이 절로 나오는 멋진 성을 구경하는 게 낫다고 생각했다. 정말 기분 좋고, 쾌적한 곳이었다. 그러다 미녀의 방이라고 적힌 문을 보고 몹시 놀랐다. 급히 방문을 연 미녀는 방 안 곳곳을 장악하는 호화로운 분위기에 매료되었다. 무엇보다 미녀의 관심을 사로잡은 것은 바로 커다란 서재와 하프시코드와 몇 권의 음악책이었다.

"음, 놀거리가 부족한 내 손을 놀릴 일이 많아졌네."

미녀는 혼잣말을 하더니 곰곰이 생각했다.

'내가 하루만 이곳에 머물 거라면 이런 것들이 준비돼 있을 이유가 없을 텐데.'

이런 생각이 들자 미녀는 용기가 솟아났다. 그래서 서재 문을 열고 책 한 권을 집어 들어 아름다운 금색 글씨로 적힌 문구를 읽었다.

잘 왔어요, 미녀. 두려움을 떨쳐요.
당신은 이곳의 여왕이자 안주인이에요.
당신의 소원을 말해요, 당신의 의견을 말해요.
그 소원들이 신속하게 이뤄질 거예요.

"아, 내가 바라는 건 불쌍한 우리 아버지를 보는 거야. 아버지가 뭘 하시는지 알고 싶어."

미녀가 한숨을 내쉬며 얘기했다. 그녀가 말을 마치며 두 눈으로 커다란 거울을 보았다. 그러자 놀랍게도 미녀가 살던 집이 보였다. 몹시 낙담한 얼

굴로 집에 도착한 아버지가 보였다. 아버지를 마중 나온 언니들이 보였다. 언니들은 슬프게 보이려고 노력하고 있었지만 미녀가 없으니 좋아하는 게 확연했다. 잠시 후 모든 것이 사라졌다. 거울을 본 미녀는 야수가 자신의 소원을 들어줄 마음이 있다는 것을 이해했다.

정오가 되자 식탁 위에 점심이 차려졌다. 보는 사람은

아무도 없었지만 훌륭한 음악 공연이 펼쳐졌다. 그런데 밤이 되어 미녀가 저녁을 먹으려고 자리에 앉는데 야수가 들어오는 소리가 들렸다. 미녀는 애석하게도 몹시 무서웠다.

"미녀, 당신과 저녁을 먹도록 허락해 주겠소?"

야수가 물었다.

"그건 당신 마음이지요."

미녀가 바들바들 떨며 대답했다.

"아니오."

야수가 대답하더니 이렇게 덧붙였다.

"여기 주인은 오직 당신이지. 내가 여기 있는 게 마음에 걸린다면 그냥 가라고 하면 돼요. 그럼 난 바로 물러나겠소. 그런데 말이오, 내가 꽤 추하게 생겼지요?"

"네, 그건 맞아요. 전 거짓말을 못하거든요. 하지만 당신은 마음이 참 착하신 분인 것 같아요."

미녀가 대답했다.

"그렇긴 하오. 못생긴 것 말고도 난 센스가 없소. 나도 내가 어리석고 바보 같은 사람이라는 건 아주 잘 알고 있소."

"판단력이 부족한 사람이 그렇게 생각할 리는 없죠. 어리석은 사람이라면 그런 걸 알 턱이 없어요. 아니면 당신의 이해력을 겸손하게 비유한 것이겠죠."

미녀가 대답했다.

"이제 먹어요, 미녀. 당신의 궁전에서 마음껏 즐겨요. 여기 있는 건 모두 당신 거요. 당신이 불행하다면 나도 마음이 몹시 불편할 거요."

야수가 대답을 이었다.

"당신은 참 친절하세요. 그 친절한 마음이 무척 좋아요. 그래서인지 당신의 기형적인 모습이 거의 보이지 않는 것 같아요."

미녀도 대답을 이었다.

"네, 맞아요. 난 마음이 착하죠. 그래도 난 여전히 괴물이에요."

야수가 대답했다.

"인간들 중에는 당신보다 괴물이라는 이름이 더 잘 어울리는 이가 정말 많아요. 그들은 겉모습은 인간이지만 기만적이고 부정직하고 감사를 모르는 마음을 숨기고 있어요. 전 그런 사람들보다 지금 이대로의 당신이 더 좋아요."

미녀가 얘기했다.

"내가 센스가 좋은 사람이라면 당신에게 감사 인사를 멋지게 할 수 있겠죠. 하지만 난 재미없는 사람이라서 당신에게 고맙다는 말밖에 할 말이 없네요."

야수가 대답했다.

저녁을 푸짐하게 먹은 미녀는 괴물을 두려워하는 마음이 이제는 거의 사라졌다. 하지만 야수가 "미녀, 내 아내가 되어 줄래요?"라고 묻자 거의 기절할 것만 같았다. 미녀는 바로 거절하면 야수가 화를 낼 것이 두려워서 잠시 뜸을 들인 다음 대답했다. 어쨌든 몸을 파르르 떨면서 대답했다.

"싫어요, 야수."

불쌍한 야수는 바로 한숨을 쉬더니 깜짝 놀랄 정도로 크게 쉿 하는 소리를 냈다. 온 성이 울릴 정도였다. 하지만 야수가 신음하는 목소리로 "그럼 다시 봐요, 미녀"라고 얘기했기에 미녀는 곧 두려움을 떨칠 수 있었다. 이야기를 마친 야수는 방 밖으로 나가면서 이따금 미녀를 쳐다보려고 몸을 돌렸다.

혼자 있게 된 미녀는 야수가 몹시 가련하게 느껴졌다.

"아, 이렇게 심성 고운 사람이 그토록 흉측하게 생기다니 정말 불쌍해."

미녀는 이 궁전에서 무척 만족스럽게 석 달을 보냈다. 야수는 매일 밤 미녀를 찾아와서 저녁을 함께 먹으며 매우 이성적이고 솔직하게 상식적인 이야기를 나눴다. 하지만 세상 사람들이 말하는 재치는 없었다. 미녀는 야수에게서 귀중한 자질을 몇 가지 찾아냈다. 게다가 그를 자주 봐서 그의 기형적인 모습에 무척 익숙해졌다. 이제는 그의 방문이 두렵기는커녕 아홉 시인지 확인하기 위해 자주 시계를 쳐다볼 정도가 되었다. 야수는 늘 그 시간에 미녀를 찾아왔다. 그렇지만 미녀에게도 한 가지 걱정스런 부분이 있었다. 매일 밤 미녀가 잠자리에 들기 전에 야수는 그녀에게 아내가 되어 줄 것인지 늘 물었다.

어느 날 미녀가 야수에게 이렇게 대답했다.

"야수, 당신 때문에 내 마음이 너무 불편해요. 저도 당신과 결혼하겠다고 동의할 수 있으면 좋겠어요. 하지만 정말 진심으로 말하는데 전 당신과 결혼할 마음이 전혀 없어요. 전 당신을 늘 친구로 생각해요. 그냥 이 정

미녀, 내 아내가 되어 줄래요?

싫어요, 야수.

도에 만족해 주세요."

"알았소. 나도 나 자신의 불행을 정말 잘 알고 있소. 하지만 당신을 몹시 사랑하오. 어쨌든 당신이 여기 머무는 것으로 만족하도록 노력하겠소. 그러니 내 곁을 떠나지 않겠다고 꼭 약속해요."

미녀는 야수의 말을 듣고 얼굴을 붉히며 거울을 쳐다보는데 자식을 잃은 슬픔에 몸져누운 아버지가 보였다. 미녀는 다시 아버지가 몹시 보고 싶어서 이렇게 대답했다.

"물론 절대로 당신을 떠나지 않겠다고 약속할 순 있어요. 하지만 아버지가 정말 보고 싶어서 애가 탈 지경이에요. 제발 허락해 주세요."

"당신을 조금이라도 불편하게 하느니 차라리 내가 죽는 게 낫지. 당신을 아버지에게 보내 주겠소. 아버지와 함께 지내요. 그러면 난 슬픔 때문에 죽게 될 거요."

야수가 대답했다.

"아니요, 나도 당신을 몹시 좋아해요. 나 때문에 당신이 죽을 순 없어요. 일주일 만에 돌아오겠다고 약속할게요. 당신은 우리 언니들이 결혼하고 오빠들이 군대에 간 것을 보여 주었잖아요. 우리 아버지 곁에 딱 일주일만 머물게요. 아버진 지금 혼자 계시잖아요."

미녀가 훌쩍이며 얘기했다.

"당신은 내일 아침이면 그곳에 가게 될 거요. 하지만 당신이 한 약속을 꼭 기억해요. 돌아오고 싶은 생각이 들면 잠자리에 들기 전에 탁자 위에 반지를 올려놓기만 하면 돼요. 그럼 잘 자요, 미녀."

야수는 보통 때처럼 한숨을 쉬며 미녀에게 취침 인사를 했다. 미녀는 무척 괴로워하는 야수 때문에 몹시 슬픈 마음으로 잠자리에 들었다.

다음 날 아침 눈을 뜬 미녀는 아버지의 집에 있는 자신을 발견했다. 침대 옆에 놓인 종을 울리자 하녀가 들어왔다. 하녀는 미녀를 보자마자 꽥 소리를 질렀다. 이 소리를 듣고 아버지가 위층으로 올라왔다. 아버지는 이렇게 사랑하는 딸을 다시 보자 지금 죽어도 좋겠다는 생각이 들었다. 그는 두 팔로 미녀를 꼭 끌어안더니 15분 동안 풀어 주지 않았다. 잠시 후 미녀는 이제 자리에서 일어나야 한다는 생각이 들었다. 그런데 입을 옷이 아무것도 없는 듯했다. 그때 하녀가 건넌방에서 금과 다이아몬드로 장식한 드레스가 가득 들어 있는 커다란 궤짝을 방금 보았다고 얘기했다. 미녀는 야수의 다정한 배려에 고마움을 표시한 후, 다른 옷은 언니들에게 줄 작정으로 가장 수수한 옷을 집었다. 미녀가 그렇게 생각한 순간 궤짝이 사라져 버렸다. 아버지는 야수가 그 궤짝은 미녀만 가져야 한다고 야수가 고집했다는 이야기를 했다. 그러자 바로 드레스와 궤짝이 다시 방으로 돌아왔다.

미녀는 드레스를 차려입었다. 그동안 사람들을 보내서 언니들을 집으로 불렀다. 언니들은 급히 남편들과 함께 집으로 왔다. 그런데 두 언니는 모두 매우 불행했다. 큰언니의 남편은 정말 잘생긴 남자였다. 하지만 그는 자기 자신만 사랑하는 사람이었다. 소중한 자신 외에 다른 사람은 전혀 신경쓰지 않았다. 그는 아내를 무시했다. 둘째언니의 남편은 재치가 넘쳤다. 그 재치를 다른 사람을 괴롭히고 귀찮게 하는 데만 썼다. 특히 아내를 제일 괴롭혔다. 언니들은 공주처럼 차려입은 데다 그 어느 때보다 예쁜 미녀를 보자 질투심 때문에 몸살이 날 지경이었다. 미녀의 애정 어린 행동으로도 언니들의 시샘을 억누를 수 없었다. 미녀가 언니들에게 자신이 정말 행복하다고 말하는 순간 이들의 시샘은 거의 폭발할 지경이었다. 두 사람은 정원으로 내려가서 눈물을 뚝뚝 흘리며 울분을 터뜨렸다.

둘째가 첫째에게 얘기했다.

“저 어린 계집애가 우리보다 나은 게 뭐라고 저렇게 행복해진 거지?”

“애, 방금 좋은 생각이 떠올랐어. 우리가 쟤를 일주일 이상 붙잡아 두자. 그럼 쟤가 약속을 어겼다고 저 어리석은 괴물이 몹시 화를 낼 거야. 그렇게 되면 저 아일 잡아먹을걸.”

첫째가 얘기했다.

“맞아, 언니. 그럼 우리 둘이 최대한으로 쟤한테 잘해 주자.”

둘째가 얘기했다.

이렇게 마음을 다잡은 두 사람은 집 안으로 들어갔다. 두 언니가 미녀에게 정말 다정하게 대하자, 미녀는 너무 기뻐서 눈물이 나왔다. 약속된 일주일이 지나자, 두 언니는 미녀와 헤어지기 싫은 것처럼 보이려고 머리카락을 쥐어뜯으며 눈물을 흘렸다. 그래서 미녀는 일주일 더 있기로 약속했다.

한편 미녀는 자신이 불쌍한 야수를 괴롭혔다는 생각을 멈출 수가 없었다. 미녀는 야수를 진심으로 사랑하고 정말 다시 보고 싶었다. 아버지의 집으로 돌아온 지 열흘 째 되는 밤, 미녀는 자신이 야수의 저택 밖 정원에 있는 꿈을 꾸었다. 꿈속에서 사지가 축 늘어진 채로 잔디밭에 누운 야수가 보였다. 숨이 거의 끊어진 것처럼 보였다. 야수는 다 죽어 가는 목소리로 은혜를 모르는 미녀를 질책했다.

화들짝 놀라 잠에서 깬 미녀는 눈물을 터뜨리며 혼잣말을 쏟아 냈다.

"내가 그렇게 못된 사람인가? 나를 기쁘게 해 주려고 모든 면에서 애를 쓴 야수에게 그토록 무정하게 대할 정도로? 그가 추하고 재치가 부족한 게 그의 잘못인가? 왜 나는 그의 청혼을 거절했지? 우리 언니들이 자기 남편들과 있을 때보다 야수와 있는 게 훨씬 행복한데. 남편은 재치나 멋진 외모로 여자를 행복하게 해 주는 것이 아닌데. 선량함과 다정한 성품과 정중한 태도가 중요한데. 야수는 이런 귀중한 자질을 다 갖추었어. 그런데 난 그에게 애정을 느끼지 못했어. 최대한의 감사와 존경과 우정만을 찾았지. 난 그 사람을 비참하게 만들지 않을 거야. 내가 그렇게 은혜를 모르는 사람이라면 결코 나 자신을 용서할 수 없지."

미녀는 이런 말을 하면서 자리에서 일어나 탁자 위에 반지를 올려놓고 다시 자리에 누웠다. 침대에 들어간 지 얼마 되지 않아 곧 잠에 빠졌다. 그리고 다음 날 아침 눈을 떠 야수의 성에 있는 자신을 발견하고 몹시 기뻐

했다. 미녀는 야수를 기쁘게 해 주려고 가장 화려한 옷을 입고 정말 초조하게 밤이 되기를 기다렸다. 드디어 바라던 시간이 되었다. 하지만 시계가 아홉 번을 울려도 야수는 나타나지 않았다.

그러자 미녀는 자신 때문에 야수가 죽었을까 봐 몹시 두려웠다. 절망에 빠진 사람처럼 울면서 두 손을 부들부들 떨며 저택 주변을 이곳저곳 뛰어다녔다. 야수를 찾기 위해 모든 곳을 돌아다닌 미녀는 어젯밤 꿈을 떠올리더니 꿈속에서 야수를 보았던 정원 안에 있는 수로로 갔다. 그곳에 축 늘어진 불쌍한 야수가 누워 있었다. 그는 의식이 없었다. 그녀가 꿈에서 본 대로 죽은 듯했다. 그녀는 아무런 두려움도 없이 그에게 몸을 던졌다. 그의 심장 소리를 찾으며 수로의 물을 떠다가 그의 머리에 부었다.

야수가 눈을 뜨더니 미녀에게 얘기했다.

"당신은 약속을 잊었어. 당신을 잃는 것이 너무 고통스러워서 난 굶어 죽으려고 마음먹었어. 그래도 당신을 한 번 더 보니 행복하오. 이제 난 기쁘게 죽을 거요."

"아니요, 사랑하는 야수."

미녀가 야수의 말을 잘랐다.

"죽으면 안 돼요. 저의 남편이 되어 주세요. 이제 당신의 청혼을 받아들일게요. 그 누구도 아닌 당신의 여자가 되겠다고 맹세할게요. 아! 전 당신에 대한 내 감정이 그저 우정인 줄 알았어요. 그런데 지금 이렇게 슬픈 걸 보면 난 당신 없이는 살 수 없어요."

미녀가 이런 말을 하자마자 온 성에 번쩍번쩍 빛이 났다. 폭죽이 터지고 음악 소리가 들렸다. 성안의 모든 것이 커다란 행사를 알리는 것처럼 보였다. 하지만 그 어떤 것도 미녀의 관심을 바꿀 수 없었다. 두려움에 몸을 바들바들 떨던 미녀는 사랑하는 야수에게로 몸을 돌렸다. 그런데 정말 놀라운 일이 일어났다. 야수가 사라진 것이다. 미녀의 발밑에 그녀가 지금까지 본 중에 가장 사랑스러운 왕자가 보였다. 왕자는 미녀에게 마법에서 벗어나게 해 줘 고맙다고 했다. 그는 마법 때문에 아주 오랫동안 야수를 닮은 채로 살았다고 했다. 왕자는 미녀의 주목을 받을 외모였지만 미녀는 야수가 어디 있냐고 묻지 않을 수 없었다.

"당신 발밑에 있는 남자가 바로 야수요."

왕자가 이야기를 이었다.

"못된 요정이 아름다운 처녀가 나와 결혼하겠다고 동의하기 전까지 내가 야수의 모습으로 살도록 선고했어요. 또한 그 요정은 내 지식을 감추도록 명령했죠. 오직 선량한 내 마음만으로 사랑을 쟁취할 만큼 마음이 넓은 사람은 이 세상에 당신밖에 없소. 당신에게 내 왕관을 준다고 해도 당신에게 진 빚을 갚을 순 없어요."

기분 좋게 놀란 미녀는 멋진 왕자가 일어나도록 손을 내밀었다. 두 사람은 함께 성안으로 들어갔다. 미녀는 커다란 홀 안에서 아버지와 모든 가족을 보자 몹시 기뻤다. 꿈속에서 보았던 아름다운 부인이 식구들을 이리로 옮긴 것이었다.

"미녀."

부인이 미녀를 불렀다.

"자, 이제 너의 신중한 선택에 합당한 보답을 받으렴. 넌 지성이나 외모보다 선을 더 좋아했지. 넌 이 모든 자질을 갖춘 사람을 찾아낼 자격이 있어. 이제 넌 훌륭한 왕비가 될 거야. 네가 왕비의 자리에 오른다고 해서 너의 덕행이 줄거나 네 본분을 잊는 일이 없기를 바란단다. 자, 여러분."

요정은 미녀의 언니들에게 이야기를 시작했다.

"난 너희들의 마음이 어떤지 알아. 그 마음속에 들어 있는 온갖 악의를. 너희들은 동상이 될 거야. 그래도 정신은 계속 놓지 않을 거야. 너희들은 동생이 사는 성문 앞에 서서 동생의 행복을 구경하는 벌을 받게 될 거야. 너희의 잘못을 인정할 때까지 계속 그 상태로 지내야 해. 하지만 아무래도 너희들은 늘 동상으로 남아 있을 것 같아. 오만, 분노, 식탐, 게으름은 때로 바뀔 수도 있어. 하지만 악의적이고 시기하는 마음을 고치는 건 거의 기적 같은 일이지."

요정이 지팡이를 휙 휘두르자 커다란 홀 안의 모든 것이 순식간에 왕자의 궁전 안으로 옮겨졌다. 왕자의 백성들은 몹시 기뻐하며 왕자를 맞이했다. 그는 미녀와 결혼해서 오래오래 살았다. 미덕으로 세워진 그들의 행복은 완벽했다.

Notes on the Story

BEAUTY AND THE BEAST

<미녀와 야수>는 동물 신랑 유형의 이야기 중 가장 유명하다. 이런 이야기로 이 책에 실린 <돼지 왕>과 <개구리 왕>과 기타 이야기가 있다. 고대의 이야기 양식인 이 이야기는 종족을 보호하기 위해 동물과의 결혼을 중시했던 토착 문화 속 신화와 관련이 있다.

짐승으로 저주 받은 구혼자를 다시 인간의 형상으로 회복하려는 탐색은 서구에서 매우 다양하게 등장했다. 이 이야기의 특별한 판본으로 1740년 가브리엘 수잔느 바흐보 드 빌뇌브가 처음 출판한 소설이 있다. 프랑스의 살롱 문화를 뒤이어 나타난 빌뇌브는 이야기에서 부계 사회 속 사랑의 가능성과 여성의 자주성을 기념했다. 이 이야기는 가정교사인 잔 마리 르 프랭스 드 보몽(1711-1780)이 1756년 각색한 것이다. 보몽이 어린이 독자를 위해 단순하게 각색한 이 작품이 오늘날 가장 유명해졌다.

히아신스와 로즈블라썸 이야기

THE STORY OF HYACINTH AND ROSEBLOSSOM

노발리스

오래전 서쪽 먼 곳에 한 젊은이가 살았다. 청년은 매우 잘생겼지만 몹시 특이한 데가 있었다. 그는 늘 아무것도 아닌 일에 크게 슬퍼하며 언제나 혼자서 조용히 지냈다. 다른 사람들이 놀거나 즐겁게 지낼 때 그는 혼자 앉아서 늘 특이한 것들을 곰곰이 생각했다. 숲과 동굴은 그가 가장 좋아하는 곳으로 그곳에서 새와 동물, 바위와 나무들과 대화를 나누며 지냈다. 별 의미도 없이 몹시 웃기기만 한 유치한 이야기였다. 다람쥐와 긴 꼬리원숭이, 앵무새, 피리새가 그의 우울함을 덜어 주고 올바른 길로 인도하기 위해 몹시 노력했지만 그는 늘 침울하고 심각했다. 거위는 요정 이야기를 들려주고 개울은 사랑 노래를 부르고, 커다란 돌멩이는 익살맞게 뛰놀고, 그의 뒤에 다정하게 서 있던 장미는 그의 머리털 사이를 슬금슬금 기어 다니고, 담쟁이덩굴은 우수에 찬 그의 이마를 쓰다듬어 주었다. 그래도 그의 울적함과 엄숙함은 수그러들지 않았다.

그의 부모는 걱정이 이만저만이 아니었다. 도대체 뭘 어떻게 해야 할지 알 수 없었다. 그는 건강하고 밥도 잘 먹었다. 그의 부모는 그에게 해가 될 만한 것은 그 무엇도 하지 않았다. 몇 년 전까지 그는 누구보다 쾌활하고 의욕이 넘쳤었다. 어떤 게임이든 늘 주도권을 잡았고 모든 여자아이가 그를 좋아했다. 그는 정말 잘생기고 춤도 멋지게 추었다.

여자아이들 중에 무척 다정하고 참 예쁜 아이가 있었다. 금색 비단실 같은 머리카락과 체리처럼 빨간 입술, 작은 인형 같은 모습, 까마귀처럼 까만 눈을 가진 그녀는 밀랍처럼 보였다. 누구라도 그녀를 보면 사랑에 빠져 시들시들 여윌지도 모를 만큼 마력이 있었다.

그 당시 로즈블라썸은 잘생긴 히아신스에게 온 마음을 바쳤고, 잘생긴 히아신스도 그녀를 죽도록 사랑했다. 원래 다른 아이들은 둘의 사랑을 알지 못했다. 어린 제비꽃이 제일 먼저 이 사실을 알고 다른 아이들에게 알렸다. 그리고 로즈블라썸과 히아신스의 집이 나란히 붙어 있어 집고양이들이 둘의 사랑을 알게 되었다.

밤이 되면 히아신스는 자기 집 창문가에 서고 로즈블라썸도 자기 집 창문가에 서서 서로 킥킥대며 크게 웃었다. 우연히 쥐 사냥을 나왔던 고양이들이 있었다. 다른 아이들은 이들의 커다란 웃음소리를 듣고 점점 화가 났다. 제비꽃이 이 사실을 딸기에게 알리고, 딸기는 친구인 구스베리에게 알렸다. 제비꽃은 지나가는 히아신스를 만날 때마다 늘 놀려댔다. 이제 곧 온 정원과 신들이 이 소식을 듣고서 히아신스가 지날 때마다 이렇게

떠들었다.

"어린 로즈블라썸은 내 애인이야."

히아신스는 짜증이 났다. 하지만 어디선가 슬금슬금 기어 나온 도마뱀 한 마리가 따뜻한 돌멩이 위에 앉아 작은 꼬리를 살랑살랑 흔들며 이런 노래를 부르자, 히아신스도 가슴 밑바닥에서 터져 나오는 웃음소리를 멈출 수 없었다.

"착하고 다정한 어린 로즈블라썸이,
갑자기 눈이 멀어 버렸네.
히아신스를 엄마로 알았는지
갑자기 그를 끌어안으려고 하네.
히아신스의 얼굴이 낯설게 느껴져도,
아무리 두려운 일이 있더라도 로즈블라썸을 바꿀 순 없지!
그녀는 히아신스의 뺨에 입을 맞추지만
한 마디 말도 하지 않네."

아! 더없는 행복이 이렇게 순식간에 사라질 줄 누구 알았을까! 어느 날 이방 땅에서 한 남자가 왔다. 온갖 곳을 돌아다닌 이 남자는 기다란 수염과 깊은 두 눈과 소름끼치는 눈썹을 갖고 있었다. 남자는 주름이 층층이 접힌 데다 기묘한 사람들의 모습으로 무늬를 넣은 특이한 망토를 걸치고 있었다. 남자는 히아신스의 부모님이 사는 집 앞에 앉았다. 호기심이 무척 많은 히아신스는 남자에게 빵과 포도주를 갖다주었다. 그러자 남자는 하얀 수염을 가르며 밤이 늦도록 이런저런 이야기를 들려주었다. 히아신스는 꼼짝도 하지 않은 채 지칠 줄도 모르고 남자의 이야기에 귀를 기울였다. 남자는 사흘 동안 머물면서 히아신스와 함께 깊은 동굴 속으로 기어내려가면서 여러 이방 땅과 미지의 지역과 무척 놀라운 일을 많이 들려주었다고 훗날 누군가 알려 주었다.

로즈블라썸은 늙은 마법사를 몹시 저주했다. 히아신스가 늙은 마법사의 이야기에 푹 빠져서 다른 건 아무것도 신경쓰지 않았기 때문이다. 심지어 음식도 거의 먹지 않았다. 결국 남자는 히아신스에게 아무도 읽을 수 없는 작은 책 한 권을 남기고 길을 떠났다. 히아신스는 남자에게 과일과 빵과 포도주를 갖다주고 먼 길을 따라 함께 떠났다가 다시 울적한 기분으로 돌아왔다. 히아신스의 삶은 완전히 달라졌다. 그때부터 히아신스가 로즈블라썸에게 티끌만큼도 관심을 보이지 않았던 데다가 늘 혼자서 지냈기에 그녀는 가련할 정도로 슬픔이 컸다.

히아신스는 집으로 돌아온 어느 날 다시 태어난 것 같았다. 그는 부모님의 목을 끌어안더니 울먹이며 얘기했다.

"전 이방의 땅으로 가야 해요. 숲에서 만난 낯선 노파가 제 몸이 다시 나을 것이라고 얘기했어요. 노파는 마법사가 제게 건넨 책을 불 속에 집어넣더니 부모님께로 가서 축복을 빌어 달라고 강권했어요. 아마 곧 돌아올 거예요. 어쩌면 못 올 수도 있어요. 제 대신에 로즈블라썸에게 안부 좀 전해 주세요. 제가 직접 얘기해야 하는데, 뭐가 문제인지 저도 잘 모르겠 남자는 하얀 수염을 가르며 밤이 늦도록 이런저런 이야기를 들려주었다.

히아신스는 꼼짝도 하지 않은 채 남자의 이야기에 귀를 기울였다.

어요. 저를 떠나게 만드는 것이 있어요. 지난 시절을 떠올리고 싶지만 강력한 생각이 곧 밀려들어요. 제 안의 평화는 사라졌어요. 용기와 사랑도 함께 사라졌지요. 어디로 가는지 두 분께 말씀 드리고 싶지만 저 자신도 모르겠어요. 만물의 어머니이자 베일을 쓴 처녀가 사는 그곳으로 가겠어요. 그분 때문에 제 마음이 다 타 버렸어요. 안녕히 계세요!"

히아신스는 모든 것을 뿌리치고 떠났다. 그의 부모는 눈물을 흘리며 한탄했다. 로즈블라썸은 자기 방 안에서 계속 울기만 했다. 히아신스는 신비의 땅으로 가기 위해 몹시 빠른 속도로 계곡과 황야를 지나고 산과 개울을 건넜다. 그는 길을 가다 만난 모든 사람 그리고 동물과 바위와 나무 들에 성스러운 여신 이시스에 대해 물었다. 어떤 이들은 비웃고, 어떤 이들은 입을 다물었다. 그는 어디에서도 답을 구할 수 없었다. 맨 처음 아무도 살지 않는 거친 땅을 지날 때는 안개와 구름에 막히고 늘 폭풍이 몰아쳤다. 시간이 흘러 뜨거운 모래가 끝없이 펼쳐진 사막을 발견했다. 방황을 계속할수록 그의 기분이 바뀌었다. 시간이 길어진 것처럼 느껴지고 내면의 불안함도 차분해졌다. 그는 점점 평온해졌다. 폭력적인 흥분 상태는 온화하지만 확고한 욕구로 바뀌어 그의 천성이 되었다. 이렇게 몇 년이 흘렀다.

이제 그가 다니는 지역은 다시 풍요롭고 다채로워졌다. 하늘은 파랗고 공기는 따뜻하고 길은 점점 평평해졌다. 초록빛 덤불이 시원한 그늘로 그를 유혹했지만 그는 그것들의 말을 알아듣지 못했다. 아니 그것들이 말을 하는 것처럼 보이지도 않았다. 어쨌든 초록빛 덤불은 파릇파릇한 색으로 그의 마음을 고요하고 신선하게 채워 주었다. 그의 내면에 도사린 달콤한 갈망은 더욱 강력해지고, 나무의 잎사귀는 더 크고 연해졌으며, 새들과 동물들의 소리는 더 크고 행복해지고, 과일은 향기를 더 내뿜고, 하늘은 더 캄캄해지고, 공기는 더 따뜻해지고, 그의 사랑은 더욱 불타올랐다. 마치 이제 목표에 근접한 것을 알고 있다는 듯이 시간은 점점 빨리 흘렀다.

어느 날 히아신스는 우연히 투명한 샘과 무더기로 피어난 꽃들을 만났다. 이것들은 하늘에 닿을 듯 높이 솟은 검은 기둥들 사이로 난 계곡으로 내려오는 길이었다. 샘과 꽃들은 다정한 말로 그에게 인사를 건넸다.

“안녕하세요! 동향 분들, 어디로 가면 이시스의 성스러운 집을 찾을 수 있을까요? 분명 이 근처 어딘가에 있을 텐데, 여러분은 저보다 이곳 지리를 잘 아시잖아요.”

그가 물었다.

“우리도 이 지역은 지나치는 길이에요.”

꽃들이 대답했다.

“이곳을 여행 중인 가족이 있어요. 우린 그분들을 위해 길과 머무를 곳을 마련하고 있지요. 우리도 최근에 이 길로 왔는데 오는 길에 이시스의 이름을 들었어요. 우리가 온 그 길로 바로 쭉 올라가세요. 가다 보면 더 알게 될 거예요.”

꽃들과 샘은 미소를 지으며 이야기하더니 그에게 신선한 물을 준 다음 가던 길을 계속 갔다. 히아신스는 그들의 충고대로 묻고 또 물으며 걷다가 마침내 오래도록 찾던 성스러운 거처에 닿았다. 종려나무와 좋은 식물로 가려진 곳이었다. 무한한 그리움으로 심장이 마구 뛰었다. 아주 기분 좋은 갈망으로 말미암아 그는 영원의 계절이 머무는 곳에 오게 되었다. 천상의 향기에 휩싸인 그는 잠에 빠졌다. 오직 꿈속에서만 가장 성스러운 곳으로 갈 수 있었다. 매혹적인 선율과 계속 달라지는 화음에 맞추어, 꿈은 기이한 것들이 가득 들어찬 곳으로 신비롭게도 그를 인도했다. 그는 모든 것이 익숙하지만 전에는 한 번도 본 적이 없는 화려한 것들에 둘러싸였다. 세속의 마지막 자취까지 허공중으로 소멸하듯 사라진 순간 그는 천상의 동정녀 앞에 서게 되었다. 그가 은은하게 빛나는 얇은 베일을 거두자 로즈블라썸이 그의 품속에 안겼다.

아득히 먼 곳에서 울려 나온 음악 소리가 사랑하는 연인들의 신비스러운 재회와 들끓는 갈망을 축하하면서 기쁨의 장소와 관련이 없는 것들은 모두 배제시켰다. 이후로 히아신스는 로즈블라썸과 인근의 부모님과 친구들과 함께 오래오래 살았다. 당시 사람들은 원하는 만큼 자식을 낳을 수 있었기에 이들의 수많은 자손은 신비스런 노파의 조언과 노파가 지핀 불에 감사를 드렸다.

Notes on the Story

THE STORY OF HYACINTH AND ROSEBLOSSOM

본명이 프리드리히 폰 하르덴베르크(1772-1801)인 노발리스는 독일의 낭만주의 시인이자 철학가로서 실러, 슐레겔, 피히테 같은 독일 시인들과 자주 교류했다. 그는 자부심을 갖고 동화를 수집하고 보유했는데 동화가 인생 그 자체로서 열망의 대상이라고 믿었다. 그가 직접 저술한 동화는 극소수에 불과하지만 그의 작품과 동화 장르는 후일 조지 맥도널드와 헤르만 헤세 같은 문학적인 이야기를 저술한 작가들에게 엄청난 영향을 미쳤다.

⌛

필명인 노발리스에는 '새로운 땅에 마음을 여는 사람'이라는 뜻이 있다. 노발리스는 동화가 '기적적이고, 신비스럽고, 앞뒤가 안 맞는' 이야기임에는 틀림없지만, 모든 동화를 '가정이라는 익숙한 세상에 대한 꿈'으로 간주했다. 낯선 것과 익숙한 것에 대한 이런 모순적인 태도는 사실 <히아신스와 로즈블라썸 이야기>의 신비스런 주제의 핵심을 찌른 것이다. 외부 세계로의 여행은 늘 사람을 집으로 인도하는 여정이라고 생각한 노발리스의 주된 의견의 정곡을 찌른 것이나 마찬가지다.

19세기 설화 모음

19세기에 들어 동화 저술은 두 가지 형식으로 나뉘었다. 기존의 전래 동화 수집과 옛날이야기들에 영향을 받은 '문학적' 동화 창작으로 나뉜 것이다. 기존의 전래 동화 수집은 19세기 민속학자들이 수집한 이야기로 '19세기 설화 모음집'의 주를 이룬다. 전래 동화 수집은 산업화의 가속과 변화로 말미암아 촉발되었다. 기존의 예술을 보존하기 위한 열정에 부합하는 시기가 바로 19세기였다. 이 시기에 일어난 옛날이야기들에 대한 열망은 이런 사실을 분명히 드러내는 증거가 된다. 독일의 그림 형제와 다른 수집가들에게는 노르웨이, 프랑스, 잉글랜드, 러시아를 포함한 유럽 전역의 전래 동화를 보존하려는 바람이 있었다. 지칠 줄 모르는 이들 덕분에 많은 이야기가 현재 우리에게까지 전해졌다.

개구리 왕

THE FROG KING

그림 형제

옛날 옛적에 바라는 것이 실제로 이뤄지던 그 시절에 아름다운 딸들만 있는 왕이 살았다. 왕의 딸 중에 막내딸이 특히 예뻤는데, 태양이 막내딸의 얼굴을 비출 때마다 태양 스스로 깜짝 놀랄 만큼 아름다웠다. 왕의 성 인근에는 커다란 숲이 있었는데, 늙은 라임나무 아래에 우물 하나가 있었다. 어느 따뜻한 날 막내 공주는 숲속으로 가서 차가운 우물가에 앉더니 황금 공을 높이 던졌다가 받는 놀이를 했다. 황금 공은 막내 공주가 제일 좋아하는 노리개였다.

그런데 막내 공주가 황금 공을 잡으려는 순간, 공주의 작은 손안으로 떨어지지 않고 땅바닥으로 떨어지더니 데굴데굴 굴러서 우물 속으로 풍덩 빠져 버렸다. 막내 공주는 두 눈으로 공을 쫓았지만 공은 사라졌다. 우물은 바닥이 보일지 않을 정도로 깊었다. 그러자 막내 공주는 울음을 터뜨렸다. 막내 공주의 울음소리는 점점 커졌고 좀처럼 진정되지 않았다. 막내 공주가 이렇게 한탄하는데 누군가가 공주를 불렀다.

"공주님, 왜 그리 슬퍼하세요? 돌멩이도 동정심을 느낄 만큼 슬피 우시네요."

목소리가 나는 쪽을 쳐다보자 두툼하고 흉측한 머리를 물 밖으로 쭉 내민 개구리 한 마리가 보였다.

"아! 물을 튀긴 게 바로 너구나?"

막내 공주가 개구리와 이야기를 시작했다.

"내 황금 공 때문에 울고 있었어. 황금 공이 우물 속에 빠졌거든."

"울지 말고 가만히 계세요. 제가 당신을 도와드릴게요. 하지만 그 공을 갖다드리면 제게 무얼 주실래요?"

개구리가 물었다.

"네가 원하는 건 뭐든 줄게, 개구리야. 내 옷, 내 진주, 보석을 다 줄게. 지금 내가 쓰고 있는 황금 왕관도 줄 수 있어."

막내 공주가 대답했다.

"전 공주님의 옷이나 진주, 보석, 황금 왕관 같은 건 관심 없어요. 공주님이 저를 사랑해서 벗이자 놀이 친구로 삼아 주길 바라요. 전 공주님의 작은 탁자에 앉아서 공주님의 작은 황금 접시에 담긴 음식을 먹고, 공주님의 작은 컵으로 물을 마시고, 공주님의 작은 침대 속에서 잠이 들고 싶어요. 공주님이 그러겠다고 약속하면 제가 밑으로 내려가서 황금 공을 갖고 올게요."

개구리가 이야기를 마쳤다.

"응, 좋아. 네가 바라는 걸 모두 들어준다고 약속할게. 단, 네가 내 공을 갖고 와야 해."

막내 공주는 이렇게 대답했지만 속으로는 다르게 생각했다.

'바보 같은 개구리가 어쩜 말을 하네! 다른 개구리들과 물속에 살면서 개골개골이나 할 것이지, 개구리랑 어울리려는 사람은 한 명도 없을 텐데!'

하지만 막내 공주의 다짐을 받아 낸 개구리는 우물 속으로 풍덩 뛰어들었고, 입안에 황금 공을 물고 물 밖으로 헤엄쳐 나오더니 풀밭에 던졌다. 막내 공주는 예쁜 장난감을 보자 몹시 기뻐하며 줍더니 그대로 뛰어갔다.

"잠깐만요, 기다려요. 저도 데려가세요. 전 공주님처럼 달릴 수 없어요."

개구리가 말했다. 하지만 개구리가 아무리 '개골개골' 크게 소리 지르며 막내 공주를 쫓아간들 무슨 소용이 있었을까? 막내 공주는 개구리의 소리를 무시한 채 그냥 집으로 달려갔고, 자기 때문에 우물 속으로 다시 들어갈 수밖에 없었던 불쌍한 개구리는 곧 잊어버렸다.

다음 날 막내 공주는 왕과 모든 신하와 함께 식탁에 앉았다. 막내 공주가 자그마한 금 접시에 담긴 음식을 먹고 있는데 무언가 철벅철벅 대리석 계단을 기어오르는 소리가 들렸다. 계단 꼭대기까지 올라온 그것이 문을 두드리며 소리쳤다.

"공주님, 막내 공주님. 문 좀 열어 주세요."

막내 공주는 급히 달려가 문을 열었다가 다시 쾅 닫고는 식사 자리로

네가 바라는 걸 모두 들어준다고 약속할게.

단, 네가 내 공을 갖고 와야 해.

돌아왔지만 꽤 놀란 것처럼 보였다. 왕은 공주의 가슴이 심하게 들썩이는 것을 보더니 이유를 물었다.

"얘야, 뭐 때문에 그리 놀라니? 밖에 널 데리러 온 거인이라도 있니?"

"아, 아니에요. 거인이 아니라 역겨운 개구리가 왔어요."

막내 공주가 대답했다.

"개구리가 너한테 무얼 바라는 거니?"

"아버지, 어제 실은 제가 숲속 우물가에 앉아서 공놀이를 하다가 그만 우물 속에 황금 공을 떨어뜨렸어요. 그래서 제가 몹시 울었는데 저 개구리가 저 대신 황금 공을 찾아 주었어요. 개구리는 저에게 자기 친구가 되겠다는 약속을 받아 냈어요. 하지만 전 그 개구리가 물 밖으로 나올 줄은 정말 몰랐어요! 이제 개구리가 밖으로 나와서 제가 있는 자리로 오고 싶대요."

공주가 대답했다.

개구리가 또다시 문을 두드리며 외쳤다.

"공주님! 막내 공주님!
문 좀 열어 주세요!
어제 차가운 샘물가에서
제게 하신 말씀을 잊으셨나요?
공주님, 막내 공주님!
문 좀 열어 주세요!"

그러자 왕이 이야기를 꺼냈다.

“약속한 게 있으면 반드시 지켜야지. 어서 가서 개구리를 안으로 들어오게 해.”

막내 공주가 문을 열어 주자 개구리가 폴짝폴짝 뛰며 그녀를 따라 안으로 들어오더니 의자까지 따라왔다.

개구리가 소리쳤다.

“절 공주님 옆으로 올려 주세요.”

공주가 머뭇거리자 왕이 개구리의 말을 들어주라고 명했다. 개구리는 자기가 앉고 싶었던 자리에 앉자마자 이렇게 말했다.

“이제 우리 둘이 같이 먹을 수 있게 공주님의 작은 황금 접시를 제 쪽으로 밀어 주세요.”

막내 공주는 개구리의 말대로 했지만 아무래도 억지로 하는 것이 분명해 보였다. 개구리는 음식을 맛있게 먹었지만 막내 공주는 음식을 먹을 때마다 목이 메었다.

드디어 개구리가 입을 뗐다.

“전 이제 배불리 먹었어요. 피곤하네요. 절 공주님의 작은 방으로 데려다주세요. 그리고 우리가 함께 누워 잠이 들 수 있게 공주님의 작은 비단 침대를 정돈해 주세요.”

깨끗한 자기 침대에서 끈적끈적한 개구리와 함께 잠이 들 생각을 하니 몹시 두려워진 공주는 울음을 터뜨렸다.

하지만 왕은 화를 내며 얘기했다.

"네가 곤경에 처했을 때 도와준 개구리를 무시하면 안 되지."

그래서 막내 공주는 손가락 두 개로 개구리를 집어서 위층으로 데려간 다음 방 한구석에 두었다. 하지만 막내 공주가 침대 속에 들어가자 개구리가 기어 오더니 투덜거렸다.

"전 피곤해요, 얼른 절 올려 주지 않으면 공주님 아버님께 이를 거예요."

그러자 몹시 화가 난 막내 공주는 개구리를 들어서 온 힘을 다해 벽에 패대기치며 소리쳤다.

"이제 그 입 좀 다물지. 이 끔찍한 개구리야."

그런데 분명 개구리가 바닥에 떨어졌는데 개구리는 보이지 않고 다정하고 아름다운 두 눈을 가진 왕자가 보였다. 왕자는 이제 왕의 뜻에 따라 막내 공주의 사랑하는 남편이 되었다.

왕자는 어쩌다 사악한 마녀의 마법에 걸렸는지, 아무도 구하지 못한 자신을 공주만이 살릴 수 있었는지 알려 주었다. 내일이면 두 사람은 함께 왕자의 왕국으로 갈 것이라고 했다. 이제 두 사람은 함께 잠이 들었다. 다음날 아침 머리에 하얀 타조 깃털을 장식한 백마 여덟 마리가 끄는 마차가 도착했다. 그 뒤로 젊은 왕자의 충직한 하인 하인리히가 보였다.

충직한 하인리히는 자신이 모시는 왕자가 개구리로 변했을 때 마음이 몹시 아팠다. 너무나 슬픈 나머지 심장이 터지지 않도록 가슴에 쇠줄 세 개를 감아 두었었다. 마차는 젊은 왕자를 왕국으로 인도할 예정이었다. 충직한 하인리히는 두 사람을 마차 안으로 모시고 자신은 다시 뒷자리로 갔다. 그는 이들을 인도할 생각에 몹시 기뻤다. 마차가 어느 정도 달렸을 때 왕자의 귀에 뭔가 갈라지는 것 같은 소리가 들렸다. 왕자는 고개를 돌려서 소리쳤다.

“하인리히, 마차가 부서지는 것 같아.”

“아닙니다, 왕자님. 마차에서 나는 소리가 아닙니다. 제 가슴에 감아 둔 쇠줄에서 나는 소립니다. 왕자님이 개구리로 변해서 빠져나오시지 못할 때 가슴이 너무 아파서 감아 둔 쇠줄입니다.”

그리고 마차를 타고 길을 가는 도중에 무언가 부서지는 소리가 두 번 더 들렸다. 그럴 때마다 왕자는 마차가 부서지는 줄 알았다. 하지만 그 소리는 왕자가 자유로운 몸이 되어 행복해지자 충직한 하인리히의 가슴에 감아 둔 쇠줄이 튀면서 나는 것일 뿐이었다.

Notes on the Story

THE FROG KING

독일의 언어학자이자 민속학자인 야콥(1785-1863)과 그 동생 빌헬름(1786-1859)은 가장 위대한 설화 수집가로서 민속 문화의 세계를 완전히 바꾸었다. 또한 1812년 출간한 ≪어린이와 가정의 이야기≫에 19세기의 상상력을 정확히 담아냈다. 구전과 필사본을 수집해서 독일의 국민성과 언어와 정체성을 기념하는 작품을 만들어 낸 그림 형제는 1857년까지 출간된 다수의 판본에 자신들의 이야기를 확장하고 수정했다. 그림 형제의 이야기는 지금까지 세계적으로 160개 이상의 언어로 번역되었다.

<개구리 왕> 혹은 <충직한 하인리히>는 그림 형제의 작품에 늘 제일 먼저 등장한다. 그림 형제는 '개구리 왕자'가 아니라 '개구리 왕'이라고 늘 언급했다. 에드가 테일러의 영어 번역본 ≪독일의 인기 있는 이야기≫(1823)에는 <개구리 왕자>로 소개되었다. 그림 형제의 판본에서 개구리가 왕자로 변신하려면 개구리에게 키스하는 대신 개구리를 벽에 세게 던져야 하는 내용이 많은 사람을 놀라게 했다.

헨젤과 그레텔

HANSEL AND GRETEL

그림 형제

커다란 숲 바로 근처에 아내와 두 아이와 함께 사는 가난한 나무꾼이 있었다. 아들의 이름은 헨젤, 딸의 이름은 그레텔이었다. 나무꾼은 먹을거리가 거의 없었는데 대흉년이 들어 이제 매일 먹을 빵을 대기도 힘든 지경이 되었다. 밤이 되어 침대에 누운 나무꾼이 이 일을 곰곰이 생각하느라 불안해서 몸을 뒤척였다. 그는 끙 앓는 소리를 내며 아내에게 물었다.

"우린 이제 어떻게 될까? 가진 게 아무것도 없는데 불쌍한 우리 아이들을 어떻게 먹이지?"

"여보, 내게 생각이 있어요."

아내가 이렇게 대답하며 이야기를 꺼냈다.

"내일 아침 일찍 아이들을 데리고 나무가 울창한 숲으로 가요. 그곳에서 아이들을 위해 불을 피운 다음 각자 먹을 빵을 좀 줘요. 그런 다음 우린 일하러 가고 아이들만 남겨 둬요. 아이들은 집으로 돌아오는 길을 찾지 못할 거예요. 우린 아이들을 버릴 거예요."

"안 돼, 여보. 난 그렇겐 못해. 내 아이들을 어떻게 홀로 숲속에 둔단 말이오? 들짐승들이 곧 닥쳐서 아이들을 갈가리 찢어 놓을 텐데……."

나무꾼이 얘기했다.

"오, 이런 바보 같으니라고. 그럼 우리 넷이 다 같이 굶어 죽자는 말이에요. 널빤지에 대패질이나 해요. 우리가 들어갈 관을 짜야 하니까."

아내는 남편이 항복할 때까지 계속 들볶았다.

"하지만 가여운 우리 아이들한테 너무 미안하단 말이오."

남편이 비통하게 대답했다.

배가 고파서 잠이 들 수 없었던 두 아이는 새어머니와 아버지가 하는 말을 듣게 되었다. 그레텔은 눈물을 뚝뚝 흘리며 슬프게 울면서 헨젤에게 말했다.

"이제 다 끝났어."

"조용히 해, 그레텔."

그레텔이 헨젤을 달랬다.

"걱정하지 마. 내가 곧 살길을 찾아볼게."

부부가 잠이 들자 그레텔은 자리에서 일어나 작은 외투를 걸쳐 입고는 문을 열고 밖으로 살금살금 기어 나왔다. 달빛이 환하게 비추자, 집 앞에 놓인 하얀 자갈이 마치 은화처럼 반짝반짝 빛났다. 몸을 굽힌 헨젤은 외투의 작은 주머니 안에 담을 수 있을 만큼 가능한 한 많이 하얀 자갈을 담았다. 그리고 집으로 돌아가서 그레텔에게 말했다.

"이제 마음 놓고 푹 자. 하나님이 우릴 저버리진 않을 거야."

그레텔은 다시 침대 속으로 들어갔다.

아직 해가 뜨지 않은 새벽녘, 새어머니는 두 아이를 깨우며 소리쳤다.

"일어나, 이 게으른 것들아! 우린 나무를 가지러 숲속으로 가야 해."

새어머니는 두 아이에게 작은 빵조각을 주면서 이야기를 마쳤다.

"거기 가면 저녁거리가 있어. 하지만 그전까지 이 빵을 다 먹으면 안 돼. 그럼 너희들은 아무것도 못 먹을 거야."

헨젤이 하얀 자갈을 주머니에 넣어 두었기에 그레텔은 앞치마 속에 빵을 다 넣었다. 이제 네 사람은 함께 숲으로 갔다. 걸은 지 얼마 되지 않았을 때, 헨젤은 계속 집 쪽으로 뒤를 돌아보았다.

그러자 아버지가 얘기했다.

"헨젤, 뭘 그렇게 보느라 이리도 뒤처지는 거니? 쓸데없는 참견 그만하고, 어서 걸어라."

"아버지, 전 우리 집 흰 고양이를 보고 있어요. 고양이가 지붕 위에 앉아서 저한테 작별 인사를 하려나 봐요."

헨젤이 대답했다.

이번에는 새어머니가 소리쳤다.

"바보 같은 것. 그건 흰 고양이가 아니라, 굴뚝 위를 비추는 아침 해야."

어쨌든 헨젤은 흰 고양이를 뒤돌아본 것이 아니라 주머니 속에 든 하얀 자갈을 길에다 하나씩 떨어뜨리고 있었다.

이제 숲의 한가운데로 들어서자 아버지가 말했다.

“얘들아, 이제 나무 좀 쌓아라. 불을 피우면 춥지 않을 거야.”

헨젤과 그레텔은 함께 땔나무를 모아서 작은 언덕처럼 높이 쌓았다. 땔감에 불이 붙자 불꽃이 높이 탔다. 그때 새어머니가 이야기를 꺼냈다.

“얘들아, 불 옆에 앉아서 좀 쉬어라. 우린 숲속으로 더 들어가서 나무를 베야겠다. 우리가 일을 다 마치면 이리로 돌아와서 너희를 데려갈게.”

헨젤과 그레텔은 불 옆에 앉았다. 정오가 되자 두 아이는 자기 몫의 빵을 먹었다. 도끼질 소리가 들리자 두 아이는 아버지가 근처에 있다고 생각했다. 하지만 사실은 도끼질 소리가 아니었다. 아이들의 아버지가 말라 죽은 나무에 나뭇가지 하나를 고정해 두었는데 바람이 앞뒤로 불면서 나는 소리였다. 아이들은 한참 동안 앉아 있자 피곤 때문에 두 눈이 감기더니 깜박 잠이 들었다.

드디어 눈을 뜨자 날은 이미 어두웠다. 그레텔은 울면서 소리쳤다.

“이제 숲 밖으로 어떻게 나갈 수 있겠어?”

하지만 헨젤은 동생을 위로했다.

“조금만 기다려. 그럼 달님이 뜨고 우린 길을 찾게 될 거야.”

정말 보름달이 뜨자, 헨젤은 어린 동생의 손을 잡고 길에 놓인 하얀 자갈을 따라갔다. 하얀 자갈은 달빛을 받아 이제 막 주조된 새 은화처럼 반짝이며 아이들이 가는 길을 밝혀 주었다.

아이들은 밤새 걸어서 새벽녘에 아버지의 집에 이르렀다. 아이들이 문을 똑똑 두드리자 새어머니가 문을 열어 주더니 헨젤과 그레텔을 보고 이

조금만 기다려.

그럼 달님이 뜨고 우린 길을 찾게 될 거야.

렇게 말했다.

“이런 못된 것들. 왜 숲속에서 이리 늦게까지 잠이 든 거야? 우린 너희들이 다신 못 돌아올 줄 알았다!”

하지만 아이들만 홀로 놔두고 돌아와서 마음이 아팠던 아버지는 몹시 기뻐했다.

얼마 지나지 않아서 온 나라에 심한 흉년이 한 번 더 들었다. 아이들은 밤이 되어 새어머니가 아버지에게 하는 말을 들었다.

“먹을 게 하나도 없어요. 이제 빵 반 덩어리만 남았어요. 그것마저 먹으면 끝이에요. 아이들을 내보내야 해요. 이번에는 숲속 더 깊은 곳으로 데려가요. 그럼 아이들도 밖으로 나오는 길을 다시 찾지 못할 거예요. 우리를 살릴 방법은 그 방법밖에는 없다고요!”

마음이 몹시 무거워진 아버지가 이렇게 얘기했다.

“마지막 한 입까지 아이들과 나누는 게 더 좋을 것 같아.”

하지만 새어머니는 아버지의 말을 하나도 듣지 않으며 심하게 야단치고 나무랐다. 사람의 타고난 본성은 바꿀 수 없는 법인지, 아버지는 처음 새어머니에게 굴복한 것처럼 이번에도 새어머니의 고집에 넘어갔다.

이번에도 잠이 들지 않았던 아이들은 이들의 대화를 듣고 말았다. 부부가 잠이 들자 헨젤은 일어나서 전에 그랬던 것처럼 하얀 자갈을 줍기 위해 밖으로 나가려고 했다. 하지만 새어머니가 문을 잠가 버려서 헨젤은 밖으로 나갈 수가 없었다. 그래도 헨젤은 어린 동생을 위로하며 얘기했다.

“울지 마, 그레텔. 어서 자, 선한 하나님이 우릴 살려 주실 거야.”

다음 날 아침 일찍 새어머니가 아이들을 침대 밖으로 데리러 왔다. 이번에도 아이들에게 빵을 주었지만 전보다 크기가 훨씬 작았다. 숲으로 들어가는 길에 헨젤은 주머니에 든 빵을 바스러뜨렸다. 그리고 아주 조금씩 땅에 던지기 위해 가끔 가만히 서 있었다.

"헨젤, 왜 자꾸 멈춰서 둘러보는 거야?"

아버지가 물었다.

"지붕 위에 앉은 제 작은 비둘기를 돌아보는 중이에요. 비둘기가 제게 작별 인사를 하네요."

헨젤이 대답했다.

"이 바보야! 그건 네 비둘기가 아니라 굴뚝을 비추는 아침 해야."

새어머니가 헨젤을 나무랐다. 어쨌든 헨젤은 빵 조각을 길 위에 조금씩 떨어뜨렸다.

새어머니는 아이들을 데리고 숲속으로 깊이 들어갔다. 살면서 한 번도 들어와 본 적이 없는 곳까지 들어왔다. 이제 다시 불을 커다랗게 지핀 다음 새어머니가 얘기했다.

"그냥 여기 있어, 얘들아. 지치면 잠이 들지도 모르지. 우린 나무를 베러 숲으로 더 들어갔다가 저녁에 일을 다 마치면 너희를 데리러 올게."

정오가 되자 그레텔은 오는 길에 빵 조각을 다 던져 버린 헨젤과 빵을 나눠 먹었다. 두 아이는 잠이 들었다. 저녁이 되었지만 가여운 아이들을 아무도 찾아오지 않았다. 두 아이는 날이 깜깜해서야 눈을 떴다. 헨젤은 어린 동생을 달래며 얘기를 꺼냈다.

"조금만 기다려, 그레텔. 달이 뜨면 내가 흩뿌려 놓은 빵 부스러기를 볼 수 있을 거야. 그럼 우린 다시 집으로 돌아가는 길을 알게 될걸."

달이 떠서 아이들은 길을 나섰지만 빵 부스러기는 하나도 보이지 않았다. 수많은 새가 숲과 들로 날아와서 빵 부스러기를 남김없이 다 먹어 치웠기 때문이었다. 그래도 헨젤은 그레텔을 위로했다.

"우린 곧 길을 찾을 거야."

하지만 아이들은 길을 찾지 못했다. 밤새도록 걷고 다음 날 아침부터 밤늦게까지 하루 종일 돌아다녔지만 두 아이는 숲을 빠져나오지 못했다. 두 아이는 길에 자라난 베리 두세 개를 빼고는 하루 종일 굶어서 배가 많이 고팠다. 이제 몹시 지친 두 아이는 한 발짝도 더 걸을 힘이 남지 않아서 나무 밑에 쓰러져 잠이 들었다.

두 아이가 아버지의 집을 떠난 지 사흘째 되는 아침이 되어, 다시 걷기 시작했지만 자꾸 숲속 더 깊은 곳으로만 가게 되었다. 도와주는 사람이 없으면 아이들은 곧 굶주림과 피로로 죽을 게 분명했다. 한낮이 되었다. 두 아이의 눈에 커다란 나뭇가지에 앉은 눈처럼 하얀 새 한 마리가 보였다. 예쁜 새가 즐겁게 지저귀자 아이들은 새소리를 듣기 위해 자리에 멈춰 섰다. 하얀 새는 노래가 끝나자 날개를 활짝 펼치고 아이들 앞에서 날아갔다. 아이들이 새를 따라가다 보니 작은 집 한 채가 눈에 띄었다. 하늘을 날던 새가 작은 집 지붕 위에 앉

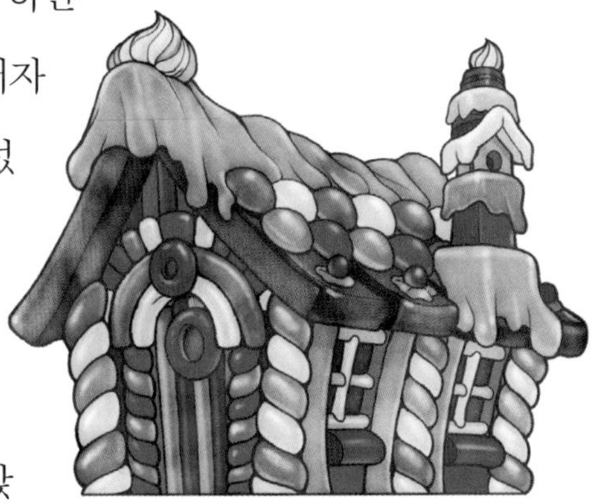

았다. 두 아이는 작은 집 입구까지 와서야, 빵으로 만들어진 집이며 표면이 케이크로 덮였다는 것을 알았다. 설탕으로 만든 맨질맨질한 창문도 보였다.

"우리 저 집으로 가자."

헨젤이 얘기했다.

"맛있게 먹자. 난 지붕을 조금 먹을래. 그레텔, 넌 창문을 좀 먹어 봐. 달달한 맛이 날 거야."

헨젤은 지붕의 맛을 보려고 위로 올라가 지붕을 약간 떼어 먹었다. 그레텔은 창문에 기대서 유리창을 조금 갉아 먹었다. 그러자 방 안에서 부드러운 목소리가 들렸다.

"야금야금, 작은 생쥐야,
누가 지금 우리 집을 갉아 먹지?"

그러자 아이들이 대답했다.

"바람이요, 바람.
하늘에서 불어온 바람이요."

아이들은 아무런 불안감 없이 계속 과자로 된 집을 먹었다. 지붕이 무척 맛있다고 생각한 헨젤이 한 조각을 크게 뜯었다. 그레텔은 창문 하나를 통째로 밀어내서 자리에 앉더니 마음껏 즐겼다. 그런데 갑자기 문이 벌컥 열리더니 아주아주 많이 늙은 여자가 나왔다. 할머니는 목발을 짚고 밖으로 나왔다. 헨젤과 그레텔은 정말 깜짝 놀라서 손에 들고 있던 것들을 놓쳐 버렸다.

하지만 할머니는 고개를 끄덕이며 이야기를 시작했다.

"어머, 귀여운 아이들이네. 누가 너희를 이리로 데려왔니? 어서 들어와. 나랑 같이 살자. 너희에게 해로운 건 하나도 없을 거야."

할머니는 아이들의 손을 잡고 아담한 집 안으로 들어왔다. 그리고 훌륭한 음식을 아이들 앞에 내놓았다. 설탕과 사과와 견과류를 곁들인 팬케이크와 우유가 보였다. 그리고 새하얀 린넨 시트가 덮인 작고 예쁜 침대 두 개를 보여 주었다. 헨젤과 그레텔은 침대 속에 눕자 천국에 온 것 같았다.

그런데 할머니는 오직 착한 척한 것일 뿐 사실 아이들을 기다린 못된 마녀였다. 마녀는 아이들을 유인하기 위해 빵으로 작은 집을 만든 것이었다. 일단 아이가 마녀의 위력에 넘어가면 아이를 죽이고 요리해서 먹어 치웠다. 그런 날은 마녀의 잔칫날이었다. 그런데 마녀들은 눈이 빨개서 멀리 있는 것을 잘 보지 못했다. 그래도 짐승처럼 감각이 무척 예민해서 인간이 가까이 다가오는 것을 알아챌 수 있었다. 마녀는 헨젤과 그레텔이 자기 근처로 왔을 때도 심술궂게 깔깔대며 혼잣말을 했었다.

"아이들을 잡았어, 다시는 나한테서 벗어날 수 없지!"

다음 날 아침 일찍 아이들이 눈을 뜨기도 전에 마녀는 이미 자리에서 일어나, 자는 아이들을 보러 갔다. 무척 예쁜 얼굴과 포동포동한 빨간 볼을 보며 속으로 중얼거렸다.

"아주 앙증맞은 한입거리야."

그러더니 쪼글쪼글한 손으로 헨젤을 붙잡아 작은 마구간으로 데려가더니 안에 집어넣고 쇠창살이 달린 문을 잠갔다. 헨젤은 한없이 울었지만 아무 소용이 없었다.

이제 마녀는 그레텔에게로 가서 아이가 깰 때까지 흔들며 소리쳤다.

"일어나, 게으른 것아. 물 좀 길어 와. 네 오빠한테 줄 음식을 해야 해. 네 오빤 바깥의 마구간 안에 있어. 토실토실하게 살 좀 찌워야지. 그 녀석이 살이 오르면 내가 잡아먹을 거야."

그레텔은 슬프게 울었지만 이번에도 소용이 없었다. 어쩔 수 없이 사악한 마녀가 시키는 일을 해야 했다.

불쌍한 헨젤을 위해선 가장 좋은 음식이 차려졌지만 그레텔에게는 게 껍데기만 남았다. 매일 아침마다 마녀는 작은 마구간으로 가서 소리쳤다.

"헨젤, 네 손가락 좀 내밀어라. 네가 곧 살이 오를지 만져 봐야겠다."

하지만 그때마다 헨젤은 늙은 마녀에게 작은 뼈다귀를 내밀었다. 눈이 침침한 노파는 뼈다귀를 볼 수 없어서 헨젤의 손가락인 줄 알았기에 아이를 살찌울 방법이 없자 몹시 당황했다.

4주가 지났지만 헨젤이 여전히 비쩍 말라 있자 초조해진 마녀는 이제 더 이상 기다릴 수 없었다.

"야, 그레텔!"

마녀는 그레텔에게 소리쳤다.

"어서어서 물 좀 길어 와. 헨젤이 살이 오르든 비쩍 말랐든, 내일은 죽여서 요리해야겠어."

불쌍한 어린 동생은 물을 길으러 가면서 슬피 울었다. 어찌나 슬피 우는지 뺨에 눈물이 뚝뚝 떨어졌다.

"하나님, 제발 우리를 살려 주세요."

그레텔이 소리쳤다.

"숲속의 들짐승이 우리를 잡아먹었더라면 적어도 함께 죽었을 텐데."

"시끄러운 소리는 너 혼자 듣게 해. 아무리 그래도 소용없어."

늙은 마녀가 소리쳤다.

아침 일찍 그레텔은 밖으로 나가서 가마솥을 걸고 물을 담은 다음 불을 지폈다.

"먼저 빵을 구워야겠어. 내가 화덕에 불은 이미 지폈거든. 반죽도 다 치댔지."

늙은 마녀는 불쌍한 그레텔을 이미 불꽃이 일렁이는 화덕 속으로 밀어 넣으며 얘기했다.

"화덕의 온도가 적당한지 보게 안으로 들어가. 온도가 딱 맞으면 빵을 넣어야지."

일단 그레텔이 화덕 안으로 들어가면 늙은 마녀는 화덕의 문을 닫고 그레텔을 구운 다음 잡아먹을 작정이었다.

그러나 그레텔은 마녀의 마음을 알고 이렇게 얘기했다.

"어떻게 해야 할지 도무지 모르겠어요. 저 안에 어떻게 들어가요?"

"바보 같은 것, 문이 충분히 크잖아. 자 봐, 나도 들어갈 수 있겠네!"

늙은 마녀는 이렇게 말하며 위로 살금살금 기어가더니 화덕 속으로 고개를 쑥 밀어 넣었다. 그때 그레텔이 화덕 속으로 늙은 마녀를 쑥 밀어 넣었다. 그리고 철문을 닫고 빗장을 잠갔다. 그러자 늙은 마녀가 몹시 끔찍한 소리를 내며 울부짖었지만 그레텔은 자리에서 도망쳤다. 신을 믿지 않는 사악한 마녀는 고통스럽게 불에 타서 죽었다.

한편 그레텔은 번개처럼 빨리 헨젤에게로 뛰어가서 작은 마구간을 열고 소리쳤다.

"헨젤 오빠, 우리가 살았어! 늙은 마녀가 죽었다고."

헨젤은 마구간 문이 열리자마자 새장의 새처럼 튀어나왔다. 두 아이는 서로를 끌어안고 춤을 추며 입을 맞추고 몹시 좋아했다. 이제 두 아이는 늙은 마녀를 더 이상 두려워할 필요가 없었기에 마녀의 집 안으로 들어갔다. 그리고 구석구석을 돌다가 진주와 보석이 잔뜩 들어 있는 궤짝 앞에 섰다.

"이 보석이 자갈보다 훨씬 낫지!"

헨젤은 이렇게 말하며 주머니 속에 담을 수 있는 만큼 한껏 보석을 쑤셔 넣었다.

"그럼 나도 집으로 가져갈 것을 챙겨야지."

그레텔도 이렇게 말하며 긴 앞치마에 보석을 가득 담았다.

"이제 어서 가자, 마녀의 숲을 얼른 벗어나야지."

헨젤이 재촉했다.

두 아이가 두 시간 동안 걷자 커다란 물이 나타났다.

"발로 걸을 수 있는 널빤지가 안 보여, 다리도 없고."

헨젤이 얘기했다.

"그리고 배도 없네. 하지만 하얀 오리 한 마리가 저쪽에서 헤엄치고 있네. 내가 부탁하면 우리가 건너는 걸 도와줄지도 몰라."

그레텔이 말했다.

"어이! 작은 오리야, 작은 오리야.
헨젤과 그레텔이 널 기다리고 있어.
이곳엔 널빤지도 다리도 보이지 않아.
네 하얀 등에 우릴 태우고 건너게 해 줘."

하얀 오리가 남매 쪽으로 오자 헨젤이 오리 등에 앉더니 동생에게도 같이 앉으라고 했다.

"안 돼. 우리 둘이 함께 타는 건 작은 오리한테는 무리야. 이 작은 오리가 한 사람씩 우리를 건너게 해 줄 거야."

착한 오리는 정말로 그렇게 해 주었다. 그 덕분에 두 아이가 안전하게 물을 건너서 잠깐 동안 걷자 숲이 점점 더 친근하게 보였다. 마침내 저 멀리 아버지의 집이 보였다.

달리기 시작한 두 아이는 응접실까지 뛰어들어 가더니 아버지의 품속에 몸을 던졌다. 아버지는 아이들을 숲속에 버린 후로 한시도 즐겁지 않았다. 다행히 새어머니는 죽고 없었다. 그레텔은 진주와 귀한 보석이 방 안을 굴러다니게 긴 앞치마를 다 털어 냈다. 헨젤도 주머니에 들어 있던 보석을 한 움큼 던졌다. 이제 모든 불안은 사라졌다. 세 사람은 온전한 행복 속에서 함께 살았다.

내 이야기는 이제 끝났다. 저기 달려가는 생쥐 한 마리를 누가 잡든 커다란 모피 모자를 만들 수 있을 것이다.

Notes on the Story

HANSEL AND GRETEL

이 이야기를 그림 형제에게 전한 사람은 훗날 빌헬름 그림의 아내가 된 도르첸 빌트다. <헨젤과 그레텔>은 1810년에 발견된 출간 직전의 원고로, 그림 형제의 초기 동화집에 수록되었다. 초기 판본에서는 친부모가 아이들을 버리기로 함께 결정하는 내용이 수록되었다. 그런데 그림 형제가 책을 출간할 때 이런 흉포함을 완화시키기 위해 사악한 새어머니가 다정한 아버지를 설득해서 이런 행동을 하는 것으로 수정했다.

<헨젤과 그레텔>은 다른 유명한 동화처럼 복합적인 역사 해석이 가능하다. 심리학적 관점에서 볼 때 사악한 새어머니와 걸신들린 듯이 잡아먹는 마녀는, 모든 것을 다 해 주지 않는 어머니를 상대하는 아이의 태도가 투영된 상징적 존재로 간주된다. 그에 반해 역사 비평가들은 기근이 심한 유럽에서 아동 유기는 실제로 일어난 일이라고 지적했다. 이 이야기는 엄청난 가난에도 살기 위해 고군분투하던 가족의 끔찍한 결정이 오히려 영원히 행복하게 사는 해결책을 만들었다는 판타지가 되었다.

들장미

BRIAR ROSE

그림 형제

옛날 옛적에 '아, 아이 하나만 있으면'이라는 말을 매일 달고 사는 왕과 왕비가 있었다. 그래도 이들에게는 자식이 생기지 않았다. 그런데 어느 날 왕비가 목욕을 하는데 물 밖으로 튀어나온 개구리 한 마리가 이런 이야기를 꺼냈다.

"왕비님의 소원은 이뤄질 것입니다. 일 년이 지나지 않아 따님을 얻게 될 거예요."

개구리의 이야기는 그대로 이뤄졌다. 왕비는 딸을 낳았다. 어린 딸이 몹시 예뻐서 기쁨을 감출 수 없던 왕은 잔치를 화려하게 열라고 명했다. 왕은 친척과 친구, 지인은 물론이고 공주에게 착하고 호의적일 것 같은 여자 주술사들도 불렀다. 그의 왕국에는 여자 주술사가 열세 명 있었지만 음식을 담을 금 접시가 열두 개밖에 없어서 한 명은 그냥 집에 있어야 했다.

성대한 잔치가 열렸다. 잔치가 끝날 때쯤 주술사들이 마법 선물을 아기에게 바쳤다. 첫 번째 주술사는 덕을, 두 번째 주술사는 미모를, 세 번째 주술사는 부를 바쳤다. 이렇게 세상의 좋은 것들로 마법 선물을 바치다 딱 한 가지 소원만 남았다.

여자 주술사 열한 명이 약속을 마칠 때쯤, 열세 번째 주술사가 갑자기 궁전 안으로 들이닥쳤다. 열세 번째 주술사는 자신만 초대받지 못한 것에 대한 앙갚음으로 인사도 없이, 심지어 단 한 사람에게도 눈길을 주지 않으며 큰 소리로 외쳤다.

"공주는 열다섯 살이 되는 해에 물렛가락에 찔려서 죽게 될 거야!"

열세 번째 주술사는 말을 마치고는 몸을 돌려 연회장을 나갔다.

잔치에 모인 사람들은 모두 큰 충격을 받았다. 다행히 좋은 소원을 아직 입 밖으로 내지 않은 열두 번째 주술사가 앞으로 나왔다. 이 주술사는 사악한 주술사의 해로운 주문을 무효로 만들 수는 없지만 약하게 만들 수 있었기에 이런 주문을 외웠다.

"공주는 죽지는 않고 백 년 동안 깊은 잠에 들 거야."

왕은 사랑하는 자식의 불행을 막기 위해 왕국의 모든 물레를 불태우라는 명령을 내렸다. 한편 여자 주술사들이 어린 공주에게 내린 선물은 그대로 이행되어서 공주는 아름답고 겸손하고 착하고 현명하게 자랐다. 공주를 본 사람들은 모두 공주에게 푹 빠질 수밖에 없었다.

사건은 공주가 열다섯 살이 되는 바로 그날 일어났다. 왕과 왕비는 그날 궁전에 없었다. 하녀 한 명만 궁전에 홀로 남았다. 그래서 공주는 온갖 안녕하세요, 노부인, 지금 여기서 무얼 하시나요?

실을 잣고 있지요.

곳을 돌아다니며 이 방 저 방 마음대로 둘러보다가 마침내 오래된 탑으로 올라갔다. 좁다란 나선형 계단을 타고 올라가자 작은 문이 나타났다. 녹슨 열쇠 하나가 자물쇠에 꽂혀 있었다. 공주가 열쇠를 돌리자 문이 벌컥 열렸다. 작은 방 안에 물레로 부지런히 아마실을 잣는 할머니 한 분이 보였다.

“안녕하세요, 노부인, 지금 여기서 무얼 하시나요?”

공주가 물었다.

“실을 잣고 있지요.”

할머니가 고개를 끄덕이며 대답했다.

“그게 어떤 것이기에 이렇게 쾌활하게 돌아가나요?”

공주는 이렇게 물으며 자기도 물레를 돌리고 싶어서 물렛가락에 손을 댔다. 그런데 공주가 물렛가락에 손을 대자마자 바로 마법 주문이 실행되면서 물렛가락에 손가락을 찔리고 말았다.

손가락이 따끔하다고 느낀 바로 그 순간, 공주는 앞에 있던 침대에 쓰러져 깊은 잠이 들었다. 공주가 잠들었다는 사실은 이내 온 궁전에 퍼졌다.

막 궁전으로 돌아온 왕과 왕비도 커다란 응접실에 발을 들인 순간 바로 잠이 들었다. 그리고 궁전 안의 모든 사람이 왕과 왕비와 함께 잠에 빠졌다. 말들은 마구간에서, 개들은 마당에서, 비둘기들은 지붕에서, 파리들은 벽에 붙은 채로 잠이 들었다. 난로 위로 활활 타오르던 불꽃마저 잠잠해지고, 요리사가 굽고 있던 고기도 지글지글 타는 소리를 멈추었다. 부엌일을 하는 남자아이가 심부름을 잊었다며 아이의 머리채를 막 잡아당기던 요리사도 손을 놓더니 잠이 들었다. 바람도 잠이 들자, 성 앞의 나무 잎사귀 하나도 움직이지 않게 되었다.

하지만 성 주변에 가시나무가 자라더니 울타리가 되었다. 가시나무 울타리는 해마다 높아지더니 성 주변에 바싹 붙을 정도로 자라서 성을 완전히 감싸 버렸다. 이제 가시나무 울타리 때문에 성은 하나도 보이지 않았다. 지붕 위의 깃발도 볼 수 없었다. 그런데 '들장미'라는 이름의 잠자는 아름다운 공주 이야기가 온 나라에 돌았다. 이따금 왕자들이나 귀족들이 가시나무 울타리를 뚫고 성안으로 들어오려고 했다.

하지만 이들은 가시나무 울타리를 뚫는 것이 불가능하다는 것을 알았다. 가시나무가 손이라도 맞잡은 것처럼 무척 잽싸게 서로를 에워싸는 바람에 젊은 남자들은 가시나무에 사로잡혀서 다시는 나올 수 없었다. 그들은 비참하게 생을 마감했다.

아주 오랜 세월이 흐른 어느 날, 한 왕자가 이 나라를 찾았다. 왕자는 가시나무 울타리와 그 뒤에 있다는 성과 성안에 사는 무척 아름다운 공주가 백 년 동안 잠이 들었고, 왕과 왕비와 궁전 안의 모든 사람이 공주처럼 잠이 들었다는 이야기를 어떤 노인에게 들었다. 왕자는 또한 할아버지로부터 많은 왕자가 이리로 와서 가시나무 울타리를 뚫으려고 했지만 가시나무에 착 달라붙은 채로 처참하게 죽었다는 이야기도 들었다.

노인의 이야기를 들은 젊은 왕자가 얘기했다.

"난 두렵지 않소. 아름다운 들장미를 보러 갈 거요."

착한 노인이 그를 말리려고 애를 썼지만 왕자는 그의 말을 귀담아 듣지 않았다.

이제 백 년이 흘러서 들장미가 깨어날 때가 되었다. 왕자가 가시나무 울타리 근처로 왔을 때는 그저 커다랗고 아름다운 꽃들만 보였다. 꽃들은 서로 자발적으로 벌려 왕자가 다치지 않고 울타리를 지나가게 했다. 그가 지나가자 다시 울타리처럼 서로 간격을 좁혔다. 성안 마당에 얼룩무늬 사냥개들과 말들이 보였다. 지붕 위에는 날개 속에 고개를 묻고 잠든 비둘기들이 보였다. 왕자가 성안으로 들어가자 벽에 달라붙은 채로 잠이 든 파리들이 보였다. 부엌에는 여전히 손으로 남자아이를 붙잡은 채로 잠이 든 요리사와 털을 뽑기 위해 검은 암탉 옆에 앉아 있는 하녀가 보였다.

왕자가 안으로 더 들어가자 커다란 응접실이 나왔다. 궁전 안의 사람들이 여기저기서 모두 잠들어 있었다. 왕좌 쪽으로 다가가자 잠이 든 왕과 왕비가 보였다.

그는 더 깊숙이 들어갔다. 숨소리까지 들릴 정도로 사방이 조용했다. 왕자는 드디어 탑으로 갔다. 문을 열자 들장미가 잠이 든 작은 방이 보였다. 왕자는 잠이 든 공주가 너무 아름다워서 눈길을 다른 곳으로 돌릴 수 없었다. 왕자는 허리를 굽혀 공주에게 입을 맞추었다. 왕자가 입을 맞추자, 들장미가 눈을 뜨더니 잠에서 깨어 무척 다정한 눈으로 왕자를 바라보았다.

두 사람이 함께 탑에서 내려오자, 왕이 깨어나고 왕비와 궁전 안의 모든 사람이 잠에서 깨어 무척 놀란 눈으로 서로를 쳐다보았다. 안뜰에서 잠을 자던 말들이 일어나 몸을 이리저리 흔들었다. 얼룩무늬 사냥개들은 벌떡 일어서더니 꼬리를 살랑살랑 흔들었다. 지붕 위의 비둘기들은 날개 밑에 파묻은 고개를 쭉 빼더니 주위를 둘러본 다음 확 트인 곳으로 날아갔다. 벽에 붙은 파리들은 다시 기어 다녔다. 부엌의 화로 불꽃이 다시 타오르더니 이리저리 흔들리며 고기를 익혔다. 구운 고기가 다시 지글지글 익어 갔다. 요리사는 남자아이의 뺨을 찰싹 때리며 뭐라고 소리쳤다. 하녀는 꼬치 요리에 쓸 검은 암탉의 털을 뽑았다.

이제 왕자와 들장미 공주의 결혼식이 성대하게 치러지고 두 사람은 평생 동안 행복하게 살았다.

Notes on the Story

Briar Rose

<들장미> 이야기는 페로의 <잠자는 숲속의 공주>와 바실레의 <해와 달과 탈리아>와는 확연히 다른 점이 있다. 두 이야기에는 모두 공주가 임신을 하고, 오그르 혹은 왕자의 아내나 어머니가 공주의 아이들을 잡아먹겠다고 위협하는 내용이 후반부에 자세히 실렸다. 위의 두 이야기보다 더 단순하게, 어린 독자들을 위해 마법의 키스와 결혼으로 결론을 내린 버전의 이야기가 오늘날 더 유명하다.

⌛

그림 형제는 분명 페로의 이야기와 <들장미>가 비슷하다는 것을 알고 있었다. 프랑스의 다른 이야기는 삭제했던 그림 형제지만 게르만의 ≪볼숭 일족의 사가≫에 실린 <브륀힐트 이야기>와 유사하다는 이유로 이 이야기를 자신들의 동화집에 계속 수록했다. <브륀힐트 이야기>는 불꽃에 휩싸인 성안에 갇힌 채로 잠이 드는 내용이 실렸다. 공주의 수동성에 주로 초점을 맞춘 현대의 논의를 고려해 볼 때, 처녀 전사 브륀힐트는 적은 물론이고 연인들과도 전투를 벌이는 발키리(고대 북유럽 신화에서 오딘 신의 열두 시녀 중 한 명)로서 온순한 들장미의 극적인 전임자에 해당한다.

라푼젤

RAPUNZEL

그림 형제

옛날 옛적에 오랫동안 아이 하나를 갖고 싶어 했던 남자와 여자가 살았다. 마침내 여자는 신이 곧 자신의 바람을 들어줄 것이라는 기대를 갖게 되었다. 이 부부의 집 뒤쪽에는 작은 창문 하나가 있었다. 그 창문 밖으로 세상에서 가장 아름다운 꽃과 허브가 가득 피어난 아주 멋진 정원이 보였다. 하지만 높은 담으로 둘러싸인 이 정원 안으로 들어간 사람은 아직까지 단 한 명도 없었다. 정원의 주인이 엄청난 위력을 가진 여자 마법사로, 누구나 그녀를 두려워했기 때문이다.

여자가 어느 날 창문가에 서서 마법사의 정원을 내려다보는데 화단 하나가 눈에 들어왔다. 매우 아름다운 도라지가 심긴 화단은 무척 신선하고 파릇파릇해서 꼭 갖고 싶은 마음이 들었는데, 이제는 어떻게 해서라도 먹고 싶은 강한 열망이 생겼다. 도라지를 먹고 싶은 마음은 날로 커졌다. 여자는 도라지를 가질 수 없었기에 몸이 여위더니 낯빛도 창백해지는 것이 참으로 비참했다.

그 모습을 보고 몹시 당황한 남편이 이유를 물었다.

“무엇 때문에 이리 괴로워하는 거요, 여보?”

“아, 우리 집 뒤에 있는 정원에 피어난 저 도라지를 먹을 수 없다면 곧 죽을 것 같아요.”

아내가 대답했다.

아내를 사랑하는 남편은 이런 생각이 들었다.

‘내가 직접 아내에게 도라지를 갖다주지 않으면 곧 죽겠는걸. 무슨 일이 있더라도 도라지를 구해야지.’

황혼 무렵이 되자 남자는 벽을 기어올라서 정원 안으로 들어간 다음 도라지 한 줌을 급히 움켜잡고 아내에게 갖다주었다. 아내는 도라지로 손수 샐러드를 만들어 아주 기쁘게 먹어 치웠다.

하지만 여자는 그 도라지가 몹시 좋았다. 너무 좋아서 다음 날이 되자 전보다 먹고 싶은 마음이 세 배는 커졌다. 잠시 쉬려고 했던 남편은 한 번

더 마법사의 정원으로 내려가야 했다. 어둑어둑한 저녁이 되자 벽을 기어 올라 갔다가 다시 내려가던 남편은 자기 앞에 서 있는 여자 마법사를 보고 깜짝 놀랐다.

"감히 네가 내 정원에서 도둑놈처럼 내 도라지를 훔쳐? 넌 꼭 대가를 치를 거야!"

여자 마법사는 몹시 성난 얼굴로 소리쳤다.

"제발 자비를 베풀어 주세요. 전 정말 어쩔 수 없는 사정으로 이런 일을 하기로 마음먹은 것입니다. 창문으로 마법사님의 도라지를 본 제 아내가 도라지를 먹지 못하면 죽을 것 같다고 해서 어쩔 수 없었습니다."

그러자 화가 조금 누그러진 여자 마법사는 이렇게 얘기했다.

"네 말이 사실이라면 네가 원하는 만큼 도라지를 가져가도록 허락할게. 단, 한 가지 조건이 있어. 네 아내가 아이를 출산하면 반드시 내게 줘야 해. 네 아이는 내가 엄마처럼 잘 키울게."

공포에 휩싸인 남자는 여자 마법사의 요구를 허락했다. 아내가 아이를 낳고 라푼젤이라는 이름을 지어 주자, 바로 여자 마법사가 나타나 아이를 데려가 버렸다.

라푼젤은 자랄수록 해 아래 가장 아름다운 아이로 자랐다. 아이가 열두 살이 되자 마법사는 숲속에 있는 탑에 아이를 가두었다. 탑에는 계단도 문도 없었다. 꼭대기에 작은 창문만 달려 있었다. 여자 마법사는 탑 안으로 들어가고 싶을 때 탑 아래 서서 이렇게 외쳤다.

"라푼젤, 라푼젤, 네 머리카락을 내게로 내려 줘."

라푼젤은 금실처럼 곱고 섬세한, 참으로 아름다운 긴 머리카락을 갖고 있었다. 자기를 부르는 여자 마법사의 목소리가 들리면 창문 위 고리에 돌돌 감아 둔 땋은 머리 타래를 끌러서 밑으로 20야드(약 18미터) 쯤 내려 주었다. 그러면 여자 마법사는 그 머리 타래를 붙잡고 올라갔다.

한두 해가 흐른 어느 날, 말을 타고 숲을 지나던 왕자가 우연히 탑 근처를 지나쳤다. 그때 왕자의 귀에 정말 매혹적인 노랫소리가 들렸다. 어찌나 아름다운지 왕자는 가만히 서서 노랫소리에 귀를 기울였다. 노래를 부른 주인공은 바로 라푼젤이었다. 그녀는 달콤한 목소리로 노래를 부르며 고독한 시간을 달래고 있었다. 왕자는 그녀를 보기 위해 탑으로 올라가고 싶어서 문을 찾아보았지만 찾을 수 없었다. 그는 집으로 돌아갔지만 라푼젤의 노랫소리에 깊은 감동을 받아서 매일 숲으로 가서 노래에 귀를 기울였다. 한번은 나무 뒤에 서 있는데 여자 마법사가 그리로 와서 외치는 소리가 들렸다.

"라푼젤, 라푼젤, 네 머리카락을 내게로 내려 줘."

라푼젤이 땋은 머리 타래를 내려 주자 여자 마법사는 머리카락을 타고 위로 올라갔다.

"저게 사람이 탈 수 있는 사다리라면 나도 한번 운을 시험해 봐야지."

왕자는 다음 날 날이 어두워지자 탑으로 와서 소리쳤다.

"라푼젤, 라푼젤, 네 머리카락을 내려다오."

곧 땋은 머리 타래가 내려와서 왕자는 탑으로 올라갔다.

라푼젤은 지금까지 한 번도 본 적 없는 남자가 자기 쪽으로 다가오자 처음에는 몹시 놀랐다. 하지만 왕자는 라푼젤에게 마치 친구를 대하듯이 이야기를 시작했다. 그리고 한시도 쉴 수 없을 정도로 마음이 흔들려서 어쩔 수 없이 그녀를 보러 왔다고 말했다.

그러자 라푼젤도 두려움이 가셨다. 왕자는 그녀에게 자신을 남편으로 받아들여 달라고 부탁했다. 라푼젤이 보기에 왕자는 젊고 잘생겨서 이런 생각이 들었다.

'이 남자는 고텔 할머니보다 날 사랑해.'

그래서 라푼젤은 좋다고 대답하며 왕자의 손에 자신의 손을 놓더니 이런 이야기를 했다.

"저도 기꺼이 당신과 함께 이곳을 나가고 싶어요. 하지만 전 어떻게 해야 내려갈 수 있을지 모르겠어요. 우선 이곳에 오실 때마다 비단실 타래를 갖다주세요. 전 그 실타래로 사다리를 땋을게요. 제가 내려갈 때가 되면 절 당신의 말에 태워 주세요."

두 사람은 여자 마법사가 낮에만 오니까 왕자는 밤에만 탑에 들르는 것으로 의견을 맞추었다. 그런데 어느 날 라푼젤이 여자 마법사에게 이런 이야기를 꺼냈다.

"고텔 부인, 부인은 제가 아주 잠시 같이 있었던 젊은 왕자님보다 훨씬 무겁잖아요. 근데 제가 어떻게 무거운 부인을 끌어 올릴 수 있는 거죠?"

"오! 이 못된 것 같으니라고!"

여자 마법사가 소리쳤다.

"내가 지금 무슨 말을 들은 거지! 난 널 이 세상과 완전히 분리시킨 줄 알았는데. 넌 날 속였어!"

분노에 찬 그녀는 라푼젤의 아름다운 머리채를 와락 움켜잡더니 왼손으로 두 번 감은 다음, 가위를 잡은 오른손으로 싹둑, 싹둑, 싹둑 잘라 버렸다. 아름다운 라푼젤의 땋은 머리가 바닥에 떨어졌다. 몹시 냉혹한 여자 마법사는 불쌍한 라푼젤이 커다란 슬픔과 고통 속에 살도록 사막에 던져 버렸다.

라푼젤이 버림받은 바로 그날 밤에 고텔은 잘라낸 라푼젤의 땋은 머리를 창문 고리에 묶어 두었다. 그때 왕자가 찾아와서 소리쳤다.

"라푼젤, 라푼젤, 너의 머리카락을 내려다오."

고텔은 창문 고리에 묶어 둔 땋은 머리채를 탑 아래로 내려 주었다. 왕자는 땋은 머리를 타고 위로 올라왔지만 사랑하는 라푼젤은 없었다. 여자 마법사가 사악하고 독살스러운 눈빛으로 왕자를 노려보았다.

"아하!"

분노에 찬 그녀는 라푼젤의 아름다운 머리채를 왼손으로 두 번 감은 다음,

가위를 잡은 오른손으로 싹둑, 싹둑, 싹둑 잘라 버렸다.

고텔이 소리치며 이야기를 시작했다.

“사랑하는 여자를 데리러 왔구먼. 하지만 새장 속에 앉아서 노래를 부르던 그 아름다운 새는 이제 더 이상 없는데. 고양이가 그 새를 채 갔거든. 고양이가 네 눈도 할퀴어 줄 거야. 라푼젤은 이제 없어. 넌 이제 그 아일 만날 수 없어.”

왕자는 극심한 고통으로 제정신이 아니었다. 절망에 빠져서 탑 아래로 뛰어내렸다. 탑 아래 있던 가시가 왕자의 두 눈을 찔러서 겨우 목숨만 구할 수 있었다. 이제 왕자는 눈이 먼 채로 뿌리식물과 베리만 있는 숲속을 헤매었다. 사랑하는 아내를 잃은 슬픔으로 애통하며 울 뿐이었다.

이렇게 몇 년 동안 고통 속에서 방황하던 왕자는 드디어 라푼젤과 그녀가 낳은 쌍둥이 남매가 비참하게 사는 사막까지 오게 되었다. 왕자는 무척 익숙한 목소리가 귀에 들리자, 소리가 나는 쪽으로 향했다. 그가 다가가자 왕자를 알아본 라푼젤이 그의 목에 매달려 울었다. 라푼젤의 눈물방울이 그의 눈을 적시자 두 눈이 점차 선명해졌다. 그는 이제 전처럼 눈으로 사물을 볼 수 있었다. 왕자가 라푼젤을 자신의 왕국으로 데려가자 큰 환영을 받았다. 두 사람은 이후로 오랫동안 서로 만족하며 행복하게 살았다.

Notes on the Story

RAPUNZEL

정말 유명한 <라푼젤>은, 임신한 여자들은 자기들이 꼭 먹고 싶은 음식을 먹지 않으면 죽을 수도 있다는 사람들의 생각을 반영한 이야기다. 이런 미신은 신선한 채소와 필수 비타민을 구하기 힘든 지역에서는 사실일 수도 있다. 이 책에 실린 바실레의 <파슬리>는 <라푼젤>의 초기 판본에 해당된다. <파슬리>의 등장인물 파슬리와 달리 그림 형제의 라푼젤은 스스로 도망칠 계획을 세우지 않는다. 그 대신 잃어버린 왕자와의 우연한 만남으로 구출된다.

⌛

1812년에 <라푼젤>의 첫 번째 판본이 출판되었을 때 라푼젤이 여자 마법사의 몸집이 거대한 것은 묻지 않고 자신의 치마폭이 무척 좁은 것만 물었다는 이유로 논란을 일으켰다. 또한 비평가 한 명이 임신을 암시하는 대목이 어린 독자들에게 너무 부적절하다며 이 동화집을 '완전 쓰레기'라고 비난했다. 그림 형제는 이 비판을 마음에 새기고 라푼젤의 아이들이 이야기의 후반부에 살짝 등장하는 것으로 본문을 바꾸었다.

이 알을 나 대신 잘 지켜 줘. 늘 몸에 지니고 다녀야 해.

만일 잃어버렸다가는 엄청난 불행이 닥칠 거야.

핏처의 새

FITCHER'S BIRD

그림 형제

옛날 옛적에 거지 행색을 하고 다니는 마법사가 있었다. 마법사는 집집마다 구걸하러 다니면서 예쁜 여자아이들을 잡아갔다. 하지만 마법사가 납치한 여자아이들을 어디로 데려가는지 아무도 몰랐다. 이들을 다시 본 사람이 한 명도 없었기 때문이다.

어느 날 예쁜 세 딸을 데리고 사는 남자의 집 앞에 마법사가 나타났다. 가난한 거지처럼 보이는 마법사는 구걸한 것들을 담고 다니는 사람처럼 보이려고 바구니 하나를 갖고 다녔다. 마법사가 음식을 구걸하자 큰딸이 집 밖으로 나와서 그에게 빵 하나를 주었다. 그는 큰딸의 손을 확 잡더니 강제로 바구니 속에 집어넣었다.

마법사는 황새걸음으로 휘적휘적 서둘러 자리를 뜨더니 숲 한가운데 있는 집으로 가기 위해 어두운 숲속으로 큰딸을 데려갔다. 마법사의 집은 모든 것이 참으로 훌륭했다. 그는 큰딸이 원하는 것은 무엇이든 주면서 이렇게 속삭였다.

“자기야, 나랑 있으면 정말 행복할 거야. 자기가 원하는 건 뭐든 가질 수 있어.”

며칠이 지나서 마법사가 이렇게 당부했다.

“난 어딜 좀 갖다 와야 해. 당신은 잠시 혼자 있을 거야. 이것들은 이 집의 열쇠야. 아무 데나 원하는 대로 다 보고 다녀도 돼. 딱 한 곳만 빼고. 이 작은 열쇠로 그 방을 열 수 있지. 내 말을 어기면 당신은 죽게 될 거야.”

마법사는 알 하나도 함께 주면서 이야기를 마쳤다.

“이 알을 나 대신 잘 지켜 줘. 늘 몸에 지니고 다녀야 해. 만일 잃어버렸다가는 엄청난 불행이 닥칠 거야.”

큰딸은 열쇠 여러 개와 알 하나를 받으며 마법사가 한 말을 모두 지키겠다고 약속했다. 이제 마법사가 집을 나가자 큰딸은 온 집을 돌아다니며

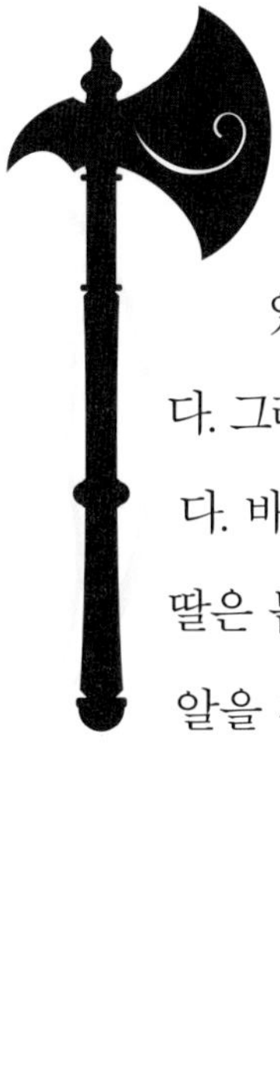

구석구석 살폈다. 집 안의 방들은 금과 은으로 번쩍번쩍 빛이 났다. 난생처음 보는 아름다운 방이었다. 마침내 큰딸은 금지된 방문 앞으로 갔다. 방문을 그냥 지나치고 싶었지만 호기심을 참을 수 없었다. 그녀는 열쇠를 자세히 살피다 열쇠 구멍에 집어넣고 살짝 돌렸다. 그러자 방문이 벌컥 열렸다. 방 한가운데에 유혈이 낭자한 대야가 보였다. 바로 옆에 커다란 나무토막과 번들거리는 도끼 한 자루가 보였다. 큰딸은 몹시 놀라서 손안에 들고 있던 알을 대야 속에 떨어뜨리고 말았다. 알을 꺼내서 피를 닦았지만 잠시 후 핏자국이 다시 생겼다. 그녀는 얼룩

을 씻어 내고 문질렀지만 핏자국을 없앨 수 없었다. 얼마 후 마법사가 여행에서 돌아왔다. 그는 무엇보다 먼저 열쇠와 알을 달라고 했다. 그녀는 몸을 부들부들 떨면서 그것들을 주었다. 마법사는 알에 묻은 핏자국을 보더니 그녀가 피가 낭자한 방에 들어간 것을 바로 알아챘다.

"내 뜻을 따르지 않고 그 방에 들어갔으니 이제 당신 뜻과는 상관없이 그 방으로 들어가야겠어. 넌 이제 죽은 목숨이야."

마법사는 그녀를 넘어뜨린 후 머리채를 붙잡고 질질 끌고서 그 방으로 갔다. 커다란 나무토막 위에 눕힌 후 머리를 베고 토막을 치자 피가 바닥에 흘렀다. 마법사는 이제 토막 난 그녀를 방 한가운데에 놓인 대야에 집어넣었다.

"이제 둘째를 데려와야겠어."

마법사는 혼잣말을 하고 다시 거지로 변장한 다음 그 집을 찾아갔다. 마법사가 음식을 구걸하자 이번에는 둘째 딸이 나와서 빵 한 덩이를 주었다. 마법사는 이번에도 지난번처럼 둘째 딸에게 살짝 손을 대더니 바로 데려가 버렸다. 둘째 딸은 언니보다 처신을 더 잘하지 못했다. 호기심을 참지 못하고 유혈이 낭자한 방의 문을 열고 방 안으로 들어갔다. 그것 때문에 볼일을 마치고 돌아온 마법사에게 목숨을 잃고 말았다.

이제 마법사는 셋째 딸을 데려왔다. 하지만 셋째 딸은 똑똑하고 꾀가 많았다. 이번에도 마법사는 그녀에게 방 열쇠들과 알을 주고 볼일을 보러 떠났다. 셋째 딸은 마법사가 맡긴 알을 아주 조심조심 다른 곳에 보관하고 집 안을 살핀 다음 금지된 방 안으로 들어갔다.

아, 그녀가 무엇을 보았을까? 바로 두 언니가 보였다. 잔인하게 살해된 두 언니는 토막 난 채로 대야 안에 들어 있었다. 셋째 딸은 바로 언니들의 사지를 모아서 머리, 몸통, 팔과 다리 순서로 놓았다. 그러자 사지가 꿈틀꿈틀 움직이더니 각각 한 몸이 되었다. 두 처녀는 눈을 활짝 뜨더니 다시 살아났다. 이제 세 사람은 몹시 좋아하며 서로 입을 맞추었다.

마법사는 볼일을 마치고 돌아오자마자 당장 맡겨 놓은 방 열쇠와 알부터 찾았다. 아무리 찾아도 알에 핏자국이 전혀 없자 이렇게 얘기했다.

"당신은 시험을 이겨냈어. 이제 내 신부가 될 거야."

그런데 마법사는 이제 더 이상 셋째 딸에게 위력을 발휘할 수 없었기에 그녀가 바라는 것은 무엇이든 따라야 했다.

"좋아요."

셋째 딸이 이야기를 시작했다.

"그럼 당신은 먼저 금이 든 이 바구니를 우리 부모님께 갖다드리세요. 당신이 직접 바구니를 지고 가야 해요. 전 그동안 우리의 결혼식을 준비할게요."

이제 셋째 딸은 작은 방에 숨겨 둔 언니들에게 가서 말했다.

"드디어 언니들을 구할 순간이 왔어요. 저 악마 같은 인간이 다시 언니들을 데리고 우리 집으로 갈 거예요. 언니들은 집에 도착하자마자 절 구해 줄 사람들을 보내 주세요."

셋째 딸은 커다란 바구니에 두 언니를 넣고 그 위를 금으로 덮어서 언니들이 전혀 보이지 않게 한 다음 마법사를 불러서 얘기했다.

"이제 바구니를 갖고 가세요. 작은 창문으로 제가 쭉 지켜볼 테니까 가다가 멈춰 서거나 쉬면 안 돼요."

마법사는 바구니를 등에 지고 집을 떠났지만 바구니가 너무 무거워서 땀이 온 얼굴에 줄줄 흘러내렸다. 그는 잠시 앉아서 쉬고 싶었지만 바구니 속에 있던 언니 중 한 명이 소리쳤다.

"작은 창문으로 제가 쭉 지켜보고 있어요. 당신이 쉬는 게 내 눈에 보여요. 어서 가세요."

마법사는 신부가 자신에게 소리치는 줄 알고 다시 자리에서 일어났다.

마법사는 한 번 더 자리에 앉으려고 했지만 바구니 속의 언니가 바로 소리쳤다.

"작은 창문으로 제가 쭉 지켜보고 있어요. 당신이 쉬는 게 내 눈에 보여요. 어서 가세요."

마법사가 멈춰 서기만 하면 바구니 속의 언니가 이렇게 소리쳤다. 그러면 마법사는 어쩔 수 없이 앞으로 계속 가야 했다. 마침내 끙 하는 신음 소리를 내며 마법사는 금으로 덮은 바구니를 신부의 집에 갖다주었다. 두 언니들은 마법사 몰래 부모님의 집 안으로 쏙 들어갔다.

한편 마법사의 신부가 될 셋째 딸은 집에서 결혼식 잔치를 준비하면서 마법사의 친구들에게 초대장을 보냈다. 그리고 이를 활짝 드러내고 웃는 해골 하나에 장신구 몇 개를 붙이고 화관을 두른 다음 이층 다락방으로 갖고 가서, 창문 밖에 세워 두었다. 모든 것이 준비되자 그녀는 꿀통 속으로 첨벙 들어갔다가 나왔다. 그리고 깃털 침대를 반으로 갈라서 그 속에 들어간 다음 정말 멋진 새처럼 보일 때까지 갈라진 침대 속에서 몸을 데굴데굴 굴려서 아무도 자신을 알아볼 수 없게 꾸몄다. 이제 그녀는 집 밖으로 나오는 길에 결혼식 손님들과 만났다. 손님들이 그녀에게 물었다.

"오, 핏처의 새야, 여긴 어떻게 왔니?"
"전 핏처의 집에서 꽤 가까운 곳에서 왔어요."
"어린 신부는 지금 무얼 하고 있니?"
"온 집 안을 구석구석 쓸고 닦고 있어요,
지금 저 창문으로 얼굴이 살짝 보일 거예요."

드디어 셋째 딸은 느릿느릿 돌아오는 신랑을 만났다. 마법사도 다른 사람들처럼 물었다.

"오, 핏처의 새야, 여긴 어떻게 왔니?"
"전 핏처의 집에서 꽤 가까운 곳에서 왔어요."
"어린 신부는 지금 무얼 하고 있니?"
"온 집 안을 구석구석 쓸고 닦고 있어요,
지금 저 창문으로 얼굴이 살짝 보일 거예요."

마법사 신랑이 위를 쳐다보니 장신구로 치장한 해골이 보였다. 그는 해골이 신부인 줄 알고 고개를 끄덕이며 다정하게 인사했다. 신랑과 신랑 측

손님들이 모두 집 안으로 들어간 후, 두 언니가 신부를 구하기 위해 보낸 남자 형제들과 친척들이 도착했다. 이들은 집 안의 누구도 빠져나갈 수 없게 방문을 모두 잠그고 집에 불을 붙였다. 마법사와 일당은 모두 불에 타 버렸다.

Notes on the Story

Fitcher's Bird

연쇄살인범 신랑 이야기 <핏처의 새>는 더 잘 알려진 <푸른 수염>과 다른 점이 몇 군데 있다. 그림 형제는 이 같은 유형의 이야기로 <강도 신랑>과 <핏처의 새>를 동화집에 포함시켰다. 두 이야기 모두 페로의 <푸른 수염>만큼 문화적 의식을 제기하지 못했다. 대단히 흥미 있고 활기 넘치는 <핏처의 새>가 문화적 의식을 제기하지 못하다니 안타까운 일이다. 호기심에 재치와 용기가 병합된다면 금기의 방을 여는 것은 죄악이 아니라 꼭 필요한 일이다. 캐나다의 작가 마가렛 애트우드가 언급한 대로 막내딸은 재치와 배짱, 즉흥적으로 '분장'할 수 있는 능력을 겸비한 덕분에 자신뿐만 아니라 언니들의 목숨도 구할 수 있었다.

'핏처(fitcher)'라는 단어의 유래는 명확하지 않다. 그림 형제는 이 단어가 아이슬란드의 물새인 'fitgular'에서 유래되었다고 추측했다. 하지만 나중에 일부 번역가는 이 단어가 깃털 혹은 날개라는 독일어에서 유래되었다고 주장했다.

백설 공주

SNOW WHITE

그림 형제

옛날 옛적 한겨울에 하늘에서 하얀 눈송이가 깃털처럼 내리고 있었다. 한 왕비가 창문틀이 흑단으로 만들어진 창문가에 앉아 바느질을 하고 있었다. 왕비는 바느질을 하면서 창문 밖으로는 눈을 바라보느라 손가락을 바늘에 찔리고 말았다. 눈 위로 핏방울이 똑똑똑 세 차례 떨어졌다. 하얀 눈 위에 맺힌 핏방울이 무척 예뻐 보였기에 왕비는 이런 생각을 했다.

'눈처럼 새하얗고 피처럼 빨갛고 흑단 창틀처럼 까만 아이를 가졌으면.'

그리고 바로 왕비는 눈처럼 하얗고 피처럼 빨갛고 머리카락이 흑단처럼 까만 딸을 낳았다. 그래서 아이는 백설이라는 이름을 얻었다. 그런데 아이가 태어난 후 왕비는 숨을 거두었다.

1년 후 왕은 왕비를 다시 얻었다. 새 왕비는 아름다운 여자였지만 거만하고 음흉해서 누구든 자기보다 아름다운 것을 용납하지 않았다. 새 왕비에게는 마법의 거울이 있었다. 왕비는 그 거울 앞에 서서 제 모습을 비추고 말을 걸었다.

"거울아, 벽에 걸린 거울아,
이 세상에서 누가 제일 예쁘니?"

마법의 거울이 대답했다.

"오 왕비님, 당신이 가장 예쁩니다."

그러면 왕비는 마법의 거울이 진실만을 말한다는 것을 알고 있었기에 무척 만족했다.

하지만 백설은 자라면서 점점 더 아름다워졌다. 일곱 살이 되자 한 시대를 풍미할 만큼 아름다워서 이제는 왕비보다 더 아름다웠다. 어느 날

왕비가 마법의 거울에 물었다.

"거울아, 벽에 걸린 거울아,
이 세상에서 누가 제일 예쁘니?"

마법의 거울이 대답했다.

"왕비님, 당신은 여기 있는 누구보다 참 예쁩니다.
하지만 제가 보기에 더 아름다운 사람은 백설입니다."

몹시 놀란 왕비는 질투심 때문에 얼굴이 파랗게 질렸다. 그때부터 백설을 볼 때마다 속이 뒤집혔다. 왕비는 백설이 정말 꼴도 보기 싫었다.

왕비의 시샘과 교만은 날이 갈수록 잡초처럼 자라서 한날한시도 마음이 편안한 적이 없었다. 어느 날 왕비는 사냥꾼을 불러서 명령을 내렸다.

"백설을 숲속으로 데려가. 이제 더 이상 그 아이를 내 눈앞에 둘 수 없어. 죽였다는 표시로 그 애의 심장을 갖고 와."

사냥꾼은 왕비의 말대로 백설을 숲속으로 데려갔다. 그런데 칼을 꺼내서 아무 죄도 없는 백설의 심장을 가르려는 순간 백설이 울면서 애원했다.

"사냥꾼 아저씨, 제 목숨을 살려 주세요! 전 거친 숲속으로 도망쳐서 다시는 돌아오지 않을게요."

너무나 아름다운 백설을 보자 사냥꾼은 불쌍한 마음이 들어서 그녀의 말을 들어주었다.

"그럼, 도망쳐. 불쌍한 아이야."

'어차피 산짐승들이 바로 널 잡아먹겠지.'

사냥꾼은 이렇게 생각했다. 그래도 자기가 백설을 죽일 필요가 없어지자 마음속의 돌멩이 하나가 빠져나간 것처럼 마음이 한결 가벼웠다. 바로 그때 한달음에 달려오는 어린 수퇘지 한 마리가 보였다. 사냥꾼은 칼로 수퇘지를 갈라서 심장을 꺼낸 다음 백설을 죽인 증거품으로 왕비에게 갖다 주었다. 왕비는 요리사가 소금에 절인 수퇘지의 심장을 먹으며 백설의 심장을 먹은 것으로 알았다.

이제 깊은 숲속에 온전히 혼자 남겨진 가여운 백설은 너무 무서워서 나뭇잎사귀만 바라볼 뿐 뭘 해야 할지 몰랐다. 그러다 달음질을 시작했다. 뾰족한 돌멩이와 가시덩굴을 지나쳤다. 산짐승들이 백설을 마주쳤지만 아무런 해를 끼치지 않았다.

발길 닿는 대로 계속 가다 보니 어느새 밤이 되었다. 그때 아담한 시골집 한 채가 백설의 눈에 띄자 쉬고 싶은 마음에 집 안으로 들어갔다. 집 안의 모든 것이 작았지만 생각보다 잘 정돈되고 깔끔했다. 먼저 하얀 식탁보가 덮인 탁자 하나가 눈에 들어왔다. 탁자 위에는 작은 접시 일곱 개, 작은 숟가락과 작은 칼과 작은 포크와 작은 머그잔이 각각 일곱 개씩 놓여 있었다. 눈처럼 하얀 침대보를 씌운 자그마한 침대 일곱 개가 침대 머리를 벽에 붙인 채로 놓여 있었다.

백설은 정말 허기지고 목이 말랐지만 한 접시에 담긴 음식을 한꺼번에 다 먹지 않으려고 접시마다 놓인 채소와 빵을 조금씩 먹고, 머그잔에 든 포도주도 딱 한 방울씩만 마셨다. 이제 몹시 피곤해진 백설은 작은 침대에 몸을 뉘었지만 몸에 맞지 않았다. 어떤 것은 너무 크고 어떤 것은 너무 짧았다. 결국 일곱 번째 침대가 백설의 몸에 딱 맞아서 기도를 한 후 바로 잠이 들었다.

밤이 꽤 깊어지자 시골집의 주인들이 돌아왔다. 광산을 채굴하는 일곱 난쟁이였다. 이들이 초 일곱 개에 불을 붙이자 집 안이 환해졌다. 그리고 집 안에 사람이 왔다 갔음을 알 수 있었다. 집 안의 모든 것은 난쟁이들이 집을 나가기 전에 정리해 둔 대로 있지 않았다.

첫째 난쟁이가 말했다.

"누가 내 의자에 앉았던 거야?"

둘째 난쟁이가 말했다.

"누가 내 접시의 음식을 먹어 치운 거야?"

셋째 난쟁이가 말했다.

"누가 내 빵을 가져간 거야?"

넷째 난쟁이가 말했다.

"누가 내 채소를 먹은 거야?"

다섯째 난쟁이가 말했다.

“누가 내 포크를 쓴 거야?”

여섯째 난쟁이가 말했다.

“누가 내 칼을 쓴 거야?”

일곱째 난쟁이가 말했다.

“누가 내 머그잔으로 마신 거야?”

이제 첫째 난쟁이가 주위를 둘러보더니 자기 침대에 파인 자국을 보고 얘기했다.

“누가 내 침대 속에 들어갔던 거지?”

다른 난쟁이들도 다가오더니 서로 소리쳤다.

“내 침대에도 누군가가 누웠나 봐.”

그런데 자기 침대를 보던 일곱째 난쟁이가 그 안에 누운 백설을 발견했다. 그가 다른 난쟁이들을 부르자 모두 달려오더니 깜짝 놀라서 소리치며 저마다 작은 초를 갖고 와 백설을 비추었다.

“오, 맙소사! 오, 이런! 정말 예쁜 아이네.”

난쟁이들은 아우성을 쳤다. 그리고 몹시 기쁜 나머지 백설을 깨우지 않고 그대로 침대에서 자도록 놔두었다. 일곱째 난쟁이는 다른 난쟁이들과 함께 밤새 각각 한 시간씩 돌아가며 잠을 잤다.

아침이 되어 눈을 뜬 백설은 일곱 난쟁이가 보이자 깜짝 놀랐다. 하지만 그들은 모두 다정하게 이름이 뭐냐고 물었다.

“제 이름은 백설이에요.”

오, 맙소사! 오, 이런! 정말 예쁜 아이네.

난쟁이들은 아우성을 쳤다.

백설이 대답했다.

"우리 집엔 어떻게 왔니?"

난쟁이들이 물었다. 그래서 백설은 새어머니가 자기를 죽이려 했지만 사냥꾼이 목숨을 살려 주었고, 자신은 하루 종일 달려서 이 집을 찾았다고 했다.

난쟁이들이 요구 사항을 나열했다.

"네가 우리 집을 잘 관리하고, 요리하고, 잠자리를 정리하고, 세탁하고, 바느질하고, 뜨개질을 하고, 집 안의 모든 것을 잘 정돈하고 청소한다면 아쉬운 것 없이 우리 집에서 살아도 돼."

"네, 정말 좋아요."

백설이 진심으로 대답했다. 그녀는 일곱 난쟁이들의 요구대로 집을 깨끗이 관리했다. 아침마다 구리와 금을 찾아서 광산으로 갔다가 저녁에 돌아오는 일곱 난쟁이들을 위해 저녁을 준비했다. 하루 종일 혼자 지내는 백설을 위해 착한 난쟁이들이 당부했다.

"새어머니를 조심해. 네가 여기 있는 걸 곧 알게 될 테니, 집 안에 아무도 들이지 마."

한편 백설의 심장을 먹은 줄 알고 있던 왕비는 자신이 이 세상에서 가장 예쁜 여자가 되었다고 생각할 수밖에 없었다. 그녀는 마법의 거울 앞으로 가서 이렇게 물었다.

"거울아, 벽에 걸린 거울아,

이 세상에서 누가 가장 예쁘니?"

그러자 마법의 거울이 대답했다.

"오, 왕비님. 당신은 지금까지 제가 본 사람 중에 참 예쁩니다.
하지만 저 언덕 너머 일곱 난쟁이들이 사는 곳에
아직까지 잘 사는 백설이 있지요.
백설만큼 예쁜 사람은 아무도 없습니다."

왕비는 마법의 거울이 절대 거짓말을 할 리가 없기에 몹시 큰 충격을 받았다. 사냥꾼이 자신을 배신했으며 백설이 지금까지 살아 있다는 것을 알게 되었다.

왕비는 자신이 이 세상에서 가장 예쁜 여자가 아니라면 질투심 때문에 하루도 편안할 수 없기에 어떻게 하면 백설을 죽일 수 있을지 곰곰이 생각했다. 그러다 마침내 좋은 생각이 떠올랐다. 얼굴에 분장을 하고 마치 나이 든 보부상처럼 차려입었다. 아무도 왕비를 알아보지 못했다.

보부상으로 변장한 왕비는 일곱 난쟁이들을 찾아 일곱 산을 넘어갔다. 마침내 일곱 난쟁이의 집 대문을 똑똑 두드리며 소리쳤다.

"예쁜 물건을 싸게 팔아요, 정말 싸요."

백설이 창문 밖을 내다보며 소리쳤다.

"안녕하세요, 아주머니. 뭘 파세요?"

"좋은 물건, 예쁜 물건이요."

왕비가 대답했다.

"형형색색의 코르셋 끈이 있어요."

왕비는 화사한 비단실로 짠 코르셋 끈 하나를 꺼냈다.

"괜찮은 할머니 같은데 안으로 들여도 되겠지."

백설은 이런 생각을 하며 대문의 빗장을 열고 코르셋 끈을 샀다.

"애, 뭘 그렇게 놀란 얼굴이니. 자 내가 한번 잘 묶어 줄게."

백설은 아무런 의심도 없이 보부상 할머니가 코르셋 끈을 묶을 수 있도록 그 앞에 섰다. 그러자 왕비는 몹시 잽싸게 백설의 코르셋 끈을 꽉 당겼다. 숨을 쉴 수 없어 바닥에 쓰러진 백설은 죽은 것처럼 보였다.

"이제 내가 이 세상에서 제일 예뻐."

왕비는 혼잣말을 하며 자리에서 벗어났다.

밤이 되자 일곱 난쟁이들이 집으로 돌아왔다. 하지만 사랑하는 백설이 바닥에 쓰러진 것을 보고 몹시 놀랐다. 꼼짝도 하지 않는 백설은 마치 죽은 사람처럼 보였다. 일곱 난쟁이들이 백설을 들어 올리자 꽉 매어 놓은 코르셋 끈이 보였다. 코르셋 끈을 잘라 내자 백설이 조금씩 숨을 내쉬더니 잠시 후 얼굴에 생기가 돌았다.

백설에게 무슨 일이 있었는지 들은 일곱 난쟁이들은 이렇게 당부했다.

"보부상 노파는 사악한 왕비가 분명해. 이제 다시는 우리가 없을 때 아무도 들이지 마."

한편 궁으로 돌아간 사악한 왕비가 마법의 거울 앞에서 이렇게 물었다.

"거울아, 벽에 걸린 거울아,
누가 이 세상에서 가장 예쁘니?"

그러자 거울이 예전처럼 대답했다.

"오, 왕비님. 당신은 지금까지 제가 본 사람 중에 참 예쁩니다.
하지만 저 언덕 너머 일곱 난쟁이들이 사는 곳에
아직까지 잘 사는 백설이 있지요.
백설만큼 예쁜 사람은 아무도 없습니다."

왕비는 마법 거울의 이야기를 듣고 백설이 또다시 살았다는 것을 확실히 알자, 온 몸의 피가 심장으로 한꺼번에 몰렸다.

"자, 그럼 이제 널 확실히 끝장낼 수 있는 방법을 생각해야지."

왕비는 자신이 파악한 마법을 활용해서 독이 묻은 빗을 만들었다.

왕비는 얼굴에 분장을 하고 다른 할머니로 변장했다. 왕비는 일곱 산을 넘어 일곱 난쟁이가 사는 곳을 찾아갔다. 일곱 난쟁이의 집 대문을 똑똑 두드리며 소리쳤다.

"좋은 물건 싸게 팔아요. 진짜 싸요.

백설은 밖을 내다보며 소리쳤다.

"저리 가세요. 아무도 집 안으로 들일 수 없어요."

"이거 보이지."

할머니로 변장한 왕비가 독이 묻은 빗을 꺼내 들며 얘기했다. 빗을 보자 기분이 좋아진 백설은 또 속아서 문을 열어 주었다.

홍정을 마치자 할머니로 변장한 왕비가 얘기했다.

"내가 한번 잘 빗어 줄게."

가여운 백설은 아무런 의심도 없이 할머니로 변장한 왕비가 빗어 주도록 머리를 맡겼다. 하지만 그녀가 빗을 백설의 머리카락에 꽂자마자 독이 효과를 발휘해서 백설은 바로 의식을 잃었다.

"절세미인이 이제 죽었네."

사악한 왕비가 떠들었다.

그래도 다행히 밤이 되어 집으로 돌아온 일곱 난쟁이들은 죽은 사람처럼 바닥에 누운 백설을 보고 즉시 백설의 새어머니를 의심했다. 백설을 살피던 그들은 독이 묻은 빗을 발견했다. 일곱 난쟁이들이 독이 묻은 빗을 뽑자, 바로 의식이 돌아온 백설은 어찌 된 일인지 설명했다. 그러자 일곱 난쟁이들은 또다시 조심하라고 경고하며 아무에게도 문을 열어 주지 말라고 당부했다.

집으로 돌아온 왕비는 마법의 거울 앞으로 가서 물었다.

"거울아, 벽에 걸린 거울아.
이 세상에서 누가 제일 예쁘니?"

그러자 마법의 거울이 예전처럼 대답했다.

"오, 왕비님. 당신은 지금까지 제가 본 사람 중에 참 예쁩니다.
하지만 저 언덕 너머 일곱 난쟁이들이 사는 곳에
아직까지 잘 사는 백설이 있지요.
백설만큼 예쁜 사람은 아무도 없습니다."

왕비는 마법의 거울의 대답을 듣자 불같이 화를 내더니 몸을 부들부들 떨면서 소리쳤다.

"백설은 죽어야 해! 내 목숨을 잃더라도 반드시 그래야 해!"

왕비는 곧 드나드는 사람이 전혀 없는 비밀의 방으로 들어가서 독성이 매우 강한 사과를 만들었다. 한쪽은 하얗고 다른 한쪽은 빨갛게 만든 사과는 껍질만 보면 매우 탐스러워서 이것을 본 사람은 누구라도 먹고 싶어지지만 한 입만 베어 물어도 반드시 죽을 만큼 독이 강했다.

이제 독사과가 마련되자 왕비는 얼굴에 분장을 하고 시골 여자처럼 차려입고 일곱 산을 넘어 일곱 난쟁이의 집으로 갔다. 왕비가 대문을 두드리자 백설

이 창문 밖으로 고개를 내밀며 얘기했다.

"집 안으로 아무도 들일 수 없어요. 일곱 난쟁이가 금지시켰어요."

"집 안으로 들어가나 못 들어가나 아무 상관없어. 곧 사과를 다 처리해야 하거든. 자, 하나 줄게요."

"안 돼요. 아무것도 받을 수 없어요."

백설이 대답했다.

"독이 무서운 거야?"

시골 할머니로 변장한 왕비가 물었다.

"자, 이 사과를 반으로 자를게. 네가 빨간 쪽을 먹고 내가 하얀 쪽을 먹을게."

사과는 무척 교활하게 만든 것이라 빨간 쪽만 독이 들어 있었다. 고운 사과가 너무 먹고 싶었던 백설은 시골 할머니가 사과 반쪽을 먹는 것을 보더니 더 이상 참을 수가 없어서 손을 쭉 뻗어 독이 든 반쪽을 받았다. 하지만 백설은 한 입 베어 물자마자 고꾸라지고 말았다.

그러자 시골 할머니로 변장한 왕비는 무시무시한 얼굴로 백설을 보더니 깔깔대며 얘기했다.

"눈처럼 새하얗고, 피처럼 빨갛고, 흑단처럼 까만 것! 이번엔 일곱 난쟁이들도 다신 널 깨울 수 없을걸."

집으로 돌아간 왕비는 마법의 거울에 물었다.

"거울아, 벽에 걸린 거울아,

이 세상에서 누가 제일 예쁘니?"

마법의 거울이 드디어 이렇게 대답했다.

"오, 왕비님, 이 세상에서 가장 예쁜 사람은 바로 당신입니다."

그제야 시샘 많은 왕비는 마음 편히 쉴 수 있었다.

밤이 되어 집으로 돌아온 일곱 난쟁이들은 바닥에 누워 있는 백설을 발견했다. 숨을 쉬지 않는 백설은 죽은 모양이었다. 일곱 난쟁이들은 무엇이든 독이 있는 것을 찾아보려고 백설을 들어 올렸다. 그리고 코르셋 끈을 풀고 머리카락을 빗질하고 물과 포도주로 몸을 씻겼지만 아무 소용이 없었다. 가여운 백설은 숨을 거둔 채로 살아나지 못했다. 일곱 난쟁이들은 백설을 상여 위에 올린 다음 주위에 둘러앉아 사흘 동안 눈물을 흘렸다.

백설을 매장할 때가 되었지만 여전히 살아 있는 사람처럼 보였다. 붉은 뺨이 여전히 아름다웠다. 일곱 난쟁이들은 이렇게 말할 수밖에 없었다.

"백설을 도저히 지하에 묻을 수 없어."

그들은 사방에서 백설을 볼 수 있도록 유리로 된 투명한 관을 만들었다. 유리관에 백설을 누이고 그 위에 아름다운 금색 글씨로 백설 공주라고 썼다. 이제 일곱 난쟁이들은 유리관을 산 위에 놓고 매일 한 사람씩 관 옆에서 백설을 지켰다. 새들이 날아와서 백설을 위해 울었다. 올빼미가 제일 먼저 날아왔고, 까마귀와 비둘기가 찾아왔다.

백설이 유리관에 누운 지 한참 지났지만 마치 잠이 든 것처럼 모습이 전혀 변하지 않았다. 백설은 여전히 눈처럼 하얗고 피처럼 빨갛고 머리카락은 흑단처럼 새까맸다.

그런데 우연히 숲속으로 들어왔다가 밤을 보내기 위해 일곱 난쟁이의 집을 찾은 왕자가 있었다. 그는 산 위에서 유리관을 보았는데 그 안에 들어 있는 아름다운 백설을 보고 관 위에 쓰인 아름다운 금색 글씨를 읽게 되었다.

왕자가 먼저 일곱 난쟁이들에게 말을 걸었다.

"제가 그 관을 갖고 싶어요. 원하시는 건 뭐든 다 드릴게요."

하지만 일곱 난쟁이들은 이렇게 대답했다.

"이 세상의 금을 다 준대도 절대 줄 수 없어요."

그러자 왕자가 다시 얘기했다.

"그럼 유리관을 선물로 주세요. 전 백설을 볼 수 없으면 살 수 없습니다. 가장 귀한 소유물처럼 백설 공주를 존중하고 소중히 떠받들게요."

왕자가 이렇게 얘기하자 착한 난쟁이들은 그를 불쌍히 여기며 백설 공주가 들어 있는 관을 내주었다.

왕자는 유리관을 하인들의 어깨에 메고 갔다. 그런데 나무 그루터기에 하인들의 발이 걸리는 바람에 그 충격으로 백설이 씹었던 독사과 조각이 목구멍 밖으로 튀어나오게 되었다. 잠시 후 백설은 눈을 뜨고 관 뚜껑을 열더니 자리에 앉았다. 백설이 다시 살아난 것이다.

"오, 이런! 내가 지금 어디 있는 거지?"

백설이 외쳤다.

왕자는 몹시 기뻐하며 얘기했다.

"나와 함께 있지요."

왕자는 백설에게 전후 사정을 얘기한 후 이렇게 덧붙였다.

"당신을 이 세상 그 누구보다 사랑하오. 나와 함께 우리 아버지의 궁으로 가서 내 아내가 되어 주오."

그러자 백설은 기꺼이 왕자를 따라갔다. 두 사람의 결혼식은 정말 화려하고 성대하게 치러졌다. 백설의 사악한 새어머니도 결혼식에 초대되었다. 왕비는 아름다운 옷으로 한껏 꾸민 다음 마법의 거울 앞에 서서 물었다.

"거울아, 벽에 걸린 거울아,
이 세상에서 누가 제일 예쁘니?"

마법의 거울이 대답했다.

"오, 왕비님, 당신은 이곳에서 가장 예쁩니다.
하지만 제가 보기에 더 예쁜 사람은 바로 젊은 왕자비이지요."

그러자 사악한 왕비는 욕설을 내뱉었다. 몹시 비참하고 정말 너무나 속이 상해서 어찌해야 할지 알 수 없었다. 처음에 왕비는 결혼식에 절대 가지 않으려고 했지만 마음이 불안해서 젊은 왕자비를 꼭 보러 가야만 했다. 궁전으로 들어간 왕비는 바로 백설을 알아보았다. 왕비는 엄청난 분노와 공포로 꼼짝 않고 서서 손가락 하나 까딱할 수 없었다. 그런데 신하들이 미리 불 위에 달궈 둔 쇠 구두를 집게로 갖고 와서 왕비 앞에 놓았다. 왕비는 시뻘겋게 달아오른 쇠 구두를 신어야만 했다. 그녀는 죽을 때까지 쇠 구두를 신고 춤을 춰야 했다.

Notes on the Story

SNOW WHITE

그림 형제는 이 이야기를 카센플루크 자매들에게 자매들의 고향인 카셀에서 들었다. <백설 공주>도 <신데렐라>처럼 아일랜드에서 소아시아, 아프리카에 이르기까지 전 세계적으로 볼 수 있는 이야기다. 마법 거울의 이형으로 말하는 송어(스코틀랜드)와 달(미국), 해(그리스), 친절한 강도들, 곰, 야만인, 오그르 등이 있다. 또한 일곱 난쟁이의 역할을 수행한 드래곤도 있다.

⌛

이 이야기를 보면 그림 형제와 이들이 수집한 다른 이야기의 관계를 여러 면으로 잘 알 수 있다. <헨젤과 그레텔>에서 그런 것처럼 그림 형제는 이야기의 가혹함을 완화시키기 위해 친어머니를 새어머니로 바꾸었다. 1810년의 출간되지 않은 원고와 1812년에 출간된 판본을 비교해 보면 그림 형제의 수정 작업 흔적을 분명히 알 수 있다. 1810년의 초기 원고에서 백설은 단지 일곱 난쟁이들을 위한 요리만 요구받지만 1812년 판본에서는 청소, 바느질, 침구 정리가 추가되었다. 아마도 그림 형제가 자신들의 이야기에 주입한 성 가치관의 중요성을 강조한 것으로 보인다.

불새와 바실리사 공주

THE FIREBIRD AND PRINCESS VASILISSA

알렉산더 아파나시예프

옛날 옛적에 권세가 막강한 황제가 어느 머나먼 나라를 다스리고 있었단다. 그를 받드는 여러 신하 중에 능력이 무한한 말 한 마리를 갖고 있는 젊은 궁수가 있었지. 아주 오래전 정말 위대한 사람들만이 가질 수 있었던 위대한 말로, 넓은 가슴과 불처럼 이글이글한 눈과 쇠발굽을 가졌단다. 요즘은 이런 말들이 없지. 이것들은 자기를 타고 다니는 보가티르(중세 러시아의 영웅적인 전사나 기사)들과 함께 잠을 잔단다. 러시아에 자기들이 필요할 때가 오면, 땅 속에서 벌떡 일어나 천둥처럼 요란한 소리를 내며 달려올 게야. 그리고 용맹한 사내들이 오랫동안 입었던 갑옷을 걸친 채로 무덤에서 일어날 거야. 용맹한 사내들이 이 막강한 말들의 등에 오르

면 곤봉이 이리저리 흔들리고 말발굽은 천둥 같은 소리를 내겠지. 신과 황제의 적들을 지구상에서 다 몰아낼 게야.

이상은 우리 할아버지가 늘 해 주었던 이야기다. 그분은 나보다 훨씬 연세가 많고 나는 어린 독자들보다 나이가 많으니 제대로 알고 있는 것이 분명하다.

아주 오랜 옛날 만물이 소생하던 어느 날 위대한 말을 탄 젊은 궁수가 숲을 지나가고 있었다. 파릇파릇한 숲속 나무들 아래 자그마하게 피어난 파란 꽃 몇 송이가 보였다. 다람쥐들이 나뭇가지 사이를 달리고, 덤불 속에 토끼들이 보였지만 웬일인지 지저귀는 새들이 보이지 않았다. 위대한 말을 탄 젊은 궁수가 숲속 오솔길을 달리며 새들의 노랫소리에 귀를 기울였지만 아무 소리도 들리지 않았다.

숲은 고요했다. 네발 달린 짐승들이 무언가를 할퀴는 소리와 전나무 방울 떨어지는 소리와 푹신한 오솔길을 내딛는 위대한 말의 육중한 말발굽 소리만 들렸다.

"새들한테 무슨 일이 일어난 거지?"

젊은 궁수가 혼잣말을 했다. 그가 이렇게 말한 순간 오솔길에 떨어진 커다란 깃털 하나가 눈에 띄었다. 백조의 깃털보다 커다란 깃털은 독수리의 깃털보다 더 컸다. 오솔길에 떨어진 둥그렇게 살짝 말린 깃털은 햇빛을 받아서 마치 불꽃처럼 번쩍번쩍 빛이 났다. 바로 순금으로 된 깃털이었다. 젊은 궁수는 왜 숲속에 노래하는 새가 없는지 이해가 되었다. 불새가 이 길을 날아가다 가슴 깃털 하나를 떨어뜨린 모양이었다.

위대한 말이 이야기를 꺼냈다.

"황금 깃털은 그 자리에 그냥 놔두세요. 저걸 가져가면 유감스러운 일이 생길 거예요. 공포가 무엇인 줄 알게 될 거예요."

하지만 위대한 말 위에 앉아 있던 용감한 젊은 궁수는 황금 깃털을 빤히 쳐다보며 그것을 가져갈지 아니면 그냥 놔둘지 곰곰이 생각했다. 그는 공포의 의미를 알고 싶지는 않았지만 이런 생각이 들었다.

'내가 저걸 가져다가 황제께 바치면 꽤 좋아하실 거야. 그리고 나를 빈손으로 보내진 않겠지. 세상의 어떤 황제도 불새의 가슴 깃털을 가진 사람은 없을 테니.'

그는 생각할수록 그 깃털을 황제에게 가져가고 싶은 마음이 더욱 간절해졌다. 결국 그는 위대한 말의 이야기를 듣지 않았다. 그는 안장에서 뛰어내려 불새의 황금 깃털을 주운 다음 다시 말에 올라타고 초록빛 숲길을 전속력으로 되돌아가서 황제의 궁으로 갔다.

그는 궁전으로 들어가서 황제에게 절한 다음 이야기를 시작했다.

"폐하, 제가 불새의 깃털 하나를 가져왔습니다."

황제는 불새의 깃털을 만족스럽게 바라보더니 젊은 궁수에게 이야기를 꺼냈다.

"고맙구나. 그런데 네가 불새의 깃털을 갖고 온 걸 보니 불새도 갖고 올 수 있겠지. 내가 불새를 꼭 봐야겠다. 깃털 하나는 황제

인 나에게 바칠 합당한 선물이 아니지. 불새를 가져와. 그렇지 않으면 맹세코 말하노니, 네 목이 네 몸에 붙어 있지 못할 것이야."

젊은 궁수는 고개를 숙이고 궁 밖으로 나왔다. 그는 그제야 두려움이 무엇인 줄 알았기에 슬프게 울었다. 그가 궁전 안뜰로 나오자 그를 기다리고 있던 위대한 말이 고개를 홱 쳐들며 발굽으로 바닥을 쾅쾅 굴렀다.

"주인님, 왜 그리 우세요?"

위대한 말이 물었다.

"황제께서 내게 불새를 갖고 오라고 명했어. 불새를 갖고 올 사람은 이 세상에 아무도 없잖아."

젊은 궁수는 대답하며 위대한 말의 가슴에 얼굴을 묻었다.

"제가 그랬잖아요. 불새의 깃털을 갖다주면 공포의 의미를 알게 될 거라고. 하여간 아직은 겁내지 마세요. 곤란한 일은 아직 없잖아요. 이제 일어나겠죠. 황제께 가서 옥수수 알을 담은 자루를 백 개 준비해서 오늘 밤 자정이 되면 들판에 뿌려 달라고 하세요."

젊은 궁수는 궁전으로 돌아가서 황제에게 이 일을 부탁했다. 그러자 황제는 자정에 옥수수 알을 담은 자루 백 개를 들판에 뿌리라고 명령했다.

다음 날 아침, 이제 막 동이 트느라 하늘이 붉은 빛을 띠고 있을 때 젊은 궁수는 위대한 말을 타고 들판으로 갔다. 사방에 퍼진 옥수수 알이 보였다. 들판 한가운데에 나뭇가지를 활짝 펼친 채로 서 있는 커다란 참나무 한 그루가 보였다. 안장에서 뛰어내린 젊은 궁수는 들판으로 풀쩍 뛰어오른 다음 마음 내키는 대로 돌아다닐 수 있도록 위대한 말을 풀어 주었다. 그리고 자신은 참나무 속으로 기어오르더니 초록빛 나뭇가지 사이로 몸을 숨겼다.

하늘이 점차 빨간색과 금색으로 물들자 태양이 떠올랐다. 갑자기 들판으로 에워싸인 숲속에서 어떤 소리가 들리자 나무가 이리저리 흔들리더니 거의 쓰러질 것처럼 요동쳤다. 정말 엄청난 바람이 불었다. 바다가 파도 속에 제 몸을 차곡차곡 쌓자 거품이 넘실대는 물마루가 생겼다. 이때 세상의 저편에서 불새가 날아들었다. 태양빛을 받아 황금빛을 띈 커다란 불새는 날개를 활짝 펼치며 들판에 착륙하더니 옥수수 알을 먹기 시작했다.

위대한 말은 그저 들판을 이리저리 돌아다니며 아주 조금씩 불새에게 다가갔다. 위대한 말은 더 가까이 다가갔다. 불새에게 바싹 다가간 위대한 말은 갑자기 활짝 펼친 불덩어리 같은 날개 하나를 꽉 밟더니 바닥에 확실히 눌렀다. 불새는 불덩어리 같은 날개를 힘차게 펄럭이려고 애를 썼지만 결코 벗어날 수 없었다. 젊은 궁수는 참나무 아래로 미끄러지듯 내려오더니 등에 지고 있던 튼튼한 밧줄 세 개로 불새를 꽁꽁 묶은 다음 위대한 말 위에 올라타고 황제의 궁전으로 달려갔다.

황제 앞에 선 젊은 궁수는 불새의 엄청난 무게 때문에 등이 구부러졌다. 젊은 궁수의 양쪽 등에 불덩어리 같은 방패가 매달린 것처럼 보였다. 황금 깃털이 궁전 바닥에 자국을 남겼다. 젊은 궁수는 마법의 불새를 획 치켜 올리더니 황제가 앉은 왕좌 앞에 내려놓았다. 세상이 시작된 이래로 올가미에 걸린 야생 오리처럼 불새를 눈앞에서 본 황제는 아무도 없었기에 그는 몹시 기뻐했다.

불새에게 바싹 다가간 위대한 말은

활짝 펼친 불덩어리 같은 날개 하나를 꽉 밟더니 바닥에 확실히 눌렀다.

황제는 불새를 빤히 보더니 우쭐거리며 깔깔댔다. 그리고 눈썹을 치켜 올리더니 젊은 궁수에게 말을 꺼냈다.

“네가 불새를 잡는 법을 알았으니, 이제는 내가 오랫동안 기다렸던 나의 신부를 어떻게 데려올지도 알겠구나. 이 세상 제일 끄트머리에 바다 뒤쪽에서 붉은 해가 활활 타오르는 네버랜드가 있어. 그곳에 바실리사 공주가 살고 있지. 난 그 누구도 아닌 그 공주와 꼭 결혼할 거야. 공주를 데려오면 네게 은과 금으로 보답할게. 단, 네가 공주를 데려오지 않으면 네 목은 더 이상 네 어깨 위에 있지 못할 거야.”

젊은 궁수는 슬프게 울면서 궁전 안뜰로 들어갔다. 안뜰에 있던 위대한 말이 무쇠 같은 발굽으로 바닥을 쾅쾅 구르고 무성한 갈기를 확 젖혔다.

“주인님, 왜 그리 우십니까?”

위대한 말이 물었다.

“황제가 내게 네버랜드로 가서 바실리사 공주를 데려오라는 명령을 내렸어.”

“울지 마세요. 슬퍼할 것도 없습니다. 곤란한 일은 아직 없잖아요. 이제 일어나겠죠. 황제께 가서 우리가 길을 떠날 때 필요한 금색 지붕이 달린 은색 천막과 온갖 종류의 음식과 음료를 달라 부탁하세요.”

젊은 궁수는 궁 안으로 들어가서 황제에게 이것들을 부탁했다. 황제는 그에게 은 장식물이 달리고 지붕에 금실로 자수를 놓은 은빛 천막과 온갖 포도주와 아주 맛좋은 음식을 내주었다.

젊은 궁수는 위대한 말을 타고 네버랜드로 달렸다. 몇 날 며칠을 달려서 드디어 세상의 끝, 푸른 바다 뒤에서 붉은 해가 불꽃처럼 타오르는 곳에 도착했다.

젊은 궁수가 바닷가에 위대한 말의 고삐를 당겨 두자, 무쇠 같은 말발굽이 모래 속에 묻혔다. 젊은 궁수는 손으로 눈 위를 가리며 파란 바닷물 너머를 바라보았다. 바실리사 공주가 은빛 배 안에서 황금빛 노를 젓고 있었다.

젊은 궁수는 모래가 끝나고 초록빛 땅이 시작되는 곳으로 살짝 되돌아갔다. 그곳에 마음 내키는 대로 돌아다니거나 풀을 뜯도록 위대한 말을 풀어 주었다. 초록빛 풀밭이 거의 끝나고 모래가 시작되는 해안가 끄트머리에 은 장식물이 달리고, 금실로 자수를 놓은 지붕이 달린 번쩍번쩍 빛나는 천막을 세웠다. 젊은 궁수는 천막 안에 황제가 내준 맛좋은 음식과 독한 포도주 병을 펼치고 혼자 앉아서 맘껏 즐기며 바실리사 공주를 기다렸다.

한편 바실리사 공주가 황금빛 노를 파란 물속에 담그자, 자그마한 은빛 배가 흔들리는 파도를 타고 가볍게 움직였다. 바실리사 공주는 작은 배 안에 앉아서 파란 바다 건너 세상의 끝을 바라보았다. 황금빛 모래와 파란 땅이 만나는 곳에 태양빛을 받아 금빛과 은빛으로 빛나는 천막이 보였다.

바실리사 공주는 천막을 더 자세히 볼 수 있도록 노를 저어 가까이 다가갔다. 더 가까이 다가갈수록 천막은 더 아름다워 보였다. 마침내 바실리사 공주는 해안가까지 노를 저어 간 다음 작은 배를 황금빛 모래에 정박해 둔 배 밖으로 우아하게 걸어 나와 천막까지 다가왔다. 그녀는 살짝 겁을 내면서 작은 배를 정박한 모래를 보기 위해 잠깐 멈춰 섰다. 젊은 궁수는 한 마디 말도 없이 천막 안에 펼쳐 둔 맛있는 음식을 혼자서 마음껏 즐기고 있었다.

마침내 바실리사 공주는 천막까지 다가가서 안을 들여다보았다. 젊은 궁수는 자리에서 일어나 그녀에게 고개를 숙이며 절했다.

“안녕하세요, 공주님! 안으로 들어오셔서 저와 함께 빵과 외국산 포도주를 드시지요.”

젊은 궁수가 먼저 말을 걸었다.

그러자 바실리사 공주는 천막 안으로 들어와서 젊은 궁수 옆에 앉더니 그와 함께 황제가 내준 설탕에 절인 간식과 황금 잔에 따른 포도주를 마셨다. 바실리사 공주가 마신 포도주는 독한 것이어서 포도주 잔의 마지막 한 방울이 바실리사 공주의 목구멍으로 주르륵 흘러든 순간 두 눈이 한 번, 두 번 계속 감기었다.

“아! 밤이 통째로 내 눈꺼풀에 자리를 튼 것 같네. 이제 겨우 정오일 뿐인데.”

바실리사 공주가 얘기했다.

그녀의 작은 손가락에서 황금 포도주 잔이 툭 떨어지더니 그녀는 쿠션에 등을 기댄 채로 곧장 잠이 들었다. 예전에는 그저 아름다운 모습이었는데, 천막 안에 드리운 그늘 속에 깊은 잠이 든 그녀는 훨씬 더 사랑스러워 보였다.

젊은 궁수는 바로 위대한 말을 불렀다. 바실리사 공주를 가볍게 들어 품에 안고서 안장 위에 잽싸게 올랐다. 바실리사 공주는 마치 깃털처럼 그의 왼팔 우묵한 곳에 몸을 기대고 누워서 위대한 말이 무쇠 같은 발굽으로 지면을 우르릉거리며 질주하는 동안 잠을 잤다.

이들은 황제의 궁에 도착했다. 젊은 궁수는 위대한 말에서 뛰어내려 바실리사 공주를 황제에게 데려갔다. 황제는 몹시 기뻐했다. 하지만 기쁨은 그리 오래가지 않았다.

“어서 우리의 결혼식을 알리는 나팔을 불거라. 종을 모두 울려라.”

황제가 신하들에게 명했다.

종이 울리고 나팔 소리가 들리자, 그 소리를 듣고 바실리사 공주가 잠에서 깨어 주위를 둘러봤다.

“웬 종소리지?”

바실리사 공주가 물었다.

“이 나팔 소리는 뭐야? 푸른 바다는 어디 있는 거야, 내 작은 은빛 배랑 황금빛 노는?”

그녀는 손으로 눈을 가렸다.

“파란 바다는 멀리 있습니다.”

황제가 대답했다.

“당신의 작은 은빛 배 대신 황금빛 왕좌를 드리지요. 나팔 소리는 우리의 결혼식을 알리고 종소리는 우리의 기쁨을 알리는 소리랍니다.”

하지만 바실리사 공주는 황제로부터 얼굴을 돌렸다. 황제가 늙은 데다가 그 눈빛이 다정하지 않아서 그런 것이 분명했다.

그녀는 사랑의 눈길로 젊은 궁수를 바라봤다. 그는 위대한 말을 타고 올 만한 젊은 남자가 분명했다.

그 모습을 본 황제는 바실리사 공주에게 화가 났다. 하지만 그의 분노는 큰 기쁨만큼이나 아무 소용이 없었다.

"공주, 왜 나랑 결혼하지 않으려고 하나요? 푸른 바다와 은빛 배는 잊어버려요."

황제가 얘기했다.

"저 깊은 바다 한가운데에 커다란 돌이 있어요. 그 돌 밑에 내가 숨겨둔 웨딩드레스가 있지요. 그 드레스가 없으면 어느 누구하고도 결혼하지 않을 거예요."

바실리사 공주가 단호하게 대답했다.

황제는 바로 왕좌 앞에 서 있는 젊은 궁수 쪽으로 몸을 돌리며 말했다.

"어서 말을 타고 붉은 해가 불꽃처럼 떠 있는 네버랜드로 돌아가거라. 바실리사 공주가 한 얘기는 다 들었지? 바다 한가운데에 있다는 커다란 돌 말이야. 그 돌 밑에 공주의 결혼식 드레스가 있어. 어서 말을 타거라. 결혼식 드레스를 가져와. 그렇지 않으면 맹세컨대 네 목이 어깨 사이에 놓이지 못할 것이야."

젊은 궁수는 비통하게 울면서 위대한 말이 자기를 기다리는 뜰로 들어갔다. 위대한 말은 금빛 재갈을 우적우적 씹고 있었다.

"이번에는 절대 죽음을 피할 수 없어."

그가 울면서 얘기했다.

"주인님, 왜 그리 우세요?"

위대한 말이 물었다.

"황제가 내게 네버랜드로 가서 깊고 푸른 바다 밑에 있는 바실리사 공주의 결혼식 드레스를 가져오라고 명했어. 게다가 그 드레스는 황제의 결혼식에 필요한 거야. 하지만 공주를 사랑하는 사람은 바로 나라고."

"그러게 제가 뭐라고 그랬어요?"

위대한 말이 이야기를 시작했다.

"불새의 불타는 가슴에서 떨어진 황금 깃털을 주우면 큰일이 생길 거라고 했잖아요. 자, 이제 겁내지 마세요. 큰일은 아직 생기지 않았잖아요. 앞으로 닥치겠죠. 제 안장 위로 오르세요. 바실리사 공주의 웨딩드레스를 찾으러 가요!"

젊은 궁수는 안장 위로 뛰어올랐다. 위대한 말은 우르릉 말발굽 소리를 내며 초록빛 숲과 헐벗은 평원을 지나 세상의 끝, 깊고 푸른 바다 뒤에서 붉은 해가 불꽃처럼 솟는 네버랜드로 그를 데려갔다. 둘은 바다 끝에서 휴식을 취했다.

젊은 궁수는 광활한 바닷물을 슬픈 눈으로 바라보았지만 위대한 말은 갈기를 이리저리 흔들며 바다가 아닌 해안가를 바라보았다. 위대한 말이 해안가를 바라보고 있자니 마침내 아주 거대한 바닷가재 한 마리가 보였다. 황제 바닷가재가 느릿느릿 해안으로 다가오는 동안 위대한 말도 마치 우연인 것처럼 바다와 바닷가재 사이에 설 때까지 살금살금 움직였다. 황제 바닷가재가 아주 가까이 다가오자 위대한 말이 무쇠 같은 발굽을 휙 들더니 황제 바닷가재의 꼬리를 꽉 밟았다.

“당신 때문에 내가 죽겠어! 살려 줘요. 당신이 원하는 건 뭐든 다 해 드리겠소.”

위대한 말이 묵직한 발로 황제 바닷가재의 꼬리를 모래 속으로 꽉 누르자 황제 바닷가재가 있는 힘껏 소리쳤다.

“좋아. 우리가 살려 주지.”

위대한 말이 대답하며 느릿느릿 발을 뗐다.

“단, 우리를 위해 해 줄 일이 있어. 푸른 바다 한가운데에 커다란 돌덩이가 있거든. 그 돌 밑에 바실리사 공주가 숨겨 둔 웨딩드레스가 있어. 그 드레스를 가져와.”

황제 바닷가재는 아픈 꼬리 때문에 끙 신음 소리를 내더니 깊고 푸른 바다에 다 들릴 만큼 큰 소리를 냈다. 그러자 바다가 요동치더니 사방에서 모여든 바닷가재 수천 마리가 제방 쪽으로 길을 냈다. 가장 나이가 많은 거대한 황제 바닷가재가 해가 뜨고 지는 이곳에 사는 바닷가재들에게 명령을 내려 바닷속으로 보냈다. 이제 젊은 궁수는 위대한 말 위에 앉아 바닷가재를 기다렸다.

잠시 후 바다가 다시 한 번 요동치더니 바닷가재 수천 마리가 바실리사 공주의 웨딩드레스가 들어 있는 황금빛 장식함을 갖고 해안가로 다가왔다. 바닷가재들은 바다 한가운데 놓인 커다란 돌덩이 밑에서 이것을 갖고 왔다.

모든 바닷가재의 황제가 상처 입은 꼬리를 힘겹게 들더니 황금빛 장식함을 젊은 궁수의 손에 넘겼다. 그러자 위대한 말은 곧장 몸을 돌려서 헐벗은 평원 너머 초록빛 숲의 저편에 있는 머나먼 황제의 궁전을 향해 전속력으로 달렸다.

젊은 궁수는 궁전으로 가 황금빛 장식함을 바실리사 공주에게 주면서 슬픈 눈빛으로 그녀를 바라보았다. 그녀는 사랑의 눈으로 젊은 궁수를 쳐다보았다. 이제 그녀가 안채로 들어갔다가 웨딩드레스를 입은 채로 다시 돌아왔다. 웨딩드레스를 입은 바실리사 공주는 봄보다 더 화사했다. 황제가 더할 나위 없이 기뻐했다. 결혼식 준비가 끝나자, 종이 울리고 깃발이 궁전 위에 꽂혔다.

황제가 바실리사 공주에게 손을 내밀며 늙은 눈으로 바라보았다. 하지만 공주는 황제의 손을 잡아 주지 않았다.

"안 돼요. 저를 이리로 데려온 그 남자가 펄펄 끓는 물속에서 속죄를 하지 않는 한 그 누구와도 결혼하지 않을 거예요."

바실리사 공주가 얘기했다.

황제는 즉각 신하들 쪽으로 고개를 돌리더니 커다란 가마솥에 물을 채운 다음 가마솥에 불을 지피라고 명령했다. 그리고 물은 아주 뜨거워야 하며, 바실리사 공주를 네버랜드에서 데려온 것에 대한 속죄의 의미로 젊은 궁수를 물속에 던져야 한다고 덧붙였다. 황제의 마음속에는 젊은 궁수에 대한 감사가 전혀 없었다.

하인들은 곧 땔감을 갖고 와서 커다란 불을 피웠다. 그 불 위에 거대한 가마솥을 올리고, 가마솥 둘레에 불을 활활 태웠다.

'오 이런! 왜 내가 불새의 이글거리는 가슴에서 떨어진 황금 깃털을 갖고 왔을까? 왜 내가 위대한 말의 현명한 말을 듣지 않았을까?'

젊은 궁수가 속으로 생각했다.

이제 그는 위대한 말을 생각하고 황제에게 애원했다.

"주군이신 황제 폐하, 저는 아무 불만이 없습니다. 저 뜨거운 물속에서 기꺼이 죽을 것입니다. 단, 죽기 전에 저의 말을 한 번만 보고 싶습니다."

"저 사람 말을 보게 해 주세요."

바실리사 공주가 황제에게 얘기했다.

"그래 좋아. 이제 다시는 네 말을 탈 수 없을 테니 가서 작별 인사를 하거라. 단, 작별 인사는 짧아야 한다, 우리가 기다리고 있으니."

황제가 허락했다.

젊은 궁수는 안뜰을 건너 무쇠 같은 발굽으로 바닥을 할퀴고 있던 위대한 말에게로 갔다.

"안녕, 위대한 나의 말아. 진작 너의 현명한 말을 들었어야 했는데. 이제 종말이 다가왔어. 너와 내가 하늘과 땅 사이로 부는 바람과 경주할 때 우리 위로 지나치던 초록빛 나무와 우리 밑으로 사라지던 땅을 볼 수 없게 됐어."

젊은 궁수가 이야기를 꺼냈다.

"왜 그러시는데요?"

위대한 말이 물었다.

"황제가 내게 커다란 불 위에 놓인 물이 펄펄 끓는 가마솥 안으로 들어가라는 명령을 내렸거든."

"두려워하지 마세요. 바실리사 공주가 왕에게 이 일을 시켰으니 제 생각보다 더 좋은 일이 있을 거예요. 돌아가세요. 저들이 주인님을 가마솥 안에 던지려고 하면, 담대하게 끓는 물속으로 뛰어드세요."

위대한 말이 이야기를 마쳤다.

젊은 궁수는 다시 뜰을 가로질러 갔다. 하인들은 그를 가마솥 안에 던질 준비를 마쳤다.

"물이 끓고 있는 게 확실한가요?"

바실리사 공주가 물었다.

"부글부글 끓고 있습니다."

하인들이 대답했다.

"내가 한번 볼게요."

바실리사 공주는 이렇게 얘기하더니 불쪽으로 다가가서 가마솥 위로 손을 휘저었다. 그때 어떤 사람들은 그녀의 손에 무엇인가 들어 있었다고 하고, 어떤 사람들은 아무것도 없었다고 했다.

"물이 끓고 있네요."

공주가 이렇게 얘기하자 하인들이 젊은 궁수를 잡았다. 하지만 그는 하인들의 손을 뿌리치고 그들이 보는 앞에서 담대하게 가마솥 한가운데로 뛰어들었다.

물 밑으로 두 번 가라앉았던 젊은 궁수는 주변에

부글부글 끓는 거품을 두르고 다시 떠올랐다. 이제 그는 가마솥 밖으로 뛰어나와서 황제와 바실리사 공주 앞에 섰다. 그를 본 사람들이 깜짝 놀라서 소리를 지를 만큼 젊은 궁수는 너무나 잘생긴 청년이 되었다.

"이건 기적이야."

황제가 얘기했다. 황제는 아름다운 젊은 궁수를 빤히 쳐다보더니 나이가 들어 굽은 등과 하얘진 수염과 이가 빠진 자신을 생각했다.

'음, 그럼 나도 잘생긴 남자가 되겠지.'

황제는 이런 생각을 하며 왕좌에서 일어나 물이 펄펄 끓는 가마솥 안으로 기어들어 갔지만 죽을 때까지 삶아졌다.

그렇다면 이 이야기의 끝은 어떻게 되었을까? 사람들은 황제를 매장하고 젊은 궁수를 황제로 세웠다. 그는 바실리사 공주와 결혼해서 오래도록 사랑하며 정분을 쌓았다. 그리고 젊은 궁수는 위대한 말을 위해 금으로 된 마구간을 지어 주고 말에게 진 신세를 결코 잊지 않았다.

Notes on the Story

THE FIREBIRD AND PRINCESS VASILISSA

알렉산더 아파나시예프(1826-1871)는 가장 중요한 민속학자 중 한 명으로 존중받고 있다. 그림 형제를 비롯한 19세기 설화 수집가들과 동시대 사람인 아파나시예프는 수집 범위와 정확도 면에서 이들을 능가한다는 평을 들을 정도다. 그의 첫 번째 작품인 ≪러시아 설화집≫에는 무려 640가지 이야기가 수록되었다. 또한 그는 자신이 수집한 이야기에 직접 주석을 달고 분류도 담당했다. 오늘날까지 러시아에서 그의 방식이 사용되고 있다. 그는 특히 소작민의 재치를 찬양하고 성직자와 귀족의 학대와 부패를 강조했다는 이유로 제정 러시아로부터 평생 동안 검열과 비판에 시달렸다.

1910년 러시아의 작곡가 이고르 스트라빈스키가 불새와 용감한 궁수 이야기를 발레로 만들었다. 용맹스러운 젊은 영웅을 진정한 사랑의 길로 인도하는 불새는 그 자체만으로 러시아 민속의 큰 부분을 차지하고 있다.

숫염소 그러프 삼형제

THE THREE BILLY GOATS GRUFF

아스비외르니엔과 모에

옛날 옛적에 숫염소 세 마리가 살았다. 살을 찌우려고 언덕으로 올라가는 숫염소들의 이름은 모두 '그러프(걸걸이)'였다.

개울을 건너려면 꼭 그 위에 놓인 다리를 건너야 했다. 그런데 다리 밑에는 두 눈이 받침 접시만큼 크고 코는 포크처럼 기다란 흉측하게 생긴 커다란 트롤이 살고 있었다.

가장 어린 숫염소 그러프가 제일 먼저 다리를 건너기로 했다.

쿵, 쾅! 쿵, 쾅! 막내 그러프가 쿵쾅대며 다리를 건넜다.

"누가 지금 내 다리 위에서 쿵쾅대는 거야?"

트롤이 으르렁거렸다.

"오! 저예요. 가장 날씬한 숫염소 그러프예요. 전 지금 살을 찌우려고 저 언덕으로 가는 중이에요."

막내 숫염소가 모기만 한 소리로 대답했다.

"그럼 내가 눈 깜짝할 사이에 널 잡아먹어야지."

트롤이 위협했다.

"오, 안 돼요! 제발 절 잡아가지 마세요. 전 정말 작은 염소랍니다. 조금만 기다리면 둘째 숫염소 그러프가 이리로 올 거예요. 그는 저보다 훨씬 커요."

막내 숫염소가 애원했다.

"그래! 그럼 저리 꺼져."

트롤이 으르렁댔다.

잠시 후 둘째 숫염소 그러프가 다리를 건너려고 왔다.

쿵, 쾅! 쿵, 쾅! 쿵, 쾅! 둘째 숫염소가 쿵쾅대며 다리를 건넜다.

"누가 지금 내 다리 위에서 쿵쾅대며 건너는 거야?"

트롤이 으르렁대며 물었다.

"오! 둘째 숫염소 그러프예요. 전 지금 살을 찌우기 위해 저 언덕으로 올라가고 있어요."

둘째 숫염소가 그리 작지 않은 목소리로 대답했다.

"자, 그럼 이제 내가 눈 깜짝할 사이에 널 잡아먹어야지."

트롤이 위협했다.

"오, 안 돼요! 제발 절 잡아가지 마세요. 조금만 기다리면 첫째 숫염소 그러프가 이리로 올 거예요. 그는 저보다 훨씬 커요."

둘째 숫염소가 애원했다.

"그래! 그럼 저리 꺼져."

트롤이 대답했다.

쿵, 쾅! 쿵, 쾅! 쿵, 쾅! 첫째 숫염소가 쿵쾅대며 다리를 건넜다. 몸이 무척 무거워서 다리에서 삐걱삐걱 소리가 났다.

"누가 지금 내 다리 위에서 쿵쾅대는 거야?"

트롤이 으르렁대며 물었다.

"나다! 첫째 숫염소 그러프다."

첫째 숫염소가 걸걸하게 쉰 험악한 목소리로 대답했다.

"그럼 이제 내가 널 눈 깜짝할 사이에 잡아먹어야지."

트롤이 위협했다.

"그럼, 덤벼! 나에겐 창이 두 개나 있지.

네 눈알을 귀까지 뚫어 줄게.

게다가 내겐 둥그런 돌덩이가 두 개나 있어.

네 몸이 가루가 되도록 뼛조각까지 산산조각 내 줄게."

첫째 숫염소는 이렇게 말하더니 트롤에게로 몸을 날렸다. 뿔 두 개로 두 눈알을 귀까지 뚫은 다음 온몸을 뼛조각까지 산산조각 내서 개울 속에 던져 버렸다. 그러고는 언덕으로 올라갔다. 숫염소 삼형제는 살이 너무 많이 쪄서 간신히 집으로 돌아갈 수 있었다. 숫염소들이 살이 빠진 게 아니라면 아직까지 뚱뚱한 이유는 바로 —

주둥이로 싹둑싹둑 끊어 먹네.

이 이야기는 이렇게 끝났다.

Notes on the Story

The Three Billy Goats Gruff

전통 민속을 열렬히 지지했던 페테르 크리스텐 아스비외르니엔(1812-1885)과 요르겐 모에(1813-1882)는 그림 형제의 동화집에 영감을 받아 고국인 노르웨이의 설화를 수집했다. 그림 형제와 달리 이들은 수집한 이야기를 각색하지 않고 원본 그대로 유지하려고 노력했다. 이들의 이야기는 '다듬어지지 않은' 노르웨이 스타일(이 당시는 덴마크어가 문학적인 언어였다)로 말미암아 비판을 받았지만 이들의 설화집은 현대 노르웨이 문학 발전의 근간이 되었다.

욕심 많고 용감한 염소들이 등장하는 활기 넘치고 유치한 이 이야기는 진지한 <해의 동쪽과 달의 서쪽>과는 매우 다른 편이다. 특히 작가들의 설화집에 실린 이야기의 다양성을 보여주는 전형적인 사례에 속한다. 아이들이 무척 사랑하는 이 이야기는 임기응변으로 잡아먹힐 위기에서 벗어난 영웅들이 나오는 협잡꾼 이야기의 전형이다.

해의 동쪽과 달의 서쪽

EAST OF THE SUN AND WEST OF THE MOON

아스비외르니엔과 모에

옛날 옛적에 자식을 많이 둔 가난한 농부가 살았다. 농부는 아이들에게 음식이나 옷을 많이 해 줄 수 없었다. 아이들은 모두 예뻤는데 특히 막내딸은 한없이 정말 아름다웠다.

어느 해 가을 바깥 날씨가 몹시 사나운 목요일 늦은 밤이었다. 날이 몹시 어둡고 비가 내리는 데다 오두막 벽이 흔들릴 정도로 바람이 몹시 불었다. 불가에 둘러앉은 식구들은 모두 이런저런 일로 바빠 보였다. 그런데 바로 그때 난데없이 창유리를 톡톡톡 세 번 두드리는 소리가 났다. 농부는 무슨 일인지 보려고 밖으로 나갔다가 커다란 흰곰 한 마리를 보았다.

"안녕하세요!"

흰곰이 먼저 인사를 건넸다.

"당신도 안녕하세요!"

농부도 인사를 했다.

“제게 막내 따님을 주실 수 있나요? 그렇게만 해 주신다면 당신을 부자로 만들어 드릴게요.”

흰곰이 농부에게 부탁했다.

농부는 큰 부자가 되는 것이 전혀 남부끄러운 일은 아니었지만 먼저 막내딸과 이야기를 나눠 봐야 한다는 생각이 들었다. 그래서 집 안으로 들어가서 식구들에게 바깥에 흰곰이 기다리고 있다, 흰곰은 막내딸만 내주면 식구들을 부자로 만들어 주겠다는 약속을 했다고 얘기했다.

“싫어요.”

막내딸은 노골적으로 대답했다. 어떤 말로도 막내딸의 생각을 바꿀 수 없었다. 농부는 밖으로 나가서 다음 주 목요일 저녁에 다시 찾아오면 확답을 얻을 수 있을 거라며 흰곰과 합의를 보았다. 그동안 농부는 막내딸에게 계속 얘기했다. 식구들이 얼마나 부자가 될지, 또한 막내딸 자신도 얼마나 부자가 될지 계속 같은 얘기를 반복했다. 그러자 매일 다 떨어진 누더기 같은 옷을 빨고 수선하던 막내딸도 마음을 고쳐먹을 수밖에 없었다. 그녀는 최대한 말쑥하게 차려입고 집을 떠날 채비를 마쳤다. 짐을 싸느라 고생할 필요는 전혀 없었다.

다음 주 목요일 저녁이 되자 흰곰이 막내딸을 데리러 왔다. 보따리를 든 막내딸은 흰곰의 등에 타고 출발했다. 길을 떠난 지 얼마 되지 않았을 때 흰곰이 물었다.

“두려운가요?”

"아니요."

막내딸은 두렵지 않았다.

"자, 그럼! 텁수룩한 내 털을 꽉 잡아요. 그럼 전혀 무섭지 않을 거예요."

흰곰이 얘기했다.

막내딸은 가파른 커다란 언덕이 나타날 때까지 아주 오랫동안 흰곰을 타고 갔다. 흰곰이 언덕 표면을 한 번 두드리자 문이 열렸다. 막내딸과 흰곰은 수많은 방마다 불이 활짝 켜진 성안으로 들어갔다. 방은 하나같이 금과 은으로 반짝반짝 빛이 났다. 그리고 몹시 웅장한 탁자 하나가 보였다. 이제 흰곰은 막내딸에게 은종 하나를 주었다. 원하는 것이 무엇이든 이 은종을 울리면 당장 얻을 수 있다고 했다.

온갖 음식을 실컷 먹고 마신 막내딸은 밤이 깊어지자 잠이 왔다. 막내딸은 잠자리에 들고 싶다고 생각하면서 은종을 울렸다. 은종을 쥐자마자 막내딸은 비단 베개와 커튼과 황금빛 술이 달린 하얗고 고운 침대가 놓인 방 안에 들어가 있었다. 누구나 눕고 싶을 만큼 곱고 하얀 침대였다. 방 안의 모든 것이 금이나 은이었다. 막내딸이 침대에 누워 불을 끄자 한 남자가 들어오더니 옆에 누웠다. 남자는 바로 흰곰이었다. 남자는 밤이 되면 짐승 같은 모습을 벗어던졌지만 막내딸은 단 한 번도 남자의 모습을 볼 수 없었다. 그녀가 불을 끈 후에만 늘 방 안으로 들어오고 날이 밝기 전에 그녀보다 먼저 일어나 밖으로 나갔기 때문이다. 한동안은 모든 것이 만족스러웠다. 그렇지만 하루 종일 집 안에서 혼자 지내는 데다

아버지와 어머니와 오빠들과 언니들을 보고 싶은 마음이 너무 커서 이내 말수가 줄어들고 비참한 기분이 들었다. 어느 날 흰곰이 막내딸에게 무엇이 부족하냐고 물었다. 막내딸은 이곳에서 혼자 지내니 너무 따분하고 외로운 데다 부모님과 오빠들과 언니들이 무척 보고 싶어서 집으로 돌아가고 싶다고 했다. 식구들을 볼 수 없어서 마음이 슬프고 비참하다고 했다.

"그래! 그럼 이 문제를 해결할 방법이 있을 거야. 하지만 딱 한 가지만 약속해 줘. 당신 어머니와 단둘이 얘기하지 않겠다고. 다른 사람들과 얘기하는 건 상관없어. 어쨌든 당신 어머니는 단둘이 얘기하려고 당신 손을 잡고 방으로 데려갈 거야. 하지만 그러지 않겠다고 반드시 약속해 줘. 그렇지 않으면 우리 둘 다 불행해질 거야."

흰곰이 이야기를 마쳤다.

어느 일요일 흰곰은 막내딸의 아버지와 어머니를 보러 가자고 얘기했다. 그녀는 흰곰의 등에 앉아서 아주 오랫동안 길을 떠났다. 이제 둘은 웅장한 집 앞에 도착했다. 그 집 밖에서 막내딸의 형제자매들이 뛰어다니며 놀고 있었다. 집은 모든 것이 다 너무 예뻤다.

"이 집이 당신 아버지와 어머니가 지금 사는 곳이오. 내가 한 말 절대 잊지 마요. 안 그럼 우리 둘 다 불행해질 거야."

흰곰이 또다시 얘기했다.

물론 그녀는 잊지 않았다. 흰곰은 바로 자리를 떴다.

막내딸은 아버지와 어머니를 보기 위해 집 안으로 들어갔다. 식구들은 몹시 좋아했다. 식구들은 모두 막내딸 덕분에 잘살게 된 것에 아무리 감

하지만 딱 한 가지만 약속해 줘. 당신 어머니와 단둘이 얘기하지 않겠다고.

그렇지 않으면 우리 둘 다 불행해질 거야.

사해도 부족하다고 생각했다. 이제 식구들은 무엇을 바라든 아주 좋은 것으로 가질 수 있었다. 이제 그들은 막내딸이 어디에서 어떻게 사는지 모두 알고 싶어 했다.

막내딸은 아주 좋은 곳에서 살고 있으며 원하는 것은 다 갖고 있다고 대답했다. 그리고 잘은 모르지만 식구들이 자기보다 더 유리한 입장은 아닌 것 같다, 즉 자기한테 많은 걸 얻어가지는 않은 것 같다고 덧붙였다.

오후가 되어 식구들이 식사를 마치자 흰곰이 얘기했던 일이 갑자기 일어났다. 어머니가 막내딸과 침실에서 단둘이 얘기하고 싶다고 했다. 하지만 흰곰이 해 준 이야기를 떠올린 막내딸은 2층으로 가지 않겠다고 했다.

"오! 우리끼리 한 얘기는 꼭 지킬 거예요!"

막내딸은 이렇게 얘기하며 어머니를 뿌리쳤다. 하지만 어머니는 어떻게 해서든 막내딸을 설득했다. 드디어 그녀는 어머니에게 모든 이야기를 해 주었다. 매일 밤마다 잠자리에 들어 불을 끄면 바로 한 남자가 들어와서 옆자리에 눕는다고 얘기했다. 그리고 남자가 늘 날이 밝기도 전에 자기보다 먼저 일어나서 나가기 때문에 한 번도 얼굴을 본 적이 없다고 얘기했다. 또한 하루 종일 그곳에서 혼자 지내기 때문에 몹시 따분하고 지루하고 외로웠다고 덧붙였다.

"이런!"

어머니가 이야기를 시작했다.

"네가 함께 자는 게 트롤일지도 몰라! 어떻게 하면 그자를 지켜볼 수 있는지 내가 한 수 가르쳐 줄게. 너에게 작은 초 하나를 줄 테니까 집에 갈

때 가슴에 넣고 가. 그자가 자는 동안 불을 켜. 단 촛농을 떨어뜨리면 절대 안 돼."

어머니가 얘기했다.

막내딸은 초를 받아서 품에 숨겨 두었다. 밤이 되자 흰곰이 찾아와서 그녀를 데려갔다.

길을 떠난 지 얼마 되지 않았을 때, 흰곰이 자기가 얘기했던 일이 일어나지 않았는지 물었다.

그녀는 차마 그런 일이 없었다고 얘기할 수 없었다.

"자, 유념해요. 당신이 어머니의 조언을 그대로 따르면 우리 둘에게 불행이 닥칠 거요. 그렇게 되면 우리 사이의 일은 모두 허사가 될 거요."

"아니요. 우리 어머니의 조언을 귀담아듣지 않았다고요."

막내딸이 대답했다.

집에 도착한 막내딸은 바로 잠자리에 들었다. 한밤중이 되자 남자가 방안으로 들어오더니 옆자리에 누웠다. 그녀는 남자가 잠이 든 것을 알고 자리에서 일어나 성냥을 착 긋더니 촛불을 켰다. 촛불을 남자의 얼굴에 비추자 정말 사랑스러운 왕자가 보였다. 그녀는 바로 그 자리에서 왕자에게 푹 빠져 버렸다. 왕자에게 입을 맞추지 않으면 곧 죽을 것만 같았다. 그래서 바로 입을 맞추었지만 촛농 세 방울을 왕자의 셔츠에 떨어뜨리고 말았다. 그러자 왕자가 잠에서 깨었다.

"지금 무슨 짓을 한 거요?"

왕자가 소리쳤다.

"이제 당신 때문에 우리 두 사람 모두 불행해졌소. 당신이 딱 일 년만 참았더라면 난 자유의 몸이 되었을 거요. 나에게 마법을 건 새어머니가 있소. 그래서 난 낮에는 흰곰이 되었다가 밤에만 인간이 되었지. 하지만 이제 우리 둘 사이의 인연은 모두 끊어졌소. 이제 당신을 떠나 새어머니에게로 가야 하오. 그녀는 태양의 동쪽과 달의 서쪽에 있는 성에 살고 있소. 그 성에는 코가 삼 미터나 되는 공주도 살고 있소. 이제 그녀가 내 아내가 될 것이오."

막내딸은 울면서 화를 냈지만 피할 수 없는 일이었다. 왕자는 떠나야 했다. 그러자 막내딸이 왕자를 따라가도 되는지 물었다.

"안 돼요, 그럴 순 없소."

"그럼 길이라도 가르쳐 주세요. 제가 당신을 끝까지 찾아낼게요. 그렇게 해도 된다고 해 주세요."

그녀가 부탁했다.

"좋소, 그렇게 해도 좋소. 하지만 그곳으로 갈 방법은 없소. 그곳은 해의 동쪽과 달의 서쪽에 있소. 그리로 가는 길은 절대 찾을 수 없을 것이오."

왕자가 대답했다.

다음 날 아침이 되어 그녀가 눈을 뜨자 왕과 성이 사라지고 없었다. 막내딸은 칙칙한 숲 한가운데의 작은 길 위에 누워 있었다. 옆에는 옛집을 떠날 때 갖고 왔던 헌옷 보따리만 보였다.

그녀는 잠을 몰아내기 위해 두 눈을 비빈 후 지칠 때까지 울었다. 그리고 몇 날 며칠을 걷고 또 걸어서 우뚝 솟은 바위산 아래까지 왔다. 바위산 아래서는 쭈그렁 할머니 한 분이 황금 사과를 던지며 놀고 있었다. 막내딸은 해의 동쪽과 달의 서쪽에 있는 성에서 새어머니와 사는 왕자에게 가는 길을 아느냐고 물었다. 왕자는 코가 3미터가 되는 공주와 결혼할 예정이라고 덧붙였다.

"아가씨가 어떻게 왕자를 알아요? 그럼 아가씨가 왕자와 그렇고 그런 사이였어?"

늙은 할머니가 물었다.

"네, 맞아요."

"그래, 그래. 아가씨가 그 사람이구나, 그치?"

할머니가 물었다.

"난 그저 그 왕자가 해의 동쪽과 달의 서쪽에 있는 성안에서 산다는 것만 알아요. 아가씨도 그리로 가겠군. 늦거나 아예 못 갈 수도 있겠지만 내 말을 빌려줄게. 말을 타면 내 이웃에게로 바로 갈 수 있지. 그 여자라면 아가씨에게 길을 알려 줄지도 모르지. 하여간 그리로 가면 내 말의 왼쪽 귀 아래를 채찍으로 딱 한 번만 때리면서 집으로 돌아가라고 얘기해요. 자, 이 사과를 갖고 가요."

막내딸은 할머니의 말에 올라서 길고 긴 시간을 달렸다. 마침내 다른 바위산이 나타났다. 바위산 밑에는 양모 빗을 갖고 있는 다른 할머니가 보였다. 막내딸은 이 할머니에게 해의 동쪽과 달의 서쪽에 있는 성으로 가는 길을 아느냐고 물었다. 할머니는 첫 번째 할머니처럼 성이 해의 동쪽과 달의 서쪽에 있다는 것만 알고 있다고 대답했다.

“그럼 아가씬 그리로 가겠네. 늦거나 아예 못 갈 수도 있겠지만 내 말을 빌려 타고 내 이웃에게 갈 수 있어요. 거기 가면 말의 왼쪽 귀 밑을 딱 한 번만 때리면서 집으로 돌아가라고 얘기해 줘요.”

이 늙은 할머니는 막내딸에게 황금 양모 빗을 주면서 쓸모가 있을 것이라고 얘기했다. 막내딸은 할머니의 말에 오른 다음 아주 오랜 시간 달리고 또 달려서 녹초가 될 때까지 아주 먼 곳으로 달려갔다. 이번에도 그녀는 우뚝 솟은 또 다른 바위산에 이르렀다. 그 아래서 황금 물레를 돌리는 할머니를 만났다. 이번에도 막내딸은 해의 동쪽과 달의 서쪽에 있는 성이 어디 있는지 물었다. 이번에도 지난번과 같은 일이 반복되었다.

“그럼 아가씨가 그 왕자와 그렇고 그런 사이였어?”

쭈그렁 할머니가 물었다.

“네, 맞아요.”

하지만 이번에도 할머니는 다른 두 할머니보다 아는 것이 별로 없었다.

“그 성은 해의 동쪽과 달의 서쪽에 있지.”

할머니는 단지 이것만 알았다.

“아가씬 그리로 갈 거야. 뭐 늦거나 못 갈 수도 있겠지만 내 말을 빌려줄게. 그럼 아가씬 그 말을 타고 동풍에게로 가서 물어봐. 동쪽 바람이 알고 아가씰 불어 줄지도 몰라. 하지만 그곳에 도착하면 내 말의 왼쪽 귀 밑을 딱 한 번만 때려 줘. 그럼 자기 혼자 집으로 총총거리며 돌아올 거야.”

할머니가 얘기했다. 그러고는 막내딸에게 황금 물레를 주면서 이렇게 덧붙였다.

"이 물레를 쓸 데가 있을 거야."

이제 막내딸은 말을 타고 몇 날 며칠을 달리고 달려서 몹시 피곤한 몸으로 동풍의 집으로 향했다. 마침내 그의 집 앞에 도착해서 해의 동쪽과 달의 서쪽에 사는 왕자에게 가는 길을 알려 줄 수 있냐고 물었다. 동풍은 왕자와 성에 대한 이야기는 몇 번 들은 적이 있지만 그렇게 멀리까지 바람을 날린 적이 없어서 가는 길은 모른다고 했다.

"하지만 아가씨가 가고 싶은 마음이 있다면 우리 형인 서풍에게 데려다줄게요. 형은 나보다 힘이 훨씬 세니까 길을 알지도 모르지. 그럼 내 등에 타요. 그리로 데려다줄게요."

그래서 막내딸은 동풍의 등에 오른 다음 힘차게 길을 떠났다.

이제 서풍이 사는 곳에 도착한 둘은 서풍의 집으로 들어갔다. 동풍이 먼저 이야기를 시작했다. 자기가 데려온 이 아가씨는 해의 동쪽과 달의 서쪽에 있는 성에 사는 왕자와 그렇고 그런 사이였다, 이 아가씨는 왕자를 찾기 위해 길을 나섰다가 자기를 만났다, 서풍이 성으로 가는 길을 알고 있으면 알려 주길 바란다는 이야기였다.

"아니, 그렇게 멀리 바람을 날린 적이 없는걸. 하지만 아가씨가 그럴 마음이 있다면 우리 형인 남풍에게 데려다줄게. 형은 우리 둘보다 훨씬 힘이 세고 양 날개를 훨씬 멀리 펼치니까. 형이 길을 알려 줄지도 모르지. 내 등에 타요, 형에게 데려다줄게요."

막내딸은 곧 서풍의 등에 올라 남풍에게로 향했다. 가는 길은 그렇게 멀지 않았다.

이제 목적지에 도착하자, 서풍이 남풍에게 해의 동쪽과 달의 서쪽에 있는 성으로 가는 길을 아가씨에게 알려 줄 수 있는지 물었다. 그리고 아가씨는 그 성에 사는 왕자와 그렇고 그런 사이였다고 덧붙였다.

"설마, 정말이야! 이 아가씨가 바로 그 사람이야, 진짜?"

남풍이 물었다.

"지금까지 많은 곳에 바람을 불었지만 그렇게 먼 곳까지 불어 본 적은 없어. 하지만 아가씨가 그럴 마음이 있다면 우리 형인 북풍이 있는 곳까지 데려다줄게. 그는 우리 중에 가장 나이가 많고 힘이 세거든. 그곳이 어딘 줄 형이 모르면 이 세상 어느 누구도 아는 자가 없을 거야. 내 등에 타요. 그리로 데려다줄게."

이제 막내딸은 북풍의 등에 타고 만족할 만한 속도로 길을 떠났다. 이번에도 그리 멀리 가진 않았다.

이제 둘은 북풍의 집에 도착했다. 북풍은 매우 거칠고 짜증스러워 보였다. 그는 찬바람을 훅 불면서 얘기했다.

"이런 망할, 원하는 게 뭐야?"

북풍이 둘에게 소리치자 오한처럼 차가운 오싹한 기분이 들었다.

"음, 동생인 내가 왔는데 그렇게 기분 나쁘게 말할 필요는 없잖아. 이 아가씨는 해의 동쪽과 달의 서쪽에 있는 성에 사는 왕자와 그렇고 그런 사이였어. 그런데 지금 형이 그곳에 가 본 적이 있는지 알고 싶대. 그리고 왕자를 다시 만나면 너무 좋을 것 같다며 성으로 가는 길을 알려 줄 수 있는지 묻고 싶대."

"그래, 그곳이 어딘지 잘 알고 있지. 지금까지 살면서 딱 한 번 사시나무 이파리 하나를 그리로 불어 준 적이 있어. 그런데 그때 너무 피곤해서 그 후로 오랫동안 바람 한 번 불 수 없었어. 하지만 아가씨가 꼭 그리로 가고 싶다면, 나와 같이 가는 게 두렵지 않다면 내 등에 태워 줄게. 아가씨를 그리로 보내 줄 수 있는지 알 수 있겠지."

북풍이 대답했다.

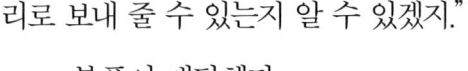

막내딸은 진심으로 가고 싶었다. 성으로 가는 길이 있다면 어떻게든 그녀는 반드시 가고 싶었다. 그리고 북풍이 아무리 세게 나가도 그녀는 전혀 두렵지 않았다.

"그럼 좋아. 하지만 오늘 밤은 여기서 자야 해. 그리로 가려면 온종일이 걸리거든."

북풍이 얘기를 더했다.

다음 날 아침 일찍 북풍이 막내딸을 깨우더니 자기 몸에 숨을 빼곰빼곰 불어넣어서 불룩하게 만들었다. 그러다 바람을 확 불어넣어 몸을 커다랗고 다부지게 만들었다. 북풍은 곧 섬뜩하게 보일 만큼 부풀었다. 막내딸과 북풍은 허공으로 곧장 높이 떠올랐다. 마치 세상의 끝까지 결코 멈추지 않을 것처럼 날아갔다.

그 밑으로 사나운 폭풍이 몰아쳤다. 폭풍은 넓은 숲 지대와 수많은 집을 내동댕이쳤다. 커다란 바다를 휩쓸고 지나가자 배가 수백 척씩 침몰했다.

막내딸과 북풍은 아주 멀리 계속 날아갔다. 어디까지 지나가는지 아무도 알 수 없었다. 바다를 지나는 동안 북풍은 점차 힘이 빠졌다. 빠끔빠끔 숨 한번 내쉬기도 힘들어하고 날개도 축 처지더니 북풍의 발밑으로 물마루가 닿을 정도로 가라앉기 시작했다.

"두려운가요?"

북풍이 물었다.

"아니요."

막내딸은 전혀 두렵지 않았다.

이제 육지에서 그리 멀리 떨어지지 않은 곳까지 왔다. 북풍은 마지막 남아 있는 힘으로 해의 동쪽과 달의 서쪽에 있는 성의 창문 아래 해안으로 막내딸을 간신히 내던졌다. 북풍은 이제 몹시 지치고 힘이 빠져서 집으로 돌아가기 전에 그곳에서 며칠 동안 쉬어야 했다.

다음 날 아침 막내딸은 성의 창문 아래 앉아서 황금 사과를 갖고 놀이를 시작했다. 그러자 코가 기다란 공주가 제일 먼저 나타났다.

"무얼 주면 그 황금 사과를 줄 수 있나요. 아가씨?"

코가 기다란 공주가 창문 밖으로 몸을 내밀며 물었다.

"이건 파는 게 아니에요, 황금이나 돈을 주어도 안 팔아요."

막내딸이 대답했다.

"황금이나 돈으로도 못 산다면 뭘 주면 팔래요? 본인이 정한 대가를 말해 보세요."

코가 기다란 공주가 물었다.

"뭐, 그럼. 여기 사는 왕자와 오늘 밤 함께 지낼 수 있게 해 주면 이 황금 사과를 드릴게요."

북풍이 이곳으로 데려다준 막내딸이 대답했다.

"좋아요! 그렇게 해도 돼요"라고 대답하며 코가 기다란 공주는 황금 사과를 받았다. 막내딸이 왕자의 침실로 올라갔지만 그는 이미 잠이 들어 있었다. 그녀는 왕자를 큰 소리로 부르고 몸을 흔들고 중간중간 심하게 울었다. 하지만 할 수 있는 것을 다 해도 왕자를 깨울 수 없었다. 다음 날 아침 날이 밝자마자 코가 기다란 공주가 와서 막내딸을 밖으로 몰아냈다.

이제 낮이 되어 막내딸은 성의 창문 아래 앉아 황금 양모 빗으로 빗질을 시작했다. 그러자 어제와 같은 일이 벌어졌다. 코가 기다란 공주가 황금 양모 빗 대신 무얼 갖고 싶은지 물었다. 그녀는 황금이나 돈을 주어도 팔지 않을 것이라고 대답했다. 단, 왕자의 침실로 가서 그날 밤 함께 있게 해 주면 코가 기다란 공주에게 황금 양모 빗을 주겠다고 했다. 그런데 막내딸이 왕자의 침실로 갔더니 그는 벌써 잠이 들어 있었다. 막내딸이 큰 소리로 깨우고 몸을 흔들고 심하게 울고 기도도 하고 할 수 있는 것은 다 했지만 도저히 깨울 수 없었다. 그리고 날이 아주 희미하게 밝자, 바로 코가 기다란 공주가 와서 막내딸을 또다시 밖으로 몰아냈다.

이제 또 낮이 되어 막내딸은 성의 창문 아래 앉아서 황금 물레를 돌리기 시작했다. 코가 기다란 공주는 그것이 갖고 싶었다. 그래서 창문 밖으로 몸을 내밀고 무얼 주면 황금 물레를 팔겠냐고 물었다. 막내딸은 지난번과 같은 대답을 했다. 이것은 황금이나 돈을 주어도 팔지 않는 물건이지만 이곳에 사는 왕자와 하룻밤을 같이 보낼 수 있게 해 주면 황금 물레를 줄 수 있다고 대답했다.

"좋아요! 그렇게 해도 돼요"라고 코가 기다란 공주가 대답했다.

그런데 이곳에는 끌려온 기독교인 몇 명이 있었다. 왕자의 옆방에 있던 이 사람들은 어떤 여자가 방으로 와서 울고 기도하며 왕자에게 크게 소리치는 것을 이틀 밤 연속으로 듣고 왕자에게 이야기를 들려주었다.

그날 밤 코가 기다란 공주가 잠이 오는 음료 한 잔을 들고 왕자에게 왔다. 그것을 잠이 오는 음료라고 추측한 왕자는 마시는 척하면서 어깨 너머로 쏟아 버렸다. 이제 왕자의 침실로 들어온 막내딸은 잠들지 않고 활짝 깨어 있는 왕자를 만났다. 그녀는 어떻게 이리로 오게 되었는지 자세히 들려주었다.

"아, 당신 참 시기를 딱 맞춰서 왔네요. 내일이 우리의 결혼식 날이오. 난 코가 기다란 공주와 결혼할 마음이 전혀 없소. 그리고 날 자유롭게 해 줄 수 있는 사람은 이 세상에 당신밖에 없소. 난 내일 코가 기다란 공주가 내 아내로 적합한지 보고 싶다고 말할 거요. 내 셔츠에 묻은 촛농 세 방울을 닦아 달라고 부탁할 거요. 그건 기독교인들만 할 수 있는 일이오.

트롤은 한 무리가 와도 할 수 없지. 난 셔츠의 얼룩을 지울 수 있는 여자가 아니라면 누구도 신부로 삼지 않을 것이라고 얘기할 거요. 그리고 당신에게 그 일을 해 달라고 부탁할 거요."

두 사람은 엄청난 희열과 사랑으로 온 밤을 보냈다. 이제 결혼식이 치러질 다음 날이 되자 왕자가 이야기를 꺼냈다.

"무엇보다 먼저 내 신붓감으로 적합한지 확인하고 싶어요."

"좋아!"

왕자의 새어머니가 진심으로 대답했다.

"음, 내겐 결혼식 날 입고 싶은 좋은 셔츠가 있습니다. 그런데 어찌 된 일인지 셔츠에 촛농 세 방울이 묻었지요. 전 얼룩을 꼭 지우고 싶어요. 그래서 그 얼룩을 지울 수 있는 여자가 아니면 결코 신부로 삼지 않겠다고 맹세했지요. 만약 공주가 얼룩을 지울 수 없다면 제 신부가 될 수 없어요."

두 사람은 그런 것쯤은 별것도 아니라며 서로 합의를 보았다. 그리고 코가 기다란 공주는 열심히 셔츠의 얼룩을 닦기 시작했다. 하지만 얼룩을 아무리 박박 문지르고 비벼도 점점 커지기만 했다.

"아! 넌 안 되겠다. 내가 해 보자."

코가 기다란 공주의 어머니가 이렇게 얘기하고 셔츠를 가져간 지 얼마 되지 않아 상태는 더 나빠졌다. 아무리 박박 문지르고 쥐어짜고 비벼도 셔츠의 얼룩은 점점 커지고 새까매져서 더 흉측해졌다.

이제 다른 모든 트롤이 셔츠를 빨았다. 셔츠를 빠는 시간이 길어질수록 옷은 더 새까매지고 더 흉해지더니 급기야 굴뚝에 올라갔다가 나온 것처럼 완전히 새까매졌다.

“아! 내 옷을 빨 수 있는 사람이 아무도 없군요. 그럼 밖에 있는 거지 아가씨를 한번 불러 보죠. 아무리 봐도 그 아가씨가 여러분 모두를 합친 것보다 빨래를 더 잘할 것 같아요. 아가씨! 안으로 들어오세요.”

왕자가 소리쳤다.

그러자 막내딸이 안으로 들어왔다.

“아가씨, 이 셔츠를 깨끗이 빨 수 있나요?”

왕자가 물었다.

“글쎄요, 잘 모르지만 할 수 있을 것 같아요.”

막내딸이 대답했다.

그녀가 빨래를 집어서 물에 담그자마자 셔츠가 새하얀 눈처럼 하얘졌다. 아니 훨씬 더 하얘 보였다.

“그래, 당신이 나한테 맞는 그 아가씨군.”

왕자가 얘기했다.

그러자 늙은 할망구는 몹시 화를 내면서 길길이 날뛰더니 그 자리에서 사라졌다. 그리고 코가 기다란 공주가 어머니를 따라가더니 남은 트롤 무

리가 한꺼번에 그녀를 따라갔다. 이후로 이들에 대한 이야기는 다시 들린 적이 없었다.

왕자와 왕자비가 된 막내딸은 이리로 끌려와서 갇혀 살았던 불쌍한 기독교인들을 모두 풀어 주었다. 그리고 은과 금을 챙긴 다음 해의 동쪽과 달의 서쪽에 있는 성에서 가능한 한 먼 곳으로 급히 달아났다.

Notes on the Story

EAST OF THE SUN AND WEST OF THE MOON

아스비외르니엔과 모에의 <해의 동쪽과 달의 서쪽>은 <돼지 왕>과 <미녀와 야수>와 <뱀 왕자>처럼 동물 신랑 이야기의 전형에 속한다. 아플레이우스가 2세기에 저술한 <큐피드와 프시케>를 보면 이런 이야기들이 저술된 시대를 짐작할 수 있다. <해의 동쪽과 달의 서쪽>은 특히 <큐피드와 프시케>와 닮은 데가 많다. 신 큐피드가 아름다운 인간 프시케와 결혼하는데 프시케가 그를 본 순간 사랑에 빠지고, 그의 정결한 아내가 되기 위해 온갖 고초를 겪는 이야기다.

⌛

야생의 흰곰이 남편으로 등장하는 노르웨이 판본은 특히 현대의 작가들에게 인기가 많다. 아마도 경이로운 야생의 세계와 우리 인간의 관계를 탐색할 수 있는 강력한 메시지가 들어 있는 데다 한결같은 목표를 가진 여주인공의 거침없는 태도 때문인 것 같다.

쐐기풀 직녀

THE NETTLE SPINNER

샤를 뒤랭

옛날 옛적 플랑드르 퀘스노아 지방에 버차르드라는 이름의 대영주가 살았다. 하지만 시골 사람들은 그를 늑대 버차르드라고 불렀다. 사악하고 잔인한 영주 버차르드가 소작농들에게 쟁기질을 시킬 때 맨발로 땅을 갈도록 채찍을 휘두른다는 소문이 파다했다.

그런데 영주의 아내는 그와는 정반대로 가난하고 불쌍한 사람들을 늘 다정하게 대했다. 아내는 남편의 악행을 들을 때마다 몰래 찾아가서 대신 갚아 주었기에 온 시골에 그녀의 이름이 널리 퍼졌다. 사람들은 백작을 아주 증오하는 만큼 백작 부인을 몹시 좋아했다.

어느 날 백작이 사냥을 나갔다가 외딴 오두막집 앞을 지나치던 중 문 앞에서 대마사를 잣는 아름다운 아가씨를 보았다.

"네 이름이 무엇이냐?"

백작이 물었다.

“르놀드입니다, 영주님.”

“이렇게 외진 곳에서 지내니 무척 지루하겠구나.”

“저는 이곳이 익숙합니다. 영주님. 게다가 지루했던 적은 단 한 번도 없습니다.”

“뭐 그럴 수도 있겠지. 어쨌든 성으로 오거라. 내 너를 백작 부인의 하녀로 삼을 테니.”

“그럴 수 없습니다. 영주님. 몸이 불편하신 우리 할머니를 돌봐 드려야 합니다.”

“성으로 오거라, 명령이다. 오늘 밤 네가 올 것으로 알겠다.”

백작은 이렇게 말하고 자리를 떴다.

하지만 르놀드는 길버트라는 젊은 나무꾼과 약혼한 상황이어서 백작의 말을 따를 생각이 전혀 없었다. 게다가 돌봐야 할 할머니도 있었다.

사흘 후 백작이 다시 찾아왔다.

“왜 오지 않았지?”

백작이 예쁜 르놀드에게 물었다.

“말씀 드렸잖아요. 영주님. 전 할머니를 돌봐 드려야 해요.”

“그럼 내일 오거라. 내가 널 백작 부인의 시녀로 삼겠다.”

백작은 다시 자리를 떠났다.

이번 제안도 지난번 제안처럼 아무런 효과가 없었다. 르놀드는 백작의 성으로 가지 않았다.

"이번에는 오기만 하면 백작 부인을 내보내고 너랑 결혼하겠다."

다음 날 백작이 말을 타고 와서 이렇게 얘기했다.

하지만 르놀드의 어머니가 긴병을 앓다가 숨을 거둔 이태 전, 이들 가족을 잊지 않고 있던 백작 부인이 이들에게 꼭 필요한 도움을 준 적이 있었다. 설사 르놀드와 결혼하겠다는 백작의 말이 진심일지라도 르놀드는 받아들일 생각이 전혀 없었다.

몇 주가 지나서 겨드랑이에 엽총을 차고 어깨에 사냥 가방을 맨 버차르드가 다시 찾아왔다. 르놀드는 그 모습을 보자 그를 죽여 버리고 싶었다. 이번에는 대마사가 아닌 아마사를 잣고 있었다.

"지금 무엇을 잣고 있나?"

버차르드가 거친 목소리로 물었다.

"제 결혼식에 입을 드레스를 만들고 있습니다. 영주님."

"그럼 결혼할 예정이구만."

"네, 영주님. 영주님이 허락을 내려 주시면요."

이 당시 소작농들은 영주의 허가가 있어야만 결혼이 가능했다.

"내 허락을 받으려면 한 가지 조건이 있다. 저기 교회 경내의 무덤가에 피어난 커다란 쐐기풀이 보이지? 가서 쐐기풀을 거둬다가 좋은 옷감 두 장을 만들어라. 하나는 너의 결혼식 드레스이고, 다른 하나는 내 수의가 될 것이다. 내가 무덤에 묻히는 그날이 바로 네 결혼식 날이 될 것이야."

이야기를 마친 백작은 비웃음 소리를 내며 자리를 떠났다.

르놀드는 몸이 부들부들 떨렸다. 라퀴놀에 쐐기풀로 실을 잣는다는 소리는 들어 본 사람이 아무도 없었다. 게다가 무쇠처럼 몸이 튼튼한 백작은 자신의 체력에 자부심이 몹시 커서 늘 백 살까지 살 것이라고 떠벌리고 다녔다.

매일 밤마다 일이 끝나면 길버트는 미래의 신붓감을 만나러 왔다. 오늘 밤도 그가 여느 때처럼 찾아오자 르놀드는 버차르드가 했던 말을 들려주었다.

“내가 그 늑대를 가만히 지켜보고 있다가 이 도낏자루로 녀석의 대가리를 갈라 버릴까요?”

“안 돼요. 내 결혼식 꽃다발에 피를 묻힐 순 없어요. 그리고 백작 부인의 마음을 아프게 할 수 없어요. 백작 부인이 우리 어머니한테 얼마나 잘해 주셨는데.”

이때 정말 나이가 많은 할머니가 입을 뗐다. 르놀드의 할머니의 어머니로 아흔 살이 넘은 부인이었다. 할머니는 하루 종일 의자에 앉아서 한 마

디 말도 없이 고개만 끄덕이며 지냈다.

"애들아, 내가 이 세상을 참 오래 살았다만 쐐기풀로 실을 자아 옷을 만든다는 말은 한 번도 못 들어 봤단다. 하지만 하나님이 명령하시면 인간은 할 수 있는 법이지. 르놀드야, 한번 해 보면 어떨까?"

할머니가 이야기를 꺼냈다.

르놀드는 할머니의 말대로 따랐다. 그런데 정말 놀랍게도 쐐기풀이 으스러지더니 부드러운 데다 가볍고 단단한 아주 좋은 실이 나왔다. 르놀드는 바로 결혼식에 입을 좋은 옷감을 짰다. 백작이 다른 옷을 만들라고 하지 않기를 바라면서 당장 옷감을 짜고 재단했다. 그녀가 바느질을 마치자마자 늑대 버차르드가 나타났다.

"음, 옷은 잘 만들고 있겠지?"

버차르드가 물었다.

"이것은 제 결혼식 드레스입니다, 영주님."

르놀드가 영주에게 가장 곱고 가장 하얀 결혼식 드레스를 보여 주었다.

백작은 얼굴이 새파래졌지만 거친 목소리로 대답했다.

"아주 좋구먼. 그럼 이제 다른 옷도 시작하거라."

리놀드는 다시 일을 시작했다. 백작은 성으로 돌아가자 몸에 차갑고 오싹한 기운이 훅 끼쳤다. 누군가가 그의 무덤 위를 걸어가는 기분이 들었다. 그는 저녁을 먹으려고 애를 썼지만 한 입도 들어가지 않았다. 잠자리에 들었지만 열 때문에 몸이 부들부들 떨려서 한숨도 자지 못했더니 아침에는 잠자리에서 일어날 수 없었다.

음, 옷은 잘 만들고 있겠지?

이것은 제 결혼식 드레스입니다, 영주님.

백작에게 닥친 갑작스러운 질병은 매 순간 더 악화되어서 그는 마음이 정말 불편했다. 르놀드의 물레 때문에 이런 일이 일어난 것이 분명했다. 그의 수의뿐만 아니라 몸까지 매장할 필요가 있어서 그런 것은 아닐까?

버차르드는 우선 사람을 보내서 르놀드에게 물레를 멈추라고 명령했다.

르놀드는 그의 말을 순순히 따랐다. 그날 밤 길버트가 찾아와서 물었다.

"백작이 우리의 결혼을 허락했나요?"

"아니요."

리놀드가 대답했다.

"그럼 일을 계속해요. 결혼을 허락받을 수 있는 유일한 길이니까. 그자가 당신에게 그렇게 말했으니까요."

다음 날 아침 르놀드는 집안일을 마치자마자 물레 앞에 앉아서 일을 시작했다. 두 시간 후, 군사들이 찾아와서 실을 잣는 그녀를 붙잡더니 팔과 다리를 묶은 다음 강둑으로 데려갔다. 지난번에 비가 내려 강물이 넘실거렸다. 군사들은 넘실대는 강물 속으로 그녀를 던지더니 가라앉는 모습을 지켜본 후 자리를 떠났다. 하지만 헤엄을 칠 줄 모르는 르놀드가 육지로 나오려고 몸부림을 치지 않았는데도 수면으로 몸이 저절로 떠올랐다. 그녀는 곧장 집으로 가서 물레 앞에 앉아서 다시 실을 잣기 시작했다.

또다시 군사 두 명이 오두막을 찾아와서 르놀드를 붙잡고 강둑으로 데려간 다음 그녀의 목에 돌덩이를 걸고 강물 속으로 던져 버렸다. 하지만 군사들이 몸을 돌린 순간 그녀의 목에 걸린 줄이 저절로 풀어졌다. 르놀드는 힘겹게 여울을 건너 오두막으로 돌아온 다음 물레 앞에 앉아서 실

을 자았다.

이번에는 백작이 직접 라퀴뇰로 찾아오려고 마음먹었지만 몸이 너무 약해져 걸을 수가 없어서 가마를 타야 했다.

백작은 르놀드가 눈에 띄자 야수를 겨눈 것처럼 총을 쐈다. 하지만 총알은 르놀드를 털끝만큼도 건드리지 않고 튀어올랐다. 그녀는 계속 물레질에 전념했다.

몹시 화가 난 버차르드는 목숨을 잃을 지경이었다. 그는 물레바퀴를 산산조각 낸 다음 기절해서 바닥에 쓰러졌다. 결국 의식을 잃는 바람에 가마에 실려서 성으로 되돌아갔다.

다음 날 수리를 마친 물레바퀴에 르놀드가 앉아서 물레질을 시작했다. 버차르드는 그녀가 물레질을 하는 동안 자신이 죽는 것 같은 기분이 들어서 그녀의 두 손을 묶고는 한순간도 풀어 주지 말라고 명령했다.

하지만 경비병들이 잠을 자면 르놀드의 두 손은 저절로 풀려서 다시 물레질을 시작했다.

버차르드는 90마일(약 145킬로미터) 반경의 모든 쐐기풀을 뽑아 버렸다. 하지만 쐐기풀은 땅에서 뽑히자마자 스스로 뿌리를 내리더니 사람들이 쳐다보기만 해도 자라났다.

쐐기풀은 심지어 사람이 많이 다녀서 반질반질해진 흙 속에서도 싹을 틔웠다. 이제는 실패가 스스로 쐐기풀의 뿌리가 뽑힌 것과 같은 속도로 쐐기풀을 모아서 으스러뜨리고는 물레질을 할 준비를 마쳤다.

버차르드의 상태는 매일매일 나빠져서 죽음이 다가오는 것 같았다.

남편을 불쌍하게 여긴 백작 부인은 마침내 병의 원인을 알아내고 치료를 받자고 그에게 애원했다. 하지만 몹시 교만한 백작은 르놀드의 결혼을 결코 허락할 수 없다고 아내의 요청을 단호히 거절했다.

그래서 백작 부인은 남편 몰래 르놀드를 찾아가 몇 해 전 죽은 어머니의 이름을 들먹이며 더 이상 물레질을 하지 말아 달라고 애원했다. 르놀드는 백작 부인의 청을 들어주었지만 그날 밤 길버트가 오두막을 찾아왔다. 전날 밤보다 옷감이 더 이상 쌓이지 않는 것을 본 길버트는 이유를 물었다. 르놀드는 백작 부인이 찾아와서 남편을 죽이지 말아 달라고 애원했다고 고백했다.

"그자가 우리의 결혼을 허락한 건가요?"

"아니요."

"그럼 그자를 죽게 내버려 둬요."

"하지만 백작 부인의 부탁은 어떻게 해요?"

"백작 부인도 이 일이 당신 잘못이 아니라는 걸 알아주실 거예요. 백작이 죽는 건 순전히 자기 죄 때문이잖아요."

"우리 조금만 기다려요. 그자의 마음이 풀릴지도 모르잖아요."

이제 두 사람은 한 달, 두 달, 석 달, 여섯 달, 일 년을 기다렸다. 르놀드는 더 이상 물레를 돌리지 않았다. 백작은 르놀드에게 벌을 내리지는 않았지만 여전히 결혼을 허락해 주지 않았다. 이제 길버트는 조바심이 났다.

가여운 르놀드는 진심으로 길버트를 사랑했다. 버차르드 때문에 몸만 괴롭던 예전보다 지금이 훨씬 괴로웠다.

"우리끼리 그자를 해치워 버리자."

길버트가 르놀드를 재촉했다.

"조금만 기다려요."

르놀드가 애원했다.

하지만 젊은 길버트는 이제 몹시 지쳤다. 라퀴놀을 찾는 횟수가 점점 줄더니 이제는 아예 찾지 않았다. 르놀드는 마음이 산산조각 난 것처럼 아팠지만 그녀의 생각은 단호했다. 어느 날 백작을 만난 그녀는 마치 기도하는 것처럼 손을 맞잡으며 외쳤다.

"우리 영주님, 자비를 베푸소서!"

하지만 늑대 같은 버차르드는 고개를 획 돌리고 그냥 지나쳤다.

그녀가 집으로 돌아가서 다시 물레를 돌렸더라면 그의 오만이 꺾였을지도 모르지만 결코 그런 일을 하지는 않았다.

얼마 후 르놀드는 길버트가 그 고장을 떠났다는 것을 알았다. 작별 인사를 하기 위해 자신을 찾아오지도 않았지만 그녀는 그가 떠난 날짜와 시간을 정확히 알고서 그를 한 번이라도 더 보기 위해 도로 뒤에 몸을 숨겼다.

집으로 돌아온 르놀드는 물레를 한쪽 구석으로 치우고 사흘 밤낮으로 울었다.

이제 한 해가 더 지나고 백작의 질병이 다시 시작되었다. 백작 부인은 기다리다 지친 르놀드가 물레질을 다시 시작한 줄 알고 오두막을 찾았지만 물레는 돌아가지 않았다.

하지만 백작의 몸 상태는 날이 갈수록 악화되어 의사들도 포기하는 지경에 이르렀다. 죽음을 알리는 종이 울리자 그도 죽음이 찾아오는 것을 기다리게 되었다. 하지만 의사들의 생각처럼 죽음은 그렇게 가깝지 않았다. 그는 시름시름 앓으면서도 목숨을 부지했다. 몸 상태는 최악으로 보였지만 더 좋아지지도 그렇다고 더 나빠지지도 않았다. 백작은 지긋지긋한 고통에 시달렸지만 살 수도 죽을 수도 없어서, 어서 죽어 고통에서 벗어나고 싶다고 소리쳤다.

그는 이렇게 극한 상황에서 오래전 어린 직녀에게 했던 이야기가 떠올랐다. 죽음이 이렇게 서서히 다가온다면 묘지에 묻힐 수의를 준비하지 않아서 그런 것이 분명했다.

그는 르놀드를 데려오게 해서 침대 옆으로 오

게 한 다음 지금 당장 수의를 짜라고 명했다.

르놀드가 물레질을 시작하자마자 백작은 고통을 점점 덜 느꼈다.

이제 드디어 그의 마음이 누그러졌다. 그는 오만으로 행했던 모든 악행이 미안하게 느껴져서 르놀드에게 자신을 용서해 달라고 애원했다. 이제 르놀드는 그를 용서하고 밤낮으로 물레를 돌렸다.

쐐기풀 실이 완성되자 그녀는 직조기의 북으로 천을 짜고 수의를 재단한 다음 바느질을 시작했다. 그러자 이전처럼 백작의 통증이 점점 줄어들더니 생명이 단축되었다. 르놀드가 마지막 바늘땀을 놓는 순간 그도 마지막 숨을 내쉬었다.

바로 그때 길버트가 다시 시골로 돌아왔다. 한순간도 르놀드를 사랑하지 않은 적이 없었기에 여드레 후에 그녀와 결혼했다.

길버트는 2년 동안의 행복을 놓쳤지만 자기 아내가 똑똑한 직녀인 데다 정말 용감하고 착하고 진귀한 여자라고 생각하며 스스로를 위안했다.

Notes on the Story

THE NETTLE SPINNER

샤를 뒤랭(1827-1877)은 프랑스 에스코 강 지역에서 태어났다. 기자로 활동하기 위해 파리로 이주했지만 고향의 민속과 관련된 이야기를 저술했다. 그는 이 이야기가 인기를 얻자 지역의 이야기를 탐구하고 수집하더니 평생에 걸쳐 세 권의 모음집을 출간했다.

⌛

플라망어로 쓰인 <쐐기풀 직녀>는 앤드류 랭이 ≪빨강 동화이야기≫에 수록하고 번역해서 1890년에 출간했다. 매우 강렬하고 쉽게 잊을 수 없는 이 이야기에서 독자들은 영주들의 변덕을 견뎌야 했던 소작농들의 무력함과 전통 공예 덕분에 생긴 묘한 능력을 동시에 알 수 있다. 물레질과 스토리텔링은 오랫동안 관련이 있었다는 점에 주목할 필요가 있다. 고대 그리스·로마 신화에서 전형적인 예가 되었던 운명의 실을 잣는 신의 이미지를 떠올리는 이야기다. 영국 작가 마리니 워너는 "이야기를 짜고 구성을 짠다는 말은 물레질과 스토리텔링의 관계를 잘 설명한 비유에 해당한다"고 얘기했다.

잭과 콩나무

JACK AND THE BEANSTALK

조셉 제이콥스

옛날 옛적, 잭이라는 외동아들과 흰둥이라는 이름의 젖소 한 마리를 키우는 가난한 과부가 살았다. 모자는 젖소가 매일 짜내는 우유를 시장에 팔아 그럭저럭 생계를 유지할 수 있었다. 그러던 어느 날 아침부터 흰둥이가 우유를 짜내지 못했다. 모자는 어떻게 해야 할지 도무지 알 수 없었다.

"우린 이제 어떻게 하니? 이제 어떻게 할까?"

가난한 과부는 두 손을 비틀면서 떠들었다.

"기운 내세요, 어머니. 제가 어디든 가서 일자리를 알아볼게요."

잭이 얘기했다.

"이전에도 해봤잖아. 아무도 널 받아 주지 않았어. 아무래도 흰둥이를 팔아야겠다. 그 돈으로 가게나 다른 걸 시작해 봐야지."

어머니가 얘기했다.

"좋아요, 어머니. 오늘이 장날이니까 제가 흰둥이를 팔아서 뭘 할 수 있는지 알아볼게요."

잭이 대답했다.

잭은 흰둥이의 고삐를 잡고 길을 떠났다. 그런데 멀리 가지 않아서 특이해 보이는 할아버지를 만났다.

"안녕, 잭."

할아버지가 먼저 인사를 건넸다.

"안녕하세요."

인사를 건네던 잭은 문득 할아버지가 자기 이름을 어떻게 알았는지 궁금했다.

"그래, 잭. 어디로 가는 길이니?"

할아버지가 물었다.

"우리 젖소를 팔려고 시장으로 가는 길이에요."

"오, 이제 보니 젖소를 잘 팔 수 있는 사내 같구나. 내가 콩 다섯 알을 갖고 있거든. 혹시 그 콩을 어디 어디에 둘 것 같니?"

할아버지가 물었다.

"양손에 두 알씩 갖고 할아버지 입속에 한 알을 두겠죠."

잭이 아주 총명하게 대답했다.

"네 말이 맞다. 자, 바로 그 콩이다."

할아버지는 주머니에서 이상하게 생긴 콩 몇 알을 꺼내며 이야기를 이었다.

"넌 정말 똑똑하구나. 이 콩이랑 네 젖소를 바꿔도 아무 문제가 없겠다."

"저리 꺼지세요. 할아버지 같으면 그렇게 하겠어요?"

잭이 소리쳤다.

"아! 이 콩이 어떤 것인 줄 모르는구나. 이 콩은 밤에 심으면 아침에 하늘까지 닿을 만큼 쑥 자란단다."

할아버지가 잭을 설득했다.

"정말요? 그럴 리가요."

잭은 할아버지의 말을 의심했다.

"맞아, 내 말이 틀림없다니까. 혹시 콩이 그만큼 자라지 않으면 네 젖소를 돌려줄게."

"좋아요."

잭은 흰둥이의 고삐를 할아버지에게 넘기고 콩을 호주머니에 넣었다.

잭은 바로 집으로 돌아갔다. 멀리 떨어진 곳에 간 것이 아니라서 해가 지기도 전에 집에 도착했다.

"어머, 벌써 왔니, 잭?"

어머니가 물었다.

"흰둥이가 없는 걸 보니 팔았나 보구나. 얼마를 받고 팔았니?"

"어머닌 상상도 못할 거예요."

잭이 대답했다.

"설마, 그럴 리가. 오 파운드? 십 파운드? 아니면 십오? 이십 파운드는 아니겠지?"

"말했잖아요. 어머닌 짐작도 못할 거예요. 이 콩 어때요? 마법의 콩이래요. 밤에 이 콩을 심으면……."

"뭐라고!"

어머니가 소리쳤다.

"이런 바보 같으니라고. 바보 멍청아. 우리 흰둥이를, 우리 동네에서 제일 잘나가는 젖소를, 거기다 최고급 쇠고기를 시시한 콩 몇 개랑 바꿔? 갖고 가! 저리 갖고 가! 어서 갖고 가라고! 네 소중한 콩은 창문 밖으로 던져 버릴 테니! 오늘밤은 홀짝거릴 음료는커녕 목구멍으로 넘길 것은 한 입거리도 없다."

그래서 잭은 2층 다락에 있는 작은 방으로 갔다. 어머니 때문에도 속이 상했지만 저녁을 먹지 못해서 마음이 몹시 상했다. 마침내 그는 잠에 곯아떨어졌다. 그런데 눈을 뜨니 방이 왠지 기이하게 보였다. 햇빛이 일부만 방 안을 비추어서 방이 꽤나 어두운 데다 그림자까지 어른거렸다. 잭은 자리에서 일어나 옷을 차려입고 창문 쪽으로 갔다. 잭이 무엇을 보았을까? 어머니가 창문 밖으로 던진 콩은 텃밭에서 쑥 자라서 커다란 콩나무가 되어 있었다. 콩나무는 키가 자라고 자라고 자라서 하늘에 닿을 만큼 높아 보였다. 이상한 할아버지의 말은 결국 사실이었다.

콩나무는 잭의 다락방 창문에 아슬아슬하게 닿을 만큼 가까웠다. 잭은 콩나무를 타고 올라가는 일밖에 할 일이 없었다. 결국 창문을 활짝 열고 콩나무 위로 풀쩍 뛰어올라서 마치 커다란 사다리처럼 타고 올라갔다. 그가 콩나무를 타고 계속 위로 올라가자 결국 하늘에 닿았다. 콩나무에서 내리니 길고 넓은 길이 보였다. 구불구불하지 않고 화살처럼 쭉 뻗은 길이었다. 이제 잭이 걷고 또 걷고 계속 걷자 커다란 집 한 채가 보였다. 문 앞에는 키가 정말 커다란 여자가 있었다.

"안녕하세요, 부인."

잭이 정말 공손하게 인사를 건넸다.

"친절한 부인, 혹시 제게 아침 식사를 주실 수 있나요?"

잭은 어젯밤부터 아무것도 먹지 못해서 정말 배가 고팠다.

"아침 식사를 원한다고, 정말? 지금 당장 이곳에서 나가지 않으면 네가 아침 식사가 될걸. 우리 남편은 오그르야. 그이는 석쇠에 구운 남자아이를 정말 좋아하거든. 지금 나가는 게 좋아. 우리 남편이 곧 들어올 거야."

"오, 제발 부탁해요. 부인, 먹을 것 좀 주세요. 어제 아침부터 쫄쫄 굶었어요. 정말이에요, 부인. 굶어 죽느니 석쇠 구이가 되는 게 낫겠어요."

잭이 애원했다.

오그르의 아내는 그렇게 나쁜 사람이 아니었다. 잭을 부엌으로 데리고 가서 빵 조각과 치즈와 우유 한 단지를 주었다. 하지만 잭이 반도 먹지 못했는데 '쾅! 쾅! 쾅!' 소리가 들렸다. 누군가 들어오는 소리에 온 집이 덜덜 떨렸다.

"오, 이런! 우리 남편이 왔어. 이제 어떻게 하지? 어서 와, 이리로 뛰어들어."

오그르의 부인이 잭을 화덕에 집어넣은 순간

오그르가 집 안으로 들어왔다.

오그르는 정말 거대했다. 그의 허리춤에 거꾸로 매단 송아지 세 마리가 발뒤꿈치까지 닿았다. 오그르는 송아지를 풀어서 식탁 위에 던지며 얘기했다.

“마누라, 이것들로 아침 좀 차려 줘. 아! 이게 무슨 냄새지? 피-파이-포-품 영국 놈의 냄새가 나네. 살았건 죽었건 뼈째 갈아서 빵을 만들어야지.”

“말도 안 돼요, 여보. 당신 꿈꾸나 봐. 어제 저녁에 자기가 그렇게 맛있게 먹었던 조그만 남자애가 조금 남았는데 그 냄샌가 봐요. 어서 가서 씻고 옷도 갈아입고 오세요. 부엌으로 돌아오면 아침을 차려 놓을게요.”

오그르의 아내가 얘기했다.

오그르가 자리를 뜨자 잭은 바로 화덕에서 튀어나와서 도망치려고 했다. 그 순간 오그르의 아내가 잭을 불렀다.

“그이가 잘 때까지 기다려. 아침을 먹고 나면 꼭 눈을 붙이거든.”

오그르는 아침을 먹고 난 후 커다란 궤짝 앞으로 가더니 금화가 들어있는 자루 몇 개를 꺼내 놓고 자리에 앉았다. 그는 금화를 세다가 고개를 끄덕이며 졸더니 온 집 안이 떨리게 코를 골았다. 그러자 잭은 까치걸음으로 화덕 밖으로 나와 졸고 있는 오그르를 지나쳤다. 잭은 금화가 든 자루 하나를 팔 밑에 낀 채 콩나무를 타고 집까지 도망쳤다. 그리고 잭이 던진 금화가 든 자루는 당연히 어머니의 텃밭으로 떨어졌다. 잭은 콩나무를 타고 계속 내려가서 집으로 돌아왔다. 그리고 어머니에게 금화가 든 자루를 보여주며 얘기를 꺼냈다.

"어머니, 제가 한 말이 맞죠? 이 콩이 마법의 콩이잖아요, 그치요?"

두 모자는 금화가 든 자루 덕분에 한동안 생계를 이을 수 있었지만 금화는 바닥나고 말았다. 잭은 다시 한 번 콩나무 꼭대기까지 올라가서 자기의 운을 시험해 보기로 마음먹었다. 어느 화창한 아침, 일찍 일어나서 콩나무를 타고 위로 계속 올라갔다. 한참을 올라가자 다시 길이 나타났다. 그 길로 곧장 가니 전에 가 본 커다란 집 한 채가 나타났다. 이번에도 문간에 서 있는 커다란 부인이 보였다.

"안녕하세요, 다정한 부인. 아침 식사 좀 주실래요?"

잭이 얼굴에 철판을 깔고 부탁했다.

"저리 가라, 얘야. 안 그럼 우리 남편이 아침 식사로 널 먹어 버릴 거야. 그런데 너 전에 여기 왔던 그 아이 아니니? 그날 우리 남편이 금화가 든 자루 하나를 잃어버렸는데 알고 있지?"

덩치가 매우 큰 여자가 물었다.

"그것 참 묘하네요, 부인. 실은 그 자루에 대해 드릴 말씀이 있어요. 근데 배가 너무 고파서 아침을 먹지 못하면 한 마디도 못하겠어요."

잭이 대답했다.

이야기가 듣고 싶었던 거인 여자는 잭을 안으로 데리고 들어가서 먹을 것을 주었다. 잭이 최대한 느릿느릿 음식을 씹어 먹기 시작한 순간 쾅! 쾅! 소리가 났다. 거인의 발걸음 소리가 들리자 그의 아내는 잭을 화덕 속에 숨겨 주었다.

이번에도 전과 같은 일이 벌어졌다. 지난번처럼 들어온 오그르는 "피-

파이-포-품"이라는 소리를 하면서 아침 식사로 구운 황소 세 마리를 먹어 치웠다.

이제 거인이 이야기를 꺼냈다.

"마누라, 황금 알을 낳는 암탉을 갖고 와."

아내가 황금 알을 낳는 암탉을 갖고 오자 오그르가 명했다.

"알을 낳아라."

그러자 암탉은 황금 알 하나를 낳았다. 오그르는 꾸벅꾸벅 졸더니 급기야 온 집 안이 흔들릴 만큼 코를 골아댔다.

잭은 까치걸음으로 화덕 밖으로 살금살금 나와 황금 알을 낳는 암탉을 붙잡고 순식간에 도망쳤다. 하지만 이번에는 황금 알을 낳는 암탉이 꼬꼬댁 울어대는 바람에 잠에서 깬 오그르가 아내를 불렀다.

"마누라, 황금 알을 낳는 우리 암탉 어쨌어?"

아내가 물었다.

"왜요, 여보?"

잭은 콩나무를 타고 급히 내려가느라 거기까지만 들을 수 있었다. 집에 도착한 잭은 어머니에게 마법의 암탉을 보여 주며 명령했다.

"알을 낳아라."

암탉은 잭이 그렇게 말할 때마다 황금 알을 낳았다. 하지만 잭은 황금 알을 낳는 암탉으로도 성에 차지 않았다. 얼마 지나지 않아 다시 콩나무 꼭대기로 올라가서 자신의 운을 한 번 더 시험하기로 마음먹었다. 어느 화창한 날, 아침 일찍 일어나서 콩나무를 오르고 또 오르고 계속 올라가더니 결국 콩나무 꼭대기까지 올라갔다.

하지만 이번에도 오그르의 집으로 곧장 갈 만큼 잭은 어리석지 않았다. 그는 오그르의 집 근처 덤불 뒤에 숨어서 기다렸다. 마침 오그르의 아내가 물을 길으려고 들통을 갖고 나오자, 집 안으로 살금살금 들어가서 커다란 솥 안으로 들어갔다. 오래 기다리지 않았는데 이전처럼 '쾅, 쾅, 쾅' 소리가 나더니 오그르와 아내가 집 안으로 들어왔다.

"피-파이-포-품, 영국 놈의 냄새가 나네, 그놈이야. 마누라, 그놈 냄새가 분명해!"

오그르가 소리쳤다.

"그래요, 여보? 그럼 금화와 황금 알을 낳는 암탉을 훔쳐 간 그 쬐깐한 불한당 놈은 분명 화덕 속에 있을 거예요."

오그르와 아내는 바로 화덕 쪽으로 돌진했다.

하지만 다행히 잭은 보이지 않았다. 오그르의 아내가 이야기를 꺼냈다.

"당신이 또 피-파이-포-폼 소리만 낸 거네요. 있잖아요, 당신이 어젯밤에 잡아 온 사내 녀석을 아침 식사로 내놓으려고 구웠거든요. 그 녀석인가 봐요. 어쩜 나도 정신이 이렇게 하나도 없을까. 당신이 아직까지 죽은 놈하고 산 놈을 구분하지 못하는 걸 잊어버리다니."

그래서 오그르는 아침을 먹으려고 자리에 앉더니 식사를 시작하면서도 때때로 중얼거렸다.

"분명 내 말이 맞는데."

오그르는 자리에서 일어나더니 식기장과 찬장을 뒤졌다. 모든 곳을 찾았지만 다행히 솥은 생각하지 못했다.

아침 식사를 마친 오그르가 소리쳤다.

"마누라, 마누라. 황금 하프 갖고 와."

그러자 오그르의 아내가 황금 하프를 갖고 와서 식탁 위에 올려놓았다. 오그르가 황금 하프에게 말을 걸었다.

"노래해!"

그러자 황금 하프가 정말 아름다운 목소리로 노래를 불렀다. 노랫소리를 듣던 오그르는 스르륵 잠이 들더니 천둥처럼 요란하게 코를 골았다. 이때 잭이 솥뚜껑을 정말 살살 들어 올리고는 생쥐처럼 내려와서 두 손과 발로 살금살금 기어서 식탁 쪽으로 왔다. 그는 식탁 위로 기어오르더니 황금 하프를 붙잡고 곧장 문 쪽으로 뛰었다. 하지만 그때 황금 하프가 오그르를 불렀다.

"주인님! 주인님!"

바로 그 순간 오그르가 눈을 뜨는데 황금 하프를 들고 달아나는 잭이 보였다.

잭은 최대한 빨리 뛰었지만 그 뒤를 급히 쫓아오는 오그르에게 곧 붙잡힐 것만 같았다. 아슬아슬하게 오그르를 피한 잭은 어디로 가야 할지 알고 있었다. 그가 콩나무 쪽으로 가자 기껏해야 20야드(약 18미터) 뒤처진 곳에서 오그르가 쫓아왔다. 그런데 오그르의 눈앞에서 갑자기 잭이 사라졌다. 오그르가 길 끝까지 오자 콩나무를 타고 필사적으로 내려가는 잭이 보였다. 사실 오그르는 사다리 같은 것에 몸을 맡기고 싶지 않아서 서 잭은 콩나무를 타고 내려가고, 내려가고 계속 내려갔다.

오그르는 밑으로 내려가는 잭을 따라 내려갔다.

서 기다리는 바람에 이번에도 잭이 먼저 출발할 수 있었다.

하지만 바로 그때 황금 하프가 소리쳤다.

“주인님! 주인님!”

오그르가 콩나무에 풀쩍 뛰어내리자 체중 때문에 콩나무가 출렁거렸다. 오그르는 밑으로 내려가는 잭을 따라 내려갔다.

이번에도 잭은 콩나무를 타고 내려가고, 내려가고 계속 내려가서 거의 집까지 이르자 크게 소리쳤다.

“어머니! 어머니! 도끼 좀 갖다주세요. 어서 도끼를 갖다주세요.”

어머니는 한 손에 도끼 한 자루를 갖고 콩나무 쪽으로 다가오더니 구름 사이로 내려오는 오그르의 다리를 보고 깜짝 놀라서 그 자리에 꼼짝없이 서 버리고 말았다.

이때 잭이 뛰어내리더니 도끼를 들고 콩나무를 찍자 거의 두 동강이 나려고 했다. 그 순간 오그르는 이리저리 흔들리는 콩나무를 느끼고 무슨 일이 일어났는지 보려고 가만히 섰다. 그러자 잭이 도끼로 콩나무를 한 번 더 찍었다. 콩나무는 이제 두 동강이 나더니 쓰러지기 시작했다. 그 순간 오그르가 밑으로 떨어지면서 머리 꼭대기가 부서지고 콩나무도 뒤이어 쓰러졌다.

이제 잭은 어머니에게 황금 하프를 보여 주었다. 잭과 어머니는 황금 하프의 노랫소리를 들려주고 황금 알을 판매한 덕분에 엄청난 부자가 되었다. 그리고 잭은 훌륭한 공주와 결혼해서 오래도록 행복하게 살았다.

Notes on the Story

JACK AND THE BEANSTALK

조셉 제이콥스(1854-1916)는 저서 ≪영국 옛이야기≫ 서문에서 '영국 사람들에게는 그들만의 동화가 없다고 누가 말했나?'라고 썼다. 그는 영국이 아닌 오스트레일리아에서 태어났지만 영국의 전통 민속 모음집 두 권과 인도, 켈트족, 유럽의 동화집을 출간했다. 그림 형제의 영향을 받은 그는 자신이 수집한 이야기 속에 아이들과 민속학자들을 고심해서 다루었다. 그는 지나친 수정 때문에 비판을 받자, 수집한 이야기를 자신의 이야기로 만드는 '다른 작가'와 자신을 비유하는 반응을 보였다.

<잭과 콩나무>에서 확실히 보여 준 것처럼 제이콥스는 독자들을 존중한 것이 분명하다. 1807년에 출간된 초기 판본에는 착한 요정이 등장한다. 잭에게 오그르가 잭의 친아버지를 죽였다는 것을 알리고, 잭의 도둑질과 오그르의 살해에 정당성을 부여하기 위해 착한 요정을 등장시킨 것이다. 나중에 제이콥스는 이 착한 요정을 삭제했다. 이 이야기가 아이들에게 도둑질을 권장할 수 있다는 생각을 떨쳐 버린 그는 '나는 우리 어린 친구들을 확실히 믿는다'는 구절을 덧붙였다.

차일드 롤랜드

CHILDE ROWLAND

조셉 제이콥스

차일드 롤랜드와 두 형이
공놀이를 하고 있네,
누이 버드 엘렌이
이들과 함께 놀고 있지.

차일드 롤랜드가 발로 공을 뻥 차더니
무릎으로 받네,
네 형제 중에 공놀이에 가장 푹 빠진 그가
교회 너머로 공을 날려 버렸네.

버드 엘렌이 통로를 서성이네,

사라진 공을 찾기 위해,
하지만 형제들이 아무리 기다리고 기다려도
누이는 다시 돌아오지 않네.

형제들은 누이를 찾기 위해 동쪽으로 갔다가 남쪽으로 가 보네,
위로 갔다가 아래로도 가 보네,
형제들의 마음이 타들어 가지만,
어디서도 누이를 찾을 수 없네.

결국 큰오빠가 마법사 멀린을 찾아가서 이 상황을 모두 얘기하며 혹시 버드 엘렌이 어디 있는지 알 수 있냐고 물었다.

"아름다운 버드 엘렌은 요정들이 데려간 게 분명해. 그 아이는 교회 주변을 태양의 반대 방향으로 돌아다녔으니까. 지금은 요정 나라 왕의 어둠의 탑에 있어. 전 세계 기독교도인 중에 가장 담대한 기사만이 그 아이를 다시 데려올 수 있지."

마법사 멀린이 대답했다.

"그 아일 데려오는 게 가능하다면 제가 가겠습니다. 제게 그런 능력이 없다면 죽을 수밖에 없겠지요."

"가능한 일이야. 하지만 뭘 해야 하는지 사전에 잘 알지 못하면 그 아이를 데려오려는 사람에게는 큰 재앙이 닥칠 거야."

마법사 멀린이 얘기했다.

버드 엘렌의 큰 오빠는 동생을 데려오려면 반드시 이겨 내야 할 위험이 아무리 두려워도 미루고 싶지 않았다. 그래서 마법사 멀린에게 동생을 찾으러 가는 동안 무엇을 해야 하고, 무엇을 하지 말아야 하는지 알려 달라고 부탁했다. 마법사 멀린의 가르침을 받은 큰오빠는 그의 말을 계속 반복한 후 동생을 찾기 위해 길을 나섰다.

사람들이 아무리 기다리고 또 기다려도,
의혹과 고통만 쌓여 가네,
형제들의 마음이 타들어 가네,
그가 다시 돌아오지 않기 때문이지.

이제 기다리다 지친 둘째가 마법사 멀린에게 가서 큰형과 똑같은 것을 물었다. 그리고 버드 엘렌을 찾기 위해 길을 떠났다.

하지만 아무리 기다리고 또 기다려도,
고통과 의혹만 쌓여 가네,
어머니와 동생의 마음이 타들어 가네,
그가 다시 돌아오지 않기 때문이지.

두 사람은 오랜 기다림에 지쳐 버렸다. 버드 엘렌의 형제 중 막내인 차일드 롤랜드는 동생을 찾으러 가고 싶었다. 그래서 훌륭한 여왕인 어머니에게 가서 그리로 가는 것을 허락해 달라고 부탁했다. 어머니에게 차일드 롤랜드는 이제 남아 있는 마지막 자식이라서 그마저 잃어버리면 아무도 남지 않기에 허락하지 않았다. 그래도 차일드 롤랜드는 가고 싶다고 계속 애원했다. 마침내 여왕이 가도 좋다고 허락하며 헛되이 사용된 적이 없는, 한 번도 잘못 내리친 적이 없는 아버지의 칼을 내주었다. 어머니는 그의 허리에 칼을 두르며 승리를 기원하는 주문을 외웠다.

차일드 롤랜드는 훌륭한 여왕인 어머니에게 작별 인사를 건네고 마법사 멀린의 동굴로 향했다.

"한 번만, 딱 한 번만 더 말씀해 주세요. 어떻게 하면 버드 엘렌과 두 형을 구출할 수 있을지 방법을 알려 주세요."

그는 마법사 멀린에게 애원했다.

"얘야. 딱 두 가지만 지키면 된단다. 언뜻 보기엔 간단하지만 지키기는 쉽지 않지. 꼭 해야 할 것과 꼭 하지 말아야 할 것이 있단다. 꼭 지켜야 할 것은 바로 이것이다. 일단 요정의 나라에 들어간 후에 버드 엘렌을 만날 때까지 너와 이야기를 나눈 사람이 누구건 반드시 네 아버지의 칼로 그 사람의 목을 베야 한다. 그리고 하지 말아야 할 것은 바로 이것이다. 요정의 나라에서는 아무리 배가 고프고 목이 말라도 어떤 음식이든 한 입도 먹지 말아야 하고 어떤 음료든 한 모금도 마시지 말아야 한단다. 그렇지 않으면 다시 이승을 보지 못할 거야."

마법사 멀린이 설명했다.

그래서 차일드 롤랜드는 두 가지 지시 사항이 마음에 새겨질 때까지 계속 입으로 외웠다. 그는 마법사 멀린에게 감사 인사를 전한 후 길을 떠났다. 걷고 또 걷고 계속 걷다 보니 어느새 요정 나라 왕의 말들에게 먹이를 주는 사람을 만났다. 말들의 불덩어리 같은 눈을 보고 요정 나라 왕의 말인 줄 알았다. 그리고 드디어 요정 나라에 왔다는 것도 알 수 있었다.

"혹시 요정 나라 왕의 어둠의 탑이 어디인지 알려 주실 수 있나요?"

차일드 롤랜드가 말을 부리는 사람에게 물었다.

"그곳이 어딘지 나는 모르오. 하지만 조금만 더 가면 소를 부리는 사람을 만나게 될 것이오. 그 사람이라면 혹시 알지도 모르죠."

말을 부리는 사람이 대답했다.

그러자 한 마디 말도 없이 차일드 롤랜드가 잘못 내리친 적이 한 번도 없는 성능 좋은 칼을 꺼내 말 떼를 부리는 사람의 목을 베었다. 그리고 계속 길을 걷다가 소를 부리는 사람을 만나서 같은 질문을 던졌다.

"나도 모르오. 하지만 조금만 더 가면 암탉을 키우는 여자를 만날 것이오. 그 여자라면 분명히 알 것이오."

그러자 차일드 롤랜드는 잘못 내리친 적이 단 한 번도 없는 우수한 칼을 꺼내서 소 떼를 부리는 사람의 머리를 베었다. 그리고 조금 더 걷자 마침내 잿빛 망토를 걸친 노파를 만났다. 그는 노파에게 요정 나라 왕의 어둠의 탑이 어디 있냐고 물었다.

"조금만 더 가면 둥그런 파란 언덕이 나타날 거예요. 바닥부터 꼭대기까지 계단식으로 된 둥근 언덕이지요. 언덕을 해의 반대 방향으로 세 번 도세요. 한 번씩 돌 때마다 이렇게 말하세요.

'열려라, 문! 열려라, 문!
나를 들여보내 줘.'

세 번째 돌면서 말하면 문이 열릴 거예요. 그럼 안으로 들어갈 수 있을 겁니다."

차일드 롤랜드는 계속 가면서 반드시 해야 할 일을 계속 생각했기에 단 한 번도 잘못 내리친 적이 없는 뛰어난 칼을 꺼내 암탉을 키우는 노파의 목을 단숨에 베어 버렸다.

그리고 계속 걷고 또 걸어서 마침내 바닥부터 꼭대기까지 계단식으로 된 둥그런 파란 언덕에 이르렀다. 그는 그 언덕을 해의 반대 방향으로 세 번 돌 때마다 이렇게 말했다.

"열려라, 문! 열려라, 문!
나를 들여보내 줘!"

세 번째 만에 문이 열리고 그가 안으로 들어가자 찰칵 소리와 함께 문이 닫혔다. 차일드 롤랜드는 어둠 속에 남았다.

언덕 안은 암흑처럼 깜깜한 것이 아니라 황혼이나 석양 무렵처럼 어두웠다. 창문이나 촛불도 없어서 벽이나 지붕을 뚫고 들어오는 것이 아니라면 황혼 빛이 어디서 들어오는지 알 수 없었다. 그때 표면이 거칠거칠한 아치가 몇 개 눈에 띄었다. 투명한 암석으로 만들어진 아치는 은과 원재와 반짝반짝 빛이 나는 다른 돌들이 잔뜩 덮여 있었다. 이곳은 돌로 만들어진 곳인데도 요정 나라에 있는 것처럼 공기가 훈훈했다. 차일드 롤랜드가 아치를 지나치며 계속 걸어가자 열려 있는 접이식 문짝 두 개가 보였다. 폭이 넓고 키도 높은 문짝을 활짝 열어젖히자, 깜짝 놀랄 만큼 경이롭고 멋진 광경이 눈에 들어왔다. 바깥에서 보았던 언덕만큼 아주 널찍한 홀이 나왔는데 아주 커다랗고 높은 기둥 몇 개가 홀의 지붕을 받치고 있었다. 대성당의 기둥이 하찮게 보일 만큼 훌륭한 기둥이었다. 무늬가 새겨진 금과 은으로 된 기둥 둘레를 모두 화관으로 에워싸고 다이아몬드와 에메랄드와 온갖 보석으로 치장되었다. 몇몇 아치의 이맛돌에 다이아몬드와 루비와 진주, 귀중한 보석이 점점이 박힌 장식물이 보였다. 지붕 한가운데의 아치형 구조물에 아주 커다란 램프가 달려 있었다. 속이 텅 비어 투명하게 비치는 커다란 진주로 만든 램프였다. 램프 한가운데에 매달린 석류석이 계속 뱅글뱅글 돌아가면서 홀 전체에 석양빛 같은 빛을 비추었다.

홀 안의 가구들은 하나같이 웅장했다. 홀 구석에 벨벳과 비단과 금으로 만든 눈이 부시게 아름다운 소파가 보였다. 소파에 앉아서 은빛으로 황금빛 머리카락을 빗질하는 버드 엘렌이 보였다. 그녀는 차일드 롤랜드를 보더니 바로 자리에서 일어나 얘기했다.

"하나님이 너에게 자비를 베푸시기를, 운도 없는 가여운 어리석은 것,
여긴 뭐 하러 왔니?

이 말을 들어 봐, 막내 동생아,
왜 집에 있지 않았니?
설사 네게 십만 번의 생이 있다고 해도
단 한 번의 생도 살 수 없을지 몰라.

어쨌든 자리에 앉아,
네가 태어난 이후로 가장 큰 재난이 닥쳤네,
요정 나라의 왕이 안으로 들어왔으니
네 운수도 이제 끝이 났네."

이제 두 사람은 함께 자리에 앉았다. 차일드 롤랜드가 먼저 누이에게 이제까지 겪었던 일을 모두 털어놓았다. 그리고 버드 엘렌도 두 형이 어떻게 어둠의 탑으로 왔고 요정 나라 왕의 마법에 걸려서 마치 죽은 사람처럼 매장되었다는 이야기를 들려주었다. 이야기를 시작한 지 얼마 되지 않아

차일드 롤랜드는 긴 여행길 때문에 허기가 느껴져 누이에게 배가 고프니 음식을 갖다달라고 했다. 마법사 멀린의 경고를 까맣게 잊어버린 모양이었다.

버드 엘렌은 슬픈 눈으로 차일드 롤랜드를 빤히 쳐다보면서 고개를 저었지만 본인도 마법에 걸린 상태라서 차일드 롤랜드에게 주의를 줄 수 없었다. 자리에서 일어난 그녀는 밖으로 나가더니 곧 빵과 우유를 한가득 담은 커다란 황금 그릇을 갖고 돌아왔다. 차일드 롤랜드는 바로 음식을 들어 입술에 대려다가 누이를 쳐다보더니 바로 왜 여기까지 왔는지 기억해 냈다. 그래서 황금 그릇을 바닥에 내동댕이치며 소리쳤다.

"누이를 풀어 줄 때까지 음식은 한 입도 씹지 않고 삼키지도 않을 거야!"

바로 그 순간 누군가가 다가오는 소리가 들렸다. 그 사람은 쩌렁쩌렁한 목소리로 떠들었다.

"피-파이-포-품,
기독교인의 피 냄새가 나는걸,
죽은 놈이든 혹은 산 놈이든, 내 칼로
그놈의 머리통을 박살내야지."

그리고 홀의 접이식 문이 벌컥 열리더니 요정 나라의 왕이 안으로 급히 들어왔다.

피-파이-포-품,

기독교인의 피 냄새가 나는걸.

"그렇다면 어디 한번 덤벼 봐라, 요귀야."

차일드 롤랜드가 이렇게 소리치며 아직까지 한 번도 실패한 적이 없는 아버지의 훌륭한 칼을 들고 요정 나라의 왕에게 달려들었다. 두 사람은 싸우고 또 싸우고 계속 싸웠다. 결국 요정 나라의 왕이 무릎을 꿇고서 항복하더니 자비를 구했다.

"당신에게 자비를 베풀겠다. 단 마법에 걸린 내 누이를 풀어 주고 우리 형들을 다시 살려 줘. 그리고 우리 모두 자유롭게 돌아가게 해 주면 당신도 목숨은 건질 수 있을 거야."

"그렇게 하겠소."

요정 나라의 왕은 이렇게 대답하더니 자리에서 일어나 궤짝이 있는 쪽으로 갔다. 그러고는 피처럼 붉은 액체가 들어 있는 유리병 하나를 갖고 왔다. 그가 두 형의 귀와 눈꺼풀, 콧구멍, 입술, 손가락 끝에 유리병 속의 빨간 액체를 바르더니, 육체 밖으로 나갔던 두 형의 영혼이 이제 다시 돌아왔다고 선언했다. 그리고 버드 엘렌에게 몇 마디를 하자, 바로 마법에서 풀려났다. 이제 네 남매는 홀을 빠져나와 긴 통로를 지나 어둠의 탑을 도망쳤다. 네 사람은 드디어 집으로 돌아왔다. 훌륭한 왕비인 남매들의 어머니와 버드 엘렌은 다시는 교회 주위를 돌 때 해의 반대 방향으로 돌지 않았다.

Notes on the Story

CHILDE ROWLAND

제이콥스는 스코틀랜드 사람인 로버트 재미슨의 민담 모음집에서 이야기를 채용해 <차일드 롤랜드>를 저술했다. 재미슨은 젊은 시절 재단사에게 들은 내용이었다. 운문과 산문이 결합된 이 이야기는 스코틀랜드의 발라드에서 그 기원을 찾을 수 있다. <차일드 롤랜드>에는 요정의 음식을 먹지 말라는 경고를 다른 형제들은 실패하고 막내아들이 성공한다는 내용을 비롯해 동화에서 흔히 볼 수 있는 요소가 많다. 그런데 이 이야기에는 롤랜드가 자신을 도와준 사람들을 살해하는 충격적인 내용도 들어 있다. 암탉을 치는 여자와 소 떼를 부리는 사람과 말 떼를 부리는 사람은 어쩌면 반드시 제거해야 하는 요정 나라 왕의 화신으로 해석될 수 있다. 외견상 부당해 보이는 이들의 죽음은 영웅과 안내자 간의 상호주의 원칙의 확실한 예외로 작용했다.

이 이야기 자체는 유명세를 얻지 못했지만 셰익스피어가 ≪리어 왕≫에서 만들어 낸 어둠의 탑과 탐구하는 기사의 참고 자료가 되었다. 또한 이 이야기의 강렬한 이미지는 로버트 브라우닝부터 루이스 맥니스와 스티븐 킹에 이르기까지 여러 작가에게 영감을 주었다.

콘놀라와 요정 아가씨

CONNLA AND THE FAIRY MAIDEN

조셉 제이콥스

불타는 빨강 머리의 소유자 콘놀라는 백 번의 전투를 치른 콘 왕의 아들이었다. 어느 날 아버지의 곁에 서 있던 콘놀라에게 특이한 의복을 입은 아가씨 한 명이 다가왔다.

"어디에서 왔나요, 아가씨?"

콘놀라가 물었다.

"전 영생의 나라에서 왔습니다. 그곳은 죽음도 없고 범죄도 없는 곳이지요. 우리에게는 매일이 휴일이지요. 기쁨을 얻기 위해 어떤 도움도 필요없어요. 매일이 즐거운 우리에게 갈등은 전혀 없습니다. 둥그런 파란 언덕 위에 집이 있어서 사람들은 우리를 산골의 요정이라고 부릅니다."

왕과 옆에 있던 사람들은 아무도 보이지 않는데 목소리만 들리자 몹시 놀랐다. 콘놀라만 빼고 요정 아가씨의 모습을 본 사람은 아무도 없었다.

"아들아, 지금 누구와 얘기를 하는 거니?"

콘 왕이 물었다.

그러자 요정 아가씨가 대답했다.

"콘놀라는 지금 죽지도 늙지도 않는 젊고 아름다운 아가씨와 얘기를 나누고 있습니다. 전 콘놀라를 사랑합니다. 이제 그를 쾌락의 땅, 모이 멜로 불러낼 생각입니다. 그곳은 보우대그 왕이 영원히 다스리고 있습니다. 그가 나라를 다스린 후로 어떤 불평이나 슬픔도 없었지요. 저와 함께 가요, 황갈색 피부에 새벽녘처럼 불그레한 빨강 머리의 콘놀라님. 그대의 어여쁜 얼굴을 장식해 줄 요정의 왕관이 당신을 기다리고 있어요. 이리 오세요, 당신의 단정함과 젊음은 결코 사라지지 않을 거예요. 최후 심판의 날까지."

콘 왕은 보이지도 않는 요정 아가씨의 이야기를 듣자 두려움에 휩싸여서 큰 소리로 드루이드(고대 켈트족 종교였던 드루이드교의 성직자 혹은 사제) 코란을 불렀다.

"오, 수많은 주문과 기묘한 마법의 소유자인 코란이여. 지금 그대의 도움이 필요하네. 내가 가진 기술과 지혜로도 풀 수 없는 심히 어려운 문제야. 내가 왕권을 잡은 이후로 가장 심각한 문제가 일어났어. 우리 눈에 보이지 않는 요정 아가씨가 나타났지. 요정이 완력으로 사랑하는 내 아들을 데려가려고 하네. 자네가 도와주지 않으면 책략과 요술로 우리 아들을 데려갈 태세야."

그러자 드루이드 코란이 앞으로 나서더니 요정 아가씨의 목소리가 들렸던 장소를 향해 주문을 외웠다. 이제 그녀의 목소리가 들리지 않았다. 콘놀라의 눈에도 그녀가 보이지 않았다. 드루이드 코란의 주문 때문에 자리를 뜨던 요정 아가씨는 콘놀라에게 사과 하나를 던져 주었다.

그날 이후로 한 달 동안 콘놀라는 요정 아가씨가 던져 준 사과를 빼고는 아무 음식도 먹지 않고 어떤 음료도 마시지 않았다. 콘놀라가 사과를 베어 먹으면 사과는 다시 온전한 상태가 되었다. 요정 아가씨가 떠난 이후로 콘놀라의 마음속엔 온통 그녀에 대한 그리움만 쌓였다.

한 달의 마지막 날이 되는 날, 콘놀라가 아코민 나라의 왕인 아버지 옆에 서 있는데 또다시 자기 쪽으로 다가오는 요정 아가씨가 보였다. 그녀는 콘놀라에게 이야기를 걸었다.

"그곳은 눈이 부시게 아름다운 곳이에요. 콘놀라 당신은 곧 죽을 수밖에 없는 인간이지요. 하지만 영생을 얻은 사람들이 당신에게 쾌락의 땅 모이 멜로 오라고 애원하고 있어요. 이들은 사랑하는 사람들과 함께 있는 당신을 보았기에 당신에 대해 잘 알고 있어요."

콘 왕은 요정 아가씨의 목소리가 들리자 신하들에게 소리쳤다.

"드루이드 코란을 신속히 불러들여라. 그녀가 오늘 다시 나타나서 말로 왕자를 홀리고 있다."

그러자 요정 아가씨가 대답했다.

"오, 백 번의 전투를 치른 강력하신 왕이시여, 드루이드의 능력은 이제 시들해졌습니다. 강직한 사람들이 수없이 사는 강력한 나라에서 영광을 잃

빨강 머리 콘놀라가 주변 사람들을 뿌리치고

수정처럼 반짝반짝 빛나는 카누 안으로 뛰어들었다.

었지요. 법이 시행되면, 기만적인 검은 악마의 입술에서 나오는 드루이드의 마법은 사라질 것입니다."

콘 왕은 요정 아가씨가 온 후로 아들인 콘놀라가 아무에게도 말을 걸지 않고 자신에게만 이야기한다는 것을 깨닫고 아들에게 물었다.

"아들아, 네 마음이 요정 아가씨의 마음과 같니?"

그러자 콘놀라가 대답했다.

"제 나라 사람들을 그 무엇보다 사랑하기에 대답하기 힘든 질문입니다. 하지만 그래도 저 요정 아가씨에 대한 그리움이 너무 큽니다."

요정 아가씨는 콘놀라의 말을 듣고 이렇게 얘기했다.

"바다가 아무리 강력해도 당신의 마음속 그리움의 파도를 이길 수 없지요. 저와 함께 수정처럼 반짝반짝 빛나는 카누를 타요. 우리는 보우대그의 나라에 곧 도착할 거예요. 밝은 해가 가라앉고 있네요. 멀리 보이지만 어둠이 내리기 전에 그곳에 닿을 거예요. 그곳엔 당신이 가 볼 만한 또 다른 나라가 있어요. 모두가 찾는 기쁨의 나라지요. 부인과 아가씨들만 사는 곳이에요. 당신에게 그럴 마음이 있다면 우리 둘이 그 나라를 찾아가서 우리끼리만 즐겁게 살 수 있을 거예요."

요정 아가씨가 이야기를 마치자 빨강 머리 콘놀라가 주변 사람들을 뿌리치고 수정처럼 반짝반짝 빛나는 카누 안으로 뛰어들었다. 이제 왕과 궁 안 모든 사람의 눈에 지는 태양을 향해 반짝반짝 빛나는 바다를 미끄러지듯 넘어가는 카누가 보였다. 카누는 사람들의 눈에서 사라졌

다. 콘놀라와 요정 아가씨는 계속 바다를 지나갔다. 그들은 누구의 눈에도 띄지 않았다. 그들이 어디로 갔는지 아무도 알지 못했다.

Notes on the Story

CONNLA AND THE FAIRY MAIDEN

요정과 인간의 사랑을 다룬 이 아일랜드 이야기는 제이콥스의 ≪켈트족 동화≫에 수록되었다. 제이콥스는 2세기에 살았던 역사적 인물인 콘 왕의 시대로 이 이야기 연대를 추정하며 '근대 유럽 최초의 동화'라고 주장했다.

요정과 인간의 사랑 이야기는 무척 많은 편이다. 그런데 스코틀랜드의 발라드(자유로운 형식의 소서사시 또는 담시)인 <탐 린>에는 인간 남성이 등장한다. 결국 이 남성은 사랑하는 여인이 구출해 낸다. 인간이 요정 나라에서는 아주 행복하게 살지만 인간 세계로 돌아올 때 비극이 발생하는 이야기도 있다. <어신(혹은 어이진) 이야기>에서 3년의 경과는 300년이 지난 것과 마찬가지다. 어신은 발이 인간 세계에 닿는 순간, 자신의 늙은 모습을 알아차린다(<립 반 윙클>). 콘놀라와 요정 아가씨 이야기에는 결론이 없다. 그저 콘놀라가 요정 아가씨와 함께 쾌락의 나라에서 끔찍한 심판의 날까지 살고 있다는 것만 알 수 있을 뿐이다.

달걀 껍질 스프

BREWERY OF EGGSHELLS

조셉 제이콥스

'Twt y Cymrws'는 트레네글위에 사는 어느 목동의 오두막집 이름이다. 집안에서 정말 기이한 문제가 일어나서 그런 이름이 붙은 것이다. 이 오두막에는 쌍둥이를 키우는 부부가 살았다. 쌍둥이의 어머니는 아이들을 무척 소중하게 키웠다. 그런데 어느 날 멀리 떨어진 한 이웃이 아이들 어머니를 불렀다. 어머니는 특히 요정들이 이웃집에 출몰한다는 이야기를 들었기에 어린 아이들만 외딴 집에 남겨 둔 채로 길을 나서고 싶지 않았다.

하여간 어머니는 최대한 빨리 일을 마치고 집으로 돌아왔다. 그런데 집으로 돌아오는 길에 대낮인데도 파란 페티코트를 입은 나이 든 요정 몇 명과 마주치자 기분이 몹시 오싹했다. 어머니는 빨리 집으로 뛰어가 요람 속의 어린 아기들을 살폈다. 다행히 집 안의 모든 것이 전과 다름없어 보였다.

그런데 어느 정도 시간이 흐르고 나서 착한 부부는 뭔가 잘못되었다는 의심이 들기 시작했다. 쌍둥이들이 전혀 자라지 않는 것이었다.

남편이 먼저 이야기를 꺼냈다.

"재네들은 우리 자식이 아니야."

그러자 아내도 의문을 제기했다.

"그럼 재네들은 누구일까요?"

이렇게 커다란 문제가 일어나자 이웃 사람들이 쌍둥이네 오두막집에 그런 이름을 붙인 것이었다. 이 일로 마음이 몹시 상한 어머니는 어느 날 저녁 조언을 구하기 위해 모르는 것이 하나도 없는 현자를 찾아 란니들로스로 갔다.

그녀는 현자에게 모든 상황을 털어놓았다. 마침 호밀과 귀리를 수확할 시기가 다 되었을 때였다. 그래서 현자는 이런 이야기를 했다.

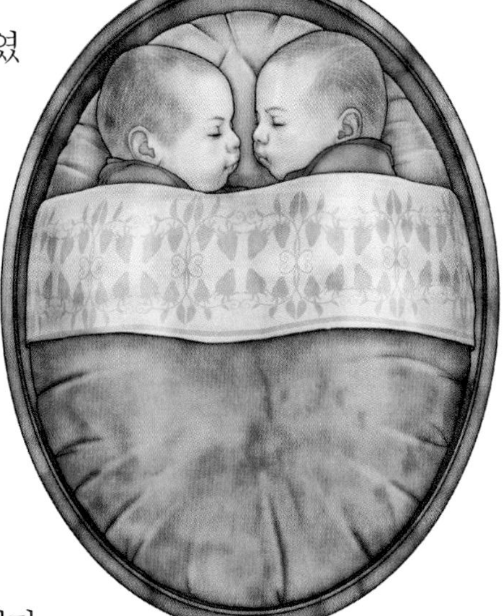

"부인이 호밀과 귀리를 수확하는 사람들을 위해 저녁을 차릴 때가 되면 우선 암탉의 달걀 껍데기를 깨끗이 닦은 다음 진한 스프를 끓여서 밀을 수확하는 사람들을 위해 차린 저녁인 것처럼 문간에 갖다 놓으세요. 그리고 쌍둥이들이 어떤 말을 하는지 잘 들어 보세요. 아이들이 어린이가 이해할 수 없는 이야기를 한다면 아기들을 데리고 엘빈 호수로 가서 물속에 던져 버리세요. 만약 아기들이 별다른 이야기를 하지 않는다면 아무런 해를 끼치지 마세요."

이제 호밀과 귀리를 수확하는 날이 되자, 아내는 현자가 시킨 대로 모두 따라 했다. 깨끗이 닦은 달걀 껍질을 불에 올려서 진하게 우린 다음 문간에 갖다 놓고 귀를 기울였다. 그러자 한 아이가 다른 아이에게 하는 이야기가 들렸다.

"내가 알기로 참나무보다는 도토리가 먼저야,
암탉보다 달걀이 먼저고,
하지만 달걀 껍질을 우린 물로
호밀을 수확하는 남자들의 저녁을 차린다니
난생처음 듣는 이야기야."

이야기를 들은 어머니는 집 안으로 들어가서 아이들을 와락 붙잡아서 엘빈 호수 속에 던져 버렸다. 그러자 파란 바지를 입은 고블린(작고 추한 도깨비나 마귀)들이 나타나더니 난쟁이 고블린을 데려가면서 어머니에게 쌍둥이들을 돌려주었다. 이제 이 집안의 커다란 문제가 해결되었다.

Notes on the Story

BREWERY OF EGGSHELLS

<달걀 껍질 스프>는 제이콥스의 ≪켈트족 동화≫에 실린 이야기다. 젖먹이 아기들이 '다른 종족' 으로 말미암아 위험에 처한다는 고대에 만연했던 생각을 대변한 이 이야기와 유사한 '바꿔치기 아기 이야기'는 전 세계에서 볼 수 있다. 이 이야기는 어머니의 술책에 속은 사기꾼 아기들이 기묘한 자신들의 화법 때문에 신분을 노출한다는 점에서 비교적 강도가 약한 편이다. 이와 유사한 이야기로 바꿔치기 한 아기에게 속임수를 써서 조개껍데기 안의 펄펄 끓는 물을 보고 웃게 만든 내용도 있다. 기묘한 능력을 분산시키는 웃음소리의 위력을 나타낸 것이다. 말썽꾸러기 아이에 대한 훨씬 더 폭력적인 주의를 암시하는 또 다른 이야기도 있는데 읽기가 매우 불편한 내용이 실렸다.

⌛

바꿔치기 아기 이야기는 부모 자식 간의 소원한 관계라는 복잡한 특징을 소설화한 것이다. 이런 이야기는 아동 학대의 정당화부터 자식에게 주의를 덜 기울이는 부모에 대한 책망과 아동에 대한 주의에 이르기까지 여러 면에서 다양하게 해석되고 있다. <달걀 껍질 스프> 이야기는 아기를 도난당한 경우에 해당한다.

에뮤 디느완과 느시 금블구본

DINEWAN THE EMU AND GOOMBLEGUBBON THE BUSTARD

K. L. 파커

무척 커다란 새 에뮤 디느완은 다른 새들로부터 왕으로 인정을 받았다. 느시 금블구본은 그런 디느완을 무척 시샘했다. 어미 새 금블구본은 특히 같은 어미 새인 디느완에 대한 질투심이 몹시 컸다. 그녀는 디느완의 높이 나는 비행 솜씨와 잽싼 달리기 실력을 시샘하는 눈으로 뚫어지게 쳐다보았다. 그녀는 어미 새 디느완이 오랜 비행 끝에 커다란 날개를 펄럭이며 자기 근처에 내려앉을 때마다 자신의 면전에서 우월한 능력을 과시한다는 생각이 늘 들었다. 수컷 새처럼 시끄럽게 야유하며 날개를 펄럭이는 것이 아니라 자신만의 만족스럽고 의기양양한 표정으로 살짝 잘난 척한다는 생각이 들었다. 그녀는 디느완의 날갯짓 소리를 들을 때마다 기분이 몹시 언짢았다.

금블구본은 어떻게 하면 디느완의 우월한 능력을 끝장낼 수 있을지 곰곰이 생각했다. 결국 디느완의 날개에 상처를 줘서 비행 능력을 저지해야만 그녀의 우월성을 끝장낼 수 있다고 판단했다. 하지만 금블구본이 어떻게 그럴 수 있을까? 그녀는 디느완과 싸워도 승산이 없다는 것을 잘 알고 있었다. 디느완과 맞서 싸워서 물리칠 승산은 전혀 없었다. 정정당당하게 싸워 봤자 이길 공산이 전혀 없었다. 그래서 디느완을 물리치려면 교묘한 책략을 써야 했다.

어느 날 금블구본의 눈에 멀리서 자기 쪽으로 다가오는 디느완이 보였다. 그녀는 날개가 없는 것처럼 보이게 하려고 날개를 접고 쭈그려 앉았다. 디느완은 그녀와 한동안 수다를 떨었다. 갑자기 금불구본이 물었다.

"나 좀 따라 해 봐? 난 날개가 없어. 원래 우리 같은 새들은 모두 날 수 있잖아. 새들의 왕인 너라면 날개가 없어도 날 수 있어야지. 날개도 없는 내가 날 수 있는 걸 다른 새들이 보면 나를 정말 재주가 많은 새라고 생각해서 왕으로 뽑아 줄걸."

"하지만 넌 날개가 있잖아."

디느완이 대답했다.

"아니야, 날개 없어."

금불구본은 자신의 말이 사실인 것처럼 보이려고 풀밭 속에 쭈그려 앉을 때 날개를 아주 잘 숨겼었다. 디느완은 잠시 후 자리를 떴다. 그리고 금불구본의 말을 한참 동안 곰곰이 생각했다. 그리고 짝에게 이야기를 모두 털어놓았다. 디느완의 짝도 그녀만큼 심란했다. 둘은 왕위를 지키기 위해 날개를 잃는 한이 있더라도 금불구본이 자기들의 왕위를 차지하도록 내

하지만 넌 날개가 있잖아.

아니야, 날개 없어.

버려 둘 수 없다는 판단을 내렸다.

드디어 두 새는 날개를 없애기로 마음먹었다. 어미 새 디느완이 먼저 돌도끼로 자신의 날개를 잘라내는 시범을 보이며 짝을 설득한 후 그의 날개를 잘라 냈다. 날개 절단이 끝나자 어미 새 디느완은 바로 금불구본에게 사실을 알려 주려고 금불구본이 앉아 있던 평지로 달려갔다. 디느완은 아직까지 거기 앉아 있는 금불구본을 보고 이야기를 꺼냈다.

"이봐, 나도 너처럼 날개를 잘라 냈어. 이제 나도 날개가 없어, 다 잘라 냈거든."

"하! 하! 하!"

금불구본은 자신의 계획이 성공하자 펄쩍펄쩍 뛰고 이리저리 춤을 추면서 몹시 기뻐했다. 그녀는 날개를 활짝 펼치더니 이리저리 펄럭이며 얘기했다.

"나한테 감쪽같이 속았구나. 난 아직 날개가 있는데. 넌 왕으로 뽑힐 만큼 훌륭한 새야. 그런 네가 이렇게 쉽게 속아 넘어가다니. 하! 하! 하!"

금불구본은 디느완의 바로 앞에서 날개를 펄럭이며 조롱하듯 깔깔댔다. 그녀의 기만행위에 화가 난 디느완이 바로 돌진했다. 하지만 금불구본은 훨훨 날아가 버렸다. 이제 날개를 잃은 디느완은 그녀를 쫓아갈 수 없었다.

자신의 잘못을 곰곰이 생각하던 디느완은 복수를 맹세하며 자리를 벗어났다. 하지만 어떻게 복수할 수 있을까? 디느완과 짝은 한동안 복수를 실행할 방법을 찾지 못했다. 드디어 한 가지 계획을 짜낸 어미 새 디느완은 당장 실행에 옮길 준비를 했다. 그녀는 어린 자식 중에 둘만 남기고 모두 갯능쟁이 밑에 숨겨 두었다. 그리고 새끼 두 마리만 데리고 금불구본이 있는 평원으로 갔다. 디느완의 집이 있는 모릴라 릿지에서 금불구본이 지내는 평원으로 가다 보니 새끼 열두 마리에게 먹이를 주는 금불구본이 보였다.

금불구본과 친근하게 대화를 나누던 디느완이 갑자기 물었다.

"날 따라 해 봐, 난 이제 자식이 둘밖에 없거든. 열두 마리를 다 먹이려면 힘들지 않니? 그렇게 자식을 많이 키우면 절대 디느완처럼 커다란 새로 자랄 수 없을걸. 두 마리 새를 크게 키울 정도의 음식으로 열두 마리를 키우려면 굶주리게 될걸."

금불구본은 아무 말도 하지 않았지만 그 말이 옳다는 생각이 들었다. 디느완의 새끼들이 자신의 새끼들보다 몸집이 훨씬 큰 것은 부인할 수 없는 사실이었다. 마음이 상한 금불구본은 자리를 떠나며 새끼들의 몸집이 작은 것이 디느완보다 자식 수가 훨씬 많아서인지 곰곰이 생각했다. 그러자 자기 새끼들도 디느완처럼 크게 자라면 정말 멋지겠다는 생각이 들었다. 하지만 디느완을 농락한 일이 떠올라서 이번에는 자신이 속은 것이 아닌지 의심이 되었다. 그래서 디느완이 새끼들에게 먹이를 주는 모습을 돌아보았다. 그녀의 새끼 열두 마리 중 그 어느 것도 디느완의 새끼 두 마리보다 몸집이 큰 것이 없었다. 그 모습을 보자 또 한 번 질투심이 미친 듯이 치밀었다. 이제 그녀는 단 두 마리만 빼고 나머지는 모조리 죽이는 한이 있더라도 결코 디느완에게 질 수 없다고 마음먹었다.

"디느완의 새끼들은 이 평원의 왕이 될 수 없어. 금불구본의 새끼들이 그 자리를 대신할 거야. 날개를 잘 간직한 우리 새끼들이 디느완의 새끼들만큼 자라서 날게 되겠지. 디느완의 새끼들은 이제 날 수 없잖아."

어미 새 금불구본이 혼잣말을 했다.

금불구본은 곧 어린 새끼들을 두 마리만 남겨 놓고 모조리 죽였다. 그리고 디느완이 먹이를 주는 곳으로 갔다.

금불구본이 오는 것을 본 디느완은 그녀에게 어린 새끼가 두 마리만 남은 것을 알아차리고 소리쳤다.

"너희 어린 것들은 어디 있니?"

금불구본이 대답했다.

"다 죽였어. 두 마리만 남겨 뒀어. 얘들은 이제 먹을 게 많으니까 곧 너희 새끼들만큼 크게 자랄 거야."

"제 자식을 죽이다니, 넌 잔인한 어미야. 넌 정말 탐욕스러운 어미야. 난 자식이 열둘이지만 걔들의 먹을거리를 다 찾아다녀. 난 설사 잃어버린 날개를 되찾을 수 있다고 해도 내 자식은 단 한 마리도 죽이지 않을 거야. 먹을거리가 얼마나 많은데. 저 무환자나무 좀 봐. 우리 대가족을 먹일 만큼 베리가 주렁주렁 열렸잖아. 이리저리 뛰어다니는 메뚜기 좀 봐. 그것들만 잡아도 새끼들을 배불리 먹일 수 있잖아."

"하지만 넌 자식이 딱 둘이잖아."

"열둘이거든. 지금 당장 가서 데리고 올게."

디느완은 새끼 열 마리를 숨겨 둔 갯능쟁이로 뛰어갔다. 곧 돌아오는 모습이 보였다. 디느완은 목을 앞으로 쭉 세우고 머리는 오만하게 뒤로 젖힌 채로 깃털을 휘날리며 달려왔다. 목구멍에 나는 기묘한 소리로 환희의 노래를 시끌벅적하게 부르며 달리는 디느완의 옆으로 보들보들하고 어여쁜 어린 새끼들이 어미 새의 휘파람 소리에 맞춰 아기 디느완의 노래를 부르며 달려왔다.

디느완은 금불구본이 있는 자리로 오더니 야유 소리를 멈추고 엄숙한 목소리로 이야기를 꺼냈다.

"너 이제 내 말이 진짜라는 걸 알겠지. 난 새끼가 열두 마리야. 사랑스러운 내 새끼들을 보니까 네가 죽인 새끼들이 생각날걸. 네가 그런 눈으로 내 새끼들을 보는 동안 난 너의 후손들이 영원히 겪게 될 운명을 말해줄게. 너의 기만과 협잡 때문에 디느완들은 날개를 잃었어. 지금부터 영원토록 우리 디느완들이 날개가 없는 그날까지 너희 금불구본들은 알을 딱 두 개만 낳을 거야, 새끼를 두 마리만 갖는 셈이지. 우린 이제 비겼어. 피장파장이지. 넌 날개를 가졌고 난 내 새끼들이 있으니까."

그 이후로 디느완, 즉 에뮤는 날개를 잃었다. 그리고 금불구본, 즉 평원의 느시는 한 계절에 오직 알을 두 개만 낳을 수 있었다.

Notes on the Story

DINEWAN THE EMU AND GOOMBLEGUBBON THE BUSTARD

1897년 K. L. 파커는 오스트레일리아 원주민의 꿈의 시대(호주 신화로, 세계 창조 때의 지복의 시대)의 전통에서 서른 가지 이야기를 뽑아 ≪오스트레일리아의 전설≫을 출간했다. 꿈의 시대의 이야기는 애니미즘(우주 만물에 영혼이 있다는 믿음) 스토리로서 세상의 존재 방식을 설명했다. 파커는 많은 호주 원주민을 잘 알고 있다. ≪오스트레일리아의 전설≫ 속 이야기들은 나란이나 눙가브라족의 이야기가 대부분이며 모두 꿈의 시대의 이야기다. 그녀는 오스트레일리아에 식민지 주민이 도입되면서 위험에 처했다고 생각하는 전통 민속과 관습을 보존하는 데 도움이 되고 싶었다.

⌛

디느완과 금불구본 이야기는 어쩌다 에뮤가 날개가 없는 새가 되었고, 느시는 어쩌다 둥지에 알을 두 개만 낳게 되었는지 묘사한 것이다. 동물들을 이용해서 교훈을 전도하는 이솝 우화와 달리, 꿈의 시대의 이야기는 창조 신화나 내러톨로지(서사학 혹은 설화론)에 가깝다. 이와 유사한 이야기로 1902년에 출간된 러디어드 키플링의 ≪바로 그런 이야기들≫이 있다.

립 반 윙클

Rip Van Winkle

찰스 M. 스키너

립 반 윙클 이야기는 미국의 전설 중에서 가장 유명하다. 립은 실제 인물로 반 윙클 가문은 그 당시 번성한 편이었다. 게으르고 온화하고 태평스러운 성격의 립은 캐츠킬 마을에서 살았는데, 아마도 1769년에 긴 잠에 들었을 것으로 추정된다. 그의 아내는 잔소리가 엄청 심한 악처였다. 그는 아내의 잔소리와 욕설에서 벗어나기 위해 총 한 자루를 챙겨서 개와 함께 캐츠킬에서 서쪽으로 9마일(약 14킬로미터) 가량 떨어진 곳으로 어슬렁대며 돌아다니다가 마음 내키는 대로 앉아 있거나 사냥을 하는 일이 잦았다.

때는 9월의 어느 날 저녁이었다. 사우스 마운틴에서 짧은 여행길에 오른 그는 말수가 없는 뱃살이 상당히 두둑하고 땅딸막한 남자와 마주쳤다. 남자는 둥그런 머리에 끝이 뾰족한 모자를 쓰고 있었는데 허리에 벨트를 두른 코트는 치마처럼 펄럭이고, 페티코트처럼 보이는 바지의 펄럭이는 끝단이 무거운 부츠의 목 부분에 닿았다. 남자의 얼굴은 '웩!' 소리가 절로 나오게 생겼다. 섬뜩한 초록빛 안색에 전혀 움직이지 않는 눈동자는 인(비금속 원소)처럼 희미한 빛이 났다. 땅딸막한 이 난쟁이 남자는 작은 통을 들고 있었는데 립이 그 통을 대신 들어 주면 좋겠다는 신호를 보냈다. 유쾌한 방랑자 립은 작은 통을 어깨에 척 걸쳐 매고 산으로 올라갔다.

밤이 되자 두 사람 앞에 작은 고원이 나타났다. 오래전 복장을 입은 남자가 수십 명 있었는데 모두 립의 안내자와 얼굴이 비슷했다. 이들은 모두 난쟁이 남자처럼 조용하고 말이 없었는데 아주 엄숙한 분위기 속에서 공을 굴리는 게임을 하고 있었다. 고원의 모서리까지 굴러가던 공들은 바윗돌에 부딪힐 때면 마치 천둥처럼 우르릉 소리를 냈다. 그중에 눈처럼 하얀 수염을 기른 데다 망토를 입은 남자가 있었다. 냉담한 표정으로 주위를 둘러보던 남자가 갑자기 고개를 돌리더니, 어색하게 사람들 사이로 들어오는 방문객 립을 불편할 만큼 빤히 쳐다보았다. 립은 애초에 달아나고 싶었지만 불길하게 쳐다보는 사람들의 눈초리가 그의 다리를 꽉 붙잡았다. 사람들이 작은 통의 꼭지에서 술을 따라서 지금까지 마셔 본 것 중에 가장 무르익은 스넵스(네덜란드산 진)를 쭉 들이켜라는 신호를 보내자 립의 기분이 풀어졌다. 캐츠킬에서 온갖 술을 다 마셔 보았기에 푹 익은 술이

남자는 둥그런 머리에 끝이 뾰족한 모자를 쓰고 있었는데

허리에 벨트를 두른 코트는 치마처럼 펄럭였다.

라는 걸 잘 알 수 있었다. 큰 술병 몇 개가 바닥을 보이자 이 낯선 남자들의 다정한 태도가 차츰 사라지고 립의 얼굴에 발그레하니 만족스러운 홍조가 비치더니 졸음이 쏟아졌다. 그는 머리를 돌 위에 대고 피곤한 두 다리를 쭉 뻗더니 꿈나라로 빠져들었다.

아침이 되었다. 햇빛 사이로 나뭇잎 그림자가 땅바닥에 어른거리자 잠에서 깨어난 그가 몸을 일으키려는데 뼈마디가 쑤셨다. 그는 바로 총으로 손을 뻗었다. 이미 구식 도구였던 총은 다 썩고 녹슬어서 그의 손안에서 산산조각이 났다. 파편 조각이 되어 버린 총을 내려다보는데 자신의 몸을 감싼 다 떨어진 누더기 같은 옷에 피어난 곰팡이가 눈에 띄었다. 가슴께까지 흘러내린 하얀 턱수염도 보였다. 당황하고 깜짝 놀란 립은 유감스럽게 고개를 저으며 침묵 속의 흥청거림을 떠올렸다. 그는 무릎과 팔꿈치에 생긴 류머티즘 때문에 최대한 빨리 절뚝거리며 산에서 내려와 고향 마을로 들어갔다. 앗! 여기가 캐츠킬인가? 이곳이 어제 그가 떠난 곳인가? 이 모든 집이 하룻밤에 뚝딱 생긴 거야? 하루 만에 풀밭을 다 밀어 버리고 길이 생긴 건가? 사람들도 마찬가지였다. 그의 친구들은 어디로 갔을까? 그와 즐겁게 뛰어놀던 아이들은? 그가 떠날 때 술집 문 앞에 놓인 백랍 주전자 속에 뜨거워진 코를 집어넣고 차갑게 식히던 통통한 주정뱅이들은? 이곳저곳 떠돌아다니는 그의 방랑자 기질에 동류의식을 느껴서 환영하듯 멍멍 짓던 개들은 모두 어디로 갔을까?

근육질 팔과 기민한 화술의 소유자인 그의 아내는? 그가 산속에서 오랜 시간을 보낼 마음이 들게 하는 데 절반 정도 책임이 있던 그녀에게 대

체 무슨 일이 있었기에 대문 앞에서 그를 기다리지 않는 것일까? 아무도 없는 대문도 익숙한 곳이 아니었다. 울타리가 사라진 마당에는 잡초가 가득하고 폐허가 된 우물이 보였다. 립의 집은 사라지고 없었다. 놈팡이들이 굽고 야윈 그의 모습과 이리저리 얽힌 수염과 머리카락, 추레한 옷차림, 깜짝 놀란 듯이 슬퍼하는 얼굴을 보고 야유를 보냈다. 그는 술집 앞에서 멈춰 섰다. 간판이 바뀌었지만 본능적으로 그곳을 알아볼 수 있었다. 기억 속의 빨간색 조지 3세 대신 파란 연대 속에 삼각모를 쓴 장교가 들어 있는 간판이었다. '워싱턴 장군'이라는 표가 붙어 있었다. 립의 주위로 아무짝에도 쓸모없는 인간들과 여관에 묵는 사냥꾼들과 입을 쫙 벌린 견습생들이 즉각 모여들었다. 모여든 사람들의 얼굴이 낯설고 태도는 무례했지만 그는 대담하게 이런저런 친구들을 알고 있는지 물었다.

"닉 베더요? 십팔 년 전에 죽었는데."

"브롬 더쳐? 그인 육군에 들어가서 스토니 포인트에서 살해당했어."

"반 브러멜? 그이도 전쟁에 나갔지. 지금은 의회에 있어."

"그럼 립 반 윙클은요?"

"그인 여기 있어요. 저쪽에 있는 저 사람이죠."

그러자 정말 혼란스럽게도 립의 눈앞에 바로 자기 자신이 보였다. 어제만 해도 스스로를 젊고 게으르고 누더기를 걸친 데다 느긋한 성격이라고 생각했던 그 모습이었다. 그런데 어제가 정말 어제일까?

"잰 어린 립이에요. 재 아버지도 립 반 윙클이었죠. 하지만 그는 이십 년 전에 산으로 가서 돌아오지 않았어요. 아마 절벽 너머로 떨어졌든가 인디언한테 납치당했거나 곰에게 먹혔을 거예요."

아까 젊은 립을 가리킨 사람이 대답을 이었다.

20년 전이라고? 정말 20년이 흐른 것이었다. 립은 한 번도 깨지 않고 20년 동안 잠을 잤다. 그는 평화로운 식민지 시대(미국이 영국으로부터 독립하기 전)에 마을을 떠나서 공화당을 지지하는 북적대는 마을로 돌아왔다. 그가 나이 든 주민들 사이에서 자신을 알아보는 사람들을 어떻게 찾아냈는지, 결혼한 딸과 자신을 똑 닮은 다정한 아들과 함께 편안히 살 집을 어떻게 찾아냈는지, 아내가 중풍으로 죽었다는 소식을 어떻게 이겨 냈는지, 어떻게 술집에 다시 자리를 차지하고 긴 파이프 연기를 내뿜게 되었는지, 어쩌다 남은 평생 동안 기나긴 이야기를 늘어놓게 되었는지는 이 세기의 초반에 기록된 사실들이다.

그리고 립이 털어놓을 이야기가 하나 있다. 립이 하프 문에서 죽은 병사들에게 술 따르는 일을 할 때의 이야기다. 그는 다른 사람도 아닌 헨리 허드슨과 함께 네덜란드 진 한 잔을 벌컥벌컥 마셨다. 어떤 사람들은 허드슨의 영혼이 이 언덕에 둘러싸인 집에 살았다고 얘기하고 있다. 허드슨의 영혼이 립이 발견한 멋진 계곡을 자세히 살폈을 것이라는 말이다. 하지만 20년마다 허드슨과 그의 병사들이 자신들을 매혹시킨 산속에서 왁자지껄하게 놀기 위해 모임을 갖는다고 말하는 사람들도 있다. 그리고 이들이 이날 밤 마신 술에는 어떤 인간이라도 입술에 대기만 하면 깊은 잠에 들게 하는 물질이 들어 있고, 허드슨과 병사들이 다시 만나는 날 새벽까지 그 무엇으로도 잠이 든 사람을 깨울 수 없다고 했다. 오래된 마차도로로 그 산의 동쪽 면까지 올라가다가 중간 지점까지 가면 립 반 윙클이 잠들었던 돌이 보인다. 그가 누워 자느라 살짝 꺼진 부분을 볼 수도 있다. 1909년 캐츠킬에서 유령 같은 이들이 흥청망청 술자리를 가질 예정이다. 그러니 그해 9월 그 산에 오르는 모든 관광객은 낯선 사람들이 건네는 술을 받을 때 조심해야 한다.

Notes on the Story

Rip Van Winkle

미국 작가 찰스 M. 스키너(1852-1907)는 북아메리카 첫 설화집 중 하나인 ≪우리나라의 신화와 전설≫(1896)을 출간했다. 미국의 여러 지역에서 수집한 작가의 이야기는 미국의 설화 특유의 장르와 스타일을 장식했다.

<립 반 윙클>은 1819년 워싱턴 어빙이 단편소설로 처음 출간했다. 이 이야기는 그리스의 이야기 <에피메니데스>(에라스무스, 1496)와 독일 민담 <피터 클라우스>에서 기원을 찾을 수 있다. 어빙은 이 이야기의 배경을 캐츠킬 산으로 바꾸고, 그 시대의 네덜란드 이민자들을 묘사하고, 미국 혁명을 언급해서 완전히 미국식으로 만들었다. 립의 불가사의한 수면은 일부는 요정 나라에서는 세월이 다르게 흐른다는 믿음에서 나온 것으로 주인공이 시간의 흐름을 놓치게 만드는 원인이 된다. 브리튼의 왕이 난쟁이 왕의 딸 결혼식에 참석했다가 집으로 돌아오니 200년이 지난 사례도 있다.

중죄를 지은 요정

THE CULPRIT FAY

찰스 M. 스키너

한밤 까마귀 둥지 꼭대기에서 숲 진드기가 둥둥둥 북을 치며 요정들을 불러 모았다. 요정들이 컵받침 침대와 거미줄 그물 침대 밖으로 기어나와 모임 장소로 날아들었다. 풀밭에서 즐겁게 뛰놀거나 버섯 탁자에서 연회를 열기 위한 모임이 아니었다. 순결을 지키겠다는 서약을 잊고 지상의 아가씨를 사랑한 요정에게 내리는 형벌을 듣기 위한 자리였다.

조개껍데기를 기둥 삼고 튤립 꽃잎으로 된 캐노피 아래 놓인 왕좌에 앉은 왕이 조용히 하라고 명했다. 눈초리는 매섭지만 온화한 목소리로 왕은 중죄를 지은 죄인에게 호두나무 껍질과 거미줄 감옥에 갇히는 극심한 형벌을 면할 수 있다고 했다. 온화하고 순수한 아가씨를 사랑한 중죄인은 칙령을 조롱했지만 허드슨 강으로 내려가서 철갑상어가 뛰어오를 때 뱃머리에 맺히는 물방울 하나를 붙잡은 후 꺼뜨려 둔 나무 램프에 별똥별 불꽃을 붙이면 벌을 면할 수 있다는 것이다.

중죄를 지은 요정은 고개를 숙여 절을 한 후, 한 마디 말도 없이 가파른 계단을 천천히 내려갔다. 날개에 때가 묻어 힘을 잃었기 때문이다. 일단 허드슨 강에 이르자, 중죄를 지은 요정은 온 힘을 다해 홍합 껍질이 떠오를 때까지 잡아당겼다. 홍합 껍질 안에 뛰어든 그는 질긴 풀잎으로 노를 저어 철갑상어가 헤엄을 치는 곳까지 왔다. 물속 도깨비들이 그를 괴롭히고, 그가 탄 배를 휙 젓히고, 물고기와 거머리들이 배를 들이받고 끌고 가려고 했다. 그가 공중에서 뒤쫓던 아치 모양의 물안개가 사라지기 전에 그를 괴롭히던 물속 도깨비 하나가 작게 피어난 물안개 중 물방울 하나를 붙잡는 순간, 갑자기 철갑상어가 물속에서 몸을 휙 움직이면서 그의 날개가 깨끗이 씻겼다.

이제 더 이상 물속 도깨비들이 그를 괴롭히지 않았다. 이들은 그의 배를 해안가로 밀어 주었다. 그는 자기 손에 입을 맞춘 후 그들에게 인사를 전하고 마치 물거품처럼 산꼭대기로 날아 올라갔다. 그는 도토리 헬멧을 쓰고 벌집 코르셋을 입었다. 무당벌레 껍데기로 방패를 삼고, 끝부분에 말벌 침을 묻힌 긴 창을 꽉 잡고, 반딧불이 종마 위에 다리를 벌리고 앉은 다음 마치 번개처럼 사라졌다. 그 순간 세상이 쫙 펼쳐지더니 다시 오그라들었다. 그는 똑바로 날아갔다.

가장 높은 구름 속에서 나타난 얼음 같은 유령들이 음흉하게 웃고, 물안개가 둥글게 휘몰아쳤지만, 그는 긴 창을 흔들며 큰 소리로 외치더니 앞으로 나아갔다. 마침내 은하계에 이르자 요정 같은 소녀들이 그를 여왕에게로 인도했다. 별들을 천장 삼고, 북극광이 지붕을 받치고 아침 홍조로 커튼을 만든 곳에 여왕이 있었다. 자줏빛 황혼으로 만든 망토를 입고, 동녘 새벽의 금실로 망토를 묶은 여왕의 얼굴은 은빛 달처럼 아름다웠다.

여왕은 중죄를 지은 요정에게 자기와 함께 살자고, 천상의 기쁨을 영원히 누리자고 애원했지만 기사다운 요정은 여왕보다 아름다운 지상의 여인의 얼굴을 기억하기에 자신의 심장박동 소리를 억누르며 가야 한다고 간청했다. 여왕은 한숨을 푹 내쉬며 그를 위해 반딧불이 종마를 사슬로 매단 구름 마차를 마련해 주었다. 그 순간 유성이 으르렁 소리를 내며 빙그르르 다가오더니 북쪽 하늘로 떨어졌다. 중죄를 지은 요정은 그리로 급히 날아갔다. 유성이 지나가자 불꽃이 확 일었다. 그는 램프에 은은한 불꽃을 피우더니 요정 나라로 마차를 몰았다. 왕과 형제들은 그에게 노래와 함성, 연회와 춤으로 돌아오라는 신호를 확실히 보냈다. 이들의 흥청거림은 동쪽 하늘에 불그레한 줄이 그어질 때까지 계속되었다. 새벽닭이 새된 소리를 지르자 요정들은 사라져 버렸다.

Notes on the Story

THE CULPRIT FAY

스키너의 이야기 <중죄를 지은 요정>은 1819년 조셉 로드먼 드레이크가 동명으로 지은 시를 산문으로 각색한 것이다. <립 반 윙클>과 마찬가지로 이 이야기는 허드슨 강에서 사건이 일어났다. 중죄를 지은 요정은 사면을 받으려면 철갑상어가 사는 허드슨 강에서 엷은 안개를 모아야 한다. 드레이크의 전기에 그가 이 시를 쓰게 된 것은 한 친구가 이야기에 도움을 줄 만한 인간이 하나도 등장하지 않는 시를 쓰는 것은 무척 어려운 일일 것이라는 말을 들은 후였다.

⌛

스키너는 자연과 환경에 대한 관심이 무척 컸다. 그가 출간한 지역의 전설과 신화 속에 수많은 증거가 있다. 그는 특히 허드슨 강에 매료되었는데, ≪우리나라의 신화와 전설≫에 수록된 지방의 이야기 중 대부분이 그런 내용이다. 스키너는 1906년에 '난 우리 허드슨 강에 푹 빠졌습니다. 허드슨 강에서 주로 머물지요. 잔인한 운명을 타고난 이들에게 큰 위안을 주는 곳입니다'라는 글을 기고했다.

디트로이트의 늑대 인간들

WERE-WOLVES OF DETROIT

찰스 M. 스키너

디트로이트의 해안가는 벨 섬의 뱀 신과 그 자손들과 마녀들에게 늘 시달렸다. 사람들에게 주술을 파는 마녀들은 착한 사람들에게 공포의 대상이었다. 주술을 파는 상인 쟈크 모랑은 쥬느비에브 파르를 몹시 사랑했다. 하지만 그를 싫어하는 그녀는 교회만 섬기고 싶었다. 그의 구애가 아무 소용도 없이 그녀가 수녀가 되기로 마음먹자, 그는 무력을 쓰기로 결정하고 악마의 대리인 역할을 하는 마녀를 찾아가서 영혼을 팔기로 했다. 마녀는 가벼운 상품을 받고 그에게 인간의 형상 대신 늑대 인간 혹은 늑대가 된 사람(마법사)으로 변할 수 있는 힘을 내주기로 했다. 늑대 인간이 되면 그는 좀 더 쉽게 희생자를 차지할 수 있었다. 그는 경솔하게도 성모 마리아상이 세워진 그로스 포인트까지 그녀를 쫓아갔다. 쥬느비에브가 성모 마리아상의 발 앞에 쓰러지며 도와달라고 간청하자, 그녀 옆으로 뛰어들던 늑대 인간이 갑자기 돌로 변하는 일이 벌어졌다.

또 다른 아가씨 아캔지 시모네트의 운명은 더 험악했다. 마침 자신의 결혼식에서 춤을 추던 아캔지는 바로 이 자리에서 늑대 인간에게 붙잡히더니 순식간에 사라졌다. 목숨을 다 바쳐서 신부를 찾아다니던 신랑은 결국 이성을 잃고 말았다. 하지만 복수심에 불타서 빈틈없이 다시 수색을 시작했는데 늘 주변의 도움을 받을 수 있었다. 한 이웃이 그 늑대 인간의 꼬리를 은제 탄환으로 잘라 냈다. 그 꼬리는 인디언들이 오랫동안 보존했다. 결국 늑대 인간과 우연히 마주친 신랑은 해안가까지 쫓아갔다. 바위에 늑대 인간의 발자국이 보였다. 그런데 늑대 인간이 물속으로 뛰어들더니 사라지고 말았다. 정신이 나간 신랑은 늑대 인간이 메기의 입속으로 뛰어들었다고 분명히 얘기했다. 이런 이유로 프랑스계 캐나다인들이 식품으로써 메기에 대해 편견을 갖게 되었다.

이제 늑대 인간은 사랑을 쟁취하려는 욕심이 더 많아졌다. 어느 날 저녁 장 시코가 인디언들을 취하게 만들고 그들의 비버 가죽을 차지했다. '하얀 여자들'이라고 불리는 숲속 마녀들이 장 시코에게 달려들더니 그의 보물 중 일부를 뜯어 갔다. 그때 늑대 인간이 그에게 심하게 덤벼드는 바람에 그는 더 많은 보물을 잃고 말았다. 그는 늑대 인간과 숲속 마녀들을 살짝 멀리 몰아냈다. 어쨌든 그는 요새 안

에서 안전하게 지낼 수 있게 되자 마음이 놓였다. 하지만 그 모습을 본 경찰들은 깔깔대며 그를 겁쟁이라고 불렀다.

경찰들은 그와 함께 다시 그 길로 돌아갔다가 숲속 마녀들이 도망친 자리에 누렇게 마른 잔디를 보고 깜짝 놀랐다. 여자들을 집어삼킨 뗏장 속에 작은 샘이 보였다. 장 시코의 재킷에서 묵주가 떨어진 순간, 늑대 인간이 땅속으로 뛰어들었는데 바로 그 자리에서 유황물이 부글부글 끓어올랐다. 오랜 후에 그 자리는 벨 폰테인(벨 퐁텐, 아름다운 샘)으로 불리게 되었다.

Notes on the Story

WERE-WOLVES OF DETROIT

미국의 설화는 스키너의 <늑대 인간> 이야기에서 드러난 것처럼 여러 문화가 결합된 경우가 많다. 예전에 프랑스의 정착지였고 프랑스어를 쓰는 캐나다와 끊임없이 교역했던 디트로이트는 아메리카 원주민의 이야기와 유럽에서 유입된 프랑스 사람들의 믿음에 영향을 받았다. 물론 늑대 인간은 의인화된 늑대가 아니라 마법으로 말미암아 늑대가 된 인간 남자로 간주되기는 하지만 늑대가 된 사람은 페로의 <빨간 모자 소녀>에게 몰래 접근한 늑대와 유사한 생물이다.

이런 이야기에서 늑대 인간은 악마와 유사한 특성을 갖고 있다. 늑대 인간은 성모 마리아상 앞에서 돌로 변하고, 장 시코의 묵주를 이기지 못했다. 또한 은제 탄환의 신성함을 물리치지 못했다. 1767년 영성체 때 쓰는 은제 성배로 '제보당의 괴수(Beast of Gevaudan)'를 죽였다는 장 카스텔의 전설에서 유래되었을지도 모르는 믿음에서 비롯된 것이다.

네인 루즈(붉은 난쟁이)

THE NAIN ROUGE

찰스 M. 스키너

디트로이트에서 초기 정착민들의 두려움의 대상이던 돌신의 버릇없는 후손과 마법사, 마녀 들 중에서 가장 무시무시한 존재는 바로 네인 루즈(붉은 난쟁이), 즉 해협의 악마였다. 네인 루즈는 골칫거리가 생기는 곳에만 모습을 보였다. 번들거리는 차가운 눈과 히죽거리는 입 밖으로 툭 튀어나온 이빨과 붉은 얼굴을 갖고 있는 네인 루즈는 늘 어기적거리는 생물이었다. 디트로이트를 개척한 캐딜락은 네인 루즈에게 덤벼들었다가 곧 통치권과 재산을 잃고 말았다. 블러디 런에서 공격을 감행하기 전날 밤에도 해안가를 어슬렁거리던 네인 루즈가 눈에 띄었다. 군인들의 피로 개울물이 빨개져서 개울에 블러디 런이라는 이름이 붙은 것이었다. 1805년 도시가 불타던 날에도 연기가 자욱한 거리에서 사람들은 네인 루즈를 보았다. 또한 헐(윌리엄 헐 장군)이 투항하던 날 아침에도 안개 속에서 씩 웃고 있던 네인 루즈를 볼 수 있었다. 데이비드 피셔가 연인 수르즈 가뎃을 보기 위해 노를 저어 해협을 건널 때도 네인 루즈는 앙상한 손가락 관절을 비비고 있었다. 그런데 데이비드가 겨우 찾을 수 있었던 배를 안전하게 땅에 댈 때에도 그 배 안에 정신이 말짱한 네인 루즈가 있었다.

크리스마스에 한 젊은 남자가 보베의 딸에게 청혼하기 위해 꽁꽁 언 해협을 급히 건널 때도 빙그레 웃는 네인 루즈가 있었다. 하지만 이 젊은이의 강단 있는 인디언 말이 급하게 다가오자 네인 루즈는 두 연인의 행복을 눈앞에 두고 도망쳐 버렸다. 표정은 시큰둥하고 눈은 사악한 데다 늘 중얼거리는 남자 장 보그랑의 말이 지내는 마구간 지붕 위에도 네인 루즈가 나타났다. 보그랑의 말 상 스시는 백 살도 넘었는데 디트로이트의 모든 벽을 뛰어넘을 수 있었다. 심지어 3미터가 훌쩍 넘는 요새의 방책도 넘을 수 있는 상 스시는 옥수수와 수박을 훔쳐 먹었다. 또한 네인 루즈는 상 스시의 마구간에서 말 주인과 한 테이블에 앉아 녹아내린 황동 같은 술을 홀짝거리며 세븐업 카드게임을 했다. 네인 루즈는 늙은 족장의 귀에 콘스탄틴 수사를 살해하라고 속닥거렸다. 그는 나중에 족장의 딸과 백인 애인의 사이를 갈라놓으라는 수사의 가르침에 화가 나서 족장의 딸이 스스로 물에 빠져 죽도록 유도했다고 고백했다. 네인 루즈는 귓속에 들리는 미사의 종소리와 바람결에 들리는 수사의 목소리를 견딜 수 없기 때문이었다.

네인 루즈는 프레스크아일의 오래된 방앗간의 지분 가운데 절반을 요구한 적도 있었다. 아픈 데다 몹시 화가 난 조제트에게 남동생 장이 자신에게 방앗간의 지분을 전부 넘기는 유서를 작성하라고 성가시게 부탁하

번들거리는 차가운 눈과 히죽거리는 입 밖으로 툭 튀어나온 이빨과 붉은 얼굴.

네인 루즈는 늘 어기적거리는 생물이었다.

자, 차라리 네인 루즈에게 지분을 남기겠다고 맹세한 것이었다. 그녀가 죽던 날 밤 방앗간에 벼락이 쳐서 다 부서지고 말았다. 그날 폐허가 된 방앗간에 제분용 곡식을 찧을 수 있는 기계를 때우려고 애를 쓰는 네인 루즈가 여러 차례 보였다. 그는 퐁 루즈에 있는 방앗간 안에서 검은 고양이들의 춤을 지휘했다. 방앗간을 관리한 남자의 아내였던 과부가 시동생 루이스 로버트에게 저주를 퍼부은 다음에 일어난 일이었다. 루이스 로버트는 방앗간의 책임자였던 형의 일을 떠맡았는데 몹시 인색해서 형수와 조카들은 거의 굶어 죽을 지경이었다. 과부가 죽는 순간 내뱉은 저주 때문에 방앗간에 엄청난 액운이 퍼졌다. 그리고 루이스 로버트가 스스로 방앗간을 떠났다는 괴소문이 퍼졌다.

네인 루즈는 그로스포인트에 있는 자크 에스페란스의 마구간에서 조랑말을 데려가면서 모래나 눈 위에 아무 흔적도 남기지 않은 고블린(도깨비)일 가능성도 있다. 그날 네인 루즈는 밤새도록 조랑말을 타고 돌아다녔다가 새벽녘에 조랑말을 도로 데리고 왔다. 몸에 거품이 잔뜩 묻은 조랑말은 가시나무 덤불 때문에 피를 뚝뚝 흘리고, 피곤 때문에 몸을 덜덜 떨고 있었다. 자크가 성수 주발을 그에게 던지던 날 이런 행동은 다시 일어나지 않았다. 그로스포인트의 사람들은 네인 루즈를 멀리하기 위해 아직까지도 집에 십자가 표시를 남겨 두고 있다.

달젤 대위가 폰티악에 대항하다가 매복에 걸려 비명횡사하던 날에도 네인 루즈는 숲속을 어른거렸다. 이날 달젤 대위의 약혼녀를 쟁취하고 싶었던 대위의 상관은 속으로 안도했다. 하지만 대위의 약혼녀는 연인이 블러디 런에서 살해되었고 그의 머리가 창에 꽂혔다는 소식을 듣고는 바닥에 주저앉더니 다시는 건강을 회복하지 못했다. 며칠 후 그녀는 대학살의 희생자를 뒤따랐다.

한편 네인 루즈는 더 흉측한 모습으로 변신하는 능력이 있다는 의심을 사고 있었다. 해협과 호수에서 낚시를 하던 트람블레 형제가 있었는데 형제 중 한 명이 물고기를 잡으면 성 패트릭과 나눠 갖기 전까지 이들은 물고기를 거의 잡지 못했다. 이들은 가난한 사람들에게 보조금을 주고, 연옥에 갇힌 영혼들을 구제해 줄 미사를 베풀기 위해 교회 문 앞에서 성 패트릭의 물고기를 팔기로 했다. 하지만 다른 형제는 이런 혜택이 얼마나 지속될지 의심이 들었다. 그리고 금요일에 돼지 갈비를 먹지 않는 성 패트릭이 자신들을 물로 유인해서 성수를 적신 다음 송어로 바꿀까 봐 두려웠다. 어쨌든 착한 형제는 계속 번성하고, 나쁜 형제는 계속 투덜거렸다. 그로스아일에 롤링 머프라는 특이한 것이 돌아다닐 때의 일이다. 롤링 머프가 골칫거리를 경고하는 것이기에 사람들은 모두 그것과 마주칠까 봐 겁을 냈다. 하지만 윌-오-더-위스프(푸르스름한 도깨비불)처럼 생긴 그것 쪽으로 십자가를 대거나 그것에게 오늘이 며칠이냐고 질문하고 크리스마스라고 대답하면 그것을 물리칠 수 있었다. 트람블레 형제 중 나쁜 형제가 이것과 마주쳤는데 정말 깜짝 놀랐다. 이웃들은 집으로 돌아오는 그를 보

고 그의 옷에서 성스럽지 않은 것을 보았다. 사람들은 그가 스컹크와 마주쳤다고 생각했다. 어쨌든 꼴사나운 이 형제는 네인 루즈로부터 악령의 세례를 받았다는 확신이 들었다. 그러자 성 패트릭은 트람블레 형제와의 굳건한 동맹을 취소했다.

Notes on the Story

THE NAIN ROUGE

스키너의 이야기에서 네인 루즈에 대한 공포는 시작도 없고 끝도 없다. '붉은 난쟁이'에 대한 설명은 프랑스 노르망디에서 맨 처음 있었다. 이곳에서는 그것을 '고블린'으로 불렀다.

⌛

네인 루즈 설화는 디트로이트가 프랑스의 정착지일 때 도입되었다. 네인 루즈 같은 생물은 유럽 전역에서 볼 수 있었다. 디트로이트에 발생한 여러 재앙을 설명하기 위해 사람들이 네인 루즈를 활용한 것이었다. 디트로이트의 주민들은 아직까지도 네인 루즈를 특히 현지의 위협적인 존재로 보고 있다. 19세기 이후로도 네인 루즈에 대한 목격담이 자주 기록되고 있다. '마르케 드 네인 루즈'라는 연례 퍼레이드는 디트로이트에 일어난 긍정적인 일들을 관찰한 후 네인 루즈의 통제에서 벗어난 것을 기념하는 행사다. 물론 퍼레이드에 참석한 사람들은 설사 네인 루즈가 한 번 더 모습을 드러내거나 복수를 할 수 있다고 해도 자신들을 알아볼 수 없도록 코스튬을 입고 퍼레이드에 참석한다.

19세기 문학 동화

19세기에 출현한 다른 유형으로, 독창적인 문학 동화가 있다.

오스카 와일드, 조지 맥도널드, 로버트 루이스 스티븐슨을 비롯해

성공한 많은 소설 작가가 짧은 동화를 직접 창작하려고 시도했다.

작가들은 이야기 속에 익숙한 관습과 주제, 동화의 중심 소재를 활용했을 뿐만 아니라

자신만의 스타일도 유지했다.

이 시대의 동화 가운데 가장 유명한 스토리 중 일부는

주로 덴마크의 작가 한스 크리스티안 안데르센의 작품이라는 데 이론의 여지가 없다.

안데르센의 이야기는 인기가 정말 많아서

대부분 그가 직접 창작한 것인데도 동화 장르의 정본으로 인정받고 있다.

부싯깃 통

THE TINDERBOX

한스 크리스티안 안데르센

대로를 따라 왼쪽, 오른쪽, 왼쪽, 오른쪽으로 행진하는 병사 한 명이 보였다. 등에는 배낭을 짊어지고 옆구리에는 칼을 찬 병사는 전쟁에 참전했다가 집으로 돌아가는 길이었다.

병사는 길에서 몹시 무시무시하게 생긴 늙은 마녀와 마주쳤다. 아랫입술이 가슴께까지 내려온 마녀가 병사에게 말을 걸었다.

"안녕하세요, 군인 양반? 칼이 정말 멋지네요. 배낭도 크고, 진짜 병사가 맞나 보군요. 이다음에 원하는 만큼 돈을 많이 벌겠어요."

"고마워요. 마녀 할멈."

병사가 대답했다.

"저기 커다란 나무가 보이죠?"

마녀가 둘 사이의 나무 한 그루를 가리키며 또다시 말했다.

“저 나무는 속이 텅 비었어요. 나무 꼭대기까지 올라가면 구멍이 보일 거예요. 그 구멍 속으로 내려가면 나무 밑으로 쑥 내려갈 수 있어요. 내가 군인 양반 몸에 밧줄을 걸어 줄 테니까 밑으로 내려가면 큰 소리로 날 불러요. 그럼 내가 당겨 줄게요.”

“나무 속으로 내려가서 무얼 하라는 거죠?”

병사가 물었다.

“돈을 가져요. 나무 속 바닥에 닿으면 커다란 홀이 나타날 거예요. 등 삼백 개가 빛을 비추는 홀이지요. 그리고 세 개의 방이 보일 거예요. 방문은 쉽게 열릴 거고요. 자물쇠마다 열쇠가 꽂혀 있으니까. 첫 번째 방에 들어가면 한가운데 커다란 궤짝이 있어요. 궤짝 위에는 개 한 마리가 앉아 있을 텐데 눈이 찻잔만 하죠. 하지만 겁낼 필요는 없어요. 내가 파란 체크무늬 앞치마를 줄게요. 이 앞치마를 꼭 바닥에 펼쳐야 해요. 그리고 그 개를 과감하게 붙잡아서 앞치마 위에 두세요. 그럼 궤짝 문을 열 수 있어요. 궤짝 안에 든 돈은 맘껏 가져요. 그래봤자 구리 동전이니까. 그런데 혹시 은화를 갖고 싶다면 두 번째 방으로 들어가야 해요. 그 방에서 다른 개를 보게 될 거예요. 눈이 물레방아 바퀴만 한 놈이지요. 하지만 그놈 때문에 애먹을 일은 없을 거예요. 그놈도 내 앞치마 위에만 두면 돈은 갖고 싶은 만큼 가져도 돼요. 하지만 금화를 꼭 갖고 싶으면 세 번째 방으로 들어가요. 그 방에는 금이 가득 든 궤짝이 있거든요. 그 궤짝 위에 앉아 있는 개는 정말 무시무시하게 생겼어요. 눈이 라운드 타워(유럽에서 가장 오래된 덴마크 코펜하겐의 전망대)만 한 놈이지만 걱정할 건 없어요. 내 앞치마 위에만 두면 아무 일도 없을 거예요. 그 궤짝의 금화를 맘껏 챙겨요."

"나쁘지 않겠네요. 그런데 난 뭘 갖다줘야 하나요, 마녀 할멈? 물론 이 모든 걸 공짜로 줄 생각은 아니겠죠?"

"그럼요. 하지만 난 돈은 한 푼도 바라지 않아요. 그저 오래된 부싯깃 통만 하나 갖다주면 돼요. 우리 할머니가 지난번에 거기 갔을 때 두고 온 것이거든요."

마녀가 대답했다.

"아주 좋아요. 약속하죠. 그럼 이제 내 몸에 밧줄을 감아 주세요."

"참, 이걸 받아요. 파란 체크무니 앞치마를 가져가요."

밧줄을 몸에 감자마자 병사는 나무로 올라가서 빈 구멍을 통해 땅 밑으로 내려갔다. 병사는 땅 밑에서 마녀가 말했던 커다란 홀을 발견했다. 홀 안은 수백 개의 램프에 불이 밝혀져 있었다. 그는 먼저 첫 번째 방문을 열었다.

"아!"

두 눈이 찻잔만 한 개가 궤짝 위에 앉아서 그를 뚫어지게 쳐다보았다.

"귀여운 강아지네."

병사가 이렇게 중얼거리고는 개를 붙잡아서 마녀의 앞치마 위에 올려놓았다. 그동안 궤짝의 동전을 주머니에 담을 수 있을 만큼 가득 채웠다. 이제 궤짝 뚜껑을 닫고 그 위에 개를 다시 올려놓고 다른 방으로 들어갔다. 그곳에는 두 눈이 물레방아 바퀴만 한 개가 앉아 있었다.

"그런 눈으로 날 보지 마. 그러다 네 눈에서 눈물 나겠는걸."

병사는 이렇게 얘기하며 눈이 물레방아 바퀴만 한 개를 마녀의 앞치마 위에 올려놓고 궤짝을 열었다. 그는 궤짝 속에 들어 있는 은화를 보더니 갖고 있던 구리 동전을 다 쏟아 버리고 은화로 주머니와 배낭을 채웠다.

병사는 이제 세 번째 방으로 들어갔다. 그곳에 있는 정말 흉물스럽게 생긴 개는 두 눈이 라운드 타워만큼 컸는데 바퀴처럼 계속 돌아갔다.

"안녕."

이렇게 생긴 개는 난생처음 보는 병사는 모자를 만지작대며 개에게 말을 걸었다. 하지만 좀 더 뚫어지게 보니 이 개도 충분히 예의가 바르다는 것을 알 수 있었다. 그래서 바로 개를 들어서 앞치마를 깔아 놓은 바닥 위에 두고 궤짝 뚜껑을 열었다. 이렇게 금덩이가 많다니! 그는 그 금화로 코펜하겐 전체를 살 수도 있었다. 제과점에서 설탕으로 만든 돼지 과자와 세상의 모든 양철 병정과 채찍과 흔들목마도 다 살 수 있을 정도로 금화가 많았다. 사실 금은 돈이나 다름없었기에 병사는 갖고 있던 은화를 다 버리고 주머니와 배낭을 모두 금화로 채웠다. 주머니와 배낭은 물론이고 모자와 장화까지 금화를 담아서 걷기도 힘들었다.

그는 이제 정말 부자가 되었다. 눈이 라운드 타워만 한 개를 다시 궤짝 위에 올려놓고 방문을 닫은 다음 나무를 통해 소리쳤다.

"이제 저 좀 끌어올려 주세요. 마녀 할멈."

"부싯깃 통은 챙겼어요?"

마녀가 물었다.

"오, 당연하죠!"

병사는 이렇게 대답했다.

"이런 깜빡 잊었네."

하지만 혼잣말을 한 뒤 다시 돌아가서 부싯깃 통을 챙겼다. 마녀가 병사를 나무 밖으로 끌어올리자 주머니와 배낭과 모자와 장화까지 금화를 담은 그가 다시 큰길에 섰다.

"이 부싯깃 통으로 무얼 하려는 거죠?"

병사가 물었다.

"당신한테는 아무 소용도 없어요. 그쪽은 돈을 챙겼으니 이제 그 부싯깃 통을 내게 줘요."

마녀가 대답했다.

"이럼 어떨까? 할멈이 이걸로 뭘 할지 알려주지 않으면 이 칼로 할멈 목을 베어 버리겠어."

병사가 제안했다.

"싫어."

마녀가 대답했다.

병사가 마녀의 목을 베자 마녀는 땅바닥에 쓰러졌다.

이제 병사는 모든 돈을 앞치마로 싸고 보따리처럼 등에 맨 다음, 부싯깃 통은 주머니에 넣고 가장 가까운 마을로 갔다. 마을은 꽤 좋았다. 그는 부자가 돼서 돈이 충분히 많았기에 가장 좋은 여관으로 숙소를 정하고 가장 좋아하는 음식으로 저녁을 주문했다.

그의 부츠를 닦아 주던 하인은 이렇게 부유한 신사가 신기에는 부츠가 정말 낡았다는 생각이 들었다. 다음 날 병사가 좋은 옷과 적당한 부츠를 사자, 훌륭한 신사로 알려졌다. 그러자 마을 사람들이 그를 찾아와서 마을에서 보았던 온갖 신기한 일을 들려주었다. 왕의 아름다운 딸이자 공주에 대한 이야기도 들려주었다.

"어디로 가면 그분을 뵐 수 있을까요?"

병사가 물었다.

"그분은 볼 수 없는 곳에 있습니다. 사방이 벽과 탑으로 에워싸인 구리로 된 커다란 탑에서 사십니다. 오직 왕 한 분만 그 안에 드나들 수 있지요. 공주님이 평범한 병사와 결혼할 것이라는 예언이 있었거든요. 왕은, 그런 결혼은 생각도 할 수 없는 것이지요."

'그녀를 꼭 봐야겠어.'

병사는 속으로 생각했지만 그런 허가를 받아 낼 수 없었다. 어쨌든 병사는 극장에 가거나, 마차를 타고 왕의 정원으로 가는 등 꽤나 즐거운 시간을 보냈다. 또한 한 푼도 없이 지내는 게 어떤 것인 줄 알고 있었기에 가난한 사람들에게 상당히 많은 돈을 주었는데 그것 때문에 평판이 몹시 좋아졌다. 이제 그는 근사한 옷을 입고 다니고 친구도 많이 생겼다. 친구들은 하나같이 병사가 몹시 좋은 사람이며 진정한 신사라고 얘기했다. 그 때문에 그는 몹시 우쭐해졌다. 하지만 그가 가진 돈은 한도가 있었다. 매일 같이 소비하고 사람들에게 많은 돈을 주는 바람에 결국 딸랑 동전 두 푼 만 남았다. 이제 그는 호화로운 방을 비우고 부츠도 직접 닦아야 했다. 아니, 커다란 바늘로 직접 수선까지 해야 했다. 그가 사는 곳까지 가려면 계단을 아주 많이 올라가야 해서 친구들 중 어느 누구도 그를 찾아오지 않았다. 어느 깜깜한 밤, 초 한 자루 살 돈도 남지 않자 갑자기 부싯깃 통에 들어 있던 초가 생각났다. 그를 도와주었던 마녀에게 주려고 오래된 나무에서 갖고 왔던 통이었다.

부싯깃 통을 찾아낸 그가 부싯돌과 부시를 쳐서 불꽃을 일으키자 갑자기 방문이 벌컥 열리고, 두 눈이 찻잔만 한 개가 나타났다. 나무 속에 내려갔을 때 봤던 개가 병사 앞에 서서 물었다.

"무얼 원하십니까, 주인님?"

"오, 이런! 정말 좋은 부싯깃 통이로군. 내가 원하는 걸 다 갖다주기만 한다면."

군인은 혼잣말을 한 후 "돈 좀 갖다줘"라고 대답했다.

두 눈이 찻잔만 한 개는 곧 사라지더니 바로 구리 동전을 담은 자루를 입에 물고 돌아왔다. 병사는 부싯깃 통의 가치를 바로 알아챘다. 부싯돌을 딱 한 번만 치면 구리 동전이 든 궤짝 위에 앉아 있던 개가 나타나고, 부싯돌을 두 번 치면 은화가 든 궤짝 위에 앉아 있던 개가 나타나고, 부싯돌을 세 번 치면 금화가 든 궤짝 위에 앉아 있던, 두 눈이 라운드 타워만 한 개가 나타났다. 병사는 이제 돈을 아주 많이 갖게 되었다. 그는 다시 호화로운 숙소로 돌아가고 좋은 옷을 입고 나타났다. 그러자 친구들도 그를 바로 알아보고 전처럼 존중했다.

얼마 후 그는 아무도 공주를 볼 수 없다는 것이 무척 이상하다는 생각이 들기 시작했다.

'모두들 공주가 무척 예쁘다고 한단 말이야. 그런데 그런 공주가 사방이 탑으로 둘러싸인 구리 성에 갇혀 있다면 무슨 소용이람? 어떻게 하면 그녀를 볼 수 있을까? 잠깐, 내 부싯깃 통이 어디 있지?'

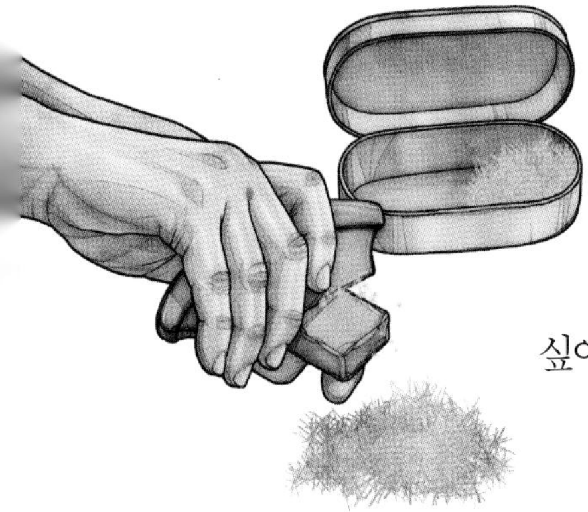

그가 속으로 이런 생각을 하며 부싯돌을 한 번 치자 두 눈이 찻잔만 한 개가 눈앞에 나타났다.

"지금은 한밤중이지만 꼭 그 공주를 보고 싶어. 아주 잠깐이어도 좋아."

병사가 얘기했다.

그러자 두 눈이 찻잔만 한 개가 곧 사라지더니 병사가 주위를 둘러보기도 전에 공주를 데리고 돌아왔다. 개의 등에 누워 있는 공주는 정말 사랑스러워 보였다. 누가 보아도 그녀가 진짜 공주라는 것을 알 수 있을 만큼 아름다웠다. 병사는 공주에게 입을 맞추지 않을 수 없었다. 진정한 병사다웠다. 두 눈이 찻잔만 한 개는 곧 공주를 도로 데려갔다. 아침이 되자 왕과 왕비와 식사를 하던 공주는 지난밤에 꾸었던 꿈 이야기를 꺼냈다. 개와 병사가 나오고 눈이 찻잔만 한 개의 등에 탔다가 병사에게 입맞춤을 당했다는 이야기를 했다.

"참 흥미로운 이야기네."

왕비가 대답했다. 그래서 공주의 이야기가 진짜로 꿈인지 아니면 실제인지 알아보기 위해 다음 날 밤, 나이 든 시녀 중 한 명이 공주의 침대 옆을 지키기로 했다.

병사는 공주를 한 번 더 보고 싶은 마음이 정말 강해졌다. 그래서 밤에 개를 불러서 공주를 데려오게 했다. 두 눈이 찻잔만 한 개는 최대한 빨리 공주를 데려왔다. 그런데 장화를 신고 있던 나이 든 부인은 두 눈이 찻잔만 한 개처럼 빨리 달려가서 그 개가 공주를 커다란 집 안으로 데려가는 장면을 보았다. 나이 든 시녀는 그 집에 분필로 커다란 십자가를 그리면 기억하기 쉬울 것이라는 생각이 들었다. 그녀가 집으로 돌아간 후, 두 눈이 찻잔만 한 개가 곧 공주와 함께 돌아왔다. 두 눈이 찻잔만 한 개는 병사가 사는 집 대문 앞에 그려진 십자가를 보고 병사의 집을 알아볼 수 없도록 분필로 마을의 모든 집마다 문 앞에 십자가를 그렸다.

다음 날 아침 일찍, 지난밤 공주가 지냈던 곳을 보려고 왕과 왕비가 나이 든 시녀와 함께 나타났다. 궁 안의 모든 관리가 함께 왔다.

"여기네."

십자가가 그려진 첫 번째 문 앞으로 오자 왕이 얘기했다.

"아니요. 여보. 여기가 분명해요."

이번에는 왕비가 십자가가 그려진 두 번째 문을 가리키며 얘기했다.

"여기도 있습니다. 아니 저기도 있네요."

모든 문 앞에 십자가가 그려져 있었기에 모두가 이렇게 소리쳤다.

이들은 십자가가 그려진 문을 찾으러 다니는 것은 아무 쓸모가 없다고 생각했다. 그런데 왕비는 매우 현명한 여자였다. 그녀는 그저 마차만 타고 다니는 것이 아니라 대단한 일을 했다. 비단 한 조각을 커다란 금빛 가위로 네모나게 몇 조각 잘라 자그마한 자루 하나를 만들었다. 이 자루에 메밀가루를 가득 채운 후 공주의 목에 걸어 주었다. 공주가 걸어 다닐 동안 메밀가루가 바닥에 떨어지게 자루에 작은 구멍을 냈다. 밤이 되자 두 눈이 찻잔만 한 개가 다시 나타나서 공주를 등에 업고 병사에게 달려갔다. 공주를 몹시 사랑한 병사는 공주를 아내로 맞이하고 싶은 나머지 이제 왕자가 되고 싶었다. 두 눈이 찻잔만 한 개는 성벽에서 병사의 집까지, 심지어 공주를 데리고 창문 위까지 올라가는 동안 메밀가루가 담긴 자루에서 가루가 떨어지는 것을 보지 못했다.

아침이 되자 왕과 왕비는 딸이 어디로 갔는지 알고는 병사를 감옥에 가두었다. 병사가 앉아 있는 어둡고 음산한 곳으로 사람들이 와서 이런 이야기를 해 주었다.

"내일이면 당신은 교수형에 처해질 거요."

달갑지 않은 소식이었다. 게다가 그는 숙소에 부싯깃 통을 두고 왔다.

아침이 되자 병사가 갇혀 있는 방에 난 작은 창문의 쇠창살 틈으로 병사의 목이 매달리는 장면을 보려고 급히 몰려드는 마을 사람들이 보였다. 둥둥둥 울리는 북소리와 행진하는 군인들이 보였다. 군인들을 보려고 모든 사람이 달려 나왔다. 가죽 앞치마에 슬리퍼를 신은 제화공의 아들도 전속력으로 달려 나오다가 신발 한 짝이 벗겨지더니 쇠창살 밖으로 내다보던 군인이 앉아 있는 곳의 벽에 끼고 말았다.

"어이, 얘야. 너무 서두를 것 없단다!"

병사가 아이에게 소리쳤다.

"내가 나올 때까지 큰 볼거리도 없을걸. 내가 살던 곳으로 달려가서 내 부싯깃 통 좀 갖다주렴. 그럼 내가 사 실링을 줄게. 하지만 꼭 서둘러야 한단다."

제화공의 아들은 4실링을 벌 수 있다는 말이 마음에 들어서 매우 빠르게 달려가서 부싯깃 통을 병사에게 갖다주었다. 이제 어떤 일이 벌어졌을까. 마을 밖에는 이미 커다란 교수대가 세워졌다. 교수대 주변에 병사들과 수천 명의 사람이 서 있었다. 왕과 왕비는 화려한 왕좌에 앉아 있고, 맞은편에는 재판관들과 위원회 전체가 앉아 있었다. 병사는 벌써 사다리 위에 서 있었다. 사람들이 병사의 목에 밧줄을 걸려는 순간 병사가 이야기를 꺼냈다. 죽기 전에 가여운 범죄자에게 자주 허락해 주는 무해한 요청을 들어달라고 했다. 병사는 파이프 담배를 꼭 피우고 싶다고 했다. 이 세상에서 마지막으로 피우는 담배인 것처럼. 왕은 그의 요청을 거부할 수 없었다. 병사는 부싯깃 통을 들고 한 번, 두 번, 세 번 부싯돌을 쳤다. 그러자 순식간에 개 세 마리가 나타났다. 두 눈이 찻잔만 한 개와 물레방아 바퀴만 한 개와 라운드 타워만 한 개가 모두 보였다.

"어서 나를 도와줘! 지금 난 교수형에 처해질 거야!"

병사가 소리쳤다.

그러자 개들이 판사들과 모든 자문위원에게 달려들었다. 다리를 붙잡거나 코를 붙잡아서 아주 높이 던져 버렸다. 바닥으로 떨어진 사람들은 어서 나를 도와줘! 지금 난 교수형에 처해질 거야!

그러자 개들이 판사들과 모든 자문위원에게 달려들었다.

산산조각이 났다.

"난 안 돼!"

왕이 소리쳤다. 하지만 가장 큰 개가 왕과 왕비를 붙잡더니 위로 던졌다. 그러자 병사들과 마을 사람들이 몹시 겁을 내며 소리쳤다.

"훌륭한 병사님, 우리의 왕이 되어 주세요. 당신이 저 아름다운 공주님과 결혼해 주세요."

사람들은 병사를 왕의 마차에 태웠다. 개 세 마리가 마차 앞에서 달리며 소리쳤다.

"만세!"

어린 남자아이들은 손가락으로 휘파람을 불고 병사들은 거수경례를 했다. 공주는 구리로 된 성에서 나와 왕비가 되자 몹시 만족했다! 병사와 공주의 혼인 잔치는 일주일 내내 계속되었다. 개 세 마리는 커다란 눈으로 주위를 뚫어지게 쳐다보며 탁자 앞에 앉아 있었다.

Notes on the Story

THE TINDERBOX

덴마크의 동화 작가이자 동화 수집가인 한스 크리스티안 안데르센(1805-1975)의 가장 유명한 작품은 아마도 <인어 공주>일 것이다. 또한 그는 <눈의 여왕>, <성냥팔이 소녀>, <벌거벗은 임금님> 등 여러 작품을 저술했다. 안데르센은 특히 자기만의 색깔이 강한 동화를 썼다. 하지만 <부싯깃 통> 같은 일부 이야기는 안데르센이 어린 시절에 읽었거나 들었던 덴마크의 민간 설화의 영향을 받은 것이다. 안데르센은 설화의 주제 및 세부 사항과 본인 특유의 스타일을 섞어서 그런 이야기를 만들어 냈다. 그림 형제의 <푸른 빛>처럼 이 이야기의 주인공도 군복무를 마치고 집으로 돌아가던 병사로, 평범한 젊은 주인공 치고는 이례적으로 성격이 뻔뻔한 편이다.

또한 <부싯깃 통>은 <알라딘과 요술 램프>와 비슷한 데가 있다. 부싯깃 통의 기이한 개들은 요술램프의 요정 지니를 닮았다. 안데르센은 <알라딘과 요술 램프>를 잘 알고 있었다. 실제로 평범한 외모와 비천한 출신에도 신분을 끌어올릴 수 있다고 믿은 안데르센은 동화 속 등장인물과 자신을 동일시했다.

저 여인은 나의 아내가 될 사람이야.

하지만 너무 당당한 데다 사는 곳도 성이잖아.

꿋꿋한 장난감 병정

THE BRAVE TIN SOLDIER

한스 크리스티안 안데르센

옛날 옛적에 장난감 병정 스물다섯 개가 있었다. 모두 낡은 주석 숟가락으로 만든 형제들이었다. 어깨총 자세를 한 장난감 병정들은 모두 정면을 바라보고 있었는데 빨갛고 파란 화려한 제복을 입고 있었다.

"주석 병정들이야!"

이들이 세상에 나와서 처음 들은 말이었다. 장난감 병정들이 누워 있던 상자 뚜껑이 열리자, 어린 남자아이가 두 손으로 박수를 치며 내뱉은 말이었다. 생일 선물로 주석 병정들을 받은 남자아이는 탁자 위에 병정들을 세워 두었다. 주석 병정들은 모두 생김새가 똑같았다. 딱 하나만 빼고. 마지막에 만들어진 병정은 주석이 모자라서 외다리 병정이 되었다. 하지만 외다리 병정은 다리가 두 개인 다른 병정들처럼 꿋꿋하게 서 있을 수 있었다. 그런 모습 덕분에 외다리 병정은 사람들의 눈에 띄었다.

탁자 위에 놓인 주석 병정들은 다른 장난감들과 함께 있었는데 특히 종이로 만든 몹시 예쁜 깜찍한 성이 눈에 띄었다. 작은 창문을 통해 성안의 방이 보였다. 성 앞에 놓인 작은 나무 몇 그루가 투명한 호수를 대신할 목적으로 만들어진 거울 한 조각을 에워쌌다. 호수에서 헤엄치는 밀랍으로 만든 백조들의 모습이 거울에 비쳤다. 모든 장난감이 다 예뻤지만 그중에서 가장 예쁜 것은 성의 열린 문 앞에 서 있는 자그마한 여인이었다. 역시 종이로 만들어진 여인은 어깨 너머로 스카프처럼 두른 좁고 파란 리본 끈이 달린 깨끗한 모슬린 드레스를 입고 있었다. 리본 끈의 앞섶은 그녀의 얼굴만큼 커다랗고 화려한 장식용 장미로 고정되어 있었다.

무용수인 자그마한 숙녀는 양손을 쭉 펼치고 두 다리 중 하나를 뒤로 무척 높이 올리고 있어서 외다리 주석 병정의 눈에는 뒤로 올린 무용수의 한쪽 다리가 보이지 않았다. 그래서 외다리 주석 병정은 무용수도 자신처럼 다리가 하나만 있는 줄 알았다.

'저 여인은 나의 아내가 될 사람이야. 하지만 너무 당당한 데다 사는 곳도 성이잖아. 난 스물다섯 명이 상자 하나에서 함께 사는데. 저 여인을 위한 자리가 없어. 우선은 그녀랑 아는 사이가 돼야 해.'

주석 병정이 속으로 생각했다. 그러더니 작고 섬세한 숙녀를 훔쳐보기 위해 탁자 위에 놓인 코 담뱃갑 뒤로 팔 다리를 쭉 펴고 섰다. 섬세한 숙녀는 한쪽 다리로 계속 서 있었지만 균형을 잃지 않았다. 밤이 되자 집 안 사람들은 다른 주석 병정들을 상자 안에 집어넣고 잠자리에 들었다. 이제 장난감들은 자기들끼리 놀기 시작했다. 다른 곳을 방문하거나 모의 전투

를 벌이거나 무도회를 열었다. 주석 병정들도 상자 안에서 덜컹거렸다. 밖으로 나가서 재미를 보고 싶었지만 상자 뚜껑을 열 수 없었다. 호두까기가 공중제비를 돌고 석판화용 연필은 석판 위에 글씨를 휘갈겼다. 잠에서 깬 카나리아가 수다를 떨다가 시를 읊자 집 안이 소란스러워졌다. 주석 병정과 무용수만이 제자리에 가만히 남아 있었다. 두 다리를 쭉 뻗은 무용수는 발끝으로 서 있어도 외다리 주석 병정처럼 몹시 견고해 보였다. 주석 병정은 단 한 순간도 무용수에게서 눈을 떼지 않았다. 벽에 걸린 시계가 열두 번을 치자, 코 담뱃갑 뚜껑이 확 열리더니 코담배가 아니라 작고 까만 고블린이 나왔다. 사실 코 담뱃갑은 진짜가 아니라 퍼즐 장난감이었다.

"주석 병정, 네 것이 아니면 바라지도 마."

고블린이 외다리 주석 병정에게 이야기를 걸었다. 하지만 주석 병정은 이야기를 듣지 못한 척했다.

"그래 좋아. 내일까지 기다리지."

고블린이 이야기를 마쳤다.

어린아이들이 다음 날 아침 탁자로 오더니 외다리 주석 병정을 창문에 세웠다. 고블린 때문이든 아니면 찬바람 때문이든 창문이 벌컥 열리는 바람에 창문 밖으로 떨어진 그는 삼층 높이에서 땅바닥으로 곤두박질쳤다. 정말 무시무시한 추락이었다. 머리부터 바닥으로 떨어지는 바람에 모자와 총검은 판석 사이에 끼고 한쪽 다리는 공중에 붕 떠 버렸다. 집안일을 하는 하녀와 어린 남자아이가 주석 병정을 찾아보려고 즉시 아래로 내려왔다. 그를 밟을 뻔하기까지 했지만 좀처럼 보지 못했다. 만약 그가 '나 여기 있어요'라고 소리쳤더라면 상황은 좋아졌겠지만 주석 병정은 자존심이 너무 세서 제복을 입은 채로는 살려 달라고 소리칠 수 없었다.

곧 비가 내렸다. 빗방울이 점점 많아지더니 엄청나게 쏟아졌다. 이제 비가 멈추자 남자아이 두 명이 갑자기 나타났다. 그중 한 명이 소리쳤다.

"저기 좀 봐, 주석 병정이 있어. 항해를 하려면 배가 필요해."

그래서 두 아이는 신문지로 배 한 척을 만들어서 주석 병정을 그 안에 넣은 다음 배수로 쪽으로 밀어 주었다. 그동안 두 아이는 박수를 치면서 배 옆을 달렸다. 맙소사! 배수로 안에서 커다란 파도가 생기다니! 그러자 물줄기가 정말 빨라졌다. 비가 너무 많이 쏟아졌기 때문이다. 주석 병정을 태운 종이배가 위아래로 출렁이더니 둥그렇게 원을 그렸다. 때때로 배가 몹시 빨리 지나가자 주석 병정은 몸이 부들부들 떨렸다. 하지만 주석 병정은 굳건하게 머물며 안색 하나 바꾸지 않았다. 그는 앞만 똑바로 쳐다보며 어깨에 소총을 멘 자세를 그대로 유지했다. 그런데 갑자기 종이배 위로 다리가 나타났다. 바로 배수관 뚜껑이었다. 당장 주석 병정이 살던 상자처럼 주위가 깜깜해졌다.

'지금 어디로 가는 걸까? 까만 고블린 때문에 이런 일이 생긴 거야. 작은 숙녀만 나와 함께 이 배 안에 있으면 어둠 따윈 아무것도 아닐 텐데.'

주석 병정이 속으로 생각했다.

갑자기 배수로 속에 사는 커다란 물쥐 한 마리가 나타났다.

"통행증 있어요? 얼른 나에게 줘요."

물쥐가 요구했다.

하지만 주석 병정은 아무 말도 없이 소총만 그 어느 때보다 단단히 멨다. 종이배가 앞으로 나아가는데 물쥐도 계속 쫓아왔다. 이빨을 아득아득 갈면서 나무 조각과 지푸라기에게 소리쳤다.

"저자 좀 막아요, 저자 좀 막아. 저자는 통행료를 내지 않았어요. 통행증도 보여 주지 않았다고요."

물살은 점점 더 세졌다. 주석 병정의 눈에 아치가 끝나는 부분에 밝게 비치는 햇살이 보였다. 그런데 아무리 용감한 사람이라도 깜짝 놀랄 만큼 엄청난 소리가 들렸다. 터널 끝 지점에서 배수관이 커다란 수로를 지나 가파른 지점으로 나뉘었다. 인간으로 치면 폭포처럼 위험한 곳이었다. 주석 병정은 가파른 폭포에 너무 가까이 있어서 도저히 종이배를 멈출 수가 없었다. 종이배가 앞으로 돌진했지만 가여운 주석 병정은 겁을 집어먹은 모습을 보이지 않으려고 눈꺼풀 한번 깜박이지 않으며 가까스로 몸을 꼿꼿하게 세웠다. 종이배가 서너 차례 빙그르르 돌자 물이 배의 끝까지 찼다. 그 무엇으로도 가라앉는 배를 멈출 수 없었다. 이제 물은 서 있는 주석 병정의 목까지 차올랐다. 계속 가라앉던 종이배는 물 때문에 연해지고 헐거워졌다. 물은 주석 병정의 머리 위까지 출렁거렸다. 다시는 볼 수 없는 우아한 무용수를 생각하는데 귓가에 노랫말이 들렸다.

"잘 가요, 무척 용감한 전사여!

당신의 무덤으로 직진합니다.”

종이배가 산산조각나자 물속으로 가라앉던 주석 병정을 커다란 물고기가 바로 삼켰다. 물고기 배 속은 정말 캄캄했다. 굴속보다 훨씬 어둡고 좁았지만 어깨에 총을 멘 주석 병정은 여전히 팔과 다리를 쭉 편 채로 꼿꼿이 서 있었다. 주석 병정을 삼킨 물고기는 앞뒤로 헤엄치며 경이로운 움직임을 보여 주더니 마침내 잠잠해졌다.

잠시 후, 주석 병정의 눈앞에 번갯불 같은 섬광이 비추더니 일상의 빛이 점점 눈에 들어왔다.

“이건 그 주석 병정이 분명해.”

소리치는 목소리가 들렸다.

실은 주석 병정을 집어삼킨 물고기를 누군가가 잡아서 시장에 내놓았는데 요리사에게 팔린 것이었다. 요리사는 물고기를 부엌으로 갖고 와서 커다란 칼로 배를 갈랐다. 엄지와 검지로 주석 병정의 허리를 잡아서 방 안으로 들고 왔다. 사람들은 모두 물고기 배 속으로 들어갔다 나온 놀라운 주성 병정을 보려고 안달했다. 하지만 그는 기분이 썩 좋지 않았다. 사람들은 탁자 위에 그를 올려놓았다. 이 세상에는 정말 신기한 일이 너무 많았다. 그는 지금 창문 밖으로 떨어졌던 바로 그 집에 있었다. 아이들도 같고 탁자 위의 장난감도 모두 같았다. 예쁜 성과 성문 앞에 서 있는 우아한 무용수도 보였다. 아직까지 한쪽 다리를 높이 치켜들고 다른 한쪽 다리로만 균형을 잃지 않고 서 있었다. 그녀는 주석 병정처럼 꼿꼿해 보였다.

너무나 보고 싶었던 그녀를 보자 가슴이 뭉클하니 눈물이 쏟아질 것 같았지만 꾹 참았다. 주석 병정은 그녀만 바라보았다. 두 인형은 아무 말도 없었다.

그런데 어린 남자아이들 중 한 명이 갑자기 외다리 주석 병정을 들더니 난로 속으로 던져 버렸다. 아이는 아무런 이유도 없이 이런 짓을 했다. 그러니 코 담뱃갑 속에 사는 까만 고블린의 잘못이 분명했다. 주석 병정이 일어서자 불꽃이 일었다. 난로 속 열기는 무시무시했다. 실제 불 때문인지 아니면 사랑의 열기 때문인지 주석 병정도 구분이 되지 않았다. 물속을 돌아다녀서인지 아니면 슬픔 때문에 바랜 것인지 탈색된 제복 빛깔이 그의 눈에 띄었다. 주석 병정이 작은 무용수를 바라보자, 그녀도 그를 바라보았다. 그는 자신이 녹아내리는 것을 느꼈지만 여전히 어깨에 소총을 단단히 메고 있었다. 별안간 방문이 벌컥 열리더니 차가운 바람이 작은 무용수를 휘어잡았다. 그녀는 가냘픈 요정처럼 곧장 난로 속 주석 병정 옆으로 훨훨 날아들었다. 그 순간 바로 불꽃에 휩싸이더니 종이 무용수의 형체가 사라졌다. 외다리 주석 병정은 응어리로 녹아내렸다. 다음 날 아침 하녀가 난로의 재를 꺼내는데 작은 하트 모양의 주석 병정이 보였다. 하지만 작은 무용수는 숯처럼 까맣게 탄 장식용 장미꽃 말고는 아무것도 남기지 않았다.

Notes on the Story

THE BRAVE TIN SOLDIER

장난감과 다른 무생물들이 살아 움직이는 창의적인 이야기는 오비드의 《변신 이야기》 속 <피그말리온>부터 차이콥스키의 <호두까기 인형>, 현대의 디즈니 실사 영화 <토이 스토리> 시리즈에 이르기까지 여러 문화권에서 찾아볼 수 있다. 안데르센은 우화 같은 특징을 주기 위해 말하는 사물이 실린 <짜깁기 바늘>과 <꼬투리에서 튀어나온 완두콩 다섯 알>, <펜과 잉크스탠드>등을 포함해 여러 이야기에 일상의 마술적 감각을 주고, 이런 등장인물의 행동을 통해 교훈을 주고자 의인화된 사물을 자주 활용했다. 안데르센은 바늘과 펜, 인형 등을 통해 주석 병정의 실패한 사랑처럼 복잡한 인간의 경험을 탐색했다.

<꿋꿋한 장난감 병정>이 생명 있는 장난감들이 등장하는 것 말고 다른 전형적인 동화와 다른 점은 바로 비극적인 결말로 끝난다는 것이다. 안데르센의 이야기는 늘 해피엔딩으로 끝나지 않았다. 이는 안데르센의 불만족스러운 인생(특히 가여운 외다리 장난감 병정처럼 마음의 문제)이 원인인 경우가 많았다.

웜 윔블 경

SIR WORM WYMBLE

조지 맥도널드

한겨울 어느 눈 내리는 밤이 되면, 무기를 든 채로 교회 무덤 속 돌 위에 누워 있는 기사 이야기를 해 주겠다고 우리에게 약속한 사람은 커스티였다. 데이비드를 무릎에 앉힌 그녀가 불 옆에 앉자 우리도 그녀 쪽으로 의자를 바짝 당겨 앉았다. 용감한 터키는 안전한 중앙에서 가장 멀리 떨어진 곳에 앉았다. 커스티는 정말 무시무시하지만 재미있는 이야기를 많이 해 주었다. 커스티의 이야기가 웜 윔블 경과 역사적으로 조금의 연관성도 없다고 생각한다 말해도 무리는 아닐 것이다. 웜 윔블 경은 죽은 기사와 이름만 같았다. 그녀가 들려준 이야기는 하이랜드(스코틀랜드의 산악 지대)의 오랜 전설이었다. 커스티는 우리 모두 잘 알 정도로, 켈트족 특유의 공상 속 꽃들로 내용을 부풀리고 이야기의 형식을 무시했다.

"하이랜드에는 항아리가 하나 있거든."

커스티가 이야기를 시작했다.

"우리 집에서 그리 멀지 않은 조그만 협곡 바닥 말이야. 아주 크지는 않지만 정말 무시무시하게 깊은 항아리야. 너무 깊어서 바닥이 보이지 않을 정도지."

"그럼 쇠 항아리야, 커스티?"

앨리스터가 물었다.

"아니, 바보!"

커스티가 대답을 이었다.

"여기서 항아리란 물이 가득 들어 있는 커다란 구덩이를 말하는 거야. 아주 시커멓고 깊은 구덩이 말이야."

"어머!"

앨리스터가 고함치더니 바로 잠잠해졌다.

"그런데 그 항아리 속에 켈피가 살았대."

"켈피가 뭐야, 커스티?"

앨리스터가 끼어들었다. 그는 필요한 질문은 꼭 하고 쓸데없는 질문은 최소한으로 하는 편이었다.

"켈피는 사람들을 잡아먹는 아주 무시무시한 생물이야."

"그런데 어떻게 생겼어, 커스티?"

"말처럼 생겼어. 암소 같은 머리가 달렸고."

"그럼 얼마나 커? 암소만 해?"

"암소보다 커. 네가 본 가장 큰 암소보다 훨씬 커."

“입도 커?”

“그럼, 아주 무시무시하게 큰 입이지.”

“이빨은?”

“이빨은 별로 많지 않아. 하지만 이빨이 정말 무시무시하게 크지.”

“오!”

“자, 그런데 오래전에 양치기 한 사람이 그 항아리에서 그리 멀지 않은 곳에서 살았대. 그 남자는 아는 것이 많았어. 켈피와 브라우니와 요정들에 대해 속속들이 알았대. 그래서 빨간 베리가 달린 마가목 가지 하나를 자기 집 문에 걸어 두었대. 그러면 켈피가 집 안으로 들어올 수 없거든. 이 양치기에게는 정말 아름다운 딸이 하나 있었대. 너무 예뻐서 켈피가 꼭 먹고 싶어 할 정도였지. 내 생각에는 어느 날 머리를 항아리 밖으로 내밀고 있다가 아름다운 딸이 지나가는 걸 본 것 같아. 그런데 켈피는 해가 진 다음에만 항아리 밖으로 나올 수 있었대.”

“왜?”

앨리스터가 물었다.

“나도 몰라. 그 켈피에게 그런 특징이 있는 거지. 녀석의 두 눈이 환한 빛을 견딜 수 없었거든. 그런데 어두운 곳에서는 아주 잘 볼 수 있었대. 어느 날 밤 양치기의 아름다운 딸이 갑자기 잠에서 깼는데 그놈의 커다란 머리가 창문으로 그녀를 보고 있었어.”

“근데 그렇게 깜깜한데 그 여자는 켈피를 어떻게 볼 수 있었어?”

앨리스터가 물었다.

"켈피의 두 눈에서 빛이 나와서 녀석의 머리를 환하게 비추었거든."

커스티가 앨리스터에게 상황을 설명했다.

"하지만 켈피가 안으로 들어올 순 없지!"

"그럼, 안으로 못 들어와. 그놈은 그냥 집 안을 들여다본 거야. 그리고 어떻게 하면 여자를 잡아먹을 수 있을지 생각한 거지. 아침이 되자 딸이 아버지에게 켈피 이야기를 했어. 그러자 아버지는 아주 깜짝 놀라서 딸에게 해가 진 후에는 단 한순간도 밖으로 나가지 말라고 얘기했어. 그래서 한참 동안 딸은 몹시 조심했어. 그럴 수밖에 없었던 게 켈피는 아무 소리도 내지 않고 그림자처럼 살금살금 다가오거든. 그런데 어느 날 오후, 양치기의 딸은 애인을 만나러 협곡 쪽으로 내려갔대. 두 사람은 한참 동안 이 얘기 저 얘기를 했어. 그런데 그 딸이 깜박한 사이 태양이 지려고 했어. 그녀는 바로 작별 인사를 하고 집으로 달려갔지. 그런데 집으로 가려면 그 항아리가 있는 곳을 지나쳐야만 했어. 딸이 그곳을 지나치려는 순간 마지막 태양 빛이 사라지고 있었지."

"그녀는 뛰어야 해!"

우리의 대변자 앨리스터가 얘기했다.

"당연히 그녀는 뛰었어."

커스티가 얘기했다.

"무시무시한 시커먼 항아리를 막 지나쳤지. 그 항아리 안에 그런 짐승이 없었어도 그날은 정말 무시무시한 날, 아니 밤이었어."

"하지만 그 안에 그 짐승이 있었잖아."

앨리스터가 또 끼어들었다.

커스티는 이번에는 앨리스터의 말에 신경쓰지 않고 이야기를 계속했다.

"딸은 뒤에서 물이 쉿 하고 지나가는 소리를 들었어. 항아리 바닥에 있던 켈피가 밖으로 올라오면서 놈의 등에서 물이 출렁 떨어지는 소리였지. 아까 그녀가 달렸다면 지금은 날듯이 뛰었어. 그런데 가장 곤란한 건 딸에게는 뒤로 다가오는 그놈이 지나가는 소리가 들리지 않았어. 즉, 그놈이 어디 있는지 알 수가 없었다는 말이야. 그놈은 딸을 잡아먹으려고 매 순간마다 입을 쫙 벌렸어. 마침내 딸이 집에 도착했어. 그런데 아버지가 딸을 찾으려고 밖으로 나가면서 문을 활짝 열어 두었나 봐. 그 덕분에 딸은 바로 집 안으로 뛰어들 수 있었을 거야. 그런데 온 숨을 내뱉으면서 집 안으로 들어가는 순간 딸은 거꾸러지고 말았어."

이제 앨리스터가 자리에서 벌떡 일어나더니 박수를 치면서 소리쳤다.

"그럼 켈피가 딸을 먹지 못했어! 커스티! 그치!"

"먹지 못했어. 근데 딸이 넘어지면서 한쪽 발이 문지방 밖으로 튀어나오게 됐어. 그래서 마가목 가지가 그녀를 보호할 수 없었어. 그때 그 짐승이 커다란 입으로 그녀의 발을 꽉 잡았어. 집 밖으로 끌어내서 시간이 날

때 잡아먹으려고 말이야."

그 순간 앨리스터의 얼굴을 상상해 보라! 앨리스터는 머리카락이 거의 끝까지 곤두서고 입은 쫙 벌어지고 얼굴은 종잇장처럼 새하얗게 되었다.

"어서 빨리 해, 커스티."

터키가 얘기했다.

"안 그럼 앨리스터가 버럭 화를 낼걸."

"하지만 그녀는 켈피의 입안에 한쪽 신발을 벗어 버렸어. 그래서 발을 웅그리고 살아날 수 있었지."

앨리스터의 머리카락이 가라앉았다. 아이는 깊은 숨을 내쉬며 자리에 다시 앉았다.

하지만 터키는 무척 똑똑하든가 아니면 상상력이 전혀 없는 아이였다, 갑자기 이 부분에서 끼어든 걸 보면.

"난 그 말 하나도 믿을 수 없어, 커스티."

"뭐라고! 그럼 믿지 마."

커스티가 대답했다.

"아니. 딸은 진창 속에 신발을 잃어버렸어. 딸이 항아리 속에서 들은 건 야생 오리의 소리였지. 그리고 그녀를 쫓아온 짐승 같은 건 없었어. 그녀는 그런 건 본 적도 없어. 커스티도 알잖아."

"그녀는 창문으로 녀석을 봤어."

"그래, 맞아. 그때가 한밤중이었어. 나도 한밤중에 일어나서 많이 봤다고. 한번은 커다란 쥐를 호랑인 줄 알았다고."

커스티는 화난 얼굴이었다. 이야기가 절정에 이르렀는데 뜨개바늘을 훨씬 빨리 움직였다.

"입 좀 다물어. 터키, 우리도 마지막 이야기 좀 듣자고."

내가 끼어들었다.

하지만 커스티는 눈으로 뜨개질만 바라볼 뿐 이야기를 다시 시작하지 않았다.

"이게 다야, 커스티?"

앨리스터가 물었다.

커스티는 여전히 아무 대답도 하지 않았다. 그녀는 화를 참느라 온 힘이 다 필요했다. 커스티의 신분은 양치기 소년의 못 믿겠다는 비난 때문에 화를 참을 수 없는 자리가 아니었다. 잠시 후 그녀는 이야기를 다시 시작했다. 마치 한 번도 이야기를 끊은 적이 없는 것처럼, 비판은 한 마디도 듣지 않은 것처럼 이야기를 시작했지만 맨 처음에는 목소리가 살짝 떨렸다.

"그녀의 아버지가 곧 돌아왔어. 몹시 괴로워했지. 그런데 문 안에 누워 있는 딸을 보고 바로 상황이 어떻게 되었는지 알았던 거야. 그는 그 짐승보다 딸의 애인 때문에 더 화가 났어. 자기 딸은 양치기의 자식이고 딸의 애인은 신사지만 두 사람은 같은 매클라우드 가문이니까. 그런 것 때문에 딸에게 애인을 만나러 가지 말라고 반대한 건 아니었어."

매클라우드는 커스티의 씨족이었다. 난 커스티의 이야기가 만들어진 실제 전설은 라세이 섬(영국의 스코틀랜드 본토와 스카이 섬 사이에 있는 섬)의 이야기라는 것을 그때 알았다. 커스티는 라세이 섬 출신이었다.

"그럼 왜 양치기 아저씨는 그 신사한테 화가 난 거야?"

앨리스터가 물었다.

"신사가 딸을 사랑하기보다는 함께 있는 걸 더 좋아했기 때문이야. 적어도 양치기는 그렇게 말했어. 그리고 딸이 집으로 안전하게 돌아가는 걸 봐야 했다고 했지. 그런데 그 신사도 양치기가 한 번만 더 딸에게 말을 걸면 죽여 버리겠다고 위협할 줄은 몰랐어."

커스티가 대답했다.

"그런데 난 이 이야기가 윔 윔블 경에 대한 이야긴 줄 알았어. 매클라우드 씨 이야기가 아니라."

앨리스터가 얘기했다.

"물론이야. 그 사람이 어쩌다 그런 이름을 얻게 되었는지 내가 말하지 않을 것 같아?"

커스티는 의구심이 확산될까 봐 걱정되어 열정적으로 대답했다.

"그 신사는 윔 윔블 경이 아니었어, 그때는. 그의 이름은……."

여기서 그녀는 잠시 이야기를 멈추더니 앨리스터를 빤히 쳐다봤다.

"그의 이름은 앨리스터, 앨리스터 매클라우드였어."

"앨리스터라고!"

말도 안 되는 우연 때문에 그 이름을 반복하며 내 동생이 소리쳤다.

"그래, 앨리스터야!"

커스티가 대답했다.

"세상에 앨리스터라는 이름은 정말 많아. 그리고 모든 매클라우드가 할 일을 다 하는 건 아니야. 게다가 공포가 어떤 것인 줄도 모르지. 넌 다른 앨리스터가 될 거야. 우리 어여쁜 앨리스터."

커스티가 이렇게 덧붙이며 아이의 머리카락을 쓰다듬었다.

기분이 좋아진 앨리스터는 얼굴이 빨개졌다. 그리고 한동안 질문을 던지지 않았다.

"음, 내가 말한 대로, 그녀의 아버지는 몹시 화를 냈어. 그래서 딸에게 다시는 앨리스터를 만나러 가지 말라고 했어. 하지만 딸은 더 이상 그를 만날 수 없는 이유를 알려주려고 딱 한 번만 만나겠다고 했어. 그리고 일주일 후 그를 만나기로 했어. 그때는 우편물이 없었거든. 애인을 만난 그녀는 모든 이야기를 했어. 앨리스터는 그때는 아무 말도 하지 않았지. 그런데 다음 날 앨리스터가 저녁 식사 시간에 양치기의 오두막으로 성큼성큼 걸어왔어. 클레이모어(스코틀랜드의 전사들이 쓰던 양손 검으로 끝이 두 갈래인 대형 검)를 한쪽 옆구리에, 단검은 다른 옆구리에 차고, 날이 두 개인 검은 단검은 스타킹 속에 집어넣고 왔어. 정말 보기만 해도 위풍당당한 모습이었어. 크고 힘센 신사였지! 그는 양치기가 식사를 하는 오두막까지 성큼성큼 걸어왔어.

'앵거스 맥퀸. 항아리 속의 켈피가 따님께 무례를 범했다는 것을 이제 알았습니다. 제가 그놈을 죽이겠습니다.'

'어떻게 하실 건데요, 경?' 앵거스가 꽤나 퉁명스럽게 물었어. 앵거스는 넬리의 아버지니까.

'이 클레이모어는 단번에 상대를 쪼아댈 수 있는 것이오.' 앨리스터가

앨리스터가 양치기의 오두막으로 성큼성큼 걸어왔어. 클레이모어를

한쪽 옆구리에, 단검은 옆구리에 차고, 검은 단검은 스타킹 속에 집어넣고.

말했어. 즉, 아주 좋은 쇠로 만들어서 칼끝이 칼자루에 닿을 만큼 많이 휘어도 부러지지 않는 칼이라는 뜻이었어.

'그리고 이것은 라세이의 황소 가죽으로 만든 방패입니다. 이건 늙은 앤드류 페라라(유명한 도공)가 만든 사십오 센티미터짜리 단검이고, 이 집 문도 뚫을 수 있는 단검도 갖고 왔소. 앵거스 씨, 이제 우린 만반의 준비를 갖추었소.'

'아니, 전혀 그렇지 않아요.' 앵거스가 대답했어. 앵거스는 내가 아까 지혜롭고 아는 것이 많다고 했던 그 사람이야. '전혀 안 됐소. 켈피 가죽은 황소 세 마리의 가죽보다 더 두꺼워서 당신이 갖고 온 무기로는 자국 하나도 남길 수 없을 것이오.' 앵거스가 덧붙였지.

'그럼 어떻게 해야 하나요, 앵거스 씨, 어떻게 해야 그놈을 죽일 수 있죠?'

'방법을 가르쳐 드릴게요. 하지만 용감한 남자만이 할 수 있소.'

'그럼 내가 그 정도의 용기도 없다는 말인가요, 앵거스 씨?'

'우선 당신이 용기 없는 한 가지가 무언지는 알고 있지요.'

'그게 뭡니까?' 앨리스터가 물어보는데 얼굴이 점점 빨개졌어. 하지만 넬리 아버지의 화를 돋우고 싶진 않았던 거야.

'당신은 우리 씨족들 앞에서 우리 딸과 결혼할 만한 용기가 없소. 우리 넬리가 협곡에서만 얘기하고 싶은 사람이라면 신사 숙녀들이 있는 홀 안으로 데리고 들어갈 만큼 좋은 사람이 아니라는 뜻이잖소.' 앵거스가 대답했지.

그러자 앨리스터의 얼굴이 훨씬 더 빨개졌어. 하지만 화가 나서 그런 것은 아니었지. 그가 나이 든 양치기 앞에서 고개를 숙였다가 잠시 후 다시 얼굴을 들었을 때는 낯빛이 창백했어. 두려움 때문이 아니라 결의 때문이었지. 그는 신사처럼 마음을 단단히 먹었어.

'앵거스 맥퀸 씨, 따님을 제 아내로 주시겠습니까?' 그가 물었어.

'당신이 켈피를 죽이면 그렇게 하겠소.' 앵거스가 대답했어. 앵거스는 넬리를 차지하려면 그 정도는 할 수 있는 사람이 자격이 있다고 생각했던 거야."

"그런데 켈피가 그 사람을 죽이면 어떻게 해?"

앨리스터가 물었다.

"그럼 그 사람은 아가씨를 얻지 못하는 거지."

켈리가 시원하게 대답했다.

"하지만 아무리 어려운 일도 해결할 방법이 늘 있게 마련이야. 양치기인 앵거스가 신사인 앨리스터에게 방법을 가르쳤어."

켈리가 다시 시작했다.

"그래서 앵거스는 앨리스터를 데리고 항아리 쪽으로 갔어. 두 사람은 커다란 돌을 함께 굴렸어. 돌들을 위로 세워서 두 줄을 만들었어. 돌과 돌 사이 간격은 켈피가 걸을 수 있을 만큼 벌렸지. 켈피는 소리는 들을 수 있어도 볼 수는 없으니까 두 사람은 날이 어두워지기 전에 오두막 안으로 들어가려고 주의했지. 하루 만에 일을 다 끝낼 수 없었거든. 이제 두 사람은 밤을 꼴딱 새우면서 켈피가 커다란 대가리로 창문을 들여다보는 걸 지켜봤지. 켈피는 이 창문 저 창문을 기웃댔지.

해가 뜨자마자 두 사람은 다시 일을 시작했어. 항아리가 있는 곳에서 시작해서 오두막이 있는 작은 언덕 꼭대기까지 돌을 두 줄로 세웠지. 그리고 십자가 모양의 마가목 가지를 모든 돌 위에 매달았어. 일단 켈피가 돌 길 사이에 들어서면 돌 길이 끝나는 곳까지 가야만 밖으로 빠져나올 수 있었지. 이제부터는 넬리가 할 일이지. 두 사람은 다량의 가시금작화와 땔감과 토탄을 모았어. 오두막 옆의 길 끝에 그걸 쌓았어. 그리고 앵거스는 어린 돼지 한 마리를 잡아서 요리하기 위해 손질을 마쳤어.

'이제 자넨 내 동생 해미쉬에게 가보게.' 앵거스가 매클라우드에게 얘기했어. '자네도 알다시피 내 동생은 목수야. 동생에게 기다란 윔블을 빌려 달라고 하게.'

'윔블이 무엇입니까?' 앨리스터가 물었어.

'커다란 목공용 송곳처럼 생긴 기다란 도구야. 십자가 모양의 손잡이가 달려서 그걸 나사처럼 돌리면 돼.'

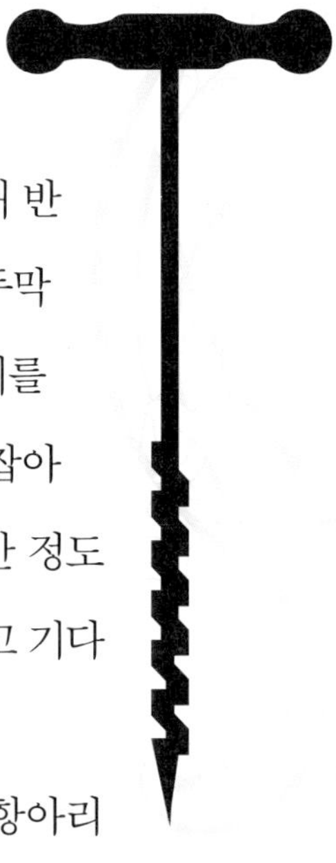

앨리스터는 바로 달려가서 윔블을 갖고 왔어. 그리고 채 반 시간도 지나지 않아서 해가 졌지. 두 사람은 넬리를 오두막 안으로 들어가게 한 다음 문을 닫았어. 참 그런데 이 얘기를 빼먹었네. 두 사람은 땔감 뒤로 커다란 돌무더기를 쌓고 잡아 온 돼지를 땔감 불로 구웠어. 그리고 윔블은 불 속에 중간 정도만 집어넣었지. 이제 두 사람은 돌무더기 뒤로 몸을 숨기고 기다렸어.

태양이 완전히 사라질 때쯤 돼지가 구워지는 냄새가 항아리

쪽 길까지 퍼졌어. 켈피가 늘 나오는 길이었지. 녀석은 돼지 굽는 냄새를 맡는 순간 고개를 쭉 뺐어. 그리고 밖으로 나가서 돼지고기가 어디 있는지 보면 참 좋겠다고 생각했지. 녀석이 밖으로 나간 순간 돌길 사이에 있게 되지만 그럴 줄은 까맣게 몰랐어. 항아리 바깥쪽에서 돼지를 굽는 곳까지 직진으로 쭉 이어지는 길이었거든. 이제 켈피가 항아리 밖으로 나왔어. 그리고 날이 어두워지자 녀석은 커다랗고 부드러운 물갈퀴 발로 아무 소리도 내지 않고 불을 피운 곳까지 갔어. 그때까지 남자들은 아무 소리도 듣지 못했어.

'녀석이에요.' 앨리스터가 얘기했어.

'쉿!, 녀석이 듣겠어.' 앵거스가 주의를 주었어.

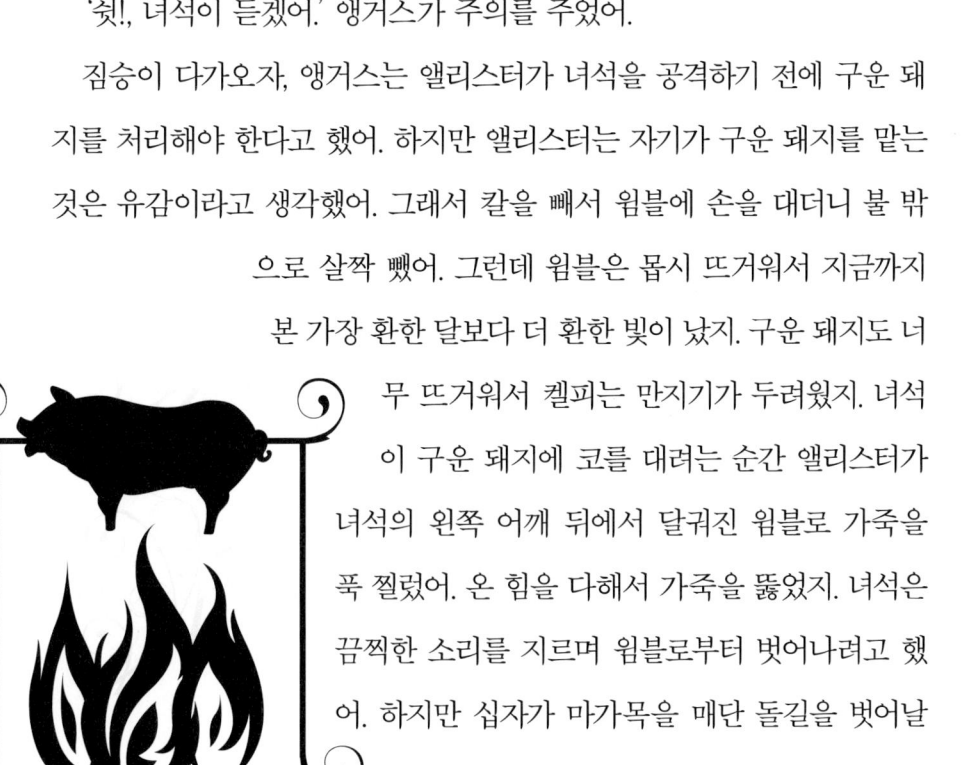

짐승이 다가오자, 앵거스는 앨리스터가 녀석을 공격하기 전에 구운 돼지를 처리해야 한다고 했어. 하지만 앨리스터는 자기가 구운 돼지를 맡는 것은 유감이라고 생각했어. 그래서 칼을 빼서 윔블에 손을 대더니 불 밖으로 살짝 뺐어. 그런데 윔블은 몹시 뜨거워서 지금까지 본 가장 환한 달보다 더 환한 빛이 났지. 구운 돼지도 너무 뜨거워서 켈피는 만지기가 두려웠지. 녀석이 구운 돼지에 코를 대려는 순간 앨리스터가 녀석의 왼쪽 어깨 뒤에서 달궈진 윔블로 가죽을 푹 찔렀어. 온 힘을 다해서 가죽을 뚫었지. 녀석은 끔찍한 소리를 지르며 윔블로부터 벗어나려고 했어. 하지만 십자가 마가목을 매단 돌길을 벗어날

수 없었지. 달아나려면 좁은 돌길 사이에서 오른쪽으로 방향을 틀어야 했지. 하지만 앨리스터도 켈피처럼 떨 수 있었지. 그는 윔블의 손잡이를 꽉 붙잡고 있다가 녀석이 허둥댈 때마다 다른 쪽으로 방향을 틀었어. 그 덕분에 녀석이 항아리에 도착하기 전에 윔블로 녀석의 심장을 뚫을 수 있었지. 그러자 켈피는 항아리 모서리에 죽어 넘어졌어.

그리고 두 사람은 집으로 갔어. 적당히 익은 돼지는 이들의 저녁 식사가 되었지. 이제 앵거스는 앨리스터에게 넬리를 주었어. 두 사람은 결혼해서 오래도록 행복하게 살았대."

"그럼 앨리스터의 아버지가 그를 죽이지 않았네?"

"응. 곰곰이 생각하더니 그러지 않는 게 좋겠다고 생각했어. 잠깐 동안은 화가 났지만 시간이 지나자 결국 이겨 냈어. 그리고 앨리스터는 훌륭한 사람이 되었어. 그가 한 일 덕분에 앨리스터 매클라우드로 불리지 않고 윔 윔블로 불리게 되었지. 그는 죽어서……."

커스티가 결론을 맺었다.

"너희 아버지가 묻힌 교회 무덤에 묻혔더라고. 너희들도 무덤의 비석을 자세히 들여다보면 윔블이라는 글씨를 알아볼 수 있을 거야. 그런데 지금쯤은 다 닳았을지도 모르겠다."

Notes on the Story

Sir Worm Wymble

조지 맥도널드(1824-1905)는 스코틀랜드의 성직자 겸 빅토리아 시대의 작가로, 노발리스의 영향을 받았다. 맥도널드는 루이스 캐럴, C. S. 루이스, J. R. R. 톨킨 같은 작가와 오늘날의 판타지 문학의 발전에 지대한 영향을 미쳤다. 그는 '독자가 다섯 살이든 혹은 쉰 살이든 아니면 일흔다섯 살이든 단순히 어린이가 아니라 마음이 어린아이 같은 사람들을 대상으로' 작품을 쓴다고 명시했다. 사실 아이처럼 경이로움을 느낄 수 있는 작가의 능력은 상상과 실제 삶의 원동력이 되었다.

⌛

맥도널드는 ≪공주님과 난쟁이≫, ≪공주님과 커디 소년≫, 몸무게가 사라지는 저주를 받은 공주가 나오는 <가벼운 공주> 이야기처럼 편안 마음으로 즐길 수 있는 동시에 복잡한 스토리를 창작한 것으로 유명하다. 그의 동화는 <웜 윔블 경>처럼 주로 소설 속에 옛날이야기처럼 등장하는 것으로 유명하다. <웜 윔블 경>은 스코틀랜드 하이랜드 출신인 어느 소년의 자전적 이야기로, 소년의 성장기를 주로 다룬 ≪래널드 배너맨의 소년 시절≫ 속의 한 챕터다.

이기적인 거인

THE SELFISH GIANT

오스카 와일드

학교 수업이 파하는 오후가 되면 아이들은 날마다 거인의 정원으로 와서 놀곤 했다. 부드러운 초록빛 잔디가 깔린 정말 아름다운 정원이었다. 잔디 너머 이곳저곳에 별처럼 아름다운 꽃들이 피어나고, 봄이면 분홍빛과 진줏빛의 섬세한 꽃이 피어나고, 가을이면 열매를 맺는 복숭아나무 열두 그루가 있었다. 새들이 나무 위에서 감미롭게 노래를 부르면 아이들은 새들의 노랫소리에 귀를 기울이려고 놀이를 그만두곤 했다.

"우리가 여기 있다니 정말 행복해!"

아이들은 서로 이렇게 외쳤다.

그러던 어느 날 거인이 돌아왔다. 거인은 친구인 콘월의 오그르를 만나러 갔다가 7년을 머물렀던 참이다. 친구와 7년을 지내자 이야깃거리가 다 떨어져서 결국 거인은 자기 성으로 돌아가기로 마음먹었다. 집에 도착한 그는 정원에서 노는 아이들을 보고는 소리쳤다.

"너희들 지금 여기서 뭘 하는 거야?"

거인의 무척 퉁명스러운 목소리에 아이들이 모두 달아났다.

"내 정원은 완전히 내 거야. 다들 알아들었겠지. 이제 나만 이 안에서 놀 수 있어."

거인은 이렇게 중얼거리더니 정원 주위로 커다란 벽을 쌓고 게시판도 달았다.

무단 침입자는 고발 조치함.

그는 정말 이기적인 거인이었다. 그래서 가여운 아이들은 이제 놀 곳이 없었다. 도로에서 놀려고 했지만 길은 먼지가 너무 많고 단단한 돌멩이도 진짜 많아서 놀고 싶지 않았다. 아이들은 학교 수업이 끝나면 높은 담으로 에워싸인 정원 주변을 어슬렁대며 정원이 정말 아름다웠다는 이야기를 주고받았다.

"거기 있을 때 우린 정말 행복했어."

아이들은 서로 이런 이야기를 했다.

이제 봄이 되자 온 나라에 작은 꽃이 피고 자그마한 새들이 날아왔다. 하지만 이기적인 거인의 정원만은 아직까지 겨울이었다. 새들은 아이들이 없는 정원에서 애써 노래하려 하지 않았고 나무들도 꽃을 피우는 것을 잊어버렸다. 한번은 아름다운 꽃이 잔디 위로 고개를 내밀었지만 거인이 매단 게시판을 보더니 정원으로 들어오지 못하는 아이들에게 미안한 마음이 들어서 도로 땅 속으로 쏙 들어가 잠이 들었다. 정원에 봄이 오지 않자 백설과 서리가 제일 좋아했다.

"봄이 이 정원을 잊어버렸나 봐. 그럼 우리가 일 년 내내 여기서 살자."

백설과 서리가 소리쳤다.

이제 백설이 커다랗고 하얀 망토로 거인의 정원을 덮자, 서리는 모든 나무를 은빛으로 칠했다. 백설과 서리는 같이 살자고 북풍을 초대했다. 온몸을 모피로 싸맨 북풍이 찾아왔다. 그는 하루 종일 정원 주위를 돌며 으르렁대더니 굴뚝 꼭대기의 통풍관 밑으로 바람을 불었다.

"정말 마음에 드는 곳이야. 우리 우박을 초대하자."

북풍이 제안했다. 그래서 우박도 찾아왔다. 우박은 매일 성의 지붕 위를 세 시간씩 덜커덩거리며 지나다녔다. 결국 슬레이트 지붕이 거의 대부분 박살나자 아주 빠른 속도로 정원을 뛰어다녔다. 잿빛 옷을 입은 우박의 입김은 얼음처럼 차가웠다.

"왜 이렇게 봄이 늦는지 정말 모르겠네."

이기적인 거인은 창가에 앉아서 춥고 새하얀 정원을 내다보며 혼잣말을 했다.

"날씨가 바뀌면 좋을 텐데."

하지만 봄은 결코 찾아오지 않았다. 여름도 찾아오지 않았다. 모든 정원에 황금빛 열매를 맺게 해 주는 가을이 찾아왔지만 거인의 정원에는 아무것도 내주지 않고 이렇게 얘기할 뿐이었다.

“거인은 정말 이기적이야.”

그래서 거인의 정원은 늘 겨울만 있었다. 그리고 북풍과 우박과 서리와 백설은 나무 사이를 이리저리 돌아다니며 춤을 추었다.

어느 날 아침, 침대에 누워 잠을 자던 거인은 아름다운 음악 소리에 깼다. 귓가에 들리는 음악 소리가 너무나 감미로워서 왕의 음악가들이 지나가는 줄 알았다. 하지만 작은 홍방울새가 창문 밖에서 지저귀는 소리였다. 정원에서 새들의 지저귀는 소리를 들은 지가 하도 오래되어 그 소리가 이 세상에서 가장 아름다운 음악 소리 같았던 것이다. 그때 거인의 머리 위로 우당탕대던 우박이 춤을 멈추자 북풍도 으르렁대던 포효 소리를 그만두었다. 열린 여닫이창으로 몹시 기분 좋은 향기가 풍겼다.

“드디어 봄이 찾아왔군.”

거인은 이렇게 말하며 잠자리에서 일어나 밖을 내다봤다.

그가 본 광경은 어떤 것일까?

거인은 정말 놀라운 광경을 보았다. 벽 안에 생긴 작은 구멍으로 기어들어 온 아이들이 나뭇가지에 앉아 있었다. 나무마다 어린아이들이 보였다. 나무들은 아이들이 다시 돌아오자 몹시 기뻐서 꽃으로 안아 주고, 나뭇가지를 아이들의 머리 위로 부드럽게 흔들었다. 새들은 날아다니며 즐겁게 지저귀고, 초록빛 잔디를 뚫고 자란 꽃들이 위를 바라보며 깔깔댔다. 정말 아름다운 광경이었다. 그런데 딱 한구석만 아직 겨울을 벗어나지 못했다. 정원에서 가장 끄트머리 구석이었는데 어린 남자아이가 서 있었다.

나무들은 아이들이 다시 돌아오자 몹시 기뻐서 꽃으로 안아 주고,

나뭇가지를 아이들의 머리 위로 부드럽게 흔들었다.

남자아이는 몸집이 너무 작아서 나뭇가지 위에 올라갈 수 없었는지 주위를 계속 배회하며 슬프게 울었다. 가여운 나무는 아직도 흰 눈과 서리에 덮여 있었다. 북풍이 몰아치며 으르렁거렸다.

"올라와! 아이야."

나무가 애기하며 나뭇가지를 최대한 낮게 구부렸지만 아이는 키가 너무 작았다.

그 모습을 보자 거인의 마음이 녹아내렸다.

"난 정말 나밖에 몰랐어. 왜 봄이 오지 않았는지 이제 알았어. 저 가여운 어린아이를 저 나무 꼭대기 위로 올려 줘야지. 그리고 벽을 부숴야지. 내 정원은 아이들의 놀이터가 될 거야. 이제부터 영원히."

혼잣말을 하던 거인은 자신이 저지른 일을 진심으로 뉘우쳤다.

거인은 아래층으로 내려가서 현관문을 아주 조용히 열고 정원으로 걸어갔다. 하지만 그를 본 아이들이 깜짝 놀라며 모두 달아나자 정원은 다시 겨울이 되었다. 어린 남자아이만 달아나지 못했다. 눈에 눈물이 가득해서 거인이 다가오는 것을 보지 못한 것이었다. 거인은 어린 남자아이의 뒤로 살며시 다가가 아이를 자신의 손안에 놓고 나무 위로 올려 주었다. 나무는 바로 꽃을 피우고 새들이 다가와서 노래를 불렀다. 어린 남자아이는 두 팔을 쭉 뻗어 거인의 목을 얼싸안더니 입맞춤을 해 주었다. 거인이 이제 더 이상 못되게 굴지 않자 다른 아이들도 다시 돌아왔다. 아이들과 함께 봄

이 찾아왔다.

"얘들아, 이제 여긴 너희들의 정원이야."

거인은 커다란 도끼를 가져와서 벽을 때려 부수었다. 한낮에 시장으로 가던 사람들은 지금까지 본 중에 가장 아름다운 정원에서 거인과 아이들이 노는 모습을 보았다.

아이들은 하루 종일 정원에서 놀다가 밤이 되면 거인에게 와서 작별 인사를 했다.

"꼬마 친구는 어디 있니?"

거인이 물었다.

"내가 나무 위에 올려 준 남자아이 말이야."

거인은 자기에게 입맞춤을 해준 그 아이를 가장 사랑했다.

"우리도 몰라요. 그 아인 사라졌어요."

아이들이 대답했다.

"아이를 보면 내일 꼭 이리로 오라고 말 좀 해 줘."

거인이 부탁했다. 하지만 아이들은 어린 남자아이가 어디 사는지 모른다고 전에 한 번도 본 적 없는 아이라고 대답했다. 그러자 거인의 마음이 몹시 쓰라렸다.

매일 오후 학교 수업이 끝나면 아이들은 정원으로 와서 거인과 놀았다. 하지만 거인이 가장 사랑하는 꼬마 아이를 다시는 볼 수 없었다. 거인은 모든 아이들에게 잘해 주었지만 꼬마 아이가 정말 보고 싶어서 자주 혼잣말을 했다.

"어떻게 하면 아이를 볼 수 있을까?"

세월이 흘러 이제 거인은 몹시 늙어서 몸이 허약해졌다. 그는 더 이상 아이들과 놀 수 없어서 거대한 안락의자에 앉아 아이들이 노는 모습을 바라보면서 자신의 정원을 찬미했다.

"나에겐 아름다운 꽃이 정말 많아. 하지만 가장 아름다운 꽃은 역시 아이들이지."

어느 해 겨울 아침, 그는 옷을 갈아입으며 창문 밖을 보았다. 그는 이제 겨울이 싫지 않았다. 겨울은 그저 봄이 잠을 자는 시간이며 꽃들이 쉬는 시기라는 것을 깨달았다.

그가 갑자기 깜짝 놀라더니 두 눈을 비비며 방금 본 곳을 보고 또 보았다. 정말 놀라운 광경이었다. 정원 맨 구석에 새하얀 꽃들이 가득 덮인 나무 한 그루가 보였다. 나뭇가지에는 금빛 열매와 은빛 열매가 주렁주렁 열렸는데 그 아래 거인이 가장 사랑했던 어린 남자아이가 서 있었다.

거인은 정말 좋아하며 아래층을 지나 정원으로 뛰어갔다. 잔디를 급히 지나 아이가 있는 곳까지 다가갔다. 아이에게로 가까이 다가가던 거인의 얼굴이 분노로 점점 빨개졌다.

"누가 감히 네게 이런 짓을 한 거야?"

아이의 두 손바닥에 못 자국 두 개, 작은 발에도 못 자국 두 개가 보였기 때문이다.

"누가 네게 이런 상처를 입힌 거냐고? 내게 말해라. 큰 칼로 그놈을 베어 버리겠다."

거인이 소리쳤다.

"아니에요! 이건 사랑의 상처에요."

아이가 대답했다.

"당신은 누구십니까?"

거인은 갑자기 낯선 경외감이 들어서 어린아이 앞에 무릎을 꿇었다.

그러자 아이가 거인에게 미소를 보이며 얘기했다.

"당신은 나를 당신의 정원에서 놀게 해 주었죠. 오늘은 나와 함께 나의 정원으로 가요, 그곳은 낙원이에요."

오후가 되어 정원으로 달려온 아이들은 나무 밑에서 죽은 채로 누워 있는 거인을 발견했다. 그의 몸에는 온통 새하얀 꽃이 덮여 있었다.

Notes on the Story

The Selfish Giant

풍자적 재치를 담은 희곡으로 유명한 아일랜드 작가 오스카 와일드(1854-1900)는 영국에서 가장 유명한 동화 작가 중 한 사람이다. 1888년 <이기적인 거인>이 포함된 동화집 ≪행복한 왕자≫가 출간되었다. 바로 이때부터 명성을 얻기 시작했으며 1891년 후기 동화집 ≪석류나무집≫을 출간했다. 앞선 다른 작가들처럼 와일드도 동화의 형식을 빌려서 위선을 비판하고 사회적 불평등에 의한 분노를 반영했다. 한스 크리스티안 안데르센의 이야기처럼 그의 이야기도 사랑이 아닌 죽음이 동반된 비극적인 결말을 자주 맞이한다.

⌛

조지 맥도널드의 이야기처럼 와일드의 동화에도 신비하고 영적인 요소가 들어 있다. <이기적인 거인>에는 외로운 거인의 죄를 대속하고 겨울만 있는 정원에 봄이 돌아오게 한 예수 같은 존재가 등장한다. 이 이야기의 분위기는 낙관적인 편이다. <행복한 왕자>처럼 다른 이야기에서도 자신을 희생하는 영웅들이 나오지만 어리석은 위선은 계속되고 잔인하고 부당한 사회 구조는 지속된다.

진실의 돌

THE TOUCHSTONE

로버트 루이스 스티븐슨

세상 사람들에게 평판 좋은 왕이 있었다. 그의 미소는 정향처럼 달콤했지만 마음은 완두콩처럼 속이 좁았다. 왕에게는 아들이 둘 있었다. 작은아들은 그와 마음이 잘 맞았지만 큰아들은 왕도 두려워하는 존재였다. 어느 날 아침, 낮이 되기도 전에 왕이 사는 요새에 북소리가 들렸다. 왕은 두 아들과 함께 말을 타고 길을 떠났다. 용감한 무리가 이들 뒤를 따랐다. 두 시간을 달려서 매우 가파른 갈색 산 아래 도착했다.

"어디까지 가야 하나요?"

큰아들이 물었다.

"저 갈색 산을 넘어갈 것이다."

왕이 미소를 지으며 대답했다.

"아버지가 알아서 하실 거야."

작은아들이 끼어들었다. 세 사람은 두 시간을 더 달려서 물살이 꽤 깊은 검은 강가에 이르렀다.

“이제 우린 어디로 가나요?”

큰아들이 다시 물었다.

“저 검은 강을 건널 것이다.”

왕이 미소를 지으며 대답했다.

“아버지가 다 알아서 하실 거야.”

이번에도 작은아들이 끼어들었다. 세 사람은 하루 종일 달렸다. 막 해가 지려고 할 때 호숫가에 도착했다. 호숫가에는 커다란 요새가 있었다.

“우리의 목적지는 이곳이다. 이곳에 왕이자 사제의 집이 있지. 너희들은 이곳에서 많은 걸 배울 것이다.”

왕이 얘기했다.

요새 문 앞에 사제인 왕이 나타나서 이들을 맞이했다. 매우 근엄한 왕 옆에는 아침처럼 고운 딸이 서 있었다. 딸은 미소 띤 얼굴로 눈을 내리깔고 있었다.

“이 아이들은 저의 두 아들입니다.”

첫 번째 왕이 먼저 자식을 소개했다.

“이 아인 제 딸입니다.”

사제인 왕이 대답했다.

“참으로 아름다운 처자군요. 웃는 모습이 보기 좋습니다.”

첫 번째 왕이 얘기했다.

"아드님들도 참으로 잘 자란 청년이군요. 아드님들의 엄숙한 태도가 마음에 듭니다."

두 번째 왕도 칭찬을 건넸다.

이제 두 왕은 서로를 바라보며 이야기를 꺼냈다.

"일이 벌어질 것 같습니다."

한편 두 아들은 아침처럼 고운 아가씨를 쳐다보았다. 한 아들은 얼굴이 하얘지고 다른 아들은 얼굴이 벌게졌다. 아가씨는 눈을 내리깔며 미소를 지었다.

"난 저 아가씨와 결혼할 거야. 아가씨가 날 보고 웃었거든."

큰아들이 먼저 의견을 말했다.

하지만 작은아들은 아버지의 소매를 잡아당기며 물었다.

"아버지, 한 말씀 드릴게요. 혹시 제가 아버지 눈에 든다면 저 아가씨와 결혼할 수 있을까요? 아가씨가 저를 보고 미소 짓는 것 같습니다."

"너를 위해 한마디만 하겠다. 사냥을 잘하려면 기다려야 하는 법이란다. 그리고 마음이 편안할 때는 말을 삼가야 한단다."

모두 사제인 왕의 요새로 들어가서 마음껏 음식을 먹었다. 사제인 왕의 집은 무척이나 커서 두 아들은 크게 놀랐다. 사제인 왕이 맨 끝 자리에 앉아서 아무 말도 하지 않자 두 아들은 경외감이 가득했다. 아가씨가 두 눈을 내리깔고 미소 띤 얼굴로 이들을 대접하자, 두 아들의 흠모하는 마음이 더욱 커졌다.

하루가 가기 전에 먼저 큰아들이 자리에서 일어났는데 직물을 짜는 부지런한 아가씨가 보였다.

"아가씨, 내 흔쾌히 당신과 결혼하겠소."

큰아들이 이렇게 청혼했다.

"먼저 우리 아버지와 말씀하셔야 해요."

아가씨가 눈을 바닥으로 내리깔고 미소 띤 얼굴로 대답하자 그 모습이 장미처럼 보였다.

"그녀의 마음도 나와 같아."

큰아들은 혼잣말을 하며 호숫가로 가서 노래를 불렀다.

잠시 후 작은아들이 아가씨를 따라와서 이야기를 꺼냈다.

"아가씨, 우리 아버님들이 허락하신다면 당신과 결혼하고 싶어요."

"그럼 먼저 우리 아버지와 얘기하세요."

바닥을 바라보며 미소를 짓는 아가씨는 장미처럼 보였다.

"아가씨는 순종적인 딸이야. 말을 잘 듣는 아내가 될 거야."

이렇게 얘기하던 작은아들에게 한 가지 생각이 떠올랐다.

'그럼 이제 난 뭘 해야 할까?'

그는 아가씨의 아버지가 사제라는 것을 기억하고 사원으로 가서 족제비와 토끼로 제사를 지냈다.

곧 그 소식이 퍼졌다. 사제인 왕이 두 아들과 왕을 불렀다. 높은 자리에 앉은 왕이 이야기를 꺼냈다.

"난 재산도 적고 권력도 거의 없소. 이렇게 음침한 곳에서 살다 보니 음침한 것들은 보기도 싫어요. 게다가 젖은 옷이나 말리는 바람을 맞으며 살아서인지 바람도 싫소. 그런데 내가 좋아하는 딱 한 가지가 있소. 그건 바로 진실이오. 한 가지만 있으면 내 딸을 주겠소. 그건 바로 진실의 돌이오. 그 돌로 사물을 비추면 겉모습은 눈에 띄지 않고 본질만 보이지. 그 밖의 것들은 모두 가치 없소. 자, 청년들. 내 딸과 결혼하고 싶으면 어서 나가 그 시금석을 가지고 오게. 내 딸을 얻으려면 그 정도 대가는 치러야 해."

"아버지 한 말씀 드릴게요. 우린 그 돌이 없어도 잘될 것 같아요."

작은아들이 얘기했다.

"나도 한마디 해야겠다. 난 너와 생각이 다르다. 우선 집에 갈 때까지 입을 다물어야 해."

그리고 아버지는 사제인 왕에게 미소를 지었다.

하지만 큰아들은 먼저 자리에서 일어나며 사제인 왕을 아버지라고 부르더니 이야기를 꺼냈다.

"제가 따님과 결혼을 하든 못 하든 지혜를 사랑하는 당신을 아버지라고 부르고 싶습니다. 이제 말을 타고 세상으로 나가 시금석을 찾겠습니다."

큰아들은 작별 인사를 마치고 말을 타고 길을 떠났다.

"허락해 주시면 저도 가겠습니다."

작은아들이 대답했다.

"넌 나와 함께 집으로 가자."

아버지가 얘기했다.

두 사람은 말을 타고 집으로 돌아왔다. 왕은 작은아들을 금고로 데려가서 얘기했다.

작은아들이 그것을 들여다보자, 수염이 없는 자신의 얼굴이 그대로 보였다.

그는 몹시 기뻤다. 그것은 바로 거울이었다.

"자, 이것이 진실을 보여주는 시금석이다. 세상에는 명백한 진실만 있는 법이다. 이걸 들여다보면 네 본모습이 보일 게야."

작은아들이 그것을 들여다보자, 수염이 없는 자신의 얼굴이 그대로 보였다. 그는 몹시 기뻤다. 그것은 바로 거울이었다.

"그렇게 대단한 물건은 아니지만 이것만 있으면 아가씨를 차지할 수 있을 거야. 그럼 난 아무 불평도 하지 않을 거야. 집에 필요한 물건이 있는데 딴 데서 찾으려고 하는 우리 형은 참 어리석은 사람이야."

작은아들이 중얼거렸다.

이제 두 사람은 사제인 왕의 요새로 돌아가서 거울을 보여주었다. 사제인 왕이 거울을 빤히 들여다보자 자신의 모습이 보였다. 집도 왕의 집이었다. 모든 것이 있는 그대로 보였다. 그는 소리를 지르며 신께 감사했다.

"이제 알겠어. 세상에 명백한 사실만 있다는 것을. 나는 정말 왕이야. 비록 내 마음은 나를 속였지만."

사제인 왕은 신전을 허물고 새로운 신전을 지었다. 그리고 작은아들은 사제인 왕의 딸과 혼인했다.

한편 진실을 시험하는 시금석을 찾기 위해 말을 타고 세상 밖으로 나선 큰아들은 사람들이 사는 곳에 이를 때마다 그것에 대해 들어 본 적이 있는지 물었다. 그때마다 사람들은 이렇게 대답했다.

"우린 그것에 대해 들었을 뿐만 아니라 모든 사람 중에 우리만이 그 물건을 갖고 있습니다. 지금까지 저 굴뚝 한쪽에 걸어 두었죠."

큰아들은 몹시 기뻐하며 그것을 보여 달라고 부탁했다. 그 물건이 거울일 때는 사물의 겉모습을 비추었다. 그러면 큰아들은 이렇게 말하곤 했다.

"이건 시금석일 리가 없어. 겉모습 이상이 보여야 해."

때로는 그것이 석탄 덩어리여서 아무것도 비추지 못할 때가 있었다. 그러면 큰아들은 이렇게 말하곤 했다.

"이건 시금석일 수가 없어. 적어도 겉모습은 있어야지."

때로는 정말 시금석을 발견할 때도 있었다. 색조가 아름답고 측면에 빛이 있고 윤이 나게 닦은 돌이었다. 물건을 발견한 큰아들이 달라고 간청하면 물건의 주인은 흔쾌히 내주었다. 모든 사람이 아주 후하게 선물을 내주었다. 이제 그의 가방은 그것들로 꽉 찼다. 그가 말을 타고 다닐 때마다 물건끼리 부딪히며 쨍그랑 소리를 냈다. 큰아들은 걸음을 멈추고 진실의 돌을 시험해 보려고 물건을 꺼내곤 했다. 드디어 그의 머리가 바람개비처럼 빙빙 돌 것만 같았다.

"저주받은 일이야. 아무래도 끝이 없을 것 같아. 빨간 것도 있고 파란 것, 초록 빛깔도 있어. 내가 보기에 모두 훌륭하단 말이야. 그런데 또 부족한 것도 있어. 정말 저주받은 거래야. 사제인 왕을 아버지라고 부르지만 않았더라면, 내 입에서 노래가 나오고 내 마음을 부풀게 만든 아리따운 아가씨만 없었더라면, 이 모든 것을 바닷물 속에 던져 버리고 집으로 돌아가서 다른 사람들처럼 왕이 되고 싶어."

하지만 그는 산 위의 수사슴을 본 사냥꾼처럼 밤이 되어 불을 붙이고 불빛이 집 안을 밝혀도 마음속에는 수사슴을 잡고 싶은 욕망만 남았다.

오랜 세월이 흐른 지금, 큰아들은 소금바다에 이르렀다. 때는 밤이었고 미개한 곳에서 나는 바닷물 소리가 꽤나 소란스러웠다. 그런데 집 한 채가 눈에 띄더니 촛불 옆에 앉아 있는 남자가 보였다. 큰아들이 그 집으로 가자 남자가 빵이 없다며 마실 물을 주었다. 남자는 큰아들이 이야기를 시키자 할 말이 없다고 고개를 절레절레 저었다.

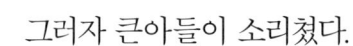

"혹시 진실의 돌을 갖고 있나요?"

큰아들이 묻자 고개를 저었던 남자가 대답했다.

"알지도 모르지요."

그러자 큰아들이 소리쳤다.

"전 가방에 한가득 갖고 있습니다."

이렇게 말하며 웃었지만 마음은 몹시 지쳤다. 그러자 옆에 있던 남자도 깔깔대며 웃다가 촛불을 꺼뜨리고 말았다.

"주무세요, 제가 보니 당신은 충분히 멀리 왔습니다. 당신의 탐색은 끝났습니다. 제 촛불도 꺼졌네요."

아침이 되자 남자는 깨끗한 투명 조약돌 하나를 큰아들의 손에 쥐어 주었다. 아름답지도 않고 색깔도 없는 돌이었다. 투명한 돌을 바라보던 큰아들은 고개를 저으며 자리를 떠났다. 그에게는 돌이 하찮은 물건으로 보였다.

큰아들은 하루 종을 말을 타자 마음이 차분해지고 진실의 돌을 좇고 싶은 욕구가 가라앉았다.

"이 보잘것없는 조약돌이 어떻게 진실의 돌이라는 거지?"

큰아들은 이렇게 중얼거리더니 말에서 내려 길 한쪽에 가방 속의 물건을 모두 끄집어냈다. 물건이 서로 빛을 비추자 모든 시금석이 모두 색조와 빛깔을 잃더니 아침의 별처럼 시들해졌다. 하지만 투명한 조약돌에 빛을 비춰보자 다른 시금석들의 아름다움이 그대로 유지되었다. 그래도 투명한 조약돌만이 가장 밝은 빛을 발했다. 그 순간 큰아들은 이마를 세게 쳤다.

"이 돌이 진실이라면? 다른 것들은 사소한 진실이라면?"

그가 투명한 조약돌을 쥐고 하늘에 비추었더니 하늘이 더 깊어졌다. 투명한 조약돌을 언덕에 비추자 갑자기 둘쭉날쭉한 굴곡이 생겼다. 언덕에 활기가 생기자 큰아들도 생기가 넘쳤다. 이제 그는 환희와 공포심으로 투명한 조약돌을 흙먼지에 대어 보았다. 그리고 제 몸에 대어 보더니 무릎을 꿇고 기도했다.

"하나님, 감사합니다. 드디어 진실의 돌을 찾았습니다. 이제 제 입에서 노래가 나오고 마음을 부풀게 해 준 아가씨와 왕에게로 갈 수 있습니다."

그가 사제인 왕의 요새에 이르자 문 앞에서 노는 아이들이 보였다. 예전에 자신을 맞아 주었던 왕의 요새로 오자 몹시 즐거웠다.

'이곳은 우리 아이들이 놀게 될 곳이지.'

속으로 이런 생각이 들었다. 홀 안으로 들어가자 높은 자리에 앉아 있는 동생과 그 옆자리에 아가씨가 보였다.

'저긴 내가 앉아야 할 자리잖아. 아가씨도 내 옆에 있어야 하고."

몹시 화가 난 큰아들은 이런 생각을 했다.

"누구십니까? 무슨 일로 이곳에 왔나요?"

동생이 물었다.

"난 네 형이다. 그리고 저 아가씨와 결혼하기 위해 왔다. 내가 진실의 돌을 갖고 왔거든."

그러자 동생이 껄껄대며 큰 소리로 웃었다.

"아니, 오래전에 진실의 돌을 찾아서 저 아가씨와 결혼한 사람은 바로 나야. 지금 문 앞에서 노는 아이들은 우리 부부의 아이들이고."

얼굴이 새벽의 잿빛처럼 변한 큰아들이 얘기했다.

"네가 정정당당하게 처신했기를 바랄 뿐이다. 난 인생을 허비한 것 같구나."

"정정당당하게? 주로 앉아서 일하는 나나 우리 아버지 같은 사람들의 정의로운 마음을 의심하느라 형은 몸에 병이 생겼지, 한시도 가만히 있지 못하는 부랑자가 되었고."

작은아들이 대답했다.

"아니, 넌 그것 말고는 다 가졌어. 인내심도 가졌지. 이 세상에 진실의 돌이 가득하다는 말을 하려니 참 괴롭구나. 하지만 그것들로도 진실이 무엇인지 쉽게 볼 수 없지."

큰아들이 얘기했다.

"난 내가 가진 진실의 돌이 부끄럽지 않아. 저기 있으니 안을 들여다봐."

작은아들이 얘기했다.

그러자 큰아들은 작은아들의 거울을 들여다보았다. 노인이 된 얼굴과 흰 머리가 덮인 머리를 보자 몹시 놀라고 마음이 아팠다. 그는 홀 바닥에 주저앉더니 큰 소리로 울었다.

"이제 형이 얼마나 어리석은지 봐. 우리 아버지의 금고 속에 있는 것을 찾아 온 세상을 돌아다니다가 개들이 짖어대는 노인이 되어 돌아오다니. 아이도 없고 여자도 없는 신세가 되었지. 하지만 난 충실하고 현명해. 미덕과 기쁨의 왕관을 쓰고 이 자리에 앉아 있지. 난 내 가정에서 행복을 찾았어."

"넌 정말 잔인하구나."

큰아들은 투명한 조약돌을 꺼내더니 작은아들에게 빛을 비추었다. 그러자 작은아들이 보였다. 완두콩만 하게 줄어든 혼령과 사소한 두려움만 남은 마음과 사랑이 식은 가슴이 보였다. 큰아들은 이 모습을 보고 큰 소리를 외치며 투명한 조약돌의 빛을 동생의 부인에게 비추었다. 아! 그녀는 여자의 탈을 쓰고 있었다. 재깍대는 시계처럼 이유를 알지 못하고 미소만 지을 뿐이었다.

"이제 세상에는 좋은 것도 있고 나쁜 것도 있다는 걸 알았다. 너희들은 요새에서 잘 지내렴. 난 주머니에 내 조약돌을 넣고 세상 속으로 여행을 떠날 거야."

큰아들은 작별 인사를 했다.

Notes on the Story

THE TOUCHSTONE

≪보물섬≫과 ≪지킬 박사와 하이드 씨≫로 유명한 스코틀랜드의 작가 로버트 루이스 스티븐슨(1850-1894)은 스코틀랜드의 하이랜드와 유럽, 남태평양의 설화를 기반으로 동화와 우화도 저술했다. 켈트족 스타일의 이 이야기는 1895년에 연재되다가 ≪지킬 박사와 하이드 씨≫가 추가된 우화집에 실려서 작가 사후에 출간되었다. 스티븐슨은 창작 중이던 이 이야기를 동화집 1권에 실을 예정이었던 것 같다. 하지만 동화집은 출간되지 못했다.

⌛

진실의 돌인 '시금석'은 귀금속의 질을 시험할 때 쓰던 벽옥이나 석영 조각이다. 시금석으로 다른 사물의 진실을 보려는 생각은 판타지 문학과 관련이 있을 수 있다. 초기 비평가들은 스티븐슨의 우화와 시금석이라는 개념을 결부시켰다.

'시금석은 모든 사물은 천성적으로 추하다는 거짓된 생각을 줄여 줄 뿐만 아니라 받아들이기 쉽지 않은 불쾌한 진실을 밝혀 준다.'

_R. H. 휴턴

20세기 민간설화 모음집

19세기 후반 설화 수집가들의 노력은 대부분 20세기까지 계속되었다.

수집가들 중에 세계화가 진행되었다. 서구의 많은 민속학자가

이야기를 수집하기 위해 다른 나라로 돌아다니거나

설화를 통해 그 나라의 문화를 배우기 위해 토착 부족에 주의를 기울였다.

여러 문화권의 이야기를 비교해 보니 구성과 주제 일부가

세계적으로 비슷하다는 것이 드러났다.

앤드류 랭의 유명한 동화책 같은 문집은 여러 나라와 시대의 옛날이야기를 엮은 것이다.

20세기에 자국과 세계 각국에서 수집한 동화와 설화를 오늘날에 맞게 각색해서

작가들과 영화 제작자들과 아티스트들에게 새로운 미디어 형식으로 재해석하도록

지속적으로 영감을 주고 있다.

뱀 왕자

THE SNAKE PRINCE

앤드류 랭

옛날 옛적 어느 도시에 몹시 가난하게 혼자 사는 여자가 있었다. 어느 날 여자는 집 안에 고작 밀가루 한 줌만 남은 것을 알았다. 밀가루를 더 살 돈도 없고 어디에서 더 얻을 희망도 없었다. 여자는 목욕을 한 다음, 물을 좀 떠서 집으로 돌아와 얼마 남지 않은 밀가루로 효모를 넣지 않은 빵을 직접 만들 생각으로 작은 놋쇠 항아리를 들고 강가로 갔다. 이후로 자신이 어떻게 될지 몰라서 마음이 몹시 슬펐다.

여자는 작은 놋쇠 항아리를 강둑에 올려놓을 때, 강물로 목욕을 하는 동안 항아리 안을 깨끗하게 유지하려고 옷으로 덮어 두었다. 그런데 목욕을 마친 여자가 강에서 나와 놋쇠 항아리에 물을 담으려고 옷을 걷고 안을 보니 무시무시하게 똬리를 튼 번들번들한 뱀 한 마리가 보였다. 여자는 옷으로 놋쇠 항아리의 입구를 다시 덮고는 잘 막았다.

'아! 잘 죽겠구나. 집으로 널 데려가서 항아리에서 꺼낸 다음 네 몸을 흔들면, 날 깨물겠지. 내가 죽으면 모든 골치 아픈 일이 다 끝날 거야.'

불쌍한 늙은 여자는 속으로 이렇게 슬픈 생각을 하며 놋쇠 항아리의 입구를 옷으로 잘 막고서 급히 집으로 갔다. 집에 도착한 여자는 모든 문과 창문을 닫은 다음 놋쇠 항아리를 틀어막은 옷을 걷어 내서 벽난로의 바닥 돌 위에 항아리를 거꾸로 들었다. 여자는 항아리에서 무시무시한 뱀이 떨어질 줄 알았는데 쨍그랑 소리와 함께 번쩍번쩍 빛이 나는, 너무나도 아름다운 목걸이를 발견하자 몹시 놀랐다.

여자는 잠시 동안 아무 생각도 나지 않을 뿐만 아니라 아무 말도 나오지 않았다. 잠깐 동안 가만히 서서 목걸이만 빤히 쳐다보았다. 마침내 덜덜 떨리는 손으로 목걸이를 집어서 머릿수건 귀퉁이로 싼 다음 서둘러 궁궐로 갔다.

"부탁합니다, 왕이시여! 왕과 단둘이서만 이야기를 나눌 수 있게 해 주세요!"

여자가 간청했다. 여자의 간청은 받아들여졌다. 왕과 단둘이 있게 된 여자가 머릿수건을 발 쪽으로 흔들자 돌돌 감아 놓은 눈부시게 아름다운 목걸이가 떨어졌다.

왕은 목걸이를 보자마자 무척 놀랐고 정말 기뻤다. 목걸이를 보면 볼수록 당장 갖고 싶은 마음이 더 간절해졌다. 그래서 왕은 나이 든 여자에게 목걸이 대신 은화 500개를 준 다음 주머니에 바로 목걸이를 집어넣었다. 노파는 왕이 건넨 돈으로 남은 평생 동안 충분히 살 수 있었기에 몹시 행복했다.

왕은 일을 마치자, 급히 아내에게 목걸이를 보여 주었다. 왕비는 왕만큼은 아니었지만 그래도 꽤나 좋아했다. 아주 멋진 목걸이에 대한 감탄을 마친 후 왕비의 보석을 보관하는 커다란 상자에 넣어 두고 왕의 목에 늘 걸고 다니는 열쇠로 잠갔다.

얼마 후, 이웃 나라의 왕이 아주 어여쁜 딸아이를 낳았다며 출산을 축하하는 성대한 잔치에 이웃들을 초대한다는 전갈을 보냈다.

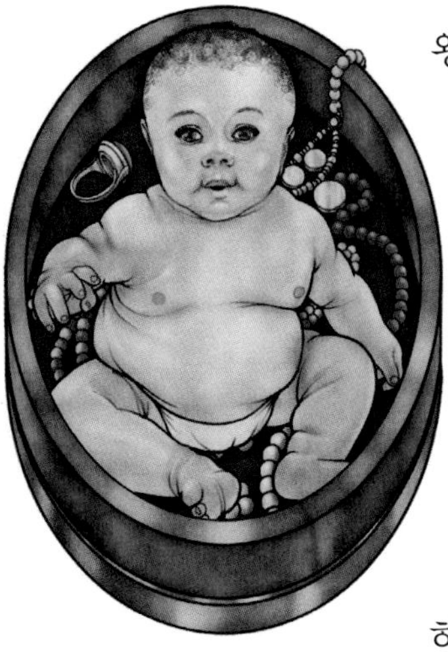

왕비는 잔치에 꼭 가야 한다며 남편이 선물한 새 목걸이를 착용하고 싶다고 했다. 왕과 왕비는 잠시 동안 이웃 나라로 가기 위한 준비를 마쳤다. 왕은 아내가 착용할 목걸이를 꺼내기 위해 보석 상자로 갔지만 아예 보이지 않았다. 그 대신 목걸이를 넣어 둔 자리에 통통한 남자아이가 보였다. 아기는 까마귀 울음소리를 냈다. 깜짝 놀란 왕은 뒤로 자빠질 뻔했지만 간신히 목소리가 나와서 큰 소리로 아내를 불렀다. 왕비는 분명 누군가가 목걸이를 훔쳐 갔다고 생각하면서 달려왔다.

"여기 좀 봐요! 여기요! 우리 부부가 오랫동안 아들을 기다렸잖아요? 지금 하늘이 우리에게 아들을 보내 주었나 봐요!"

왕이 소리쳤다.

"그게 무슨 말이에요? 당신 미쳤어요?"

왕비도 소리쳤다.

"미쳤냐고? 아니, 제정신이길 바라지."

흥분한 왕은 열린 보석 상자 주위에서 춤을 추며 소리쳤다.

"이리 와요. 봐요! 우리가 목걸이 대신 뭘 갖게 되었는지."

바로 그때 갓난아기가 까마귀 울음 같은 소리를 크게 질렀다. 마치 밖으로 튀어나와 왕과 함께 춤을 추고 싶은 모양이었다. 깜짝 놀란 왕비는 외마디 소리를 지르며 달려와 보석 상자 안을 들여다보았다.

"오!"

왕비는 깊이 숨을 쉬며 갓난아기를 바라보았다.

"정말 귀여워라! 어디서 왔을까요?"

"나도 알 수가 없지. 다만 상자 속 목걸이 하나를 넣어 두고 뚜껑을 잠가 두었다가 다시 뚜껑을 열었더니 목걸이는 온데간데없고 아기만 있네. 난생처음 보는 어여쁜 아기야."

왕이 대답했다.

바로 그때 왕비가 아기를 품에 안았다.

"오! 축복받은 아이야! 어떤 목걸이보다 왕비의 가슴을 아름답게 장식하는구나. 편지를 쓰세요."

왕비가 이야기를 더했다.

"이웃 나라 왕에게 우리도 아기가 생겨서 우리끼리 잔치를 열어야 해서 그쪽 잔치에 갈 수 없다는 편지를 쓰세요! 오, 정말 행복한 날이에요!"

두 사람은 방문을 포기했다. 새로운 아기를 축하하기 위해 도시에 종과 나팔과 종소리를 울리는 바람에 도시 사람들은 신분을 막론하고 일주일 동안 거의 쉴 수 없었다. 쾅쾅대는 총소리와 빽빽대는 나팔소리와 탕탕대는 종소리와 꽝꽝대는 불꽃놀이 소리가 쉴 새 없이 퍼졌다. 사람들은 난생처음으로 맘껏 먹고 마시며, 기뻐하고 흥청거리며 떠들썩하게 놀았다.

몇 년이 흘렀다. 왕의 남자아이와 이웃 나라의 여자아이가 무럭무럭 자라자, 두 왕은 아이들이 크면 결혼을 시키기로 합의했다. 그래서 여러 협정서에 서명을 하고 현자들이 머리를 끄덕이고 잿빛 수염을 쓰다듬은 다음 협약이 완료되었다. 이름을 쓰고 봉인을 마치자 협약이 완료되기를 기다리는 일만 남았다. 시간은 빨리 흘렀다. 왕자와 공주가 열여덟 살이 되자 왕들은 결혼식을 올릴 때가 되었다고 의견을 모았다. 젊은 왕자는 신부와 결혼식을 올리려고 이웃 나라로 가서 성대한 잔치를 열었다.

이제 독자들에게 꼭 해야 할 말이 있다. 놋쇠 항아리에서 발견한 목걸이를 왕에게 팔았던 노파는 젊은 왕자를 돌봐 달라는 요청을 받았었다. 비록 노파가 자신이 맡은 일을 무척 사랑한 정말 충실한 하인이었지만 조금이라도 말이 나오지 않을 수 없었다. 그래서 시간이 지나자 젊은 왕자의 출생에 마법 같은 일이 있다는 소문이 돌기 시작했다. 이 소문은 당연히 공주 부모의 귀에까지 들어가게 되었다.

지금 공주가 왕자의 아내가 되려는 순간이 되자, 다른 사람들처럼 왕자의 출생이 무척 궁금했던 어머니가 딸에게 결혼식 전날 이런 이야기를 꺼냈다.

"무엇보다 먼저 왕자에 대한 이야기를 잘 밝혀야 해. 그렇게 하려면 왕자가 무슨 말을 하건 한 마디도 대답하지 말아야 해. 왜 네가 말을 하지 않는지 물을 때까지. 그리고 마법 같은 그의 출생에 어떤 진실이 있는지 물어야 해. 그가 진실을 말해 줄 때까지 넌 왕자에게 한 마디도 하지 말아야 해."

그러자 공주는 어머니의 충고를 그대로 따르겠다고 굳게 약속했다.

이제 결혼식을 올린 후, 왕자는 신부에게 이야기를 걸었지만 신부는 아무 대답도 하지 않았다. 왕자는 문제가 무엇인지 궁금했다. 심지어 공주의 친정에 대해 물어도 그녀는 아무 대꾸도 하지 않았다. 마침내 왜 한 마디도 하지 않는지 왕자가 묻자 공주가 대답했다.

"당신의 출생의 비밀을 말해 주세요."

그러자 왕자는 몹시 슬프고 언짢아 보였다. 공주가 아무리 왕자를 심하게 압박해도 왕자는 계속 이렇게만 대답할 뿐이었다.

"내가 얘기해 주면 당신은 질문을 던진 것으로 평생 후회하게 될 거요."

두 사람은 몇 달 동안 함께 살았지만 그닥 행복하지 않았다. 왕자의 출생의 비밀은 여전히 비밀로 남았다. 마치 태양과 지구 사이에 낀 구름 같아서 순조로워야 할 결혼생활을 칙칙하고 지루하게 만들었다.

드디어 왕자가 더 이상 참지 못하고 어느 날 아내에게 이야기를 꺼냈다.

"당신이 여전히 내 비밀을 알고 싶다면 자정에 내 비밀을 말해 줄게요. 하지만 당신은 남은 평생 동안 후회하게 될 거요."

하지만 공주는 자신의 계획이 착착 진행되었다는 생각에 몹시 좋아서 왕자의 경고는 전혀 신경쓰지 않았다.

그날 밤 왕자는 공주와 자신이 직접 탈 말들을 자정이 되기 조금 전에 준비하라고 명령했다. 그는 공주를 말 위에 앉히고 자신도 다른 말에 올랐다. 두 사람은 말을 타고 노파가 뱀이 들어 있던 놋쇠 항아리를 제일 먼저 발견했던 강으로 갔다. 강가에 이르자 왕자가 말고삐를 늦추고 애석하게 얘기했다.

"당신 아직도 내가 비밀을 말해 주길 바라는 거요?"

"그럼요."

공주가 바로 대답했다.

"내가 비밀을 말해 주면 당신은 평생 동안 후회하게 된다는 것을 잊지 마시오."

왕자도 대답했다.

하지만 공주는 이렇게만 대답할 뿐이었다.

"어서 말해 주세요!"

"난 머나먼 나라를 다스리는 왕의 아들이오. 그런데 저주를 받아 변했던 거요. 뱀으로."

왕자의 입에서 '뱀'이라는 말이 나오는 순간 그는 사라지고 말았다. 공

주의 귀에 바스락대는 소리가 들리더니 물 위로 생기는 잔물결이 보였다. 그리고 강물 속을 헤엄치는 뱀 한 마리가 희미한 달빛 속에 보였다. 뱀은 곧 사라지고 공주만 홀로 남았다. 공주는 무슨 일이라도 일어날 것 같아서 가슴을 두근대며 기다렸다. 하지만 왕자는 다시 돌아오지 않았다. 아무 일도 일어나지 않고 아무도 오지 않았다. 오직 강둑 위의 나무들 사이로 바람이 불고 밤의 새들이 지저귀고 멀리서 재칼이 울었다. 공주 밑으로 검게 흐르던 강물이 잠잠해졌다.

아침이 되자 사람들이 헝클어진 옷차림으로 강둑 위에서 울고 있는 공주를 발견했다. 왕자의 운명에 대해 다른 사람은 물론이거니와 그녀에게서 한 마디도 들을 수 없었다. 공주의 바람대로 사람들은 강둑 위에 검은 돌로 작은 집 한 채를 지어 주었다. 그녀는 자신을 지킬 경비병 몇 명과 하인 몇 명과 함께 그 집에 살면서 왕자를 애도했다.

오랜 세월이 흘렀지만 공주는 여전히 왕자를 애도하며 살았다. 하지만 공주의 집 주변과 정원 주변을 지나는 사람은 아무도 없었다. 어느 날 아침, 잠에서 깬 공주는 카펫 위에 새로 생긴 진흙 얼룩을 발견했다. 공주는 밤낮으로 집 밖을 지키는 경비병들을 불러 자고 있는 동안 누가 자기 방으로 들어왔는지 물었다. 경비병들은 누구도 방 안으로 들어갈 수 없다고 말했다. 자신들이 매우 세심하게 지키고 있어서 자신들 모르게 새 한 마리도 날아 들어올 수 없다고 했다. 다음 날 아침, 또다시 공주의 눈에 축축한 진흙 얼룩이 보였다. 공주는 정말 조심스럽게 사람들에게 물었지만 진흙이 카펫에 어떻게 묻었는지 전혀 모른다는 대답만 돌아왔다. 사흘째 되는 밤 공주는 직접 잠을 자지 않고 지켜보겠노라 마음먹었다. 잠이 들까 봐 걱정스러워 작은 칼로 손가락을 벤 다음 통증 때문에 잠이 들지 않도록 소금으로 벤 곳을 문질렀다. 그래서 공주는 자리에 누웠지만 잠이 들지 않았다. 한밤중이 되자 입속에 강가의 진흙을 묻힌 채로 땅에서 꿈틀대며 들어오는 뱀 한 마리가 보였다. 뱀은 공주의 침대 옆으로 다가오더니 머리를 치켜들고 진흙이 묻은 머리를 이불에 떨구었다. 그녀는 몹시 놀랐지만 애써 두려움을 억제하면서 소리쳤다.

"당신 누구야? 여기서 뭘 하는 거야?"

뱀이 대답했다.

"난 왕자요, 당신 남편이지. 당신을 보러 왔소."

그러자 공주가 눈물을 보였다. 뱀은 이야기를 계속했다.

"아! 내 비밀을 말해 주면 당신이 후회하게 될 것이라고 내가 말했지 않았소! 당신 후회하지 않소?"

"맞아요! 지금까지 후회하고 있어요. 앞으로도 쭉 후회하겠지요! 내가 할 수 있는 일이 없을까요?"

공주가 소리쳤다.

그러자 뱀이 대답했다.

"있어요. 딱 한 가지 일이 있소. 당신이 꼭 하겠다는 마음만 먹는다면."

"말만 하세요. 무슨 일이든 꼭 할게요."

공주가 얘기했다.

"그럼. 내가 지정해 준 날 밤에 커다란 그릇 네 개에 우유와 설탕을 담아서 이 방 네 귀퉁이에 두면 돼요. 강가의 뱀들이 모두 우유를 마시러 올 거요. 길을 인도하는 뱀이 여왕 뱀이오. 당신은 문간에 서서 여왕 뱀의 길을 막고서 이렇게 말해야 해요. '오, 뱀들의 여왕이시여, 여왕 뱀이시여, 내 남편을 돌려주세요!' 아마도 여왕 뱀은 그 말을 들어줄 거요. 하지만 당신이 놀라거나 길을 막지 못하면 다시는 나를 보지 못할 것이오."

왕자는 이야기를 마치고 미끄러지듯 사라졌다.

뱀이 지정해 준 날 밤이 되자, 공주는 커다란 그릇 네 개에 우유와 설탕을 담아서 방 네 귀퉁이에 놓았다. 그리고 문간에 서서 뱀들을 기다렸다. 한밤중이 되자 강 쪽에서 쉭 소리와 바스락대는 소리가 나더니 곧 무시무시하게 꿈틀대는 뱀들이 넘쳐났다. 뱀들은 눈을 번득이고 끝이 두 갈래로 갈라진 혓바닥을 날름거리며 공주의 집 쪽으로 움직였다. 온 몸이 비늘로 뒤덮인 혐오스러운 거대한 뱀이 맨 앞에서 무시무시한 뱀들의 행렬을 이끌었다. 경비병들은 몹시 겁을 내며 모두 달아났다. 하지만 공주는 백지장처럼 얼굴이 새하얘졌지만 두려움 때문에 비명을 지르거나 혼절하지 않기 위해 두 손을 꼭 맞잡고 문간에 서 있었다.

뱀들이 다가오더니 길을 막아선 공주를 보았다. 뱀들은 모두 흉물스러운 대가리를 치켜들더니 앞뒤로 흔들면서 말똥말똥한 작고 사악한 눈으로 공주를 바라보았다. 뱀들이 내뿜는 입김이 공기 중에 독을 뿜는 것 같았다. 하지만 공주는 굳건히 서서 다른 뱀들을 인도하는 뱀이 몇 미터 앞으로 다가오자 소리쳤다.

"오, 뱀들의 여왕이시여, 여왕 뱀이시여, 내 남편을 돌려주세요!"

오, 뱀들의 여왕이시여, 여왕 뱀이시여,

내 남편을 돌려주세요!

그러자 모든 뱀이 바스락대고 몸을 꿈틀대며 서로 속삭이는 것 같았다.

"저 여자의 남편이라고? 저 여자의 남편이래?"

하지만 여왕 뱀은 자기 대가리가 공주의 얼굴에 거의 닿을 때까지 다가왔다. 작은 두 눈에 불이 붙은 것처럼 보였다. 공주는 여전히 문간에 서서 한 발짝도 움직이지 않으며 다시 소리쳤다.

"오, 뱀들의 여왕이시여, 여왕 뱀이시여, 내 남편을 돌려주세요!"

그러자 여왕 밤이 대답했다.

"내일이면 네 남편을 찾게 될 거야. 내일!"

공주는 이 말을 듣자 자신이 이겼다는 것을 알고 비틀거리며 침대로 가서 바로 쓰러졌다. 공주는 꿈속에서 자기 방으로 모여든 뱀들이 우유 접시를 차지하려고 거칠게 떠밀며 옥신각신하면서 우유를 끝장내는 장면을 보았다. 그리고 뱀들은 모두 사라졌다.

공주는 아침 일찍 일어나서 5년 동안 입었던 상복을 벗고 아름답고 화사한 옷을 입었다. 집 안을 쓸고 닦은 다음 향기 나는 꽃과 양치류로 만든 화환과 꽃다발로 장식했다. 마치 본인의 결혼식을 준비하는 것처럼 보였다. 밤이 되자 숲과 정원에 손전등을 켜고, 연회용 탁자를 펼치고 집 안에는 양초 천 개를 켰다. 이제 공주는 남편을 기다렸지만 어떤 모습으로 올지 알 수 없었다. 한밤중이 되자 강에서 왕자가 성큼성큼 다가왔다. 활짝 웃고 있었지만 두 눈에는 눈물이 그렁그렁했다. 공주는 그를 만나러 달려가서 품속에 몸을 던지며 울다가 웃었다.

왕자와 공주는 다음 날 궁전으로 돌아갔다. 늙은 왕은 이들을 보자 몹시 좋아하며 눈물을 보였다. 오랫동안 조용했던 궁전에 다시 종소리가 울리고 총이 발사되고 나팔소리가 들렸다. 잔치와 축하가 새로 펼쳐졌다.

왕자를 돌보았던 노파가 왕자의 자식들을 돌보게 되었다. 아니 그런 사람으로 불렸다. 노파는 나이가 너무 많아서 아이들을 사랑하는 것 말고는 아무것도 할 수 없었지만 자신이 여전히 쓸모 있는 사람이라는 생각이 들어서 몹시 행복했다. 왕과 왕비가 된 왕자와 공주도 아주 행복했다. 이들은 오래오래 같이 살면서 나라를 잘 다스렸다.

Notes on the Story

THE SNAKE PRINCE

앤드류 랭(1844-1912)은 1889년부터 1913년까지 '색깔별 동화 이야기' 열두 권을 출간했다. 스코틀랜드의 민속학자인 랭은 전 세계의 이야기를 모아서 '아이들을 즐겁게 할' 목적으로 수집한 이야기를 분류했다. 그리고 아동 독자들을 위해 이야기를 번역하고 각색하는 것을 도와주던 랭 여사와 함께 다른 여러 나라의 설화를 유명한 영어 판본으로 출간했다.

⌛

<뱀 왕자>는 인도 펀자브 지방의 이야기로, 동물 신랑 유형과 유사한 여러 이야기를 연상시킨다. <돼지 왕>과 <미녀와 야수>처럼 이 이야기도 혐오스러운 동물과 잘생기고 다정한 왕자를 대비시켰다. 펀자브 지방에서 전통적으로 두려움과 숭배의 대상인 뱀은 이 이야기에서처럼 우유와 설탕으로 자주 대접받았다. <태양의 동쪽과 달의 서쪽>처럼 <뱀 왕자>도 사랑하는 사람을 구하기 위해 여주인공에게 용감한 행동을 요구하는 내용이 담겨 있다.

사자와 두루미

THE LION AND THE CRANE

조셉 제이콥스

보리살타는 한때 히마반타 지방에서 하얀 두루미로 태어난 적이 있었다. 당시는 브라흐마닷따가 베나레스(브라나시) 지방을 통치하고 있을 때였다. 그런데 사자 한 마리가 우연히 고기를 먹다가 목구멍에 뼈가 걸리는 일이 생겼다. 사자는 목구멍이 계속 부었지만 음식을 빼낼 수 없어서 고통이 몹시 심했다. 그때 나무 위에 걸터앉아서 음식을 찾고 있던 두루미가 고통스러워하는 사자를 보고 물었다.

"왜 그렇게 괴로워하나, 친구?"

사자가 이유를 말해 주었다.

"내가 그 뼈다귀를 빼 줄 수는 있어, 친구. 하지만 자네가 날 잡아먹지 않아야만 입속으로 들어갈 수 있지."

"두려워 말게, 친구. 절대 잡아먹지 않을게. 그저 내 목숨만 살려 줘."

"좋아."

두루미가 대답한 다음 사자를 왼쪽으로 누였다. 하지만 이런 생각이 들었다.

"이 친구가 무슨 짓을 할지 누가 알겠어."

두루미는 사자가 입을 다물 수 없게 두 턱 사이에 조그만 나뭇가지를 끼운 다음 사자의 입속에 자기 머리를 쑥 집어넣고 부리로 뼈다귀 끝을 톡톡 쳤다. 그러자 뼈다귀가 툭 떨어져 나왔다. 두루미는 뼈다귀가 떨어져 나오자마자 바로 사자의 입 밖으로 나온 다음 부리로 턱 사이를 벌려 놓은 막대를 쳐서 빼냈다. 그리고 바로 나뭇가지에 앉았다. 몸이 회복된 사자가 어느 날 물소 한 마리를 잡아서 먹고 있었다.

"사자의 생각을 알아봐야겠어."

두루미는 이렇게 생각하며 사자에게 이야기를 걸었다.

"지난번에 내가 최선을 다해서 자네를 도왔지, 자넨 야수의 왕이야! 대가로 우리에게 무얼 줄 생각인가?"

사자가 이렇게 대답했다.

"난 피를 먹고 살지. 늘 사냥감을 찾아다니고, 자네가 지금까지 살아 있는 건 일전에 내 이빨 사이로 들어간 적이 있기 때문이야."

그러자 두루미도 다음의 말로 응대했다.

"은혜를 모르는, 누구에게도 도움이 되지 않는, 남에게 대접받고 싶은 대로 행동하지 않는, 그의 마음에는 감사가 없구나. 그를 도와준 것은 무익한 일이었어. 아무리 선한 행위로도 우정을 얻을 수 없구나. 선망도 모욕도 없이 그와 멀어지는 게 최선이겠지."

두루미는 이렇게 말한 후 날아가 버렸다.

위대한 스승 고타마(석가의 처음 이름) 붓다가 이 이야기를 들려주면서 이런 이야기를 덧붙였다.

"그 당시 사자는 배반자 데바닷타(붓다의 사촌 동생으로, 어릴 때부터 교만하고 시기심이 많았다)였고 하얀 두루미는 바로 나 자신이었다."

Notes on the Story

THE LION AND THE CRANE

조셉 제이콥스가 저술한 영국 동화와 켈트족 동화는 이 책에서 이미 소개되었다. 제이콥스는 영국 제도는 물론이고 전 세계의 이야기를 수집했다. 1912년에 그의 ≪인도 동화집≫이 출간되었다. 그는 유럽의 여러 우화와 동화가 인도의 설화나 동화에서 그 기원을 찾을 수 있다고 생각했다.

⌛

<사자와 두루미> 이야기는 자타카(본생경, 本生經), 즉 붓다의 출생 이야기에서 나온 동물 우화다. 동물 우화는 일반적으로 의인화된 동물을 활용해서 교훈이나 풍자를 전달한다. 그리스의 노예로 유명한 우화를 다수 저술했던 이솝의 우화와 공통점이 많다. 제이콥스는 일부 자타카와 이솝 우화가 아주 유사한 점이 있지만 유사점이 없는 이야기가 더 많다고 언급했다. 또한 자타카는 불교 전통에서 그만의 장르를 형성한 것이라고 주장했다. 어쨌든 그는 이 이야기가 인도에서 유래된 우화가 서구로 이동한 전형적인 유형이라고 생각했다.

왕들의 가르침

A LESSON FOR KINGS

조셉 제이콥스

옛날 옛적 브라흐마닷따가 베나레스를 통치하던 시절에 미래의 붓다(미륵불)가 그의 아들이자 후계자로 환생했다. 미래의 붓다에게 이름을 지어 줄 날이 다가오자 사람들은 그를 브라흐마닷따 왕자라고 불렀다. 왕자는 타카시라로 가서 열여덟 살이 되자, 모든 예술에 조예가 깊은 사람이 되었다. 그는 아버지가 돌아가시자 왕좌를 물려받고 공평하고 정의롭게 나라를 다스렸다. 편파, 증오, 무지, 두려움 없이 판결을 내렸다. 그가 정의롭게 나라를 다스리므로 신하들도 정의롭게 법을 시행했다. 소송에 정의로운 판결이 이뤄지면서 거짓된 사례를 갖고 오는 사람이 아무도 없었다. 거짓 소송과 사례가 중단되면서 왕의 법정에서 소송 과정의 소동과 소음이 사라졌다. 법관들은 하루 종일 법정에 앉아 있어도 정의를 구하러 오는 사람이 아무도 없자 법정을 떠나야만 했다. 상황이 이렇게 되자 정의의 법정이 문을 닫게 되었다.

그러자 미래의 붓다는 이런 생각이 들었다.

'판결을 구하러 오는 사람이 아무도 없는 게 내가 정의롭게 나라를 다스려서 그럴 리는 없지. 부산함이 사라지고 정의의 법정이 문을 닫게 되었어. 그러니 이제 난 내 잘못을 살펴봐야 해. 내게 잘못이 있다면 모든 것을 버리고 오직 선을 행해야 해.'

그때부터 그는 자신의 잘못을 말해 줄 사람들을 찾아다녔다. 하지만 주위 사람들 중 누구도 그의 잘못을 말해 주지 않았다. 그저 그를 칭송하는 소리만 들렸다.

그러자 이런 생각이 들었다.

'이 사람들이 나쁜 얘기는 빼놓고 좋은 얘기만 하는 건 나를 두려워해서 그런 거야.'

그는 궁전 밖에서 사는 사람들을 찾아 나섰다. 그곳에서도 자신의 잘못된 점을 지적하는 사람이 없자 그는 도시 밖, 교외에 사는 사람들을 찾아 나섰다. 하지만 그곳에서도 그의 잘못을 지적하는 사람들을 만나지 못했다. 오직 그를 칭송하는 소리만 들렸기에 그는 지방으로 가기로 결정했다.

미래의 붓다는 왕국을 관료들에게 맡기고 마차에 올랐다. 변장한 모습으로 마부 한 명만 데리고 도시를 떠났다. 시골을 지나 국경까지 찾아다녔지만 그의 잘못을 지적하는 사람을 찾지 못했다. 그저 그의 덕을 칭송하는 소리만 들렸다. 그래서 그는 국경 바깥쪽으로부터 되돌아서 다시 도

마차를 비켜 주세요!

마부여, 먼저 그쪽이 마차를 비켜 주세요!

시로 가려고 큰길로 향했다.

그때 코살라에도 왕국을 정의롭게 다스리는 말리카 왕이 있었다. 그도 자신의 잘못을 찾으려고 했지만 궁 안에서 자신의 잘못을 지적해 주는 사람을 찾지 못했다. 그저 그의 덕을 칭송하는 소리만 들었다. 그도 자신의 잘못을 지적하는 사람을 찾기 위해 시골을 돌아다니다 브라흐맛따가 가려던 큰길까지 왔다. 좁은 마차 길에서 두 사람은 얼굴을 마주하게 되었다. 양옆은 깎아지른 것처럼 가파르고 마차 한 대만 겨우 지나갈 만큼 비좁은 길이었다.

그러자 말리카 왕의 마부가 베르나스의 왕에게 먼저 얘기했다.

"마차를 비켜 주세요!"

하지만 베르나스 왕의 마부도 결코 지지 않았다.

"마부여, 먼저 그쪽이 마차를 비켜 주세요! 이 마차 안에는 베나레스 왕국을 통치하는 위대한 브라흐맛따 왕이 타고 계십니다."

하지만 상대방도 이렇게 대답했다.

"마부여, 이 마차 안에도 코살라 왕국을 통치하는 위대한 말리카 왕이 타고 계십니다. 먼저 그쪽의 마차를 비켜 주세요. 우리의 왕이 타고 계신 마차가 지나갈 길을 만들어 주세요."

그러자 브라흐맛따 왕의 마부는 이런 생각이 들었다.

'저 마차에 탄 사람도 왕이라고! 그럼 이제 어떻게 해야 하지?'

곰곰이 생각한 후 마부는 혼잣말을 했다.

"그래 한 가지 방법이 있네. 저분이 몇 살인지 알아야겠어. 나이가 어린 사람의 마차가 길을 비켜 주면 연장자가 길을 차지할 수 있겠지."

그는 이런 결론에 도달하자 마부에게 말리카 왕의 나이를 물었다. 그런데 두 왕의 나이가 같다는 것을 알게 되었다. 그러자 브라흐맛따 왕의 마부는 왕국의 규모와 병력과 왕의 재산과 명성과 왕이 사는 나라와 계급과 부족과 가족에 대해 물었다. 두 왕은 모든 것이 동등했다!

'가장 공정한 분에게 길을 양보해야지.'

마부는 또 이런 생각이 들어서 상대편 마부에게 물었다.

"당신의 왕은 어떤 면에서 공정한가요?"

말리카 왕의 마부가 첫 번째 스탠자(시의 연이나 절)로 자기 나라 왕의 선의 같은 악의를 선언했다.

"그는 힘으로 강자를 타도하네,

온화함으로 온화한 자를 대하네,

선량함으로 선한 자를 다스리네,
악으로 악한 자를 대하네,
이것이 우리 왕의 본성이라네!
마부여, 길을 비키시오."

하지만 브라흐맛따 왕의 마부가 물었다.

"그럼 당신네 왕의 모든 덕을 다 얘기했소?"

"그렇소."

상대방 마부가 대답했다.

"그분의 덕이 이 정도라면 단점은 무엇이오?"

브라흐맛따 왕의 마부가 다시 물었다.

"글쎄 덕이 단점도 될 것이오. 이제 당신네 왕의 선함을 말해 보시오."

상대방 마부가 얘기했다.

브라흐맛따 왕의 마부는 상대편 마부가 귀를 기울이게 두 번째 스탠자를 읊었다.

"그분은 침착함으로 분노를 다스리고,
선으로 사악한 자를 다스리고,
선물로 인색한 자를 다스리고,
거짓말쟁이는 진실로 다스리네,
이것이 우리 왕의 본성이라네!

마부여, 길을 비키시오.”

브라흐맛따 왕의 마부가 말을 마치자 말리카 왕과 마부가 마차에서 내렸다. 그러고는 베나레스의 왕이 탄 마차에 길을 내주려고 말들을 떼어 낸 다음 마차를 치워 주었다.

Notes on the Story

A LESSON FOR KINGS

<왕들의 가르침>은 물론 동물 우화는 아니지만 <사자와 두루미>처럼 자카타 혹은 붓다의 탄생 이야기에 해당한다. 미래의 부처(미륵불)인 브라흐맛따와 말리카의 만남은 붓다의 가르침을 전한 종교적인 우화다. 제이콥스는 이 우화를 초기의 도덕적인 우화나 풍자 중 하나로 여겼다. 브라흐맛따의 마부가 두 번째 스탠자를 낭송할 때, 담마파다(법구경, 불교 경전의 하나)의 223절을 인용했다. 이는 네 가지 승리 유형을 묘사한 것이다. 다른 사람들을 대하는 이 평화로운 방법은 침착한 인내심과 선한 행위, 관용, 정직으로 왕권을 더 강화할 수 있음을 보여 준 것이다.

제이콥스는 자타카를 '인도의 그림동화'라고 부르며 세상에서 가장 오래된 설화집으로 생각했다. 자타카에는 종교적인 의의가 있었기에 붓다의 추종자들이 자타카를 기록하려는 원동력이 되었다. 자타카와 비슷한 이야기가 나중에 유럽의 판본으로 출간되었지만 확실히 종교적이지는 않다. 물론 도덕적인 메시지는 자주 유지된 편이다.

물고기가 왜 웃었을까

WHY THE FISH LAUGHED

조셉 제이콥스

옛날 옛적에 한 여자 어부가 물고기를 판다고 소리치며 궁전을 지나갔다. 창문가에 서 있던 왕비가 손짓으로 어부를 부르자, 어부가 갖고 있던 물고기를 보여 주었다. 그 순간 소쿠리 맨 밑에 있던 아주 커다란 물고기가 펄떡거렸다.

"이게 암컷인가, 아니면 수컷인가?"

왕비가 물었다.

"난 암컷 물고기를 사고 싶거든."

이 말을 듣고 물고기가 큰 소리로 웃었다.

"수컷입니다."

여자 어부는 이렇게 대답하고 구역을 다시 돌았다.

왕비는 몹시 화를 내며 방으로 돌아왔다. 그날 저녁 왕비를 만난 왕은

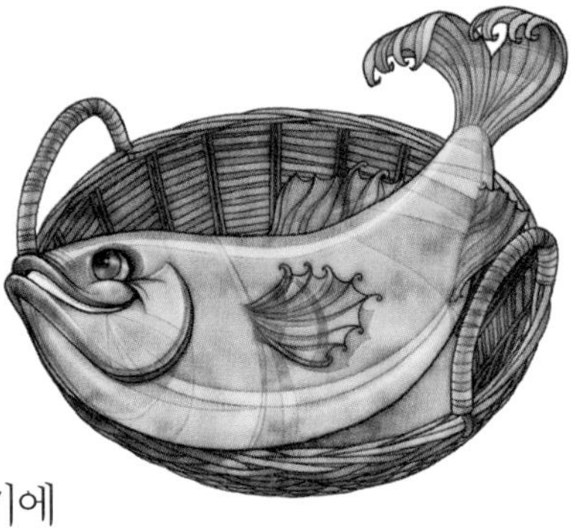

왕비의 심기가 불편한 것을 알아챘다.

"당신 몸이 안 좋소?"

왕이 물었다.

"아니요. 물고기의 기이한 행동 때문에 기분이 몹시 나빠서요. 오늘 한 여인이 물고기를 갖고 왔기에 제가 물고기가 수컷인지 아니면 암컷인지 물었습니다. 그러자 물고기가 엄청 무례하게 깔깔댔습니다."

"물고기가 웃었다고! 말도 안 돼! 당신 꿈을 꾼 게 분명해."

"전 바보가 아니에요. 제 두 눈으로 직접 보고 두 귀로 직접 들은 것을 얘기하는 것입니다."

"참 기이한 일이군! 내가 꼭 물어봐야겠어."

다음 날 왕은 왕비에게 들은 이야기를 고관에게 들려주며 이 문제를 수사해 보라고 명했다. 그리고 여섯 달 안에 만족할 만한 답변을 구하지 못하면 사형에 처하겠다고 했다. 고관은 실패할 것이라는 확신이 들었지만 최선을 다하겠다고 약속했다.

그는 물고기가 웃은 이유를 찾기 위해 다섯 달 동안 끈질기게 노력했다. 안 가 본 곳이 없고 물어보지 않은 사람이 없었다. 현자와 유식한 사람, 마법에 능한 사람, 권모술수를 쓰는 사람들을 다 찾아가서 상의했다. 하지만 어느 누구도 문제를 설명하지 못했다. 그래서 고관은 상심한 채로 집으로 돌아가서 정해진 죽음에 대비해 개인적인 일을 정리하기 시작했다. 그는 왕이 위협을 철회하지 않을 사람이라는 것을 여러 번 경험을 통해 잘 알고 있었다. 그래서 아들에게 왕의 화가 다소 가라앉을 때까지 한동안 여행을 떠나라고 조언했다.

똑똑하고 잘생긴 고관의 아들은 운명이 이끄는 대로 길을 떠났다. 며칠 동안 길을 떠난 고관의 아들은 어떤 마을로 여행을 떠난 나이 든 농부를 만났다. 알고 보니 나이 든 농부는 꽤 유쾌한 사람이어서 고관의 아들은 함께 다니며 같은 장소를 방문하고 싶다고 말했다. 나이 든 농부는 흔쾌히 동의하며 함께 여행길에 나섰다. 매우 더운 어느 날 길이 무척이나 길어서 두 사람은 몹시 지쳤다.

"아저씨랑 저랑 한 번씩 번갈아가며 서로 들어 주면 기분이 썩 좋지 않을까요?"

고관의 아들이 물었다.

'참, 바보 같은 사람이네!'

나이 든 농부는 이런 생각이 들었다.

그리고 두 사람은 곧 추수를 앞둔 옥수수 밭을 지나갔다. 옥수수나무가 산들바람을 받아 앞뒤로 흔들리자 황금빛 바닷물처럼 보였다.

"이 옥수수가 다 먹힌 것일까요?"

고관의 아들이 물었다.

나이 든 농부는 그의 말을 이해하지 못해서 이렇게만 대답했다.

"나도 모르지."

얼마 후 두 사람은 큰 마을에 도착했다. 고관의 아들은 나이든 농부에게 접는 칼을 주면서 이야기를 꺼냈다.

“이 칼 받으세요. 이 칼로 말 두 마리를 구하세요. 그리고 칼은 잊지 말고 꼭 돌려주세요. 정말 귀한 물건이거든요.”

나이 든 농부는 절반은 재미있지만 절반은 화가 난 표정으로 칼을 되밀며 고관의 아들이 바보이거나 아니면 자신을 놀리려는 것 같다고 중얼거렸다. 고관의 아들은 나이 든 농부의 대답을 못 들은 척하며 도시에 도착할 때까지 침묵했다. 도시에서 조금 떨어진 외곽에 나이 든 농부의 집이 있었다. 두 사람은 시장 거리를 걷다가 사원으로 들어갔다. 그런데 이들에게 인사를 건네거나 안으로 들어와서 쉬었다 가라고 청하는 사람이 아무도 없었다.

“묘지가 정말 크네요!”

고관의 아들이 소리쳤다.

‘그게 무슨 말이지, 사람이 이렇게 많이 사는 대도시를 왜 묘지라고 하는 걸까?’

나이 든 농부는 이런 생각이 들었다.

두 사람은 도시를 떠나 묘지를 지나가게 되었다. 몇 사람이 무덤 옆에서 기도를 올린 후, 사랑하는 망자의 이름으로 지나가는 사람들에게 차파티(둥글넓적하게 구운 인도의 빵)와 쿨차(소맥분으로 만든 인도식 빵)를 나눠 주고 있었다. 그 사람들은 손짓으로 두 사람을 부르더니 원하는 만큼 먹을 것을 나눠 주었다.

“정말 멋진 도시야!”

고관의 아들이 말했다.

'지금 보니 이 사람은 제정신이 아닌 게 분명해. 다음엔 무슨 짓을 할지 궁금하네! 땅을 물이라 부르고 물은 땅이라 부르겠지. 어두운 곳을 빛이 있다 하고 빛이 있는 곳은 어둡다 할 거야.'

하지만 농부는 이런 생각은 속으로만 했다.

곧 두 사람은 묘지 가장자리를 따라 흐르는 개울을 헤치며 걸어야 했다. 물은 상당히 깊어서 나이 든 농부는 신발과 통이 넓은 바지를 모두 벗고 개울을 건넜다. 하지만 고관의 아들은 신발과 통이 넓은 바지를 그대로 입은 채로 개울을 건너갔다.

"참! 저런 바보 멍청이는 난생처음이야. 말이나 행동이 다 바보 같아."

나이 든 농부는 혼잣말을 했다.

하지만 나이 든 농부는 고관의 아들이 아내와 딸을 재미있게 해 줄 것이라는 생각에 그가 마음에 들어서 마을에 머무는 만큼 집에 머물라고 초대했다.

"정말 고맙습니다. 하지만 먼저 물어볼 게 있어요. 댁의 기둥이 튼튼한지 알고 싶습니다."

고관의 아들이 이렇게 대답했다.

이 말을 들은 나이 든 농부는 자포자기한 심정으로 고관의 아들을 집 밖에 두고 껄껄 웃으며 집으로 들어갔다.

나이 든 농부는 식구들과 인사를 마친 후 이야기를 꺼냈다.

"저기 들판에 있는 청년은 여기까지 오는 동안 나와 오랫동안 동행한 친구란다. 그래서 내가 이 마을에 머무는 동안 우리 집에 머물라고 했거든. 그런데 그 사람 참 바보 같더라. 도무지 무슨 말을 하는지 이해가 안 돼. 나보고 우리 집 기둥에 아무 문제가 없는지 알고 싶단다. 미친 사람이 분명해."

나이 든 농부는 이렇게 말한 후 갑자기 웃음을 터뜨렸다.

"아버지, 그 사람이 누구든, 아버지가 생각하는 것처럼 바보가 아니에요. 단지 우리가 자기를 접대할 만큼 여유가 있는지 알고 싶은 거예요."

무척 똑똑하고 현명한 농부의 딸이 대답했다.

"오! 물론이지. 나도 알겠네."

나이 든 농부가 이야기를 계속했다.

"네가 그 사람이 왜 그런 수상한 행동을 하는지 알려 줄지도 모르겠구나. 우리가 함께 길을 걷고 있었는데, 자기가 나를 들어 주든가 아니면 내가 자기를 들어 주면 어떻겠냐고 묻더라. 그럼 즐겁게 길을 갈 수 있다고 생각하는 것 같더라."

"아버지하고 그 사람 중에 한 명이 기분 전환이 될 만한 이야기를 하라는 말이 분명해요."

"오, 그래. 참, 우리가 옥수수 밭을 지나가는데 그 청년이 그 옥수수를 먹어 치운 것인지 아닌지 묻더라."

"아버지, 그럼 그게 무슨 뜻인지 모르세요? 그 사람은 그저 옥수수 밭의 주인이 빚을 졌는지 궁금한 거예요. 옥수수 밭의 주인이 빚을 졌으면 옥수수 수확한 것을 먹어 치운 거나 마찬가지잖아요. 채권자들이 옥수수를 다 가져갈 테니까요."

"그래, 맞아, 맞아. 당연한 말이야! 그럼 어떤 도시로 들어가는데 그 청년이 나한테 접는 칼을 주면서 그 칼로 말 두 마리를 구하래. 그리고 칼은 꼭 다시 돌려달라고 하더라."

"사람이 길을 걸을 때 단단한 막대기 두 개면 말 두 마리만큼 도움이 되잖아요? 그 사람은 아버지가 나뭇가지 몇 개를 자르고 칼을 잃어버리지 않게 주의하라고 부탁한 거예요."

"알겠다. 우리가 어떤 도시로 걸어가는데 아는 사람이 한 명도 안 보이더라. 우리한테 먹다 남은 음식 한 조각 주는 사람이 없더라고. 그러다 묘지를 지나가게 되었는데 어떤 사람들이 우리를 부르더니 우리 손에 차파티스와 쿨차를 올려 주더라. 그걸 보고 이 친구가 그 도시는 묘지로, 그 묘지는 도시로 부르더라."

"그 말도 이해가 돼요. 아버지, 도시는 모든 것을 얻을 수 있는 곳이잖아요. 그런데 다른 사람들을 잘 대접하지 않는 사람들은 죽은 사람들보다 못한 사람들이죠. 그런 도시는 아무리 사람들이 북적대도 그 청년이 생각하기에 죽은 곳이나 마찬가지죠. 그리고 망자들이 가득 찬 묘지에서 착한 사람들이 아버지와 그 청년에게 절을 하고 빵을 대접했죠."

"맞네, 맞아!"

나이 든 농부가 몹시 놀라며 얘기했다.

"그럼 방금 전에 말이다. 개울을 건널 때 그 청년은 신발과 통이 넓은 바지를 벗지도 않고 그대로 물속을 헤치며 건더구나."

"그 사람 정말 지혜로운 사람이네요."

딸이 대답했다.

"전 물살이 빠른 개울물에 맨발을 들여 넣고 뾰족한 돌멩이 위를 걷는 사람들이 정말 어리석다는 생각이 자주 들었어요. 조금만 발을 헛디뎌도 넘어져서 머리부터 발끝까지 다 젖을 거 아니에요. 아버지랑 같이 다녔다는 그 청년은 정말 현명한 사람이에요. 그 사람을 꼭 만나서 이야기를 나눠 보고 싶어요."

"그래. 내가 가서 찾으면 데려오마."

나이 든 농부가 얘기했다.

"아버지, 그분한테 우리 집 기둥은 확실히 튼튼하다고 말해 주세요. 그럼 우리 집으로 들어올 거예요. 제가 미리 그분께 선물을 보낼게요. 우리가 친구를 맞이할 여력이 있다는 걸 보여 줘야 하니까요."

그에 맞춰 농부의 딸도 하인을 부르더니 청년에게 버터 한 단지와 차파티스 열두 개, 우유 한 병을 선물로 전해 주라고 했다. 그리고 이런 전갈도 보냈다.

'친구여, 달이 찼습니다. 열두 달이 지나면 일 년이 되고, 바다는 물이 넘칠 것입니다.'

선물과 전갈을 들고 가던 하인은 도중에 어린 아들을 만났다. 바구니 속에 든 것을 본 아들은 아버지에게 음식을 달라고 애원했다. 하인은 어리석게도 아이의 말을 그대로 들어주었다. 곧 하인은 청년을 만나서 남은 음식과 전갈을 전했다.

친구여, 달이 찼습니다.

열두 달이 지나면 일 년이 되고, 바다는 물이 넘칠 것입니다.

"안주인께 제 인사말 좀 전해 주게."

청년이 인사를 전했다.

"초승달이 떴군요. 그리고 일 년에 열한 달만 보이는군요. 바다도 결코 물이 넘치지 않습니다."

하인은 청년의 인사말을 전혀 이해하지 못해서 들은 대로 한 자 한 자 외웠다가 안주인에게 그대로 전했다. 그러자 하인의 절도 행각이 들통 나서 혹독한 벌을 받았다. 잠시 후, 청년이 나이 든 농부와 함께 나타났다. 사람들은 모두 청년에게 큰 관심을 보였다. 미천한 주인은 청년의 신분을 전혀 몰랐지만 마치 그가 위대한 사람의 아들인 것처럼 모든 면에서 그를 극진하게 대접했다. 마침내 청년은 웃음을 터뜨린 물고기와 아버지가 받은 사형 위협과 자신이 겪게 된 유배생활에 대해 소상히 설명했다. 그리고 앞으로 어떻게 해야 할지 조언을 구했다.

"웃음을 터뜨린 물고기가 이 모든 사단의 원인인 것 같네요. 즉, 궁 안에 왕의 목숨을 노리고 계략을 짠 남자가 한 명 있다는 뜻이지요."

딸이 대답했다.

"그 말을 들으니 정말 기쁘군요. 정말 다행이에요!"

고관의 아들이 소리쳤다.

"내가 궁으로 돌아가서 수치스럽고 부당한 죽음으로부터 우리 아버지를 구하고 위험에 처한 왕을 구할 시간이 아직 있어요."

다음 날 그는 나이 든 농부의 딸을 데리고 자기 나라로 급히 돌아갔다. 그는 궁전에 도착하자마자 아버지에게 자신이 들은 말을 모두 들려주었다. 사형될 처지에 놓인 가여운 고관은 당장 왕에게로 가서 아들이 들려준 이야기를 반복했다.

“절대 그럴 리 없어.”

왕이 대답했다.

“하지만 사실이 틀림없습니다. 폐하, 제가 들은 말이 사실이라는 것을 증명하기 위해 궁 안의 모든 여자를 꼭 불러 주세요. 그들에게 구덩이 속으로 뛰어들라고 명하세요. 그럼 곧 남자가 있는지 알 수 있을 것입니다.”

왕은 구덩이를 파게 했다. 그리고 궁 안의 모든 시녀에게 구덩이 속으로 뛰어들라고 명령했다. 모든 시녀가 구덩이 속에 뛰어들었지만 성공한 사람은 단 한 명이었다. 그자는 남자로 드러났다!

그러자 왕비가 만족하고 충직한 고관도 목숨을 구했다.

훗날 고관의 아들은 나이 든 농부의 딸과 결혼식을 올렸다. 두 사람은 무척이나 행복한 결혼생활을 누렸다.

Notes on the Story

WHY THE FISH LAUGHED

제이콥스는 자타카 모음집뿐만 아니라 다른 여러 유형의 인도 설화집을 출간했다. 이 카슈미르 이야기 <물고기가 왜 웃었을까>는 수수께끼가 들어 있거나 등장인물들이 보기에 불가능한 문제나 임무가 들어 있다. 주인공은 어려운 문제나 도전의 비유적인 의미를 알아내거나 문자 그대로 활용해서 해결책을 찾게 된다. 고관의 아들은 물고기의 수수께끼를 풀어낼 만큼 똑똑한 사람을 알아내기 위해 이해하기 힘든 '영문 모를 말'을 직접 고안했다. 오직 어부의 딸만 그의 말을 해석할 수 있었다.

⌛

아버지보다 똑똑한 딸이나 귀족을 이긴 어린 소녀를 소재로 삼은 이야기는 다른 많은 수수께끼 이야기에서도 찾아볼 수 있다. 예를 들어, 그림 형제의 <똑똑한 농부의 딸>과 알렉산더 아파나시예프가 수집한 러시아 이야기 <똑똑한 어린 소녀>에는 모두 아버지보다 훨씬 지혜로운 딸이 등장한다. 딸은 결국 왕이나 황제와 결혼하게 된다.

비둘기와 까마귀

THE PIGEON AND THE CROW

조셉 제이콥스

옛날 옛적 보리살타가 비둘기이던 시절이 있었다. 보리살타인 비둘기는 부잣집 요리사가 편하게 쓰려고 부엌에 걸어 둔 소쿠리를 둥지 삼아 살고 있었다. 그런데 이 근처로 까마귀 한 마리가 날아들었다. 부엌에 널린 온갖 종류의 맛있는 음식을 보고 허기를 느꼈다.

"어찌하면 음식을 얻을 수 있을까?"

그 순간 까마귀에게 좋은 생각이 떠올랐다.

그때 음식을 찾아 밖으로 나갔던 비둘기가 부엌으로 들어가는 까마귀를 보더니 뒤따라 들어와서 말을 시켰다.

"까마귀 선생, 원하는 게 뭐요? 우린 피차 먹는 음식이 다르잖아요."

"아, 그래도 난 당신이 좋아요. 당신의 행실도 마음에 들고. 그러니 우리 친구가 돼서 함께 음식을 먹읍시다."

비둘기는 까마귀의 말을 받아들여 서로 친구가 되었다. 하지만 까마귀는 비둘기와 있을 때는 음식을 먹는 척만 하다가 혼자 되돌아와서 소 똥무더기를 쪼아 먹거나 통통한 벌레를 씹어 먹는 일이 잦았다. 그러다 배가 꽉 차면 하늘로 날아올랐다.

"이봐요, 비둘기 선생, 여태 음식을 먹고 다닌 거요! 한계를 정해야지. 이제부터 너무 늦기 전에 집으로 돌아와요."

비둘기가 친구를 데려온 것을 알게 된 부잣집 요리사는 그 옆에 소쿠리 하나를 더 걸어 주었다.

며칠 후 대량으로 구매한 물고기가 부잣집 부엌으로 들어왔다. 까마귀가 얼마나 기다렸던 음식인가! 까마귀는 아침 일찍부터 끙 하는 신음 소리를 내거나 큰 소리를 내면서 소쿠리 안에서 기다렸다. 비둘기가 그런 까마귀를 보고 이야기를 꺼냈다.

"자, 까마귀 선생. 아침 먹어요!"

"오, 이런! 이런! 난 아무래도 체한 것 같소."

까마귀가 대답했다.

"말도 안 돼요! 까마귀는 절대 체하지 않소. 당신이 만약 램프 심지를 먹는다면 위 속에 잠깐 있겠지요. 하지만 다른 걸 먹으면 순식간에 소화가 되죠. 그것도 먹자마자 바로. 지금 내가 하는 말 잘 들어요. 작은 물고기 하나 때문에 이런 식으로 행동하면 안 돼요."

"왜 그런 말을 하시오, 선생? 난 지금 소화불량이라니까."

"참, 조심해요."

비둘기는 이렇게 말하고는 밖으로 날아갔다.

요리사는 모든 음식이 준비되자 몸의 땀을 닦으며 부엌 문 앞에 서 있었다.

'이제 내 차례야!'

까마귀는 이렇게 생각하며 산해진미가 차려진 접시 위에 내려앉았다. 습! 까마귀의 흡착음 소리에 요리사가 주위를 둘러보았다. 아! 요리사는 바로 까마귀를 붙잡아서 대가리의 머리털을 한 가닥만 빼고 모조리 뽑아 버렸다. 그리고 생강과 쿠민을 버터밀크와 섞어서 까마귀의 온 몸에 충분히 발랐다.

"우리 주인의 만찬을 망치고, 내가 음식을 버리게 된 벌이야."

요리사는 이렇게 말하며 까마귀를 소쿠리 속에 던졌다. 오, 얼마나 아플까!

머지않아 집 안으로 들어온 비둘기의 눈에 소쿠리 속에서 큰 소리를 내며 누워 있는 까마귀가 들어왔다. 비둘기는 까마귀를 한바탕 놀리며 시 구절을 읊었다.

"지금 내 눈에 띈 머리꽁지가 삐죽이 나온 두루미는 누구인가?
자기 자리도 아닌 곳에 누워 있네?
어서 나와라! 내 친구 까마귀가 근처에 있다,
그 친구가 널 해칠지도 모르지."

이 말을 들은 까마귀가 다른 시 구절로 대꾸했다.

"난 머리 꽁지가 튀어나온 두루미가 아니오, 절대 아니야!
난 그저 욕심 많은 까마귀일 뿐이오.
당신의 말을 듣지 않아서
보다시피 이렇게 털이 뽑힌 신세가 되었소."

그러자 비둘기가 세 번째 시 구절로 화답했다.

"당신은 또다시 후회할 일을 할 것이오.
그것이 당신의 천성이지.
사람들이 고기 요리를 만들더라도
작은 새들이 먹을 음식은 아니라오."

비둘기는 밖으로 날아가며 이야기를 마쳤다.
"이런 짐승하고는 더 이상 함께 살 수 없어."
까마귀는 죽을 때까지 소쿠리에 누워서 신음했다.

Notes on the Story

THE PIGEON AND THE CROW

이 이야기는 불교 교리를 자세히 설명하기 위해 동물 우화를 활용한 것으로, 또 다른 자타카에 해당한다. 제이콥스는 ≪인도 동화집≫ 맨 끝에 이 이야기를 싣고, 이 이야기는 자타카에 등장하는 동물들을 효과적으로 표현한 것이며 이 동물들이 선악을 구분할 줄 아는 무척이나 도덕적인 존재라는 주석을 남겼다. 탐욕에 대한 이 같은 가르침은 중요하다. 자타카 한 세트에 네 번이나 반복될 정도로 무척 중요한 가르침이다.

자타카는 스트라파롤라와 바실레가 저술한 많은 동화처럼 액자식 구성으로 시작하는 특징이 있다. 이런 이야기는 대체로 붓다의 전생인 도덕적 이야기로 옮기기 전에 '현재 시점의 이야기'로 시작한다. 제이콥스가 본인의 동화집에 축약해서 수록한 이 이야기는 붓다의 현생이 과거로 쉽게 이동할 수 있도록 '현재 시점의 이야기'로 이야기를 시작하는 대신 '옛날 옛적'이라는 익숙한 형식으로 이야기를 시작했다.

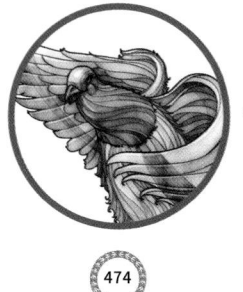

욕심쟁이 치즈 소년

THE BOY WHO WANTED MORE CHEESE

윌리엄 엘리엇 그리피스

열두 살 먹은 네덜란드 소년 클라스 반 봄멜은 소가 많은 지역에서 살고 있었다. 키가 150센티미터가 넘고 몸무게가 45킬로그램이 넘는 아이는 장밋빛 뺨을 갖고 있었다. 아이는 식욕이 늘 좋아서 어머니는 아이의 배 속에 거지가 살고 있다는 말을 하곤 했다. 당근과 고구마를 반반 섞어 놓은 것 같은 머리 색깔에 늪 지대의 갈대처럼 빡빡한 아이의 머리카락은 양쪽 귀까지 편편하게 잘린 모양이었다.

클라스는 밑창이 나무로 된 신발을 신고 다녔는데 토끼를 잡으려고 빨리 뛰거나, 학교에 가기 위해 느릿느릿 발을 질질 끌면서 벽돌 길을 걸으면 덜거덕대는 끔찍한 소리가 났다. 여름에는 깔깔한 리넨으로 된 파란 블라우스를 입고 겨울에는 커피 자루처럼 폭이 넓은 울로 된 반바지를 입고 다녔다. 그 반바지는 모양이 거꾸로 세운 소 방울처럼 생겨서 나팔바지라는 이름이 붙었는데 두툼하고 포근한 재킷에 단추를 달아 고정시켰다. 클라스는 다섯 살까지 누이들처럼 입고 다녔다. 그러다 생일 선물로 주머니가 두 개 달린 남자아이 옷을 받자, 아이는 몹시 뿌듯해했다.

클라스는 농부의 아들이었다. 아침 식사로 호밀 빵과 신선한 우유를 먹고 점심에는 치즈와 빵 말고도 삶은 감자가 한 가득 쌓인 접시를 받았다. 아이는 먼저 포크로 감자를 푹 찌른 다음 뜨겁게 녹인 버터 그릇에 한 바퀴 푹 담가서 하얀 덩어리로 만들었다. 감자와 버터는 아이의 목구멍 속으로 순식간에 사라졌다. 저녁에는 빵에 소스를 발라서 버터를 만드느라 크림을 걷어 내고 남은 탈지유와 먹었다. 아이들은 일주일에 두 번 갈색 설탕을 살짝 뿌린 응유(우유가 산이나 효소에 의해 응고한 것)나 신맛이 나는 우유를 실컷 마셨다. 매 끼니마다 얇게 썬 치즈가 나왔지만 아이는 두껍지 않다고 생각했다. 클라스는 침대에 누워 부스스 헝클어진 주황색 머리카락이 베개에 닿자마자 바로 잠에 곯아떨어졌다. 여름에는 새들이 지저귀기 시작하는 새벽녘에 눈을 떴다. 침대가 따뜻하게 느껴지고 동장군이 기승을 부리는 겨울이 되면 매트리스로 쓰이는 지푸라기 포대에서 일어나기 전에 소들이 얘기하는 소리가 들렸다. 반 봄멜 가족은 부유하지는 않았지만 모든 것이 깨끗하고 반짝반짝 윤이 났다.

반 봄멜의 집에는 늘 먹을거리가 풍부했다. 돌로 지은 시원한 지하실 한 귀퉁이에는 남자 팔뚝보다 두툼하고 기다란 호밀 빵이 무더기로 쌓여 있었다. 일주일에 한 번 화덕 속에 빵 반죽을 넣었다. 반 봄멜의 집 안에서 빵을 굽는 것은 큰 행사였다. 남자들은 그날 도와달라는 요청을 받지 않는 한 아무도 부엌에 들어갈 수 없었다. 우유통과 냄비는 매일 햇빛에 말리거나 북북 문질러 씻었다. 식료품 저장실에 쌓인 치즈는 때때로 작은 부대를 먹일 만큼 많아 보였다.

하지만 클라스는 늘 치즈가 부족했다. 다른 면에서 보면 클라스는 착한 아이였다. 집에서는 늘 순종적이고 젖소 농장에서도 언제나 일할 준비가 되어 있고 학교에서도 근면했다. 하지만 식탁에서는 늘 먹는 것이 부족하다고 생각했다. 아버지는 클라스의 재킷 속에 우물이나 동굴이 있는 것 아니냐고 물으며 껄껄댔다.

클라스에게는 케이트, 애니, 샐리라는 이름의 여동생이 있었다. 자식을 무척이나 사랑하는 어머니는 아이들을 '우리 오렌지 꽃'이라고 불렀다. 그런데 다른 식구들이 식사를 다 마쳐도 클라스는 계속 감자를 뜨거운 버터에 적셨다. 어머니는 그 모습을 보고 깔깔대며 그를 미나리아재비라고 불렀다. 어쨌든 클라스는 늘 치즈가 부족했다. 클라스가 특히 더 식탐을 부릴 때면 어머니는 그를 '버터와 달걀'보다 못한 아이라고 놀렸다. 버터와 달걀은 해란초라는 이름의 노랗고 하얀 식물로 무척 예쁘지만 농부들에게는 잡초에 불과한 꽃이었다.

어느 여름 밤, 잘못한 일로 심하게 혼난 클라스는 거의 울면서 걸레질을 마친 후 몹시 언짢은 마음으로 잠자리에 들었다. 그전에 자기 몫의 치즈에 세 여동생의 치즈까지 뺏어 먹은 터라 배가 몹시 불렀다.

클라스의 침대는 다락방에 있었다. 이 집은 처음 지을 때, 붉은 색깔의 지붕 타일 하나를 떼어 내고 그 자리에 유리를 붙여 메웠다. 아침에는 클라스가 옷을 갈아입을 만한 빛이 유리 지붕으로 들어왔다. 밤에 날씨가 좋으면 이 지붕창의 바람으로 다락방의 공기가 바뀌었다.

집에서 멀지 않은, 모래로 된 경사지 위의 소나무 숲에서 산들바람이 불었다. 클라스는 달콤한 소나무 향을 맡으려고 의자 위에 올라갔다. 소나무 밑으로 너울대는 빛이 보이는 것 같았다. 그런데 빛줄기 하나가 지붕창으로 접근하는 것 같더니 점점 더 가깝게 다가와서 지붕 주위를 빙빙 돌았다. 그러다 클라스의 눈앞에서 앞뒤로 움직였다. 빛줄기는 반딧불이 백 마리가 차가운 빛 덩어리로 합쳐져서 마치 하나의 램프인 것처럼 보였다. 그러자 클라스에게 낯선 빛줄기가 아름다운 여자의 형상을 만든 것처럼 보였지만 그런 생각이 들자 자조적인 웃음이 나왔다. 하지만 곧 속삭임이 목소리처럼 들렸다. 그러자 어머니가 자기를 몹시 혼내고 걸레질까지 시킨 일을 까맣게 잊을 정도로 몹시 심하게 웃음이 터졌다. 그의 두 눈에 기쁨의 눈물이 그렁거리자, 그를 초대하는 어떤 목소리가 들렸다.

"치즈가 아주 많은 곳이 있어. 우릴 따라 와."

졸음에 겨운 클라스는 이 말이 사실인지 확인하기 위해 두 눈을 비비며 귀를 쫑긋 세웠다. 또다시 환한 빛줄기가 아이에게 말을 걸었다.

"이리 와요."

이게 가능한 일인가? 아이는 나이 든 사람들이 나그네들에게 속삭이고 주의를 주는 숲속의 여자들에 대한 이야기를 들은 적이 있었다. 사실 아이도 소나무 숲속에서 '요정들의 고리'를 자주 본 적이 있었다. 불꽃 여인은 이런 식으로 아이를 초청했다.

차가운 빛줄기가 다시 빨간 타일 지붕 주위를 뱅뱅 돌자, 은쟁반처럼 보이는 달이 뜨더니 굴뚝 너머를 빤히 쳐다보았다. 달이 하늘 높이 올라갈수록 여자처럼 보이는 움직이는 불빛이 잘 보이지 않았지만 목소리는 더 이상 속삭임이 아니라 훨씬 명확하게 들렸다.

"치즈가 아주 많은 곳이 있어. 우릴 따라 와."

"도대체 그게 뭔지 내가 직접 봐야겠어."

클라스는 두툼한 울 타이츠를 신고 아래층으로 내려갈 준비를 마친 다음 아무도 깨우지 않고 밖으로 나갔다. 아이는 문 앞에서 나무 신발을 신었다. 바로 그때 고양이가 가르랑거리며 클라스의 정강이에 몸을 비볐다. 아이는 깜짝 놀라서 펄쩍 뛰었다. 그런데 잠시 아래를 내려다보자 공만 한 노란 불빛 두 개가 보였다. 그게 무엇인지 알아차리자마자 클라스는 바로 소나무 숲과 요정의 고리 쪽으로 달려갔다.

참으로 기이한 광경이었다! 클라스는 처음에 그것이 커다란 반딧불이들의 고리인 줄 알았다. 그런데 예쁜 생명체 수십 명이 또렷이 보였다. 크기는 인형만 하지만 귀뚜라미처럼 활력이 넘쳤다. 그것들은 램프에 날개라도 달린 것처럼 빛으로 가득 찼다. 마치 재미있는 놀이라도 되는 것처럼 손에 손을 잡고 풀밭 주위를 동그랗게 휙휙 스치며 춤을 추었다.

클라스가 놀라움을 극복하기도 전에 요정들에게 에워싸인 자기 모습이 보였다. 원을 이룬 요정들 중에 가장 강력한 요정 몇이 무리를 뒤로하고 아이에게로 왔다. 아이는 자기를 당기는 앙증맞은 손가락을 느꼈다. 그 요정들 중에 가장 예쁜 요정이 아이의 귀에 속삭였다.

"이리 와, 우리랑 함께 춤추자."

그러자 어여쁜 요정 10여 명이 한목소리로 소곤거렸다.

"여긴 치즈가 정말 많아, 치즈가 정말 많은 곳이야. 이리 와, 어서!"

클라스의 발꿈치가 깃털처럼 가벼워진 것 같았다. 순식간에 요정들과 손깍지를 끼고 몹시 기뻐하며 춤을 추었다. 마치 축제에 참가해서 남자아이들과 여자아이들이 한 줄이 되어 손에 손을 잡고 거리를 빙빙 도는 것처럼 즐거웠다. 네덜란드의 아가씨들과 청년들이 축제 장터에서 춤을 추는 것처럼 재미있었다.

클라스는 지금 너무 재미있어서 요정들을 빤히 쳐다볼 시간이 없었다. 아이는 밤이 새도록 계속 춤을 추었다. 어느새 동쪽 하늘이 잿빛으로 변하더니 발그레한 장미 빛깔로 바뀌었다. 그러자 몹시 지친 아이도 땅으로 굴러떨어지더니 잠이 들었다. 요정들의 고리 안쪽에 머리를 두고 발은 고리 중앙에 놓여 있었다.

클라스는 몸이 피곤하다는 감각도 없을 정도로 몹시 행복해서 본인이 자고 있는 것도 몰랐다. 아이는 자기와 함께 춤을 추었던 요정들이 치즈를 갖다주면서 시중을 드는 줄 알았다. 황금빛 칼로 요정들이 치즈를 잘라내서 손으로 직접 먹여 주었다. 입안에서 살살 녹는 맛이 났다! 이제 평생 동안 먹고 싶었던 치즈를 몽땅 먹을 수 있을 것 같았다. 클라스를 나무라는 어머니나 삿대질을 하며 비난하는 아버지도 없었다. 얼마나 기쁜지 몰랐다!

하지만 머지않아 치즈를 그만 먹고 잠시 쉬고 싶었다. 턱이 얼얼하고 배 속에 포탄이 들어 있는 것처럼 힘들더니 숨까지 헐떡거렸다.

그래도 요정들은 아이에게 치즈 먹이는 것을 멈추지 않았다. 네덜란드의 요정들은 결코 지치지 않았다. 북쪽, 남쪽, 동쪽, 서쪽 하늘로 올라갔다가 다시 치즈를 가지고 내려왔다. 요정들은 둥그런 치즈 덩어리가 벽처럼 아이를 에워쌀 정도로 쌓일 때까지 아이 주위로 계속 치즈를 떨어뜨렸다. 빨간 공 같은 에담 치즈와 분홍 빛깔과 노란 빛깔의 공 같은 고우다(고다 혹은 하우다)치즈, 잿빛 빵 덩어리 모양의 레이덴 치즈도 보였다. 소나무 숲 속에 펼쳐진 모래밭을 내려다보던 아이는 깜짝 놀랐다. 가장 키가 크고 힘센 요정들이 둥글납작한 거대한 프리슬란트 치즈를 굴리고 있었다. 한 개만 있어도 부대를 먹일 만큼 거대한 치즈는 크기가 마차 바퀴만 했다. 키가 크고 힘이 센 요정들이 굴렁쇠를 갖고 노는 것처럼 원반만 한 무거운 치즈를 굴렸다. 이들은 놀이를 하는 남자아이들처럼 소나무 가지를 앞으로 휘두르며 서로 웃고 떠들었다. 농장 치즈, 공장 치즈, 알크마르 치즈, 마지막으로 강한 냄새 때문에 클라스가 제일 싫어하는 림뷔르흐 치즈까지 다 보였다. 빵 덩어리 같은 치즈와 공 모양의 높이 쌓인 치즈 때문에 그 안에 든 클라스는 위를 쳐다본 순간 마치 자신이 우물 안 개구리처럼 느껴졌다. 높이 쌓인 치즈 벽이 비틀거리며 자기 위로 쓰러질 것만 같아서 신

네덜란드의 요정들은 결코 지치지 않았다.

북쪽, 남쪽, 동쪽, 서쪽 하늘로 올라갔다가 다시 치즈를 가지고 내려왔다.

음소리가 절로 나왔다. 클라스가 비명을 질렀지만 요정들은 아이가 노래를 부르는 줄 알았다. 요정들은 인간이 아니라서 남자아이의 기분을 전혀 몰랐다.

클라스는 한 손에는 두툼한 치즈 조각을 들고 있고, 다른 한 손에는 커다란 치즈 덩어리를 들고 있었지만 더 이상 치즈를 먹을 수 없었다. 하지만 여왕 요정의 지휘를 받는 요정들은 한쪽에 서 있거나 아이의 머리를 빙빙 돌면서 계속 더 먹으라고 강요했다.

배가 터질 것 같은 바로 그 순간 비틀비틀 쏟아지려고 하는 집채만큼 커다란 치즈 더미가 보였다. 엄청난 치즈 더미가 아이에게로 쓰러졌다. 클라스는 자기 몸이 프리슬란트 치즈처럼 납작하게 우그러질 것만 같아서 어마어마한 비명을 질렀다.

그런데 그런 일은 일어나지 않았다. 잠에서 깬 클라스가 두 눈을 비비는데 모래 언덕 너머로 떠오르는 빨간 태양이 보였다. 새들이 지저귀고 수탉들은 클라스 주위에서 까악까악 합창을 했다. 바로 그 순간 마을의 괘종시계가 종을 쳤다. 클라스가 옷을 만지자 이슬 때문에 축축했다. 이제 몸을 일으켜서 주위를 둘러보니, 요정들은 보이지 않았다. 아이의 입속에는 지금까지 우적우적 씹고 있던 풀이 다발로 들어 있었다.

클라스는 요정들과 지냈던 이야기를 아무에게도 하지 않았다. 꿈속에서 집채만 한 치즈가 쓰러져서 요정들이 떠난 것인지 아니면 해가 떠서 요정들이 떠난 것인지 알 수 없었기 때문이다.

Notes on the Story

THE BOY WHO WANTED MORE CHEESE

윌리엄 엘리엇 그리피스(1843-1928)는 미국인 목사이자 작가로서 광범위한 주제로 책을 출간했다. 그는 여러 문화권의 요정 나라에 관심이 있어서 한국, 일본, 중국, 벨기에, 스위스, 웨일스, 네덜란드의 이야기를 출간했다. 네덜란드에 대한 그리피스의 관심은 동화에서 멈추지 않았고 그는 네덜란드와 네덜란드계 미국인들에 대한 책을 여러 권 출간했다.

⌛

교훈적인 이 이야기는 맛있는 음식도 지나치게 많이 먹으면 물릴 수 있다는 사례를 보여주면서 독자들에게 대식가가 되지 말라는 주의를 주었다. 동화 치고는 특이하게 클라스가 입고 있는 옷부터 요정들이 아이에게 갖다주었던 치즈의 생산지에 이르기까지 세부적인 내용이 많이 실렸다. 요정들은 아이에게 교훈을 주었지만 즐거운 사치와 나쁜 의도 사이에서 아슬아슬하게 줄다리기를 하는 것처럼 보인다. 요정들의 모호한 목적은 <콘놀라와 요정 아가씨>와 <립 반 윙클>과 <덤불 속의 와나와나>에서 그런 것처럼 요정들과의 우연한 만남 속에 흔히 드러나는 편이다.

유키-오나(설녀)

YUKI-ONNA

라프카디오 헌

나무꾼인 모사쿠 노인과 견습생 미노키치는 무사치 지방에서 살고 있었다. 두 사람은 매일 숲으로 갔는데 숲으로 가려면 나룻배를 타고 넓은 강을 건너야 했다. 어느 추운 밤, 두 사람은 집으로 돌아오다가 엄청난 눈 폭풍을 만났다. 나룻배가 있는 곳에 도착했지만 사공이 자리에 없었다. 나무꾼들은 하는 수 없이 쉼터를 찾아 사공의 오두막으로 갔다. 두 사람은 어쨌든 쉴 곳을 찾아서 다행이라고 생각했다.

나무꾼들은 문을 잠그고 잠자리에 들었다. 모사쿠 노인은 바로 잠이 들었지만 미노키치는 문을 후려치는 눈보라와 무시무시한 바람 소리에 오래 뒤척이다가 결국 잠이 들었다. 그런데 얼굴에 소나기처럼 퍼붓는 눈 때문에 잠이 깼는데 완전히 새하얀 여자가 보였다. 모사쿠

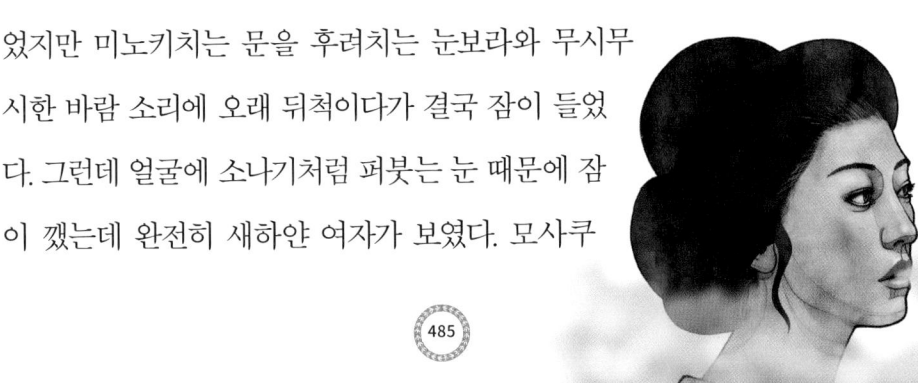

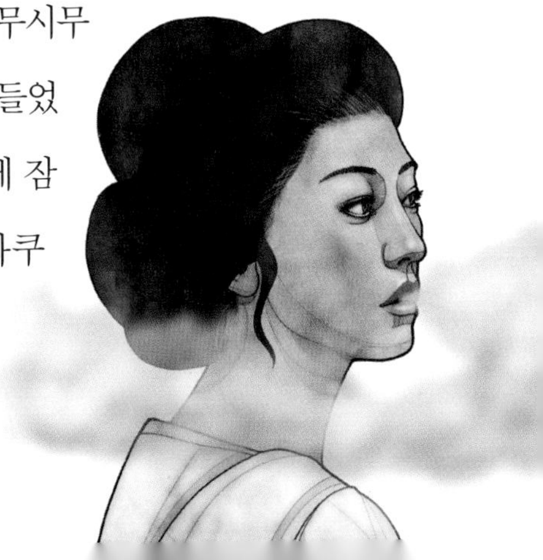

노인 위로 몸을 구부린 새하얀 여자는 노인에게 마치 하얀 연기 같은 입김을 불고 있었다. 그러더니 갑자기 미노키치를 향해 고개를 돌리더니 그를 향해 허리를 굽혔다. 미노키치는 소리를 지르려고 했지만 단 한 마디도 나오지 않았다. 새하얀 여자는 미노키치와 얼굴이 맞닿을 정도로 몸을 확실히 구부렸다. 그의 눈에 들어온 여자의 눈빛은 매서웠지만 정말 아름다웠다.

새하얀 여자는 미소를 지으며 속삭였다.

"원래는 널 다른 사람처럼 대하려고 했지. 그런데 젊고 잘생긴 널 보니 가여운 마음이 드네. 지금 당장은 널 살려 둘게. 하지만 오늘 밤 네가 목격한 이야기를 그 누구에게라도 하면 난 다 알 수 있어. 그럼 난 널 죽일 거야. 내가 지금 하는 말 명심해!"

새하얀 여자는 이 말과 함께 자리를 떠났다. 미노키치는 자리에서 벌떡 일어나서 밖을 내다봤다. 하지만 새하얀 여자는 어디서도 보이지 않았다. 미노키치는 모사쿠 노인의 이름을 불렀지만 노인은 아무 대답도 하지 않았다. 그가 손으로 모사쿠 노인의 얼굴을 대자 얼음처럼 차가웠다. 모사쿠 노인은 죽은 것이다!

다음 해 겨울, 어느 날 저녁 미노키치는 오-유키라는 이름의 예쁜 처녀를 만났다. 그녀는 하녀로 일하려고 예도로 갈 작정이었다. 그는 오-유키에게 푹 빠져서 약혼자가 있는지 물었다. 그녀는 깔깔대며 자신은 자유로운 몸이라고 대답했다. 그러자 미노키치는 그녀에게 자신의 집에서 묵으며 예도로 가는 길을 미루라고 부탁했다. 결국 오-유키는 예도로 가지 않고,

'훌륭한 며느리'가 되어 미노키치의 집에서 살았다.

오-유키는 아내의 역할에 아주 충실했다. 자식을 열 명이나 낳았는데 아들과 딸들의 외모가 모두 출중하고 살결이 몹시 하얗고 고왔다.

어느 날 밤 오-유키가 종이 등의 불빛을 받아 바느질을 하고 있는데 그 모습을 옆에서 지켜보던 미노키치가 이야기를 꺼냈다.

"지금 당신 모습을 보고 있으니 내가 총각 시절에 겪은 기이한 일이 생각나네. 그때 난 지금의 당신처럼 무척이나 아름답고 새하얀 여자를 보았지. 그 여잔 진짜 당신하고 아주 많이 닮았어."

그러자 오-유키가 물었다.

"그 여자 얘기 좀 해 주세요. 그 여자를 어디서 만났죠?"

미노키치는 끔찍했던 그날 밤 사공의 오두막과 미소 짓는 얼굴로 자신을 내려다보며 속삭이던 여자와 모사쿠 노인의 침묵의 살인에 대해 얘기했다.

"잠이 든 건지 깬 것인지 모르겠지만 당신만큼 아름다운 여자는 그때 처음 봤어. 물론 그 여잔 사람이 아니어서 난 몹시 겁이 났지. 그런데 그 여잔 정말 하얗더라고. 내가 꿈을 꾼 것인지 아님 설녀를 본 건지 아직 잘 모르겠어."

미노키치가 덧붙였다.

오-유키는 앉아 있던 미노키치에게 고개를 숙이더니 갑자기 악을 쓰며 얘기했다.

"그게 바로 나야! 유키라고! 내가 말했잖아! 그 일에 대해 단 한 마디라도 하면 죽여 버리겠다고! 지금 자고 있는 저 아이들만 없었다면 당장 당신을 죽일 텐데!"

그녀는 소리를 지르고 있었지만 목소리가 바람 소리처럼 약해지더니 어느새 하얀 안개로 변해서 지붕보로 소용돌이쳐 올라갔다. 이후로 그녀를 본 사람은 아무도 없었다.

Notes on the Story

YUKI-ONNA

<유키-오나>는 일본 이야기로, '유키-오나(설녀)'로 불리는 눈의 정령과의 만남의 위험성을 경고한 소름 끼치는 수많은 이야기 중 하나다. 이 이야기는 영국 작가 라프카디오 헌(1850-1904)의 ≪괴담≫(1904)에 수록된 이야기를 축약한 것이다. 헌은 미국인 작가이자 번역가로, 1890년 일본으로 이주했다. 그는 일본 문화에 매료되어 일본을 고국으로 여기고 일본 여성과 결혼 후 이름도 고이즈미 야쿠모로 개명했다.

⧖

유키-오나는 일본의 신화에 등장하는 전설적인 인물이다. 일본 전역에서 발견되는 그녀는 위험한 겨울을 여성으로 구체화한 것이다. 눈 폭풍이 불 때 눈 속에서 길을 잃은 여행자들이나 겨울에 아이들을 잃어버린 부모들에게 주로 모습을 보인다. 그녀는 눈 속에서 비명횡사한 사람의 영혼으로 간주될 때도 있다. 이는 빛으로 여행자들을 깊은 숲속으로 이끄는 요정이나 세례를 받지 못하고 죽은 영혼, 즉 유럽인들이 도깨비불(혹은 사람을 미혹시키는 것 혹은 사람)이라고 믿는 것과 유사하다. 또는 비극적인 사랑 때문에 죽은 영혼이 자신을 목격한 사람들의 죽음을 예견하는 설녀 이야기와 비슷하다.

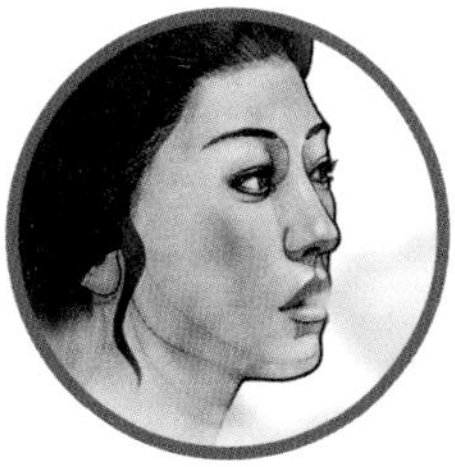

후안의 모험

THE ADVENTURES OF JUAN

마벨 쿡 콜

후안은 늘 곤경에 휘말렸다. 게으른 소년 후안은 그 누구보다 분별력도 떨어졌다. 무슨 일이든 시도만 하면 차라리 안 하느니만 못한 엄청난 실수를 저질렀다.

가족들은 점점 후안의 실수를 참지 못하고 잘못을 저지를 때마다 비난하고 매를 들었다. 어느 날 후안 때문에 몹시 실망한 어머니가 그에게 큰 칼 하나를 주면서 숲으로 보냈다. 어머니는 후안이 최소한 땔감을 벨 수 있을 줄 알았다. 후안은 일을 피할 핑곗거리를 곰곰이 생각하면서 어슬렁 어슬렁 걸어갔다. 어쨌든 쉽게 벨 수 있을 것 같은 나무 한 그루가 눈에 띄자, 기다란 칼을 쭉 뽑았다.

그러자 마법의 나무가 후안에게 말을 걸었다.

"절 베지 않으면 수염을 털 때마다 은화를 쏟아 내는 염소를 드릴게요."

절 베지 않으면

수염을 털 때마다 은화를 쏟아 내는 염소를 드릴게요.

후안은 이 말을 듣자, 염소를 보고 싶은 데다가 나무를 베지 않아도 돼서 몹시 기뻤다. 그래서 당장 나무를 살려 주겠다고 약속했다. 그러자 나무껍질이 벌어지더니 염소 한 마리가 걸어 나왔다. 후안이 염소에게 수염을 흔들라고 명령했다. 그는 어머니에게 보물을 보여 줄 생각에 몹시 기뻐서 염소를 들고 집으로 향했다.

그런데 집으로 가는 길에 교활한 친구를 만났다. 친구는 후안의 염소 이야기를 듣더니 뺏기로 마음먹었다. 친구는 후안이 투바(필리핀의 전통 발효주)를 좋아하는 것을 알고 술을 마시고 가라 꼬드겼다. 후안이 술을 마시는 동안 친구는 마법의 염소를 다른 염소와 바꿔치기했다. 후안은 술이 깨자마자 염소를 데리고 급히 집으로 가서 식구들에게 마법의 나무에 대해 떠들며 염소에게 수염을 흔들라고 명령했다. 하지만 은화는 떨어지지 않았다. 식구들은 후안이 장난을 친다고 생각해 때리고 혼을 냈다.

후안은 다시 나무에게 가서 거짓말을 했으니 베어 버리겠다고 으름장을 놓았다. 하지만 나무는 애원했다.

"아니에요. 제발 절 베지 마세요. 절 살려 주시면 마른 땅, 아니 나무 꼭대기에만 던져도 물고기를 한 가득 낚을 수 있는 그물을 드릴게요."

그래서 나무를 살려 준 후안은 귀중한 그물을 갖고 집으로 향했다. 하지만 이번에도 못된 그 친구를 만났다. 친구는 이번에도 투바를 마시고 가라 꼬드겼다. 그리고 후안이 술을 마시는 동안 친구는 요술 그물을 다른 그물과 바꿔치기했다. 집으로 돌아간 후안은 요술 그물의 마법을 보여 주려고 했지만 또다시 조롱거리가 되었다.

후안은 다시 한 번 나무를 찾아갔다. 이번에는 꼭 나무를 베어 버리겠다고 굳게 마음먹었지만 나무는 쌀밥과 숟가락이 가득 들어 있는 요술 냄비를 주겠다고 제안했다. 후안이 쌀밥을 먹고 싶다고 바라기만 하면 늘 쌀밥을 대령할 것이라고 설득했다. 후안은 그 어느 때보다 즐겁게 집으로 향했다. 그런데 집에 도착하기 전에 마법의 염소를 뺏어 갔던 그 친구를 만나서 똑같은 일이 벌어졌다. 후안의 장난에 질린 식구들은 어느 때보다 심하게 그를 때렸다.

몹시 화가 난 후안은 네 번째로 나무를 찾아갔다. 나무를 내려치려는 그 순간, 이번에도 나무는 후안의 마음을 확실히 사로잡을 제안을 했다. 어느 정도 대화를 거친 다음, 후안은 이렇게만 말하면 되는 나무 막대기를 받기로 동의했다. "붐바이, 붐바"라고만 얘기하면 그가 때리고 싶은 사람이 누구든 죽을 때까지 때리는 요술 막대기였다.

그는 집으로 돌아오는 길에 그 친구를 또 만났다. 친구가 요술 막대기에 대해 묻자 그는 이렇게 대답했다.

"어, 그냥 막대기야. 내가 '붐바이, 붐바'라고만 얘기하면 상대방이 죽을 때까지 때려 주는 막대기야."

'붐바이 붐바'라는 소리가 나자 요술 막대기는 후안의 손에서 벗어나 친구가 이렇게 소리칠 때까지 때렸다.

"오, 그만해. 너한테 훔친 걸 모두 다 돌려줄게."

후안은 요술 막대기에 멈추라 명령하고 친구에게 자기 집까지 마법의 염소를 끌고 요술 그물과 요술 냄비와 숟가락을 들고 가라고 말했다.

집에 도착한 후안은 마법의 염소에게 수염을 털라고 명령했다. 그러자 염소는 어머니와 형제들이 모두 주워 담을 만큼 은화를 쏟아 냈다. 그리고 이번에는 요술 냄비가 대령한 쌀밥을 배가 부를 때까지 먹었다. 식구들은 이제 후안을 혼내지 않았다. 하지만 후안은 이런 이야기를 꺼냈다.

"여러분은 지금까지 날 야단치고 두드려 팼어요. 그런데 이제 내 물건은 아주 잘도 받네요. 이제 나도 따로 보여 줄 게 있어요. 붐바이, 붐바!"

요술 막대기가 곧 벌떡 일어나더니 식구들이 살려 달라고 애원할 때까지 두들겨 팼다. 식구들은 이제 후안이 집안의 우두머리라고 말했다.

그 이후로 후안은 막강한 부자가 되었지만 어디를 가든 요술 막대기를 꼭 갖고 다녔다. 어느 날 밤, 도둑 몇 명이 후안의 집에 들어왔다. '붐바이, 붐바'라는 주문을 외우지 않았더라면 후안은 재산을 다 뺏기고 죽었을지도 모를 일이었다. 이 주문 때문에 도둑은 모두 맞아 죽었다.

얼마 후 후안은 아름다운 공주와 결혼식을 올렸다. 친절한 요술 나무 덕분에 두 사람은 늘 행복하게 살았다.

Notes on the Story

THE ADVENTURES OF JUAN

마벨 쿡 콜(1880-1977)은 미국의 인류학자로, 4년 동안 필리핀의 토착민들과 함께 생활한 경험이 있다. 콜은 1916년 ≪필리핀 설화집≫을 출간했다. 이 책 속의 이야기는 신화에서 우화까지 스타일이 무척 다양하다. 콜은 서구 문화와 접촉이 있었던 타갈로그 사람들로부터 이 이야기를 수집했다. 이런 식으로 토착민들의 기본적인 설화 구조와 서구권 동화의 문화적 유물을 공유하게 되었다.

남자아이가 보물을 얻었다가 다시 잃었다가 또다시 얻는 이 이야기는 노르웨이에서 체코 공화국에 이르기까지 유럽 전역에서 볼 수 있는 유형이다. 게으르거나 어리석은 아이가(이름도 한스나 잭, 혹은 후안처럼 정말 흔한 이름이 자주 등장한다) 결국 성공해서 부자가 되는 전형적인 이야기다. 남주인공의 이름이 평범한 것은 우리 인간이 '특별할 것 없는 평범한 존재'인 동시에 영웅, 사기꾼 등으로 변형의 능력을 가진 존재가 될 수 있다는 사실을 대변하는 것인지도 모른다.

덤불숲의 와나와나

WHANAWHANA OF THE BUSH

제임스 코원

다음은 옛 친구인 토홍아(영적 지도자 혹은 주술사)가 우리 부족의 두 조상님에 대해 들려준 이야기다.

그리 멀지 않은 옛날, 하카리마타 산맥 기슭의 좁고 평평한 지점에 있는 와이파 강 서쪽에 남편 루아강기와 젊고 아름다운 아내 타화이-투가 살았다. 부부는 초가지붕을 얹은 초막집에서 살며 숲의 가장자리에서 고구마와 감자를 재배했다. 경작지는 사실 일부만 숲으로 에워싸이고 대부분은 키가 큰 리무(소나무과의 침엽수)와 라타가 경작지 주변부를 에워싸고 있었다. 키가 큰 수목이 서리로부터 경작물을 지켜 주어서 마오리 사람들은 키가 큰 수목으로 경작물을 보호했다.

어느 날 아내 타화이-투가 저녁 식사거리로 고구마를 캐기 위해 경작지로 갔다. 커다란 바구니에 감자를 한 가득 채우자, 초막집이 있는 마을로 가려면 무거운 바구니를 어깨에 멜 띠를 만들어야 해서 아마를 찾으러 다녔다. 하지만 아마를 찾을 수 없자, 낮은 나무의 가지가 벌어진 틈새로 자라는 거칠고 기다란 와라와라 잎사귀 몇 개를 뽑아서 가닥을 가른 다음 매듭을 지어 매듭을 묶어 어깨끈으로 활용했다.

타화이-투가 밭일을 하는 동안, 숲 가장자리의 무성한 덤불 속에서 낯선 남자가 쭈그려 앉은 자세로 계속 그녀를 바라보고 있었다. 머리카락이 어깨까지 내려오는 남자는 어딘가 야만스러워 보였는데 산에서 자라는 아마 뒤에 앉아 있었다. 구리처럼 붉은 빛이 감도는 머리카락은 흐릿한 불꽃처럼 언뜻언뜻 반짝거렸다. 그는 마오리 사람이 아니었다. 파투-파이아레헤, 즉 요정이었다. 덤불숲이 그의 집이었고 그곳에서 식량을 사냥했다. 그런데 오늘은 식량이 아닌 여자를 사냥하는 날이었다. 그는 마오리 부족 중에서 아내를 갖고 싶은 꿈이 있었다. 그래서 이렇게 일행과 떨어진 여자들 중에서 자신의 취향에 맞는 여자를 찾으려고 마오리 부족의 정착지 외곽까지 몰래 접근한 것이었다. 그의 눈앞에 지금까지 본 중에 가장 마음에 드는 여자가 있었다. 아름다운 타화이-투는 파투-파이아레헤가 손을 뻗으면 닿을 수 있는 곳에 있었지만 전혀 알지 못했다. 풍만한 가슴과 엉덩이와 통통한 팔과 다리를 보자 산 사나이는 그녀를 꼭 갖고 싶은 마음이 불같이 일었다.

속이 텅 빈 나무속에 튼 둥지를 훔치는 올빼미처럼 요정 사냥꾼은 가만가만히 젊은 타화이-투의 뒤로 다가갔다. 그는 갑자기 그녀에게 달려들어 비명을 지를 수 없게 입을 막았다. 갑작스러운 생포에 어안이 벙벙한 그는 마오리 사람이 아니었다.

파투-파이아레헤, 즉 요정이었다.

그녀는 거친 남자의 기다란 팔에 안겨서 숲을 벗어나 어느새 칙칙한 덤불숲 깊은 곳까지 왔다.

그런데 훨씬 더 무시무시한 일이 일어났다. 아름다운 포로를 납치한 요정이 숲속 작은 언덕의 정상에 오르자, 언덕 꼭대기에 누군가가 일부러 만든 것처럼 둥그런 원이 보였다. 타화이-투도 알고 있는 원이었다. 요정들이 만나는 장소라고 들은 적이 있어서 그녀는 이곳이 몹시 무서웠다. 그녀는 자신을 납치한 요정이 마오리 사람이 아니라 파투-파이아레헤라는 것을 이제 눈치챘다.

빨간 머리 요정은 사로잡은 여자를 바닥에 앉힌 후 째지는 목소리로 주문을 외웠다. 언덕 꼭대기가 곧 짙은 안개로 뒤덮였다. 그는 또다시 여자를 붙잡았다. 여자는 다시 요정의 팔에 매달린 채 몸이 허공으로 쑥 올라가는 것을 느꼈다. 그녀의 주위로 산의 안개가 가득 찼다. 두 사람은 계속 위로 올라갔다. 마침내 이들은 산맥의 높은 봉우리 위로 올라갔다. 타화이-투는 파투-파이아레헤 부족의 가장 은밀한 요새인 파롱기아 산 정상으로 올라왔다는 것을 알았다.

붉은 기가 도는 금발 머리를 갖고 있는 덤불숲 사람들이 그녀를 에워쌌다. 이들의 옷은 달랑달랑 매달린 잎사귀가 전부였다. 살아 있는 나무가 이들의 집이었다. 나무고사리와 야자나무가 둥그렇고 아담한 집처럼 자리를 잡고 있었다. 요정은 나무그늘 속으로 그녀를 데려갔다. 타화이-투는 파투-파이아레헤의 아내가 된다는 게 어떤 것인지 이제 알았다.

요정의 주문으로 깊은 잠에 빠진 그녀는 아침이면 구름을 뚫고 다른 곳으로 전달되었다. 덤불숲 요정의 언덕에 있던 그녀가 눈을 뜨자 남편 루아랑기가 눈앞에 서 있었다.

부부는 서로의 손을 맞잡고 코를 비비며 눈물을 글썽였다. 아내가 갑자기 사라져서 깜짝 놀란 루아랑기는 그녀를 찾아 애타게 숲속을 돌아다녔다고 했다. 그리고 파투-파이아레헤가 아내를 납치한 것을 알고 몹시 두려워했다.

“아! 맞아요.”

타화이-투가 대답했다. 그녀는 납치되어 하늘로 날아오르고 밤에 요정의 요새에서 지낸 이야기를 들려주었다. 그리고 자신을 납치한 파투-파이아레헤의 이름이 와나와나라고 했다. 요정이 그녀가 함께 누워 있을 때 들려준 이름이었다. 그는 피롱기아 산에 사는 요정 부족의 대추장으로 그가 사는 숲이 우거진 산꼭대기의 이름은 히히키위였다. 그는 타화이-투에게 가장 강력한 주문을 걸어서 낮 동안 남편에게 돌아가도 밤이 되면 다시 요정의 신부가 될 수밖에 없었다.

남편과 아내는 집으로 돌아갔지만 밤이 되면 산에서 짙은 안개가 내려

왔다. 타화이-투는 남편이 빤히 보는데도 순식간에 사라졌다. 파투-파이아레헤가 그녀를 다시 데려간 것이었다.

하지만 아침이 되면 타화이-투는 기이한 방법으로 다시 남편에게 돌아왔다.

"아! 또다시 파투-파이아레헤와 잠을 잤구나! 그의 주문이 너무 강력해. 그의 초자연적인 힘 앞에서 내 의지는 흐르는 강물 같아!"

그날 저녁 루아랑기는 아내를 붙잡으려고 했지만 무력한 자신을 발견할 뿐이었다. 그녀는 구름처럼 다가오는 요정 주인과 함께 순식간에 사라졌다. 아침이 되면 이전처럼 와이파 강둑 위의 초막집 문지방에 울면서 서 있었다.

남편과 아내는 도움을 요청하기 위해 부족의 주술사를 부르기로 결정했다. 루랑가이는 창과 돌로 만든 곤봉으로 파투-파이아레헤를 물리치려고 기다렸지만 인간의 무기로 요정 추장에 맞서 봤자 소용 있을 리 없었다. 화려한 옷과 멋진 근육과 창과 곤봉은 아무 소용도 없었다. 주술과 강력한 의식으로 그를 대항해야 했다.

주술사는 불가사의한 책략을 짜내더니 루랑가이와 아내에게 지시를 내렸다.

"어린 나무와 길게 갈라진 양치나무 이파리로 작은 오두막을 급히 만들어요. 그리고 묵직한 목재를 문지방 삼아 문간에 걸쳐 놔요."

부부의 은신처는 바로 지어졌다. 주술사는 오두막의 목재와 문지방에 코코와이라는 이름의 빨간 황토(상어 기름이 섞인 흙)를 두껍게 발라야 한다고 지시했다.

"그리고 여러분의 몸에도 코코와이를 발라야 합니다. 물론 옷에도 치덕치덕 발라야 합니다. 모든 요정 부족이 두려워하는 것이지요."

주술사의 명령을 다 이행하자 상어 기름이 섞인 향토 냄새가 공기 중에 진하게 퍼졌다.

주술사는 아내에게 따로 지시를 내렸다.

"이제 오두막 앞에 흙으로 만든 솥을 걸고 불을 지펴요. 솥이 달궈지면 물을 붓고 음식을 익혀요. 요리할 때 생기는 김이 파투-파이아레헤로부터 지켜 줄 거예요. 요정 부족은 뜨거운 솥에서 솟아오르는 김을 정말 무서워하거든요."

태양이 하카리마타 산맥 갓길 너머로 지는 동안, 강가에서 피어오른 안개와 산에서 생긴 안개가 서로 어우러지며 돌돌 말려 올라갔다. 그 사이 루랑가이와 아내 타화이-투는 빨갛게 칠한 오두막 문지방에 앉아 서로의 손을 꼭 잡고서 주술사가 가르쳐 준 주술을 외웠다. 주술사도 맨몸에 초록빛 아마 잎사귀로 만든 짧은 치마만 입은 채로 요정들을 몰아낼 주문을 외우고 있었다. 흙으로 만든 솥을 열자 오두막집이 온통 솥 안의 김으로 뒤덮였다.

그 순간 요정 추장 와나와나가 모습을 드러냈다. 그 옆에 테랑기-푸리와 타페-테-우루, 리피로-아이티라는 동료 추장 세 명도 함께 왔다. 그들은 와나와나의 마오리인 아내를 붙잡아서 구름을 뚫고 히히키위 봉우리로 데려가려고 팔을 쭉 뻗었다. 하지만 흙 솥에서 올라오는 김 때문에 이

들은 몹시 놀랐다. 게다가 사방에 치덕치덕 바른 황토와 상어 기름 냄새와 중얼중얼 외우는 주술사의 주문 소리 때문에 몹시 괴로웠다. 이들은 두 팔을 쭉 펼친 채로 멀리 서서 애도의 노래인 와이와타를 불렀다. 와나와나도 잃어버린 마오리 아내 때문에 큰 소리로 울부짖었다. 하지만 그의 주문은 이제 힘을 잃었다. 주술사가 그의 손아귀에서 마오리인 아내를 낚아채 버렸다. 와나와나는 꼭 갖고 싶은 타화이-투를 놓치자 몹시 슬펐다. 와나와나가 애도의 노래를 마치자, 그와 친구들은 마오리 사람들의 눈앞에서 사라졌다. 이들은 구름과 숲속으로 녹아들었다. 다시는 루랑가이와 아내를 괴롭히지 않았다.

주술사가 주문을 외울 때, 요정 와나와나가 그 성스러운 원 밖에 서서 애도의 노래를 불렀다. 그 노래를 들은 사람들이 있었다. 와나와나의 요정 친구 세 명의 이름을 알고 있던 사람들이 들려준 그 노래가 지금까지 전해졌다. 다음은 내 친구가 불러 준 노래다.

하지만 나는 독자들에게 이 노래를 들려줄 생각은 없다. 진짜 요정의 애도하는 노랫말을 알고 있으면 충분하다. 노랫말에 영어라는 외국어를 입히면 덤불숲의 미묘한 소리와 색깔을 잃게 마련이다. 루랑기와 타화이-투는 신화가 아니다. 이들의 후손이 지금까지 와이파 강둑에 살고 있다.

"너도 그들을 알아볼지 몰라. 가족들 중 일부는 특이한 머리카락을 갖고 있거든. 우리가 우루-케후라고 부르는 색깔이지. 마치 태양 속에 황금이 들어 있어 반짝이는 것처럼 선명한 구릿빛이 돌거든."

내 오랜 친구가 해 준 말이다.

Notes on the Story

WHANAWHANA OF THE BUSH

<덤불숲의 와나와나>는 뉴질랜드 마오리 부족의 이야기다. 뉴질랜드 사람들은 반신반인 마우이가 카누를 타고 항해할 때 바다에서 뉴질랜드 땅을 낚아 올렸다고 믿고 있다. 제임스 코원(1870-1943)은 역사가이자 민족지학자로서 마오리 부족의 민간설화를 수집했고 마오리 언어에 능통했다.

뉴질랜드의 요정족 파투-파이아레헤는 초자연적인 숲속의 생명으로, 체구는 인간과 비슷하다. 이들은 성스러운 장소를 지키는데 밤에만 밖으로 나온다. 마오리 부족이 파투-파이아레헤들로부터 어망 제작법을 배워서 바다에서 생존할 수 있었다고 묘사한 이야기도 있다. 이는 파투-파이아레헤들의 해롭고도 이로운 천성을 보여 준 것이다. 세계적으로 볼 수 있는 요정들의 특징이다. 물론 이 이야기에서 와나와나의 욕망은 화답할 수 없는 것이지만 요정과 인간의 사랑은 <코놀라와 요정 아가씨>에서 볼 수 있는 것처럼 애매모호할 수밖에 없다.

모코모

MOCHOMO

루스 워너 기딩스

옛날 옛적에 어린 개미 행렬을 지휘하는 족장 개미 모코모가 있었다. 어느 날 밤 날씨가 매우 추워지더니 갑자기 눈이 내렸다. 눈은 개미 족장의 운반 개미들을 모조리 죽였다.

"눈의 왕에게 가야겠어. 그자가 우리 운반 개미들을 모조리 죽였잖아."

개미들의 족장 모코모가 눈의 왕에게 가서 따졌다.

"난 몹시 화났소. 당신의 눈이 내 운반 개미들을 모조리 죽였소! 당신이 용기 있는 자라면 나와 결투를 벌이시오."

"오, 싫어요. 난 용기가 전혀 없어요. 난 부드럽고 연약해요. 나보다 훨씬 힘 있는 자가 있어요. 그는 바로 태양이에요. 태양이 나를 비추면 난 사르르 사라집니다."

눈의 왕이 대답했다.

“그럼 태양한테 가 봐야겠군.”

모코모가 소리쳤다. 그는 바로 성큼성큼 자리를 떠나서 태양에게 가서 따져 물었다.

“눈이 내 운반 개미들을 모조리 죽였소. 그런데 당신이 눈보다 용감하다고 하더군. 그래서 난 당신과 결투를 벌이고 싶소. 당신은 무척 강한 자니까.”

“오, 아니에요. 나보다 강한 자가 있어요. 바로 구름입니다. 구름이 날 가리면 난 힘을 쓰지 못하거든요.”

태양이 대답했다.

그래서 모코모는 구름의 왕에게 가서 결투를 신청했다. 그러자 구름의 왕이 대답했다.

“그 누구보다 강한 건 바람이오. 바람은 마음만 먹으면 언제든 날 날려 버리지요.”

“그럼 바람에게 가서 결투를 신청해야겠네. 그자는 어디 사나요?”

모코모가 물었다.

"저기 대장간 안에서 살지요."

구름 왕이 대답했다.

모코모는 대장간으로 내려가더니 풀무 쪽으로 성큼성큼 걸어갔다.

"난 몹시 화가 났소. 눈 때문에 내 개미들이 모조리 죽었소. 그런데 여기저기서 얘기를 들어 보니 가장 힘이 세고 용감한 자는 당신이라고 하더군. 난 당신과 결투를 벌이려고 왔소."

모코모가 큰 소리로 떠들었다.

풀무는 아무 말도 하지 않았다. 그런데 갑자기 몹시 심하게 바람을 훅 불었다. 화를 내던 개미 족장 모코모는 아주 멀리 날아가 버렸다.

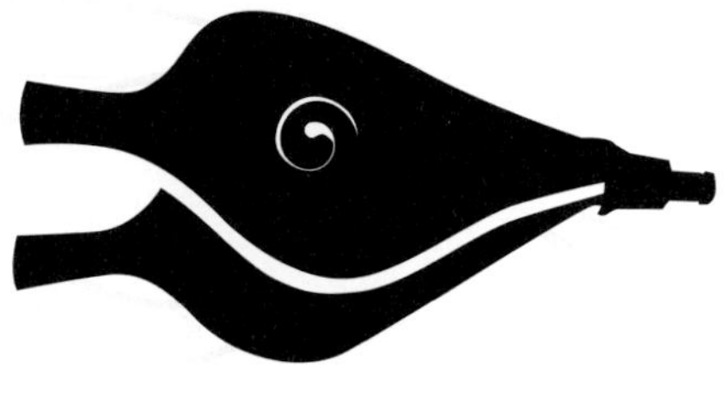

Notes on the Story

MOCHOMO

<모코모>는 멕시코 소노라에 사는 야키족에게서 유래된 이야기다. 예수회 개종과 스페인 정복이 뒤섞인 야키족의 역사는 토착 신앙과 유럽의 전통도 혼합되어 있다. 애리조나대학교 출신의 학자인 루스 워너 기딩스는 야키족의 이야기를 수집해서 1959년 ≪야키족의 신화와 전설≫을 출간했다. 책 속에 야키족의 역사를 주석으로 달았다.

<모코모>는 각각의 구성 요소가 쌓이고 쌓여서 결론이 만들어지는 연쇄적인 이야기다. 이 이야기보다 내용이 더 긴 판본에는 구성 요소도 더 많아서 벽, 생쥐, 고양이, 개, 막대기, 불, 물, 황소, 궁극적으로 신까지 나온다. 스페인, 프랑스, 포르투갈에서 이런 유형의 이야기를 볼 수 있다. 아메리카 대륙에 온 유럽 사람들이 이런 이야기를 갖고 왔을 것이다. 뉴멕시코, 캘리포니아, 브라질에서도 이와 유사한 이야기가 등장한다.

트릭스터 마나보조의 추락과 복수

THE TRICKSTER'S GREAT FALL AND HIS REVENGE

스티스 톰슨

대머리수리 한 마리가 하늘 높이 윙윙 날고 있는데 저기서 걸어오는 마나보조(북미 오타와족·치페와족·포타와토미족 및 그 밖의 중앙 알곤킨 여러 종족의 신화에 등장하는 트릭스터(도덕과 관습을 무시하고 사회 질서를 어지럽히는 신화 속 인물이나 동물 따위를 이르는 말))가 보였다. 대머리수리는 날개를 펼친 채로 살금살금 마나보조 쪽으로 다가갔다. 그런 대머리수리를 보고 마나보조가 말을 걸었다.

"대머리수리야, 하늘 높이 날아오르면 기분이 무척 좋겠다. 높이 날면 그 밑의 세상이 어떻게 돌아가는지 다 보이잖아. 네 등에 나 좀 태워 줘. 너를 타고 올라가서 네가 사는 곳에서 저 아래를 내려다보고 싶어."

대머리수리가 땅으로 내리더니 대답했다.

“마나보조, 내 등에 타. 널 하늘 높이 데려갈게. 그럼 내 집에서 세상을 볼 수 있을 거야.”

마나보조는 대머리수리에게 다가갔는데 그의 등이 너무 매끄러워 보여서 이렇게 부탁했다.

“대머리수리야. 네 등에 타면 미끄러질 것 같아서 좀 무서워. 너무 빨리 날지 않도록 조심해 줘. 그래야 네 등에서 자리를 꽉 잡을 수 있잖아.”

대머리수리는 조심하겠다고 대답했지만 기회만 있으면 마나보조를 놀려 주겠다고 마음먹고 있었다. 마나보조는 대머리수리의 등에 올라 깃털을 꽉 붙잡았다. 대머리수리는 잠깐 달리다가 날개를 쫙 펼치고 하늘 높이 날아올랐다. 마나보조는 대머리수리가 하늘 높이 휩쓸고 지나가자 살짝 겁이 났다. 게다가 대머리수리가 원을 빙빙 돌자 마나보조는 자리를 잡기도 힘들 정도로 몸이 기울어졌다. 마나보조는 등에서 떨어질까 봐 겁이 났다. 마나보조가 넓은 아래 세상을 보는데 대머리수리가 한쪽 방향으로 급커브를 돌았다. 그러자 마나보조의 몸이 전보다 훨씬 기울었다. 결국 꼭 잡고 있던 깃털을 놓치고 대머리수리의 등에서 미끄러져 화살처럼 땅바닥에 떨어졌다. 얼마나 세게 떨어졌는지 마나보조는 의식을 잃고 말았다. 대머리수리는 마나보조가 있는 곳까지 날아와서 그를 살피며 주위를 빙빙 돌았다.

마나보조는 한동안 죽은 것처럼 누워 있었다. 의식을 되찾자 눈앞에 어떤 것이 보였다. 눈앞의 것이 그의 얼굴을 빤히 쳐다보는 것 같았다. 처음에는 그것이 무엇인지 알 수 없었다. 하지만 그 물체에 손을 대 본 후에 자신의 엉덩이라는 것을 알 수 있었다. 마나보조는 웅크리는 자세로 땅에 떨어지는 바람에 엉덩이가 떨어져 나간 것이었다. 자리를 뜨려고 땅에서 일어나는데 바로 위에서 자기가 벌인 속임수를 생각하는지 깔깔대는 대머리수리가 보였다.

마나보조는 위를 쳐다보며 얘기했다.

“대머리수리야. 넌 날 갖고 놀았어. 너 때문에 내가 땅에 떨어졌지만 난 너보다 훨씬 강해. 꼭 되갚아 줄 거야.”

그러자 대머리수리가 대답했다.

“아니, 마나보조야. 넌 복수 같은 건 못할 걸. 넌 날 속일 수 없으니까. 난 널 쭉 지켜볼 거야.”

마나보조는 자리를 떴다. 대머리수리도 마나보조의 움직임에 특이한 점을 발견할 수 없자 계속 하늘을 날아다녔다. 대머리수리들은 죽은 동물이나 물고기를 먹고 사는 동물이어서 마나보조는 죽은 사슴으로 변신하겠다고 마음먹었다.

그래서 마나보조는 아주 멀리 어떤 방향에서도 잘 보이는 곳으로 갔다. 자리에 누운 마나보조는 자신의 몸을 죽은 사슴으로 바꾸었다. 곧 짐승의 사체를 먹고 사는 여러 새와 짐승과 기는 동물이 죽은 사슴 곁으로 모여들었다. 대머리수리는 누워 있는 죽은 사슴에게로 모여드는 새들을 보고 자신도 합류했다. 대머리수리는 마나보조가 자기를 속이려는 것인지 확인하려고 주위를 여러 차례 날아다닌 후 생각했다.

‘아니야. 저건 마나보조가 아니야. 죽은 사슴이 분명해.’

아니야. 저건 마나보조가 아니야.

죽은 사슴이 분명해.

대머리수리는 곧 죽은 사슴에게 다가가서 넓적다리의 살이 많은 부위에 구멍을 냈다. 그리고 내장에서 지방을 뽑기 시작했다. 살에 구멍을 깊이 낼수록 대머리수리의 목과 머리도 함께 살 속에 파묻혔다. 대머리수리가 죽은 사슴의 살 속에 대가리를 깊이 박고 있는데 아무 경고도 없이 죽은 사슴이 몸을 일으키더니 자기 살을 꽉 조이며 대머리수리의 목과 머리를 꽉 움켜쥐었다.

마나보조가 입을 열었다.

"아하! 대머리수리야, 결국 내가 널 잡았지. 널 잡겠다고 얘기했잖아. 이제 네 대가리를 뽑아 줄게."

대머리수리는 살 속에 박힌 대가리를 빼내려고 용을 썼다. 하지만 깃털만 모조리 뽑혀서 벌건 머리 가죽과 모가지만 남았다.

"내가 너의 기만적인 행동을 응징했지. 이제부터 넌 머리와 목의 깃털이 모조리 뽑힌 채로 이 세상을 살아라. 네가 먹게 될 음식 때문에 너한테선 늘 지독한 악취가 날 거야."

마나보조가 대머리수리에게 경고했다.

이런 이유로 대머리수리는 악취가 나고 머리와 목에 깃털이 없는 신세가 되었다.

Notes on the Story

THE TRICKSTER'S GREAT FALL AND HIS REVENGE

스티스 톰슨(1885-1976)은 미국의 민속학자로, 민속학 연구에 크게 공헌했다. 톰슨은 여러 문화권의 설화를 유형별로 정리한 도구로 쓰이는 아르네 톰슨의 이야기 유형 색인을 번역하고 확장했다. 또한 설화와 동화 속에 흔히 보이는 목록을 '주제 색인'으로 더 발전시켰다. 그는 1929년에 ≪북미 인디언의 설화집≫을 출간했는데 북미 인디언의 설화를 종합적으로 수집한 최초의 책이다.

이 이야기는 미국 북부 위스콘신 주 메노미니족의 이야기다. 메노미노족의 신화에 자주 등장하는 트릭스터인 마노보조는 동물과 인간의 경계를 넘나드는 인물이다. 세계 여러 나라의 설화에 등장하는 트릭스터는 인간의 결함을 갖고 있는 짐승처럼 비난받을 만한 행동을 하는 반면 세상을 개선시키고 세상의 이치를 만드는 데 일조하기도 했다. <디느완과 굼블구본>처럼 이 이야기도 동물이 현재의 모습을 갖게 된 이유를 설명했다.

구르는 돌의 분노

THE OFFENDED ROLLING STONE

스티스 톰슨, 포니족의 설화

코요테 한 마리가 길을 가고 있었다. 코요테는 한참 동안 아무것도 먹지 못해서 배가 몹시 고팠다. 코요테는 저녁이 되자 높은 언덕으로 가서 자리를 잡고 앉았다. 다음 날 아침 다시 길을 나선 코요테는 커다랗고 둥그런 돌을 만났다. 코요테는 갖고 있던 칼을 꺼내서 둥그런 돌에게 주며 이야기를 꺼냈다.

"할아버지, 이 칼을 선물로 드릴게요. 제가 먹을 것을 찾을 수 있게 도와주세요."

코요테는 언덕을 넘어갔다. 언덕 아래 사람들이 사는 마을이 나타났다.

코요테가 마을 안으로 들어가자 야영지 안에 박힌 장대에 걸린 고기가 보였다. 원뿔형 천막 안으로 들어가자 사람들이 그에게 구워진 고기 덩어리를 주었다. 코요테는 막 고기를 먹으려는 순간 선물로 준 칼이 생각나서 혼잣말을 했다.

“왜 내가 그 둥그런 돌한테 칼을 주었을까? 계속 지니고 있어야겠어. 그래야 손으로 고기를 찢지 않고 칼로 자를 수 있잖아.”

그는 사람들에게 양해를 구한 후 자리를 떴다. 그러고는 둥그런 돌이 있던 곳으로 가서 얘기했다.

“할아버지, 이 칼을 돌려받아야겠어요. 고기를 아주 많이 갖고 있는 사람들을 찾았거든요.”

그는 언덕을 넘어 아래로 내려갔다. 하지만 사람들이 사는 마을은 보이지 않았다. 그래서 다시 돌아가서 할아버지 둥그런 돌에게 칼을 돌려주었다. 그가 언덕을 넘어가자 다시 마을이 보였다. 그는 원뿔형 천막 한 곳으로 들어갔다. 사람들이 그에게 고기를 갖다주었다. 그는 고기를 씹자 칼이 생각났다.

코요테는 다시 둥그런 돌에게 돌아갔다. 다시 칼을 집으며 얘기했다.

“왜 내 칼을 가져가세요? 지금 당장 당신을 죽일 거예요.”

그러자 둥그런 돌이 그를 쫓아왔다. 도망치던 코요테는 곰들의 소굴로 갔다. 코요테는 곰들에게 어떤 자가 자기를 쫓아온다며 도와달라고 부탁했다. 곰들은 이 세상에 두려운 게 아무것도 없다고 대답하며 코요테에게 두려운 것이 무엇이냐고 물었다. 코요테는 커다랗고 둥그런 돌이라고 대답

손자들아, 날 쫓는 자가 있어.

우리 집으로 들어가세요.

했다. 곰들이 대답했다.

"계속 도망쳐요. 우린 그 돌을 상대할 수 없어요."

둥그런 돌이 코요테를 바짝 추격하는 순간 코요테는 사자들의 소굴을 발견했다. 사자들도 코요테에게 계속 도망치라고, 자기들은 아무 도움도 줄 수 없다고 대답했다. 잠시 후, 코요테는 혼자 다니는 물소를 발견했다. 하지만 물소도 코요테를 쫓는 자가 둥그런 돌이라는 사실을 알고 어서 도망치라고 얘기했다. 결국 코요테는 쏙독새가 머무는 곳까지 갔다.

코요테가 이야기를 꺼냈다.

"손자들아, 날 쫓는 자가 있어."

그러자 쏙독새가 대답했다.

"우리 집으로 들어가세요."

둥그런 돌이 몸을 굴리며 도착해서 물었다.

"여기까지 온 그자는 어디 있소?"

쏙독새들이 한 마디도 하지 않자 둥그런 돌은 몹시 화가 났다.

그런데 쏙독새들이 둥그런 돌에게 이런 이야기를 했다.

"그는 여기 있어요. 우리가 그를 지켜 줄 거예요."

쏙독새들은 높이 날아올랐다가 내려오면서 둥그런 돌 위에 배 속의 가스를 뿜었다. 쏙독새들이 한 번씩 그럴 때마다 둥그런 돌에서 돌 조각들이 떨어져 나왔다. 그리고 가장 커다란 쏙독새가 다가오더니 둥그런 돌의 정중앙에 가스를 배출했다. 그러자 둥그런 돌이 산산조각 나고 말았다. 밖으로 나와도 된다는 말을 들은 코요테는 자기가 가야 할 길로 갔다.

길을 떠난 코요테는 언덕 위로 올라가더니 고개를 돌려 쏙독새들에게 소리쳤다.

"웃기게 생긴 코주부 녀석들아, 둥그런 돌한테 어쩜 그딴 식으로 대하냐."

쏙독새들은 코요테의 말에 아무 반응을 보이지 않았지만 그가 계속 자기들을 놀리자 갑자기 떼를 지어 날아올랐다. 그러고는 날개를 활짝 펼치며 내려오더니 돌조각을 모아서 둥그런 돌을 다시 하나로 만들어 굴리면서 이렇게 얘기했다.

"얼른 가서 저자를 죽이세요."

그러자 둥그런 돌은 코요테를 쫓아왔다. 코요테는 벗어나려고 애를 썼지만 둥그런 돌을 피할 수 없어 결국 포기하고 말았다. 코요테가 가파른 강둑 위로 뛰어오르자 둥그런 돌이 바짝 쫓아왔다. 코요테가 강둑 아래로 부딪히는 순간 둥그런 돌이 그 위로 떨어지며 죽이고 말았다. 언덕이나 계곡 사이에서 죽은 코요테들을 볼 수 있는 것은 이런 이유에서다.

Notes on the Story

THE OFFENDED ROLLING STONE

미국 중서부에서 살고 있는 포니족의 종교는 아티우스 티라와(하늘의 아버지, 창조신)와 달과 해와 별들을 의인화한 우주론에 기원을 두고 있다. 신과 반신반인들의 인격화는 포니족의 민간설화에 자주 등장하는 트릭스터 코요테와 관련이 있다. 말하는 코요테가 트릭스터일 필요는 없다. 사실 코요테는 북미 인디언 가운데 최초의 사람들 중 한 명으로 인간들이 존재하기 전인 신화 시대에 살았던, 인간의 형상을 한 존재다. 코요테는 또한 미국 전역에 걸친 다른 여러 원주민의 전통 속에 살아 있다.

이 이야기에는 둥그런 돌에게 주었던 선물을 여러 차례 돌려받으려고 한 코요테의 잘못을 말하는 교훈적 메시지가 담겨 있다. 비록 이 이야기에서 트릭스터인 코요테는 결국 벌을 받기는 했지만 상대방을 이기려고 어떤 책략을 이용했는지 살펴보는 재미가 있다.

오르페우스

ORPHEUS

스티스 톰슨, 체로키족의 설화

태양은 둥그런 하늘 천장의 맞은편에 살고 있고 딸은 지구 바로 위의 하늘 정중앙에 살고 있었다. 태양은 매일 서쪽 하늘로 올라가면서 점심때 딸의 집을 방문하곤 했다.

그런데 태양은 지구에 사는 사람들이 정말 미웠다. 사람들이 자기를 쳐다볼 때마다 얼굴을 찡그리는 모습이 너무 보기 싫었다. 그래서 남동생인 달에게 이야기를 꺼냈다.

"내 손자들이 정말 보기 싫어. 나를 쳐다볼 때마다 얼굴을 있는 대로 찡그리거든."

그러자 달이 대답했다.

"난 어린 동생들이 참 좋던데요. 걔네들은 참 잘생긴 것 같아요."

왜냐하면 달빛은 더 온화해서 사람들은 밤하늘에 뜬 달을 볼 때면 늘 기분 좋은 미소가 피어났다.

달 때문에 질투심에 사로잡힌 태양은 사람들을 모조리 죽일 계획을 세웠다. 매일 딸의 집 근처에 도착할 때마다 타는 듯한 태양빛을 쏘아서 사람이 몇백 명씩 죽어 갔다. 많은 사람이 죽자 이제 아무도 살아남지 못할 것이라는 두려움이 생겼다. 사람들은 도움을 청하려고 어린 현자들을 찾아갔다. 어린 현자들은 목숨을 구하려면 태양을 죽여야 한다고 대답했다.

치료약을 만들어 준 어린 현자들은 인간 두 명을 살무사와 황갈색 독사 코퍼헤드로 변신시켰다. 그리고 다음 날 딸의 집을 찾아오는 태양을 물기 위해 태양의 딸이 사는 집 근처로 보냈다. 두 뱀은 함께 태양의 딸 집 근처로 가서 태양이 나올 때까지 몸을 숨겼다. 그런데 살무사가 태양을 물려고 튀어나가려는 순간 몹시 밝은 햇살이 비쳤다. 시력을 잃은 살무사는 노랗고 끈적끈적한 물질만 뱉어 낼 뿐이었다. 이런 이유로 지금까지 살무사는 사람들을 물려고 할 때 이렇게 행동하게 되었다. 태양은 살무사에게 한바탕 욕을 하더니 딸의 집 안으로 들어갔다. 황갈색 독사 코퍼헤드는 아무것도 못 해 보고 기어 나왔다.

그래서 사람들은 태양의 열기 때문에 여전히 죽어 나갔다. 사람들은 두 번째로 어린 현자들을 찾아가서 도움을 요청했다. 어린 현자들은 다시 약을 지어 주고 한 사람을 뿔이 달린 커다란 뱀 욱테나로 바꾸고 다른 한 사람은 방울뱀으로 변신시켰다. 태양이 식사를 하러 딸의 집으로 올 때 죽이려고 이들을 그 근처로 보냈다. 어린 현자들은 머리에 뿔이 달린 뱀 욱테나를 무척 크게 만들었기에 사람들은 이 뱀이 태양을 확실히 죽일 것이라고 생각했다. 그런데 방울뱀이 몹시 잽싸게 앞서가더니 집 바깥에서 똬리를 틀고 앉았다. 태양의 딸이 어머니가 왔는지 내다보려고 문을 열자, 바로 방울뱀이 튀어 오르더니 태양의 딸을 덥석 물어 버렸다. 태양의 딸은 문간에서 죽고 말았다. 방울뱀은 태양을 기다려야 하는 것을 잊어버리고 사람들에게 돌아왔다. 머리에 뿔이 달린 뱀 욱테나도 몹시 화를 내며 돌아왔다. 그때부터 사람들은 방울뱀에게 기도를 드리고 그것을 절대 죽이지 않게 되었다. 방울뱀은 착한 데다 사람들이 먼저 귀찮게 하지 않으면 결코 물려고 덤비지 않기 때문이었다.

그런데 머리에 뿔이 달린 욱테나는 늘 화를 내고 매우 위협적인 성격이라서 그가 사람을 쳐다보기만 해도 그 사람의 가족까지 죽을 정도로 위험했다. 사람들은 오랫동안 회의를 한 후 욱테나와 함께 지내기에는 너무 위험하니 그를 갈루나티(체로키족의 상상의 고유지명)로 보내기로 결정했다. 그래서 욱테나는 지금까지 그곳에서 살고 있다. 살무사와 황갈색 독사 코퍼헤드, 방울뱀, 욱테나는 원래 모두 사람이었다.

딸이 죽은 것을 알게 된 태양은 집 안으로 들어가서 몹시 슬퍼했다. 사람들은 이제 더 이상 죽지 않았지만 태양이 바깥으로 나오지 않아서 세상은 이제 늘 어두컴컴했다. 사람들은 다시 어린 현자들을 찾아갔다. 어린 현자들은 태양이 다시 바깥으로 나오기를 바란다면, 서쪽 어둠의 땅에 있는 유령의 나라에서 태양의 딸을 데려와야 한다고 했다. 그곳으로 갈 사람을 일곱 명 뽑은 다음 각자에게 사워우드(잎에 신맛이 있는 북미 원산의 철쭉과 교목)로 만든 손바닥만 한 회초리를 주었다. 어린 현자들은 일곱 명에게 상자 하나를 꼭 갖고 가라고 했다. 유령의 나라에 도착하면 춤을 추는 유령들을 보게 될 것이라니 반드시 둥그런 원 안에서 춤을 추는 유령들의 바깥에 서 있으라고 했다. 그리고 춤을 추는 젊은 여자를 보면 가져간 회초리로 때리라고 했다. 젊은 여자가 바닥에 쓰러지면 무조건 상자 안에 집어넣고 어머니에게 데려다주라고 했다. 그런데 집에 도착할 때까지 절대로 상자를 열지 말라고, 아주 조금이라도 열면 안 된다고 신신당부했다.

어린 현자들에게 뽑힌 일곱 명은 회초리와 상자를 들고 어둠의 땅이 나타날 때까지 일곱 날 동안 서쪽으로 갔다. 어둠의 땅에는 사람들이 정말 많았다. 그곳이 마치 자기 집인 것처럼 춤을 추었다. 원의 테두리에서 춤을 추는 젊은 여자가 보였다. 젊은 여자는 일곱 사람이 서 있는 곳으로 몸을 휙 돌렸다. 그 순간 한 사람이 회초리로 젊은 여자를 때렸다. 젊은 여자는 고개를 돌려 자신을 때린 남자를 쳐다봤다. 그녀가 다시 몸을 휙 돌리자 다른 남자가 회초리로 그녀를 쳤다. 이제 다른 사람들이 번갈아가며 회초리로 그녀를 때렸다. 일곱 번째 남자가 때리는 순간 젊은 여자는 원 밖으로 쓰러졌다. 일곱 남자는 상자 속에 그녀를 집어넣고 잽싸게 뚜껑을 닫았다. 다른 유령들은 무슨 일이 일어났는지 눈치채지 못한 것 같았다.

일곱 남자는 상자를 갖고 집을 향해 동쪽으로 출발했다. 잠시 후 의식을 차린 젊은 여자가 상자 밖으로 내보내 달라고 애원했다. 하지만 남자들은 아무 대답도 하지 않고 계속 걸어갔다. 잠시 후 젊은 여자가 배가 고프다고 소리를 질렀지만 남자들은 여전히 아무 대답도 없이 가던 길을 갔다. 얼마 후, 그녀가 다시 마실 것을 달라고 이야기를 걸었지만 남자들은 상자 안의 여자의 말을 알아듣기가 어려워서 아무 대답도 없이 계속 걸었다. 마침내 남자들이 집에 거의 다 왔을 때, 젊은 여자가 다시 소리를 질렀다. 숨이 막힐 것 같다며 뚜껑을 아주 조금만 열어 달라고 애원했다. 남자들은 그녀가 당장 죽을까 봐 두려워서 공기를 통하게 해 주려고 뚜껑을 들어 올렸다. 그 순간 상자 안에서 파닥이는 소리가 났다. 그리고 어떤 것이 덤불 속으로 순식간에 날아갔다. 덤불 속에서 '휘! 휘! 휘!' 홍관조 우는 소리가 들렸다. 남자들은 급히 뚜껑을 닫고 다시 어둠의 땅 유령들의 주거지로 돌아가서 뚜껑을 열었지만 상자 안은 텅 비었다.

우리는 이제 홍관조가 태양의 딸이라는 것을 알게 되었다. 만약 일곱 남자가 어린 현자들이 일러 준 대로 계속 상자 뚜껑을 열지 않았더라면, 태양의 딸을 안전하게 집으로 데려왔을 것이다. 그리고 우리도 죽은 지인들을 유령의 나라에서 데려올 수 있을지도 모를 일이다. 하지만 지금은 사람들이 죽어도 우리는 그들을 데려올 수 없다.

일곱 남자가 유령의 나라로 출발할 때 태양은 몹시 좋아했지만 딸을 데

내 딸아, 내 딸아! 태양은 몹시 슬퍼하며 울부짖었다.

태양의 눈물이 지구에 홍수를 일으킬 때까지 그녀가 울음을 그치지 않았다.

려오지 못하자 몹시 슬퍼하며 울부짖었다.

"내 딸아, 내 딸아!"

태양의 눈물이 지구에 홍수를 일으킬 때까지 그녀가 울음을 그치지 않아서 사람들은 세상이 물에 잠길까 봐 몹시 두려웠다. 그래서 또다시 회의를 열어서 태양의 눈물을 그치게 하려고 태양을 즐겁게 해 줄 미남 미녀를 뽑았다. 미남 미녀들은 태양 앞에서 춤을 추고 노래도 불렀지만 오랜 시간이 지나도 태양은 얼굴을 가리고 이들을 본체만체했다. 결국 드럼을 치던 사람이 갑자기 노래를 바꾸자 태양이 얼굴을 들더니 몹시 좋아했다. 슬픔을 잊은 태양이 드디어 미소를 지었다.

Notes on the Story

ORPHEUS

이 이야기는 미국 남동부 지역의 원주민 체로키족의 설화다. 이 지역에서 발견되는 코퍼헤드, 살무사, 방울뱀 같은 여러 유형의 뱀의 기원을 설명했다. 갈루나티로 귀향 간 성난 욱테나는 미국 인디언의 설화에 등장하는 뿔이 달린 뱀이다. 이 이야기는 욱테나가 왜 현실 세계에서 사라지게 되었는지를 설명했다.

⌛

이 이야기의 후반부에는 태양의 딸이 죽었다가 살아나서 홍관조가 되었다는 내용이 나온다. 이는 그리스 신화 오르페우스와 에우리디케를 연상시킨다. 유럽 정착민과 체로키족의 접촉으로 문화 교류가 일어나서 체로키족이 이미 갖고 있던 유사한 신화에 영향을 주었을지도 모른다. 어쨌든 톰슨은 북미 원주민 이야기를 문집으로 만들 때 그리스 신화와 이 이야기의 유사점에 주목하면서 제목을 '오르페우스'라고 했을 가능성이 크다.

기이한 사위 시험

THE SON-IN-LAW TESTS

스티스 톰슨, 테마가미 퍼스트 네이션의 설화

동물 트릭스터인 웨미커스에게는 사위가 한 명 있었는데 인간이었다. 그의 아내이자 웨미커스의 딸은 원래 남편이 무척 많았다. 하지만 웨미커스가 사위들에게 여러 시험을 치르게 하면서 딱 한 사람만 빼고 다 죽어 버렸다. 살아남은 사위는 웨미커스가 시도한 모든 계략보다 한 수 앞서서 다 이겨 냈다. 어느 해 봄 웨미커스와 사위는 개들을 데리고 며칠 동안 비버 사냥에 나섰다.

남자의 아내는 아버지와 남편이 사냥을 나서기 전, 남편에게 주의를 주었다.

"우리 아버지를 조심해요. 천막 안에 걸어둔 모카신(북미 인디언들이 신던 부드러운 가죽으로 만든 납작한 신발)을 불에 태울지도 몰라요. 아버진 전에도 다른 남편들의 신발을 태웠거든요."

그날 밤 천막 안에서 웨미커스가 이야기를 꺼냈다.

"이 호수의 이름을 말해 주지 않았네. 바로 '불에 탄 모카신 호수'라네."

남자는 이야기를 듣는 순간 웨미커스가 못된 짓을 꾸미려고 한다는 생각이 들었다. 이들은 젖은 모카신을 말리기 위해 불 앞에 걸어 두었었다. 웨미커스가 보지 않을 때, 남자는 웨미커스와 자기 모카신의 자리를 바꿔치기한 후 잠자리에 들었다. 남자는 곧 웨미커스가 자리에서 일어나더니 본인의 모카신을 불 속에 던지는 것을 보았다.

그 순간 웨미커스가 소리쳤다.

"어이! 뭔가 불에 타는데. 자네 모카신이야."

그러자 남자가 대답했다.

"아니에요. 제 신발이 아니라 아버님 거예요."

이제 모카신이 없는 웨미커스는 눈이 덮인 땅을 걸어야 했다. 그때부터 남자는 모카신을 신고 잠이 들었다.

다음 날 아침 남자는 먼저 길을 떠나고 신발이 없는 웨미커스만 남았다. 웨미커스는 반질반질한 바윗돌을 구해 와서 불을 지폈다. 불속에 반질반질한 바윗돌이 벌겋게 달아오를 때까지 구웠다. 그리고 가문비나무 가지로 발을 감싼 다음 달궈진 바윗돌을 먼저 굴려서 눈을 녹였다. 이런 식으로 웨미커스는 간신히 눈이 쌓인 길을 녹이며 가문비나무 가지로 감싼 발을 옮겼다.

"가문비나무가 따뜻하네, 가문비나무가 참 따뜻해."

웨미커스는 이런 노래를 부르기 시작했다. 집에 도착한 남자는 아내에게 웨미커스와 있었던 이야기를 들려주었다.

"웨미커스가 죽었으면 좋겠어요."

아내가 얘기했다.

"가문비나무가 따뜻하네, 가문비나무가 참 따뜻해."

두 부부의 귀에 웨미커스의 노랫말이 들렸다. 잠시 후 웨미커스가 원형 천막 안으로 들어왔다. 그가 추장이므로 두 사람은 음식을 내와야 했다.

이 당시 얼음이 꽁꽁 얼어서 이들은 한동안 천막 안에서 지냈다. 그런데 웨미커스가 사위에게 한 가지 제안을 했다.

"우리 얼음을 지치러 가는 게 좋겠어."

웨미커스는 바로 독이 강한 뱀들이 있는 언덕으로 갔다. 남자의 아내는 뱀들을 주의하라고 한 후 가지 끝에 요술 담배를 매단, 끝자락이 갈라진 나뭇가지를 주면서 몸 앞에 두면 뱀들이 물지 않을 것이라고 했다. 웨미커스와 남자는 얼음을 지치러 갔다.

언덕 꼭대기에 이르자 웨미커스가 말했다.

"날 따라오게."

뱀의 소굴을 바로 지나칠 작정인 웨미커스가 먼저 안전하게 언덕 아래로 내려왔다. 남자는 요술 담배가 달린 나뭇가지를 몸 앞에 두고 내려가서 뱀들이 그를 물지 못했다. 남자는 웨미커스에게 얼음을 지치는 게 몹시 즐거웠다고 얘기했다.

다음 날 웨미커스는 사위에게 또 다른 제안을 했다.

“오늘은 다른 곳으로 가야겠어.”

아내는 이 말을 듣자 날씨가 더워지면 웨미커스의 머리에 머릿니 대신 독성이 강한 도마뱀이 들끓을 것이라고 남자에게 주의를 주었다.

“아버지가 당신에게 자기 머리에서 이를 뽑아서 당신 이로 깨물라고 할 거예요. 크랜베리를 가져가서 도마뱀 대신 씹으세요.”

그래서 남자는 크랜베리를 갖고 길을 떠났다. 웨미커스는 커다란 협곡이 있는 계곡으로 사위를 데려갔다.

“이 계곡을 누가 건널 수 있을지 궁금하군.”

“물론 제가 건널 수 있죠.”

남자는 “좁아져”라고 얘기하면서 쉽게 협곡을 건넜다.

이제 웨미커스의 차례가 오자, 남자는 “넓어져”라고 얘기했다. 그 바람에 웨미커스는 협곡으로 떨어졌지만 죽지는 않았다. 웨미커스가 계곡 꼭대기로 다시 올라오더니 이렇게 얘기했다.

“자네가 날 이겼군.”

두 사람은 다시 길을 떠났다.

뜨거운 모래사막으로 오자 웨미커스가 이야기를 꺼냈다.

“자네가 내 머릿속의 이 좀 봐 주게.”

“알았습니다. 아버님.”

사위가 대답했다. 웨미커스가 자리에 눕자 남자는 이를 잡는 척하며 셔츠 속에 갖고 왔던 크랜베리를 꺼내서 으깬 다음 땅으로 던졌다. 이번에도 웨미커스는 남자에게 속고 말았다.

웨미커스는 위를 올려다보았을 때 사위가 보였지만

갈매기인 줄 알았다.

두 사람이 집에 거의 다 왔을 때, 웨미커스가 또다시 제안했다.

“갈매기들이 사는 저 바위섬으로 가면 갈매기 알이 정말 많지. 저리로 가서 갈매기 알을 가지고 돌아와서 저녁을 해 먹자.”

웨미커스는 추장이었기에 사위는 그의 말에 복종해야 했다.

두 사람은 각각 카누를 탄 지 얼마 되지 않아 바로 바위섬에 도착했다. 웨미커스는 카누에서 내리지 않고 남자에게만 해안가로 가서 갈매기 알을 갖고 카누로 돌아오라고 했다. 남자가 해안가에 도착하자, 웨미커스는 더 안으로 들어가라고 했다.

“예전 사위들이 그곳에서 갈매기 알을 갖고 왔어. 그곳엔 그들의 뼈도 보일 거야.”

남자는 노를 젓는 대신 노래를 부르며 카누를 움직였다. 웨미커스는 갈매기들에게 남자를 먹으라고 얘기했다.

“너희들에게 먹을거리로 저 사람을 줄게.”

갈매기들이 남자에게로 날아왔지만 그는 노로 갈매기들을 때려죽였다. 그리고 갈매기들의 날개를 뜯어서 자기 몸에 붙인 다음 셔츠 속에 갈매기 알을 집어넣고 날개를 펄럭이며 호수를 건너갔다.

남자가 호수 한가운데에 이르렀을 때, 노래를 부르며 다가오는 웨미커스가 보였다. 웨미커스는 위를 올려다보았을 때 사위가 보였지만 갈매기인 줄 알았다. 집으로 돌아온 남자는 아내에게 갈매기 알을 요리하라고 준 다음 아이들에게는 가지고 놀라고 갈매기 날개를 주었다.

천막으로 돌아온 웨미커스는 갈매기 날개를 갖고 노는 아이들을 보더니 물었다.

"이 날개를 어디서 구했니?"

"아버지가 주셨어요."

아이들이 대답했다.

"아버지라고? 너희 아버진 갈매기들에게 먹혔는데!"

웨미커스가 원형 천막으로 가자 담배를 피우는 남자가 보였다. 웨미커스는 남자가 어떻게 집으로 돌아왔는지 정말 기이하다고 생각했다. 하지만 그가 어떻게 돌아왔는지 아무도 알려주지 않았다. 웨미커스는 또다시 생각했다.

'이번에 다른 수를 써서 저놈을 없애야지.'

어느 날 웨미커스가 사위에게 얘기했다.

"자작나무 껍질로 카누 두 척을 만들자. 하나는 네 것이고 다른 하나는 내 것이지. 어서 나무껍질을 구해 오자."

두 사람은 자작나무 껍질을 구하러 길을 나섰다. 나무를 거의 다 베어갈 때가 되자 웨미커스가 사위에게 이야기를 꺼냈다.

"넌 저 자리에 앉아, 난 이 자리에 앉을게."

웨미커스는 나무가 남자에게로 넘어가서 죽이기를 바랐다.

웨미커스가 이야기를 꺼냈다.

"넌, '장인어른에게 쓰러져'라고 얘기해. 난 '사위에게 쓰러져'라고 얘기할게. 말이 너무 느리거나 실수를 하는 사람에게 나무가 쓰러질 거야."

하지만 웨미커스가 먼저 실수를 저지르는 바람에 나무가 웨미커스에게 쓰러져서 그를 으스러뜨렸다. 그래도 웨미커스는 매니투(신 또는 영)여서 전혀 다치지 않았다. 두 사람은 자작나무 껍질을 갖고 집으로 돌아가서 카누 두 척을 만들었다. 카누를 만든 다음 웨미커스가 사위에게 또다시 제안했다.

"카누 두 척을 타고 경주를 벌이자."

웨미커스는 돛을 커다랗게 만들었지만 남자는 배가 뒤집히는 것이 무서워서 돛을 만들지 않았다. 두 사람이 경주를 시작하자 웨미커스는 매우 빠른 속도로 앞서 나갔다. 남자는 웨미커스를 뒤따랐다.

"오, 아버님이 이기네요."

남자는 웨미커스를 계속 속이며 더 빨리 가라고 부추겼다. 결국 바람이 불어서 웨미커스의 배가 뒤집히는 바람에 그도 종말을 맞이하게 되었다. 남자가 웨미커스의 배가 뒤집힌 자리로 가 보니 커다란 강꼬치고기가 보였다. 카누가 뒤집힐 때 웨미커스가 강꼬치고기로 변신한 것이었다. 그는 강꼬치고기의 기원이 되었다.

Notes on the Story

THE SON-IN-LAW TESTS

테마가미 퍼스트 네이션(북미 원주민 단체)은 캐나다에 자리를 잡고 있다. 이들은 주로 테마가미 호수에 있는 베어 섬에서 살고 있다. 이 이야기에는 <트릭스터 마나보조의 추락과 복수>의 마나보조와 <구르는 돌의 분노>의 코요테처럼 등장인물로 트릭스터가 등장한다. 톰슨은 <기이한 사위 시험>이 트릭스터 이야기인 동시에 영웅 이야기여서 주목할 만한 작품으로 여겼다. 북미 원주민들의 설화 가운데 영웅 이야기에는 죽음을 여러 차례 피해야 하는 인간이 등장한다.

이 이야기에 나오는 장인어른의 위협은 구혼자가 공주와 결혼하기 위해 몇 차례 진행되는 시험을 통과해야 하는 유럽의 동화와 비슷하다. 현재의 아내나 미래의 아내가 아버지가 진행하는 시험(<골디락스>처럼 공주가 직접 시험을 정하는 경우는 거의 없다)을 물리치도록 자주 도와주는 편이다. 구혼자 시험은 자녀가 자격이 있는 사람과 결혼하는 것을 알아보려는 대다수 문화권의 바람을 얘기한 것이다. 또한 결혼 후에 시부모와 관련된 고충을 탐색한 것이다.

사실은 잔인하고 불친절한
세계의 요정들

초판 1쇄 인쇄 | 2021년 1월 10일 **초판 1쇄 발행** | 2021년 1월 25일

엮은이 | 윌리엄 그레이, 조애나 길러, 로즈 윌리엄슨
그린이 | 파우스토 비앙키, 린제이 존스 **옮긴이** | 주정자
펴낸이 | 박찬욱 **펴낸곳** | 오렌지연필
주소 | (10501) 경기도 고양시 덕양구 화중로 130번길 32 파스텔프라자 501호
전화 | 070-8700-8767 **팩스** | (031) 814-8769 **이메일** | orangepencilbook@naver.com
본문 | 미토스 **표지** | KiWi

ISBN 979-11-89922-18-4 (03890)

※ 잘못 만들어진 책은 구입처에서 교환 가능합니다.